五番目の王妃
いかにして宮廷に来りしか

フォード・マドックス・フォード

高津昌宏　訳

The Fifth Queen
and how she came to court

Ford Madox Ford

論創社

ジョセフ・コンラッドに捧ぐ

五番目の王妃　いかにして宮廷に来りしか＊目　次

五番目の王妃　いかにして宮廷に来りしか

主要登場人物

ヘンリー八世

イングランド国王。生涯で6人の妻を娶ることになる。

キャサリン・ハワード

ヘンリー八世の五番目の王妃となる人物。リンカンシャー州の貧乏貴族エドマンド・ハワードの娘。

メアリー王女

ヘンリー八世が第一王妃キャサリン・オブ・アラゴンに生ませた娘。私生児とのうわさを立てられ、父親に激しい憎しみを抱いている。

トマス・クロムウェル

ヘンリー八世の側近中の側近、王璽尚書《おうじしょうしょ》。プロテスタントと結び、イングランドの国力増強を図る。

トマス・ハワード

キャサリンの伯父の有力貴族。第三代ノーフォーク公爵。紋章院総裁。

アン・オブ・クレーヴズ

ヘンリー八世の第四王妃。クロムウェルが神聖ローマ帝国やフランスと対抗するために、クレーヴ公国から迎えるのだが、王はこの王妃を気に入らない。

トマス・クランマー
カンタベリーの大司教。

ガードナー
ウィンチェスターの司教。カトリック派の聖職者。

ニコラス・ユーダル
当代屈指のラテン語学者。名うての女たらし。銀器を盗んだ疑いでイートン校を追われ、リンカン州でキャサリン・ハワードの家庭教師となった後、現在は、クロムウェルの命で、メアリー王女の家庭教師として働いている。

トマス・カルペパー
キャサリン・ハワードの母方の従兄。呑んだくれの暴れ者。

ニコラス・スロックモートン
リンカンシャー州出身で、トマス・クロムウェルの側近であるスパイ。

ジョン・バッジ（父）
食糧雑貨商をやっていた昔かたぎのカトリック教徒。

ジョン・バッジ（息子）
印刷工で、熱狂的なルター派信徒。

ハル（ネッド）・ポインズ
ジョン・バッジ（息子）の妹が廷臣と結婚してできた子であるが、両親に死なれ、ジョン・バッジに育てられた。現在は近衛連隊に属し、出世を夢みている。

マーゴット・ポインズ
ハル・ポインズの妹。ユーダルの口利きでキャサリン・ハワードの侍女となり、ユーダルと相愛の仲になる。

ロックフォード夫人
ヘンリー八世の第二王妃だったアン・ブーリンの従姉で、メアリー王妃の侍女として仕えている者たちの最年長者。

シセリー・エリオット
メアリー王女の侍女たちのなかで実質的なリーダー格。身近にいた男たちが大逆罪を犯したという名目で次々と殺されたことからクロムウェルに激しい憎しみを抱いている。

ニコラス・ロックフォード
ロックフォード夫人の従兄で、フロッドンの戦いの勇者。バラードにもその武勇が讃えられたが、現在は事なかれ主義者。シセリー・エリオットを妻に迎える。

ヴィリダス
クロムウェルのスパイの一人。もともとグリーンという名だったが、権威づけのために改名。

第一部　到来

Ⅰ章

　メアリー王女の教育係ニコラス・ユーダル先生は、ひどく腹を空かせ、寒さに凍えていた。オースティン・フライアーズ[1]の泥道に立って、どちらへ行こうかと迷いながら。両側の生垣は腰の高さしかなく、寒さを防いではくれなかった。白い漆喰が塗られ、灰色の隅梁が付いたまわりの小さな家々は、アウグスティノ修道会の修道士たちの厩と仕事場だった。その近辺はどこも家と庭が複雑に入り組み、生垣は枯れ果て、果樹は霜で実や葉を落とし、東屋は荒涼としてひと気さえなかった。こうした家々の集まりは無断居住者が占有した公有地の一角といった風情だった。王璽尚書[2]の大きな邸が――王璽尚書は修道院を取り壊し、その場所を確保したのだ――中央の大部分を占めていた。その邸の金メッキした風向計は、兵士を象り、その持つ槍に結ばれた幟《のぼり》が千切れ雲を引き裂いていた。ニコラス・ユーダルは屋根を見上げ、その家の門番を罵った。

「ワインの一杯くらい出してくれたってよさそうなものだ[3]」そう言って、俗語よりラテン語に通じた男らしく、ラテン語で「充たされし杯」の六歩格の詩を呟いた。

ユーダルは国王の屋形船に乗って九時前にロンドンに到着していた。この屋形船は夕刻の四時に楽士たちをグリニッジ(4)に連れ戻すためにそこから送られたものだった。ユーダルはメアリー王女の女官たちと六時に朝食を供にし、少しばかりの温かいビールと新鮮な肉を食べていたが、今はもう十一時で、持っていた金はみな立派な書物を買うために費やしてしまっていた。

ユーダルは呟いた。「我は貧乏なり。我は告白す。我は忍ぶ。神々が與ふることを我は堪え忍ぶ」(5)

ユーダル先生は王璽尚書の命でメアリー王女に仕えていたので、王女が従兄の皇帝(6)と謀反を企てる文通を行っていることについて情報をもっていた。その情報は想像上のもので誰も傷つけることがないが、自分にとってはクラウン銀貨(7)を何枚か稼ぐだけの価値があるとユーダルは考えていた。だが、王璽尚書も彼の家来たちも日の出前にグリニッジに行ってしまっていて、ユーダル先生は何の施しも受けることがなかった。

「大学者さんが、そのくらいのこと、知っていてよさそうなもんだがね」と門番がつっけんどんに言った。「新しい王妃様がロチェスターにお着きになっとるんでしょうが。旦那様がここでじっとしておられるもんですか。旦那様の屋形船と川ですれ違わなかったですかね」

「いや、まだ暗かったから」とユーダル先生は答えた。門番はフンと言って、小門の格子戸をピシャリと締めた。門番は旧教の信者で、あるじが好んで雇いたがるこうしたルター派の信者、あるいは新学問(8)かぶれの連中を嫌っていた。

閉ざされた戸の前でユーダルは躊躇《ためら》って立ち止まった。家の角を越した小道でもまた躊躇って立ち止まった。船着場には、屋形船はもういないかもしれなかった。少なくとも、王の屋形船は。紋章院総裁(9)の家来たちはカトリックの信者だから、渡航を求めれば、泥を投げつけてくるだろう。プロテスタントの貴族の家来たちでさえ、金を出さねば、嘲るだけだろう。だが、今は、金の手持ちがなかった。四時の楽士たちの屋形船を待つに如くはないようだった。

ならば、食べものにありつけて寒さを凌げる場所を探さねば。ついでに女の子のいるところを。ユーダルは泥道に立ち止まった。背が高く、痩せ、褐色の肌をし、博士の着る毛皮製ガウンを身にまとっていた。顎の下でしっかりとボタンをとめ、縁の垂れた帽子をかぶり、髭をきれいに剃った褐色の細い滑稽な顔を、樹の洞から覗く啄木鳥のように覗かせていた。

脇に抱えた幾冊もの書物は重かった。そのせいでガウンの両側が外に向かって突き出ていた。厳しい寒さに先生の指先はドアに挟まれたかのように痛んだ。それでも、書物の重さが彼を喜ばせた。それというのも、そこにはたくさんの良書が含まれていたからだった。マルクス・トゥリウス・キケロ(10)の『書簡詩集』は自分自身のため、プラウトゥス(11)の喜劇二巻はメアリー王女のために買い求めたものだった。しかし、この日の買い物で特に彼を喜ばせたのは、チープサイド(12)で買った銀の大メダルだった。片側には眠るキューピッド、反対側には孔雀を撫でるヴィーナスが描かれていた。どんな身分の女の子でも貴婦人でも、惹きつけずにはおかない贈り物だった。

ユーダルはそのメダルがやがてどの女の胸衣《むねあて》を飾ろうとも、その前で切なくため息をつく権利が自分に与えられるだろうと想像し、唇を嘆願するように、滑稽にすぼめてみせた。相手の身分や優しさやつれなさによって一週間になるか、一日になるか、午後いっぱいで済むか分からないが、古典語でオード[13]を歌いまくることができそうだった。

目に見えぬ不快なものが彼の頬に触れた。雪か霰かもしれなかった。細いキツネ顔を雲に向けると、土砂降りになりそうな気配だった。雲は、爪先立ちすれば触れられそうなくらい低いところを、蒸気の帯となって流れていた。

ウェストミンスター・ホール[14]まで行ってコーマーズ判事を見つければ、腹いっぱいご馳走にありつけるだろう。だが、そこまで行き着く前に背中がずぶ濡れになってしまいそうだった。次の垣根の角には、食料雑貨商バッジ老人の小門があった。そこまで行けば、少なくとも、パンと塩と温かい蜂蜜酒ぐらいは出してもらえそうだった。コーマーズ判事の奥方は気さくで気前がいい。一方、ジョン・バッジのところの娘は美人で上品だった。

ユーダルは厚い唇をなめ、横目で睨むと、「貴族の門番なんぞ、皆くたばりやがれ！」と呟き、ジョン・バッジの小門を目指した。バッジの住居は、かつては修道院の食料保存所の一部だった。いくつかの広い部屋があり、低い二階建ての建物だったが、王璽尚書の高い庭壁が家の側面の窓のすぐ手前に立っていた。その庭壁は、知らせも断りもなしに建てられたものだった。突然、作業員がバッジの鳩小屋を引き倒し、二十ヤード引っ込んだところに移し替え、線を引き、家に迫る高い塀を作ったので、家と塀の間には人ひとり通れるだけの幅さえもなくなってしまった。塀は半マイルも続き、二十件もの小地主の土地を飲み込んだ。しかし、不平の言葉が王璽尚書の耳に入ることはなかった。スパイたちを通しては別だったが…。しかし、この塀はバッジ老人にとっては、絶え間のない悲しみの種だった。二年間、彼はひっきりなしにそのことをこぼしていた。

＊　＊　＊

　バッジ家の居間は、まずまずの広さだったが、天井がとても低く、冬の明かりのなかでは長く、暗く、奇妙な感じがした。部屋には、アミアン大聖堂(15)の入口を再現するかのように細かな彫刻を施され雷文で飾られた表扉の付いた背の高い戸棚と、重々しい黒刷りの大きな版の印刷物が載った長く黒いテーブルとが置かれ、印刷物は冷え冷えとした部屋にかすかなインクの匂いを漂わせていた。老人は炉辺で体を震わせていた。低い炉火の明かりが、老人の白髪と二世代前に流行した角帽を照らしていた。さらに炉火は、三世代の変化を見てきた老人の目のなかで、星のごとく、ぐるぐると回転するかのように煌《きらめ》いた。きれいに髭を剃られ、つんと前に突き出た顎と、両肩の間に埋もれた顔が、陰険で嘲笑的な敵意をほのめかしていた。老人は息子に向かって呟いた。

「神様は、いつの日か、曲がることを知らない硬直した首を打ち砕いてくださるじゃろう」

　がっしりした体格の、肌の浅黒い息子は、袖を捲り上げ、印刷機のレバーで鍛えた逞しい筋肉をむき出しにしていたが、印刷物を下に見やりながら黒い頬髭をたわませ、眉をしかめた。

「確かに、神様は仕事が終われば、その道具を打ち壊されるでしょう」と息子は呟いた。

「おまえは王璽尚書を神の道具というのか」老人が震える声で皮肉っぽく言った。「トマス・クロムウェルは酒屋の飲んだくれ息子だ。あいつがパトニー(16)で晒しものになっているのを見た連中をわしは知っておるぞ。三十年は経っておらん」

印刷工は二枚の校正刷りをテーブルの上に並べ、渋い顔をしてそれらを比較し、首を振った。

「クロムウェルは修道士たちを打つ殻竿です」と息子はうわの空で言った。「もしあの男がいなかったら、修道士たちはわたしやさらに何千もの人を焼き殺したでしょう」

「ああ、そしてわしの東屋が立っていたところに立派な塀を建ておった」

印刷工は耳に挟んだチョークを取り出して、ページに印を付けた。

「塀ですか」息子が呟いた。「王璽尚書は国中で聖職者の策謀を防ごうと塀を張り巡らせているんですよ」

「だからといって、わしの庭四十フィートまで無断で入り込んでくるのを、おまえは歓迎するわけじゃあるまいな」老人がもの憂げに言葉を引き伸ばして言った。「あいつは他人の十字架を打ち壊し、その血をモルタル代わりにして塀を築いておる奴じゃ」

印刷工が不機嫌そうに言った。

「カトリック教徒たちの血ですよ」

老人は鼻をつまみ、目を伏せた。

「わしの若かった頃はみなカトリック教徒じゃった。コンポステーラ(17)に巡礼もした。そのことで今じゃおまえはわしをからかうがな」

　老人が振り向くと、ユーダル先生がこっそりとドアから入り部屋中を見回していた。バッジ親子は二人とも突然、ばつが悪そうに黙り込んだ。

「小さな家に大きな憩いあり、(18)ですな」と先生がクスクス笑いながらラテン語で言い、毛皮を着たままむしろの上を横切って炉の前で手をすり合わせた。「いつからマーゴットに古典語を教えましょうか」

「太陽が東に沈むときだ」印刷工が呟いた。

　ユーダルが相手をなだめるように、肩越しに言った。

「新しい王妃様がロチェスター(19)にお着きになりましたよ」

　印刷工は大きくため息をついた。

「ああ、神をほめたたえよ！」

　ユーダルがまた肩越しに嘲りの言葉を送った。

「ほら御覧なさい。カトリック教徒たちが王妃の食事に毒を盛ることも、皇帝のガレー船がカレー(20)とサンドイッチ(21)の間で王妃をつかまえることもありませんでした」

「それでも十日遅れた」

「ああ、何て不機嫌で疑い深い親方なんでしょう！　神が風を吹かせたのです！　この十日間、風がまともにカレーに向いて吹いていたのですがね」

老人は白く長い鼻をつまんだ。

「わしが若かりし頃は、聖レオナルドゥス(22)に順風を祈ったものじゃ」

彼は歳をとりすぎ、ユーダルが自分の言葉を恐ろしい王璽尚書トマス・クロムウェルに報告するかもしれないことを気にさえしなかったし、あまりに冷笑的な質だったので、現状のひどさについて語るのを長く我慢していることもできなかった。

「いつから麗しのマーゴットに古典語を教えましょうか」ユーダルが再び訊ねた。

「狼がウサギに笛の吹き方を教えるときだ」印刷工の親方が吐き出すように言った。

「これでますます王璽尚書は地位を高めましたよ」ユーダルが言った。「クレーヴズの姫君と国王が結婚されたことで、王璽尚書は大きな栄誉を手に入れました」

「神が結婚を確かなものにしますように！」印刷工が熱を込めて言った。

老人は鼻をつまみ、目は虚ろだった。

「クレーヴズの女の話はもうあきあきじゃ」老人は敵意をもったワタリガラスみたいなしゃがれ声で言った。「アンという名で、ルター派信徒とは、な。前にもアンという名のルター派信徒(23)がおったわい。無節操にふるまって首を切られてしまったがね」

「あなたの姪のマーゴットはどこにいるのです」とユーダルが印刷工に訊ねた。

「まず九クラウンの借金を返してもらいたいもんじゃ」老人が言った。

「十クラウンの価値のあるラテン語の授業をマーゴットにして差し上げましょう」

「やめろ、もうたくさんだ」と印刷工が厳しい口調で呟いた。「娘の口にセネカ[24]の金言を詰め込んでも、牝牛の角に薔薇の花冠を飾るようなもの。まったく無用の長物だ」

「この国で最も立派な家柄の子女がわたしからラテン語を習っているのですよ」とユーダルが応酬した。

「ああ、だが、姪の貞節を汚すようなことは断固お断りだ」

「イングランドのメアリー王女を侮辱するのですか」ユーダルがにたにた笑いながら言った。

老人が力を込めて言った。「メアリー王女様、万歳。願わくはわれらの女王とならんことを！　それで、あんた、塀の問題を何とかしてくれるように、王女様に頼んでくれたのかね」

「天が教師としてわたしを王女様のもとに送ったのは、王女様にとってこの上なき好運と言うものです」とユーダルが言った。「あんな利発な生徒には会ったためしがない。一人の例外を除いては」

「トマス・クロムウェルは何とかしてくれるのかね」老人が訊ねた。

「立派な学問が立派な女王を作るなら、わたしに任しておきなさい。わたしが王女様を立派な女王にしてみせましょう」ユーダルは質問を回避した。「だが、哀れなことに、王女様は私生児だと言われ――それも相当な理由によって――王女様には…」

「九クラウン返してもらおうか」バッジ老人がユーダルを脅した。

老人はガウンの上に羽織った毛皮をいらだたしげにつまみ、彫刻が施されたテーブルの脚をじっと見つめた。「もしあんたが塀を壊すように王璽尚書を説き伏せなんだら、わしはあんたに執達吏を差し向けますぞ」

ユーダル先生が笑った。

「十クラウンの価値あるラテン語の授業を姪御さんにしてあげると言っているではありませんか」

「また頭をかち割られたいのか」と息子のジョンが不機嫌に言った。「女遊びでたっぷり傷跡ができていることだろうに」

ユーダルが襟元の毛皮を後ろに押しやった。「印刷工の若旦那ジョン・バッジさん」ユーダルは細かく体を震わせた。「あんたがわたしの頭をかち割るなら、わたしはあんたの印刷所を潰しますぞ。免許をとりあげられ、もう一枚たりとも中傷文を印刷できなくなってしまいますからな。さあ、あんたの姪御さんと結婚させてください」

老人が怒りっぽく言った。「十クラウンももっていないごろつきが、三つのベッドと七百フロリン(25)の持参金をもつ娘と結婚しようというのかね」

ユーダルが笑った。「さあ、彼女を呼んで食事と酒をもって来させてくれませんか。大言壮語では空きっ腹は充たされませんからな」

若旦那のジョンはその言葉にはお構いなしに、フランドル製の大きな戸棚のところに歩いていった。表扉を開くと、黒っぽい棚の上に干魚のパイと大コップが現われた。重たげな動きと厳粛な顔つきで、ジョンはナイフとナプキンを使ってこれらの品を広く黒いテーブルの上に移した。

老人がまた浮かぬ顔で、にやりと笑った。

「マーゴットは寝室に閉じ込めておいたわい」と言って、また含み笑いを浮かべた。「あんたが小門から入って来るのを見て、ジョンにあの娘の部屋の鍵を閉めさせておいたのじゃ。鍵はジョンの帯のなかじゃ」がっしりとした体つきの印刷工が戸棚とテーブルの間を一歩一歩行き来するごとに、確かに、鍵はものさしとT定規と測径器の間でチリチリと音を立てていた。

ユーダル先生がほっそりした手を鍵の方に伸ばした。「その鍵をくれれば、メアリー王女のプラウトゥス論の印刷物を差し上げますぞ」

印刷工は呟いた。「喰え!」そしてフランドルの槍兵に似せて彫られた一フィート程の高さの大きな白目製の塩入れをドシンと布の上に置いた。

ユーダルは狼のようにガツガツと食べた。顎がよく動くように帽子を脱ぎ捨てていた。

「これがアウグスブルクのヴェルンケン博士[26]から送られて来た手紙ですぞ。ルター派信徒がドイツでどんな様子なのか読めば分かろうというものです」

印刷工はその手紙を受け取り、立ったまま、顔をしかめ、もの憂げに手紙を読んだ。ユーダル先生は食べた。老人は毛皮をいじりながら、修繕した椅子に深く身を埋めていたが、その目は虚ろで焦点も定まらなかった。

「娘と結婚させてくれ」ユーダルは食事を二噛みするごとにぶつぶつ言った。「もっと立派な女たちがわたしに好意を寄せてくれたものだ。北の地方に生徒がいて…」

「ハワード家の者か。ハワード家の女はみな淫売だ」手紙を読みながら印刷工が言った。「ヴェルンケン博士が書いていることは、まるで再洗礼派信徒(27)のようだ」

「他の女たちと変わりないさ」ユーダルが笑った。「だが、物覚えはずっと速い」

二十歳の青年が、裏の戸をガタガタと鳴らして開け、バタンと締めた。灰色の外套を着込み、その下に明るい赤い色のストッキングと爪先の広い赤い靴をはいているのだけが見えた。それから青年は帽子をとって振った。

「雪が降ってきました」青年はうきうきして言い、祖父の前に跪いた。老人は孫の短く刈られた金髪の頭に手を触れた。

「おまえに幸あらんことを(28)、孫のハル・ポインズ」と老人は呟き、再び炉をじっと見つめた。

若者は伯父に膝を折って挨拶し、ユーダルにお辞儀をした。宮廷に出入りしていたので、青年は印刷工や祖父には理解しがたい敬意をユーダルの学識と職責に抱いていた。襟元のボタンを外し、灰色の外套を帽子に次いで部屋の隅に放り投げた。その姿かたちはしなやかで、若々しく、緋色の炎をあげているかのようで、胸部の、王冠を戴いた薔薇の刺繍が、たくさんの詰め物のために一層引き立って見えた。彼は近衛連隊の旗手見習いを務めていて、死んだ父親がノーフォーク公の寵愛を受けていたため、正式の旗手職に就く日もそう遠くないと噂されていた。若者は祖父にもっと火の近くに寄ってもよいかと許しを求め、炉のそばに脚を広げて立った。

「新しい王妃様がロチェスターに到着されました」と青年は言った。グリニッジ宮殿に紋章官を送り届けるため連隊と一緒にここまで来たのです」

印刷工はたしなめるように横目で若者を睨みつけた。

「どうせまたお金の無心にやってきたのだろう」印刷工が不機嫌に言った。「この家には金などない」

「マリア様のご加護で、金ならもっています」青年は笑った。半ズボンのポケットに手を突っ込み、一夜のうちにサイコロ賭博で稼いだクラウン銀貨とフランドル製の金の首飾りを鷲摑みにしてつかみ上げた。「雪解けになるまで十分に足りるだけの額があります」と青年は言った。「僕は元旦にお祖父さんの祝福をもらいに来たんです」

「サイコロ賭博に…女漁りか…」印刷工が呟いた。

「伯父さんには祝福を求めません」若者は言った。「伯父さんは何の祝福も伝えることのできないルター派信徒ですからね。マーゴットはどこです。この首飾りはマーゴットへの贈り物です」

「麗しのマーゴットは寝室に閉じ込めているのだよ」ユーダルが声をひそめて笑った。

「一体どうして。パイでも盗んだのですか」

「いや、違う。わたしが彼女と結婚するつもりだからさ」

「あなたが――先生が、ですか」青年は信じられないというかのように笑った。印刷工は若者の口調に、宮廷人が持つ職人一家への軽蔑と教師の学識への尊敬とを聞き取った。

「この狐の刃から妹を守るんだ」印刷工が言った。「こんなお偉方とわたしらのような者とでは釣り合いがとれないのだから」

「わたしらのような者ですって」青年が上機嫌な尊大さで言い返した。「僕の父は身分ある人でした」

「わずかな持参金目当てにわたしの妹と結婚し、おまえとおまえの妹を餓死寸前にまで追い詰めたまま死んでしまったがな」

「僕は腹を空かしてやいませんし」と青年が言った。「マーゴットはふっくらと太った可愛い娘ですよ」

「柳の木の間の月の女神だ」ユーダルが言った。

「先生にマーゴットを差し上げましょう」青年が言った。「僕は妹の法律上の保護者ですからね」

老人は牧場で跳ね回る子馬を見たときの男たちのように笑った。

だが、印刷工はむき出しの腕をユーダル先生めがけて振り上げた。

「さあ、出て行くんだ。まっとうな生活を営んでいるわたしらの家から」目をギョロつかせ、握りしめた拳はハムのように大きかった。「ここはあんたが女漁りに来るようなところじゃない」

「ご機嫌斜めですな」ユーダルが言った。「あなたの脳は猜疑心に毒されているようだ」

若者は胸を張って、緋色の衣服の胸部をますます大きく膨らませた。「ここは伯父さんの家ではなく、お祖父さんの家でしょう」

「この大馬鹿者」印刷工が怒りを爆発させた。「このラテン語かぶれにおまえの妹が破滅させられてもいいって言うのか」

ユーダルは印刷工に向かってにやりと笑い、唇をなめた。印刷工が怒鳴った。

「おまえは知らないのか。この男は素行不良でイートン校(29)の教師の職を追われたのだぞ」

ユーダルは、長いパイナイフをガウンの毛皮の下に隠し持って、咄嗟に立ち上がった。

「恥知らずな…」ユーダルは言葉を発したが、怒りに震え、後が続かなかった。印刷工は長いものさしをパッとつかんだ。

「ナイフを下ろせ」印刷工がうなった。こちらもまた怒りに喉がつかえ、言葉が出なかった。

「伯父さん、気をつけて」若者が二人を嘲笑った。「ユーダル先生のイタリア語の本にはナイフ刺しの方法が書いてあるんですよ」

「印刷工の免許を取り消させますぞ、この恥知らずが」とユーダルが言い、憎悪を込めてにやりと笑った。「ルター派信徒のあなたが、カトリック教徒たちの嘘で職を追われたわたしに食ってかかるとはね！　わたしが素行不良だと言ったのはカトリック教徒たちです。地下室から銀器を盗んだと言ったのもね」

ユーダルは猛烈な勢いでナイフをもった手を振りかざし、老人に食ってかかった。

「あなたの仲間のカトリック教徒たちがそう言ったのですぞ」とユーダルは訴えた。「しかしそのうちの誰もそれを本気で信じてはいなかった。あなたはわたしをルター派信徒と言いますがね…わたしは今じゃ、あなたがたカトリック教徒の頂点に立つお方の家庭教師をやっているのですよ。カトリック教徒がわたしの素行不良を信じているとしたら、どうしてそんなことになるのです？

それに、わたしはあるじ不在のハワード家でも家庭教師を務めていたではありませんか。あの家の方々がわたしを素行不良だと思っていたとしたら、そんなことになったでしょうか…それにまた…」ユーダルは再び印刷工に食ってかかった。「わたしはあなたの仲間たちのためを思い…神が栄えさせんとする新学問を信奉したが故に、身を落とす羽目になったのですぞ」

印刷工が不機嫌にぶつぶつと言った。

「あんたの好色の毒牙からはどんな女も免れ得ないってことは皆の知っている通りだ。どれほど多くの亭主があんたの頭をかち割ってきたことか」

ユーダル先生がナイフをテーブルに突き刺し、ガウンをカサコソいわせながら立ち上がった。

「破滅させてやる、この恥知らずが」ユーダルが言った。

「おまえさん、そんな力をもっとるなら、どうしてわしの塀の問題を解決してくれんのかね」と老人が訊ねた。

ユーダルが腹を立てて答えた。

「王璽尚書があんたの土地を飲み込んだんだ。もう吐き出せるわけがなかろうが。どんなに異議を唱えても、いったん飲み込んだもんは飲み込むしかないのだ。飲み込んだら最後、吐き出させようがないのだから。わたしでも、あなたでも、悪魔自身でさえも」

「ああ、お願いだから、殻竿クラモックのことを我が家に持ち込まないでくださいよ」若者が口を挟んだ。「皆を破滅させるつもりですか」

「なんと恥知らずな。イートンでの悪事を種にして人をからかうとは！」とユーダル先生が答えた。

「ああ、お願いですから、王璽尚書を喧嘩に持ち込まないでください」と若者は繰り返した。「僕たちカトリック教徒は誰もそんな嘘を信じやしませんよ」

「クロムウェルの名を口にするでない、この馬鹿者が！」と祖父が言った。「どこの壁に耳があるかわかったものでないのだから」

若者はさっと蒼ざめた。印刷工も同じく顔色を変えた。ユーダルがクロムウェルのスパイであることを咄嗟に思い出したのだ。三人同時にユーダルに視線を向けた。老人だけは高齢による気の緩みで、この件が自分に関わりないお芝居であるかのように、好奇心むき出しににやりと笑った。ユーダルは本を脇に抱え、苦々しい微笑を唇に浮かべて、戸口のほうに歩いていった。大きな声をあげて、若者は先生のあとを追い、暗くなりかけた部屋に緋色の閃光が走った。

バッジ老人が鼻をつまみ、脇の炉に向かい意地悪くニカッと笑った。

「あれがおまえらの意見代弁者じゃ。修道士たちを打つ殻竿じゃ」老人は息子に愚痴をこぼした。

印刷工は不機嫌に炉を見つめた。

「いや、あれは家来の一人にすぎません」印刷工が無表情に答えた。

「ああいった家来どもがイングランドのあちこちに出没して、鉄の手綱でわしらを締め上げる」老人は皮肉っぽい苦々しげな笑い声をあげた。「家来と言うが、その家来にわしらは何と抑圧されていることか――クロムウェルの家来というだけで、ドアを締めて家に上げないことさえできんのだ。

家に上がれば、家のなかをめちゃめちゃにするわ、金を取って行くわで、わしらにはそれを拒むことさえできんのだ。娘の貞節を汚そうとさえしよる…塀の建て主とその家来たちの間に挟まれて、わしらに何が残されると言うのだ」

印刷工はベルトのなかのT定規を指でいじりながら、ゆっくりと言った。「あの男はラテン語の書物の印刷をこよなく愛する男ですから、個人的な喧嘩で印刷工を破滅させたりはしないでしょう。そうでなければ、わたしは海を渡ります」

「あいつは女の方をずっと愛しとるようだがの」老人は意地悪く答えた。「静かに！」

塀の方から、足を引きずって歩くような音が、つづいてドシンと物が落ちるような音が聞こえてきた。その部分はクロムウェルが建てた塀と接近していて、その間には人ひとり忍び込む余地もない位だった。

「まったくもう、何と言うことだ」印刷工が言った。「今度は盗み聞きときたか！」

「いや、求愛じゃろう」老人が答えた。老人は鳥のように熱心に顔を前に傾け、部屋のなかのあらゆる音を静めようとするかのように片手を差し出して聞き耳を立てた。親子二人には、上の階から足音と笑いと話し声が聞こえた。「マーゴットがあいつに話しかけておる」

印刷工は怒りに体を震わせた。

「あいつの背骨をわたしの膝の上でへし折ってやる」

「いや、このままにしておきなさい」老人が言った。「父親として、わしはこの件をこのままにしておくように命じる」

「したい放題させておくのですか…」印刷工は罵り声をあげた。「たとえクロムウェルのスパイの死体が我が家で発見されようとも、わたしは我が家を破滅させはしません…明日、マーゴットをベッドフォードシャー(30)のワードドル叔母さんの家に送りましょう。そうすれば叔母さんがしたたか打ってマーゴットに貞節を尊ぶように教え込んでくれるでしょう」

　若者が家のドアを開けて、なかに入ってきた。外套を羽織らないまま外に走り出て行ったので、緋色の薄着で震えていた。

「随分といざこざが起きましたが、何とか僕がなだめました」青年が伯父に言った。「どうして先生がマーゴットと結婚してはいけないのですか」青年はまた炉に近寄った。「この家にいつまでインクの匂いをさせておくのです」若者は伯父の校正刷りを軽蔑するかのように見つめ、若者特有の真剣さと無邪気な自信とを覗かせて話し始めた。「宮廷の人たちは立派な印刷が本の肉体なら、立派な学識は本の魂だと伯父さんに言うでしょう。伯父さんは宮廷でユーダル先生が高い地位に就くお方だと知るでしょう。宮廷では立派な学識が大いに尊ばれているのですからね。国王陛下が先生と話したり笑ったりする御姿もお見受けしました。陛下は立派な学問をこよなく愛しておられます。こうした事柄にこの国の誰にも増して秀でておいでなのですからね」

　老人は孫の話を、冷ややかに、しかしまた誇らしくも思っている様子で聞いていた。印刷工は苦々しげに肩をすくめた。家の端から抑えた声と音がまだ聞こえているなかで、若者は話を続け、雄々しく明るい声で独断的な結論を言った。「妹が先生と結婚すれば、僕は宮廷で昇進することができます」

国王とアン・オヴ・クレーヴズの結婚式に紋章官を運ぶ屋形船に乗って、ユーダル先生と一緒にグリニッジ宮殿へ戻る最中、青年は先生にイタリア語の知識を伝授してくれるようにとねだった。マキャヴェリ氏(31)の軍隊と武器の行使についての本には、細身の長剣や錐状の小剣を使っての多くの秘技が公開されていた。だが、ユーダルは機嫌よく笑って、自分にはイタリア語の知識はほとんどない、イタリア語は古典語の私生児だから、と言った。マキャヴェリ氏の書物について教えを請おうというのならば、それを一語一語研究された方のもとへ赴くのが宜しかろう、と——つまり、王璽尚書トマス・クロムウェルのもとへ赴くのだ、と。

二人ともこの名を口にするときには声を落とした。別の近衛兵がせりや賭けや賭博で破滅した男の話を始めると、ユーダルは今日奇妙な光景を目撃したと切り出した。

「当主のエドマンド・ハワード卿の不在中にその子供たちの家庭教師をしていた頃、その北部の州にトマス・カルペパーという男がおった。多くの牧草地と羊をもっていて、とても裕福な男だった。ハワード家の娘御の従兄で、家ではいつも怒鳴り散らしていた。だが、すごいめかしやで、ここの伯爵たちよりも余程立派な服装をしていたものだ」

この日、ユーダルはこのカルペパーが召使も連れずにただ一人、緑色の襤褸服を身にまとい、ラバの手綱を引いているのを見かけた。ラバの上にはひどく古くみすぼらしい毛皮の服をまとった女が座っていた。困難な今の時代、人々はこれほどに零落するものかと感じ入った、と。

「いったいロンドンに何しに来ていたんだ」とノロイ上級紋章官(32)が訊ねた。

「いや、奴を引き止めて訊いてはみなかった」ユーダルが答えた。そして小さくため息をついた。

「だが、あの頃、エドマンド卿の家には、これまで教えたすべての生徒の中で最も優秀な生徒がおったのだ。その娘の消息は訊きたかった。だが、カルペパーは自慢屋だ。奴のことは苦手なので、引き止めて話そうとは思わなかった」

「おまえさんはその男の好いていた女にちょっかいを出したことがあって、殴られるのが恐かったんだろう。なあ、先生」とノロイがユーダルを責めた。公用の屋形船の長い船室には、近衛兵の緋色と黒、紋章官の金色と緋色が炎のように輝いていた。ユーダルはため息をついた。

「おまえさんはエドマンド卿の家で気楽な素晴らしい日々を送っていたのだろうね」ノロイが訊ねた。

Ⅱ章

王璽尚書は、屋形船の艫の高いかがり火の下で、夜の闇と冬の川に目を凝らしていた。一行は、宮廷の一同がアン・オヴ・クレーヴズを待ち受けているグリニッジ宮殿に、ロチェスターから船を進めているところだった。四分の一マイル先に見える王の屋形船のかがり火は、明かりやその反射がぼんやりと広がるなかを揺れ動き、炎の塊となって空を渡る驚異の生き物のように見えた。これ以外には、暗闇と、炎の揺らめきをはるか先で捕らえた波の黒ずんだ赤色とを除き、この世に見えるものは何一つなかった。

王璽尚書は、船室の明かりが届かない船尾に立ち、その姿を目にすることはできなかった。櫓の水を打つ音、水の淀みないざわめき、頭上のかがり火のパチパチいう音もまた、人間味のない超自然的な感じを与えた。王璽尚書が語気を荒げて言った。

「何という寒さだ。誰か、一番厚い外套を持って参れ」

クロムウェルの七百人のスパイの一人で、この当時側近中の側近だったスロックモートンが、船室のドアの脇の暗がりに身を隠していた。外套をとりに駆け出したこの男の顎髭を生やしたごつい人影が、わずかの間、船室の明かりを覆い隠した。だが、当時、王璽尚書にガウンを運ぶことは、誰しも一度はやってみたい仕事だった。そこで、ドアのところで熱心に耳を澄ましていた平たい帽子をかぶった老人が、すでに毛皮の外套をもって外に駆け出していた。老人は増収裁判所大法官(1)だった。クロムウェルはじっと動かず、外套が肩にかけられるがままにしていた。

　大法官が震えながら言った。「グリニッジまではあと十五分足らずです」

「寒いなら、なかに入っておれ」クロムウェルが答えた。しかし、大法官は上役と話したい一心で身を震わせていたのだ。老人はクレーヴズ公爵令嬢が泊まっているロチェスターの宿泊所で、巨漢の王が転げ落ちるかのように慌てふためいて階段を下りてくるのを目撃していた。その光景は彼にとって、おぞましく異常なものだった。老人を増収裁判所大法官に任じたのはクロムウェルだった。修道院から取り上げた土地を処分するための役所を創設してまでそうしたのだった。大法官はいわばクロムウェルの手先だったので、王璽尚書が失墜していく間ずっと、大地も震えるように感じていた。いったんクロムウェルが倒れたら自分たち皆に襲いかかる破滅、呪い、死の運命が自分のすぐ間近に迫っているとさえ思った。

　大きな金色の顎髭を生やした巨漢スロックモートンが再び船室から出てくると、王璽尚書の声がゆっくりと冷たく響いた。

「キャシリス卿(2)はこの件をどう言っておる。同胞のナイトン(3)はどうだ。この二人を階段のところで見かけたぞ」

　王璽尚書はこうしたことに対して警戒心が強く、彼に嘘をつくのは至難の業だった。だが、スロックモートンは重々しく切り出した。

「アン公爵令嬢は王妃にはなれまいとキャシリス様はおっしゃいました」

「だが、ならねばならんのだ」増収裁判所大法官が不服を唱えた。彼は、王妃が権力の座についた暁にはケント[4]に土地を取得させてくれという二人のクレーヴズの貴族から賄賂をもらっていた。王璽尚書は口を閉ざしたままだったので、スロックモートンは不本意ながら話を続けざるをえなかった。

「ナイトン様は、王妃様の口臭で国王のお気持ちがあなた様から遠ざかるだろうと申されました。ルター派の説教師マイリー博士[5]は今宵の事の成り行きにより、この世の神の王国は揺らぎ、王は女漁りに精を出すだろうとおっしゃいました…」

　スロックモートンはできる限り話をせずに済まそうと努めた。結局、この男もやがて没落するんだという考えが頭を過ぎったからだった。今、自分がスパイとして調査している男たちの誰かが、遠からぬ将来、自分の雇主になるかもしれなかった。しかし、クロムウェルの声が「それで?」と言ったので、スロックモートンは仕方なく、無害でもあればその身に害が及ぶ可能性も少なそうなスコットランドの貴族キャシリスのことだけ話すことにしようと決めた。

「キャシリス様はさらに、一月が終わる前に王璽尚書の首が飛ぶだろうと言われました」

王璽尚書が暗闇のなかでせせら笑っているような気がして、スロックモートンはもっとうまい嘘がつけなかったかと自分に冷ややかな怒りを覚えた。もしこの姿の見えぬ、恐ろしい怪人が一月を生き抜いたなら、自分の調査対象の男たちの何人かは自分より先に死ぬだろう。クロムウェルの不幸を願う数限りない人々のなかで、誰に仕えるのが最もふさわしいものかと、スロックモートンは思案した。一方、増収裁判所大法官にとっては、ベッド脇で死の訪れを待つような不幸を待ち受ける際の重い沈黙が、自分たちに重くのしかかってくるように思えた。大法官は、王璽尚書があの暗がりに姿を隠し、青ざめた顔と震える膝を隠しているのだと想像した。しかし、王璽尚書の声が、荒っぽく横柄に、スロックモートンに向かって飛んだ。

「こんな夜更けに外に出ているのは誰だ。操舵手に訊いて参れ」

はるか右手に、二つの松明が揺らめき、水のなかで振れ動く航跡を照らし出し、航跡が小波に揺られ消えていく様を顕わにした。大法官の白い顎鬚は、寒さと、クロムウェルへの恐れと、クロムウェルが今どんな様子をし、何を思っているか知りたいという好奇心とで震えていた。やがて大法官は思い余って、かすかな哀れっぽい声で訊ねた。

「クロムウェル様はこのことをどうお考えなのでしょう。きっと国王はクレーヴズの姫君とルター派の大義を支持なさると…」

クロムウェルは不可解なほどに傲慢に答えた。

「そう、おまえたちの大義は大切だ。だが、これは重大問題である。もし寒いなら、なかへ入るがよい」

大法官が「わたしをルター派信徒などと呼ばないでください」と、もぐもぐ言っているうちに、スロックモートンが王璽尚書のすぐ脇に音もなく近づいた。

あの明かりは針先にミミズを付け、泥のなかからウナギをとる漁師たちのものです。

「ああした夜の仕事は大逆罪に便宜を図ることになる」とクロムウェルが呟いた。「わたしのメモ帳に『夜間ウナギ獲りを禁止する法案を議会に』と書き込むのだ」

「大逆罪に対して何て鼻が利くのだろう」大法官がスロックモートンに呟いた。二人は衣擦れの音を立てながら一緒に船室に戻るところだった。スロックモートンの顔は陰気で物思わしげだった。王璽尚書は俺の情報を何一つ書き留めさせなかった。確かに、別の雇主を見つける時期が近づいているな。そんなことを思っていたのだ。

屋形船が川の湾曲部を回ると、はるか前方の中空に、グリニッジ宮殿の明かりが、まるでたくさんの四角い物体が明滅しながら飛んでいるかのように見えてきた。国王の屋形船はすでに、船着場の階段の天辺にある、狭間模様のアーチを照らし出していた。出迎えの松明の火が勢いよく燃え上がり、やがて消えていった。当時、王宮はグリニッジにあった。大半の貴族、司教、何人かの評議会議員がこの宮殿に宿泊し、明日のアン・オヴ・クレーヴズの到着を待っていた。アン・オヴ・クレーヴズは冬の荒海のために予定より数日間長くカレーに留め置かれていたのだが、その晩にはすでにロチェスターに到着していた。王は人伝に、姫君が穏当な美しさと豊かな魅力を備えた人物と聞き、その夜、彼女を検分に出かけたのだ。王の丁重な訪問はもちろんお忍びで行われた。従って、前庭には松明をもつ者はおらず、船着場と大きな中央門の間は暗がりだった。しかし、衛兵たちが暖をとるために中庭ではたき火が焚かれ、その火が風に煽られて跳ね上がると、背の高い塔が青白く、空高く照らし出され、やがて火が鎮まると、次の瞬間、塔はその石に刻まれた花輪や戦士やライオンや薔薇や豹や裸の少年たちとともに姿を消した。塔の麓からは住居部分が伸びていたが、その両翼は川の方に近づくにつれて次第に暗がりのなかに姿を消して行った。住居部分は比較的低くできていて、切妻造りになっており、それぞれの区画の上方に建物を大きく見せるためのにせ正面が付いていた。それ故に、小さな窓のガラスに映し出された火は、建物の物陰から気まぐれに輝き出す風情だった。この宮殿は王によってプラセンティア、つまり歓楽宮と名づけられていた。王にとって、ここに暮らすのが楽しみだったからに他ならない。

クロムウェルは傲慢な姿勢でゆっくりと船着場の階段を上がった。川のアーチの下では、八人の従者が彼のお供をし、前庭では家来たちの松明が、孔雀の形に切り揃えられたイチイの木々、広いタイル張りの通路の上にアーチとなって架かりまるで壁のように刈り込まれた垣根、重苦しく身を切るように寒い夜にまるで秘密でもあるかのようにチラチラと光りチョロチョロと流れる噴水を照らし出していた。

大きな塔の下には宮殿をまさに一巡りする回廊が伸びていた。回廊は先を急ぐ人々やそれぞれの戸口に三々五々立ち止まった召使たちでいっぱいだった。黒服を着て白い杖をもった王璽尚書の一行が通りかかると、人々は壁に体をぴったりとくっつけて避けた。金メッキされた鍾乳石のようなものが、天井から、王璽尚書の頭に触れんばかりに垂れ下がっていた。メアリー王女の部屋のドアの前に立った衛兵は、王璽尚書が通り過ぎると、地面に唾を吐いた。王璽尚書の厳しい視線は、壁際の、人の頭の高さくらいのところを、手で触れることのできる光線のように移動した。それは人々の顔の上を伝っては、腰羽目板のところへ戻っていった。その視線を浴びると、侍女たちは体を震わせ、下僕たちは胸をむかつかせた。王璽尚書の丸顔は厳しく引き締まり、上唇と下唇が休みなく擦れ合った。使用人たちは皆、王璽尚書がこんなにも高く頭をもたげていられることを不思議に思った。というのも、王が花嫁となるはずの女を見て気分を害したことがすでに知れ渡っていたからだった。実際、宮殿の人々がこんなにも夜遅くまで起きていたのは、この驚くべき知らせによるものに他ならなかった。高位の聖職者たちは互いの宿舎を訪ね合い、その話に花を咲かせていた。通路では、その従者たちが下品な意見を述べ合っていた。

王璽尚書は自分の宿泊所に入った。控えの間では、仕着せを着た二人の家来が、王璽尚書の歩みを妨げないように、巧みに彼の毛皮の外套を脱がせた。大きな部屋の炉の前では、金髪の青年が跪いて王璽尚書の手袋をはずした。秘書の一人であるハンソンが王璽尚書の帯から王璽の入った紐で縛られた袋を取り出した。ハンソンは長いテーブルの上の二本の蝋燭の間の台に王璽を載せた。

青年は手袋を持って出て行き、ハンソンは部屋の向こう隅の黒っぽいタペストリーの陰に音もなく姿を消した。王璽尚書は、炉がタイル張りの前床に遠く吐き出した木の燃えさしを見下ろしながら考え込んだ。そして、その燃えさしを、薪が燃えて煙突に炎を注ぎ込んでいる場所に、そっと足で押し戻した。

王璽尚書のふっくらした手は後ろ手に組まれ、長い上唇が絶えず下唇を愛撫し、蛇のとぐろの渦の一つが別の渦の上を滑るように動いた。一月の風がタペストリーの後ろの薄暗い空間を這い回り、つづれ織りが揺れ動く様は、牡鹿が藪の上を跳躍し、それを追う猟犬が飛び上がり、冠を戴いたディアーナ(6)が両腕を動かして肩の後ろにかけた箙《えびら》から矢を取っているかのように見えた。何本もの長い蠟燭が王璽の袋を守り、炎が揺らめくと、垂木の上の金メッキされた何体もの頭像の顔に、大きな笑みが浮かんだ。頭像は、花冠をつけた王、枕に髪を撫でつけた王妃、貝殻状の帽子をかぶった小姓を再現していた。王璽尚書は戸棚に近づいた。そこにはワインのグラス、最上等のパンと少々の塩があった。王璽尚書は食事を始め、金の塩入れにちぎったパンを浸した。一体の王妃の像が、雲から頭を突き出し下界の様子に驚いているかのように、目を丸くして王璽尚書の頭の天辺を見下ろしていた。

「ああ、俺は三人の王妃より生き延びた」と彼はひとりごちた。その丸顔には自分の住む世界と時代への諦めに似た侮蔑が浮かんでいた。彼は不安がどういうものかを忘れてしまっていた。というのも世界はへまな連中や憎しみでいっぱいのバカな臆病者であふれていたからだった。

クレーヴズとの結婚は神聖ローマ帝国皇帝にとって致命的打撃になる。皇帝の裏でプロテスタントの諸侯が手を組めば、愚か者のカールとやらも、イングランドで打ち続く反乱や陰謀や蜂起を支援するためにフランドル(7)で軍隊を乗船させるなどということはもはやできなくなるだろう。カールはそんなことをやりすぎてきたし、最後には同じ数だけそれを悔いてきたのだ。この結婚でカールはフランスを頼りにするしかなくなるだろう。フランス王とカールは、今まさに、パリで夕食を共にしているに違いない。二人は破られるに決まっている条約を結ぼうとするだろうが、その一方で、側近の政治家たちはどんな台所下働きだって暴くことのできる明々白々たる陰謀をもくろんでいるのだ。フランソワ一世とその家来たちはあまりにも意地が悪く、愚かで、卑劣な輩だから、あまりに買収されやすく、同盟を維持することもできなければ、一貫した政策を実行することもできそうになかった。

王璽尚書はゆっくりとワインをすすった。少し冷たかったので、炉の脇にグラスを置いた。もう床に就きたかったが、ヘンリーが王妃をどのように迎えたかを確認し不安をぶちまけようと、大司教がやって来ることになっていた。不安だと！　王がクレーヴズの娘を見て気分を害したからか！　王璽尚書は王を完全に手中に治めていた。白髪で衰弱してきているが、執念深く強情なヘンリーと呼ばれる塊は、王璽尚書の軽蔑を、実際、王璽尚書に肩をすくめられ、フンと鼻であしらわれることを恐れていた。

ワインの芳醇さと炉の暖かさで、王璽尚書の思いは何年も先に飛んだ。王がクレーヴズの娘と結婚するにせよ、縁を切るにせよ、王が死んだときのことを想像した。シーモアの子のエドワードは自分の奴隷となって王になるか、死ぬかだ。クレーヴズの子供たちも自分の隷属者となるだろう。

また、もし自分がメアリー王女と結婚すれば、今度は自分が王位に一番近い存在となる。

彼の思いは、ゆったりと穏やかに、その予想に落ち着いた。自分は常に変わらず玉座の間近にいて、確固たる地位の維持に妨げとなるものは何一つないだろう。その地位は自分の当然の権利なのだ。卑しさと嫉妬とけたたましい口論と目的のない利己主義と盲目的な怒りのせいで蔑むべき世界を統治することに、自分は全身全霊を傾けよう。そうすれば、もはや反乱も戦争もなくなるだろう。嫉妬もなくなるだろう。というのも、堅固で厳格で実際的で霊感を受けた統治上の施策が、世界中のすべての国民を、すべての聖職者を、すべての貴族をねじ伏せるだろうからだ。「そう」と王璽尚書は考えた。「フランスにはブランセター(8)のような裏切り者を匿う力がなくなるだろう」この理想郷のことを思って、王璽尚書の目はさらに優しさを増し、上唇はさらにゆっくりと動いた。

今や、大司教が到来していた。不安と動揺で青ざめ、疲れ果てた大司教は、やって来て、国王がガードナー司教やさらに多くのカトリック教の議員たちを呼び寄せたことを伝えた。クランマー自身のスパイであるラセルズがそうした新たな状況報告を行ったのだった。

大司教の白い袖は震えるような音を立て、本来、首に巻かれているはずの毛皮が一方の肩の上からずり落ちていた。大きな口は恐慌をきたして開き、唇は震え、善良な細い目は涙を零さんばかりだった。

「大司教殿は今夜ロチェスターで起きたことをよくご存知なのでしょうな」クロムウェルが言った。クロムウェルは手を叩いて人を呼び、蠟燭の芯を切らせた。「もう皆に知れ渡っていますからな」

「ああ、それでは本当なのですね」大司教は最後の望みが潰えるのを感じ、喉を詰まらせた。クロムウェルは蠟燭の芯を切っている家来をじっと見つめ、言った。

「大司教殿、あなたは騾馬をお代えになったのですな。その騾馬があなたを恐がらせぬようにお祈り致しましょう」

「さてと」と、家来が行ってしまうと、王璽尚書が再び言った。「国王陛下はお戯れにフランス貴族に変装され、ロチェスターまでお出かけになった。あなたも姫君をご覧になったことがあるでしょう。そこで国王陛下は一種の中風に襲われた。そして、屋形船に向かって悪態をつかれた。わたしの知っているのはそれくらいのものです」

「それで皆、議会を開いています」

「らしいですな」クロムウェルが言った。

「ああ、神よ、ご慈悲を！」

大司教の華奢な手が胸にかかった十字架の前で揺れ動き、十字を切った。

敵の面々の顔が目に浮かぶように思えた。平たい帽子の下から蛇のような目を覗かせるウィンチェスター司教のガードナーや、長い黄色い顔に敵意に満ちた眼差しを浮かべたノーフォーク公の姿が見えた。議会のテーブルの上座にある高い演壇の下にいる途方もなく大きな赤い塊である王の姿も見えた。王の顔は紅潮し、頰は震えていた。

大司教は両手を揉みしだき、スミスフィールド(9)でルター派信徒たちは自分のために祈りを捧げてくれるだろうか、それとも生ぬるかったといって罵るだろうかと思いをめぐらせた。

「ああ、良き友よ」とクロムウェルが哀れみ深く言った。「われらがもっと死に近づいたことは十遍もあったではありますまいか」気の毒に思って、心底の思いを口にしたのだ。自分が待っていたのがこれだったとは！　お抱えの絵描き、大使、スパイたちの報告によって――彼らに駄賃を払ったのはクロムウェルだった――国王陛下が待ち受けていたものは、慎ましい振る舞いと内気な性質と上品で落ち着いた美しさをもつ女性だった。「われわれの来訪に備えて姫君を盛装させておくようにとロチェスターにいるドイツ人たちに忠告しておいたのだが。あの娘は茫然自失してめそめそと泣きごとを言い、お辞儀をしようとして横によろける始末だ。そのため、王の怒りと嫌悪に油を注ぐ結果となってしまった」

「あなたもわたしももう破滅だ」クランマーは絶望で生気を失っていた。

「王は移り気だ」クロムウェルが答えた。「もしあなたの知る連中が王に働きかけなければ、わたしたちの思い通りになるだろう…」

「きっと働きかけるでしょう」

「まあ、待ってみることにしよう」

この冷静さには何か恐ろしいものが含まれているようにクランマーは思った。クランマーは自分たちの領袖であるクロムウェルが王のもとへ赴くことを願い、また狂乱の一瞬、自分がはるか遠くに逃げ出し、暗がりに頭を隠しているところを想像した。

クロムウェルは唇を尖らせて軽蔑を示した。「あなたは黄色い公爵が王に直訴するとでも思っているのですか。臆病すぎて奴にはそんなことはできますまい」

重苦しく二人は黙り込んだ。火がガサガサと音を立て、再び蠟燭の芯を切る必要があった。

「床に就くのが一番よろしいでしょう」やがてクロムウェルが言った。

「眠れるとお思いですか」クランマーは極度の不安のために苛立っていた。親方には情けが微塵もないように思えた。しかし、待ち時間はクロムウェル自身にもやがて影響を及ぼした。

「あなたが解放してさえくれれば、わたしは眠れるのだが」とクロムウェルが厳しく言った。「王は朝には別人になられるだろう」

「ああ、でも今は。今は…」あの遠くの部屋ではペンを軋ませて自分たちを収監するための書類が作成されているのだと想像して、クランマーはクロムウェルを叱責したい気分だった。ルター派信徒と同盟を結ぶというクロムウェルの政策が、結局、自分たちをこうした状態に追い込んだのだ。

外側のドアをすさまじい音を立てて打つ音が聞こえた。

「王のご到着だ」クロムウェルが勝ち誇って叫んだ。クロムウェルは素早く部屋から出て行った。大司教は目を閉じて、突如、まだ子供だった頃のことを思い出した。

王璽尚書は戻ってくると、怒ったような、蔑むようなしかめ面をした。「連中が王をわたしから引き離してしまった」クロムウェルは小さな巻物をテーブルの上に投げ出した。何も書かれていない白い巻紙がクランマーを震えあがらせた。王自身が猛烈な脅しをかけているように思えたのだった。

「もう寝るとしよう」クロムウェルが言った。「奴らが小細工を弄しているうちに」

「どういうことです?」

「奴らは一時しのぎをして、事を遅らせているということだ。あいつらのことはよく分かっておる」王璽尚書が軽蔑を示すかのように手紙を引用した。「アン公爵令嬢に関しては、ロレーヌ公[10]との結婚の先約があることを示す文書が存在するか、すべてのドイツ貴族に直ちに問い合わせるべし」

　クランマーは猶予が得られた喜びで、もう今にも立ち去る寸前だった。だが、話したいという欲求が彼を引き止め、教会法と結婚の先約について話し始めた。それは結婚を無効にする妥当な理由だと、すべての学者が考えているものだった。

「結婚の先約が破棄されたことを確認しなかったとでも思っているのかね。これは言い逃れでも何でもないぞ」そしてクロムウェルはうんざりしたように、また怒ったように話した。「良き友人の大司教殿、涙をお拭きなさい。今夜、嫌悪でいきり立っているにせよ、王は女の歯が白かろうと黄色かろうと、それで国をお見捨てになる方ではない。王は女たらしではないのだから」

　クランマーがさらに炉に近づき、華奢な両手を広げた。

「最近は、キャシリス夫人をご寵愛になっていた」

「そうだな、夫人には愛想がよかった」

クランマーが力説した。「人生の衰退期に差しかかっている成熟しきった男は、以前より女好きになるものです」

「だったら、女漁りをすればよい」クロムウェルはうんざりして、激しい口調で言った。「今、アン公爵令嬢を退けるのは狂気の沙汰だ。わが国を失墜させるために同盟を結んだ全諸国を前にして、友人もなくただ一人身をさらすことになるだろう。わが国の王は、統治権の一部なりとも失うようなことは、よもやなさるまい」

クランマーが言葉を差し挟もうとした。

だが、クロムウェルは「陛下は夜にはいつも熱くなられる」と話し続けた。「そうなるのは陛下のご気性によるものだ。だが、朝になれば、ドイツの諸侯が、そしてまたわが国のルター派信徒たちが、再び陛下を怯えさせるだろう。われわれの味方の狂った豚どもが！」

「陛下は一週間後に奴らのうちの七名を火刑に処すでしょう」クランマーが言った。

「いや、わたしが水曜日に放免する」

クランマーが震えた。「奴らはだんだんと傲慢になってきています。恐ろしいことです」

クロムウェルはわざと無関心を装って答えた。

「わたしの勘では、東向きの風になるだろう。新しい王妃の婚礼の日には雨は降るまい」そう言うと、温まったワインを飲み干し、首のまわりの毛皮からパンくずを払い落とした。

「あなたは本当に腹の据わったお方だ」大司教が言った。

大司教は、もう暗くなった回廊を通っていくとき、喧嘩っ早い若者が物陰から飛び掛ってくるのではないかと恐れた。紋章院総裁のノーフォーク公は宮殿のはずれに彼の宿泊所を割り当てたので、他の部署との行き来に時間がかかり、喘息持ちの大司教は、国王のお呼びがかかると、王の部屋に息を切らし痙攣を起こして到着せざるをえなかった。

Ⅲ章

王の存在を背後に感じ、人々は首の絞め合いだけは避けていたが、厩では召使たちが朝方まで殴り合いを続けていた。争いの原因は金曜日に魚を食べるのが合法的かどうかで(1)、夜明け直後には、ある廷臣の船の漕ぎ手でシッティングボーン(2)出身の男が、サクラメントは二つのやり方で行われるべきだと主張して、全部の歯をかち割られ飲み込まされる羽目になった。馬丁たちは、王璽尚書のことを歌った「クラモック」という曲の侮辱的な歌詞を口ずさみながら、馬に水をやっていた。

宮殿のまわりの庭園の小高い場所や芝地では、ルター派信徒たちが、夜通し、自分たちの王妃の到来を待っていた。ルター派信徒たちは芝地で小さな焚き火を燃やし、そのまわりに立って凱旋賛美歌を歌った。「クレーヴズからの姫君のご到来。ルター派信徒の姫君の。天から夜明けが訪れる。やがてまもなく我らの手には、斧と殻竿渡されん」

空が白むなか、エセックスの岸から、幾艘ものボートがくすんだ色の川を渡って、ミズスマシのように進んでくるのが見えた。ルター派信徒たちは公共船着場のまわりに灰色の塊となって群がった。

シティから来たドイツ人の馬商が川底の泥のなかから猫の死体を引き上げ、頭上にかざした。そしてミサの「これはわたしの体である」をもじって「これは摩訶不思議」(3)と甲高い声をあげた。ノーフォーク公の兵たちは群集のせいで男に手を出すことができなかった。前庭の側壁に開けられた小さな裏門を守るために隊長のもとに配備されていたのは、十名の兵士にすぎなかった。十時近くに、ロンドン市長が陸路やって来た。市長の後には、馬に乗った同士や武装した衛兵が長い列をなして続いていた。市長と市参事会員は廷内への入場を許されたが、兵と馬は庭園で待機するようにとノーフォーク公は命令した。四十の大隊があり、それぞれが百人単位だった。

この大群は、前庭の長い塀に沿って生える木々の間で待つルター派信徒たちの灰色のなかでさえ、白く輝いて見えた。

「こいつはすごい」と隊長が言った。「殴り合いが始まるぞ」兵士たちに槍を構えるよう命じ、扉の前を無頓着に行き来した。

シティの兵士たちは密集した集団を形成し、白い肩の上に十字架を付けていたので、それを目にしたルター派信徒たちは「ローマだ、ローマだぞ」と叫び声をあげた。そして、すぐさま石を投げ始めた。シティの弓の射手たちは、ルター派信徒があまりに近くに迫っていたため、矢を射る隙間さえないありさまだった。そこでロンドン市民たちは銀メッキされた杖で殴りかかっていったが、白い上羽織の下の重い鎧が彼らの動きを妨げた。ルター派信徒たちは、クレーヴズからの王妃の誕生も間近であり、地上に神の国が到来したのだ、と大声をあげた。

投げられた石が、ある市参事会員の馬に当たった。馬は逃げ出し、泡を吹き、たけり狂いながら、説教師が熱弁をふるうために乗っていた臓物の屋台をすさまじい音を立てて刺し貫き突進した。冬枯れの木々の間では、いたるところ、白銀のいでたちのシティの兵士が、灰色の粗紡毛織物を着たルター派信徒と戦っていた。ドミニコ会(4)の説教師が大司教に捕えられケント州に連れ去られる事件が起きた後だったので、ロンドン市民の心は怒りで煮えたぎっていた。市民らは互いに向かって、この下衆どもを相手にラター博士(5)の恨みを晴らしてやろうぞ、と叫んだ。

男たちは、誰彼構わず、殴りかかった。毛皮の頭巾を顔まで被り灰色の騾馬に乗った女が、クレイズ(6)から来たプロテスタントの肉屋に六尺棒で腕を打たれた。首に十字架をかけていたからだった。女は顔を覆い、痛みに悲鳴をあげた。騾馬の頭の向こうにいた緑色の服の男が、騾馬の首の下を野良猫のように突然さっと横切った。白く煌く顔、犬みたいに輝く歯をしたその男は、雄叫びをあげると、肉屋の首に短剣を突き刺した。

男の動作はまるで狂った野獣のようだった。群衆の合間の地面に肉屋がまだ倒れもしないうちに、騾馬の肩に短剣を突き刺し、小門を守っている兵士たちの方へと突進させた。女は手綱で騾馬を鞭打った。「一人殺したぞ」男が叫んだ。

男は兵士たちの槍の下を潜り抜け、隊長の両肩を鷲摑みにした。そして「俺たちはノーフォーク公の親類だ」と大声をあげた。男の四角く赤い顎鬚が青白い顔の下で震え、突然、男は怒りに言葉を詰まらせた。

すでにたくさんの手が差し伸べられ、女は鞍から下ろされようとしていたが、衛兵たちは一番近くにいる者どもの顔に槍を交差させていたので、槍は人々の鼻を押しつぶし、突然、顎から血の滴りを吹き出させた。騒ぎは嵐の如くで、空中高く持ち上げられた女の体は、揺り動かされながら兵士たちの守る小さな空間に下ろされた。女は腕の痛みに泣き出し、もう一方の手で痛む腕を押さえた。従兄が女に駆け寄り、よく聞こえない思いやりの言葉を呟き、再び「一人殺したぞ」という文句で締め括った。

まわりでは暴徒たちが暴れまわっていたが、兵士たちはしっかりと守備を固めて立っていた。「売女、売女」という叫び声が続けざまにあがった。庭園の芝生にはほとんど石は落ちていなかったが、女目がけて投げられた角瓶が、一人の衛兵の耳に当たった。瓶が割れて赤い泡が吹き出し、衛兵は月並みな乾いたうめき声をあげて騾馬の腹の下に倒れ、身につけていた鎧が地面に当たってガランと音を立てた。兵士たちは槍の先端を下に向け、今までより広い場所を確保した。群集は退散しながら、あたりを転げまわった。

男は隊長に向かって叫んだ。「向こうの船着場の階段へ行く道を開けてくれないか」隊長が首を振ると、「ではこの門から入れてくれ」

隊長は再び首を振った。

「俺はトマス・カルペパーだ。こっちはノーフォーク公の姪、キャットだ」相手が叫んだ。

濃い黒い顎髭を生やした隊長は、男を平然と見返した。

「国王陛下がこの前庭におられるのだ」隊長は言い、くぐり門の小さな隙間を通して門番に話しかけた。杖を殻竿のように打ち鳴らすシティの兵士の一団が、少しの間、衛兵の前から群集を追い払った。

カルペパーは剣の柄で、飾り鋲が打たれた扉を叩いた。だが、隊長にその肩を摑まれ、よろめいて後ずさりし、騾馬の脇腹に体をぶつけた。カルペパーは喘ぎ声をあげ、剣の柄を引っ摑んだ。帽子が脱げ、小麦の刈束のような黄色い髪があらわれた。赤い顎鬚には口から撒き散らされた泡が点々と付いていた。

「俺は一人殺してきた。おまえも殺してやる」カルペパーは隊長にどもりながら言った。連れの女がその首のまわりに手をかけた。

「さあ、静かになさい」女は甲高い声で言った。「静かに。落ち着くのよ。あなたのせいで死にそうだわ」女は男が窒息してしまいそうなくらいきつく男の首を絞めた。隊長は門の前を平然と行き来した。

「ご婦人」と隊長が言った。「公のもとへ急ぎ人を遣わせております。きっと入場の許可が下りましょう」隊長は身を屈めて、騾馬の腹の下から片足を摑んで兵士を引き出すと、その槍を拾い上げて、壁に立てかけた。

毛皮をつけた従妹の脇腹に顔を押しつけ、トマス・カルペパーはあの男の首を掻き切ってやる、と毒づいた。

「まあ、顔を洗って出直して来い」と隊長が答えた。「俺は人呼んでサー・クリストファー・アスク（7）という者だ」

袖なしの赤い上着を着た国王の親衛隊が、金切り声やののしり言葉を浴びながら、一団となって塀の角をまわって来た。彼らの槍の柄は規則正しく持ちあがり、鈍いドスンという音を立てて落下した。手袋をはめたいかつい手が人々の首をつかみ、気の遠くなった男女を、塀の前にできた空間に投げ入れた。そこでは武具師が、手錠と鎖付きの足かせをネックレスのように肩にかけて、待ち構えていた。

塀のなかの扉が音もなく開き、門番が隙間から呼んだ。「これらの者に入る許可が出ています」トマス・カルペパーは騾馬を引いて向きを変える前に、隊長に向かって「このペテン師め」と叫んだ。獣が手綱を引いてもしりごみしたので、カルペパーは激しい怒りを爆発させ、騾馬の閉じた両目を叩いた。騾馬は入口でひどくつまずき、それから、あまりにも速く駆け出したので、カルペパーは必ず三つ目の小道を曲がるようにという門番の案内を聞き逃してしまった。

霜に覆われた高い木々が曇った空に向かって伸び、ひと気のない並木道は霧に包まれ、あたりはしーんと静まり返っていた。「あなたはもう七つの喧嘩騒ぎにわたしを巻き込んだわ」女性の声が頭巾の下から聞こえた。「このうんざりする旅の途中で」

男は女の鐙のところに走って行き、手袋をはめた女の手を掴んで自分の額に当てた。「お前は俺をなだめてくれた」男が言った。「おまえの声はいつでも俺をなだめてくれる」

　女は絶望的に「まあ、そうかもしれないわね」と言い、次いで「わたしたちどこにいるのでしょう」と言い足した。

　刈り込まれたイチイの木、凍った泉、剪定された高い生垣が見える荒涼とした場所に彼らはいた。カルペパーは騾馬を引いた。突然、前方に何フィートもの幅があるタイルを敷きつめた非常に広い道が現われた。その道は、左に曲がれば、高い塔のぽっかりと口を開けたアーチ門へと通じていた。右に曲がれば、灰色の広い水面へと優雅に下っていた。

「あそこに川がある」男が呟いた。「船着場の階段が見つかるだろう」

「わたしはここの宮殿で伯父を見つけようと思うわ」女が言った。だが、男が「それは、だめだ」と呟き、拳で騾馬を殴り始めた。騾馬がいきなり進行方向を変えたため、女の痛めた腕に激しい衝撃がかかり、女は吐き気を催し、眩暈を覚えた。女は鞍の上で揺られていたが、突然激しい風が吹き、ボロボロになった古い毛皮が女の体のまわり一面で激しく波立った。

Ⅳ章

王は河岸に面した長いテラスをゆっくりと歩き回っていた。夜眠れず、朝食をとる食欲もなかったので、とても早い時刻からそこに来ていたのだ。裏門からやって来た従者が、カルペパーと驟馬を私用の階段へ通してもよいかと許可を求めると、王は重々しく言った。

「片輪者に肘で押し退けられてたまるものか」と。ところが、厚く重い唇からその言葉が飛び出さぬうちに、もう心変わりして、「いいから、来させるのだ」と言った。眠れぬ夜の後はこうなるのが常だった。大きな額の真ん中に皺を寄せ、広い胸部に野バラの刺繍を施した緋色の服をまとった王の巨体は、右膝に少しばかり支障をきたし、わずかにその足を引きずっていた。目は血走りどんよりと曇り、頭は額で世界に頭突きを食らわそうとしているかのように前に傾いていた。ときどきうんざりしたように眉を釣り上げ、窒息しそうなほどにぐっと唾を飲み込んだ。

背後では、プラセンティア宮殿の三百の窓が、好奇と敵意と哀れみと驚きをもって彼を見つめているように見えた。王は乱暴に襟を引き千切り、「窒息しそうだ」と呟いた。真珠を縫い込んだ手袋をはめた大きな手は、さらに巨大な大きさに膨れ上がっていた。

従者が庭園での騒ぎを王に告げ、聖なるミサの真似をして悪臭を放つ犬を持ち上げたドイツのルター派信徒の罰当たりな行為について物語った。(1)

王の顔が紫の血の色に染まった。

「そんな奴らは首を刎ねてしまえ」と言い、異端のえり分けと血による国の浄化を考えた。雷やライ病が頭の上に降りかかるのを恐れるかのように、地平線に近い空をさっと見上げた。「連中をまとめて逮捕しろ。近衛兵および手かせ足かせをもった武具師に出動を命じるのだ」

脚の潰瘍の激しい痛みが太腿まで達し、王は追い詰められた男のように失意に駆られて、頭を垂れ、大きな帽子の鍔を地面に向けて立っていた。それでも、やがて、王璽尚書とノーフォーク公を直ちに呼び寄せるのだと命じた。

この白髪混じりのどっしりとした王は大した学者だったが、今ではラテン語の書を読むことを恐れていた。ラテン語がミサの言葉を思い起こさせるためであった。作曲者であり、巧みなリュート奏者だったが、もうどんな音楽もどんな声も彼の耳を楽しませることはなかった。

盛りの頃には女たちをこよなく愛した。今、休息と音楽と楽しい会話と女の愛を望んでいるというのに、丁子が刺さった豚のような顔をした女と結婚させられようとしていた。夜通し、彼は怒り狂っていたが、夜が明けるとともに、キリスト教世界での旧教の全勢力に襲撃され、よろめく玉座の上で次第に年老いていく己の姿を実感するのだった。国のいたるところで毎日、反乱が火事のように勃発した。信頼できる者は誰もいなかった。ある一派に恩恵を施せば、一日だけは味方に引き止めておけたが、そのうちに別の一派が台頭した。今は、ルター派信徒頼みだったが、王は彼らを嫌っていた。今、テラスに立って、王は神聖ローマ帝国から来た大使を乗せた公用の立派な屋形船とフランスから来た大使を乗せた公用の立派な屋形船が堂々と並んで川を下り、水門の船着場に隣り合って繋がれるのを憂鬱げにじっと眺めていたところだった。

それは両者の友情を誇示するものだった。六ヶ月前には、両者の随員たちが一緒になれば、必ずや流血騒ぎを起こさずにはいられなかったのだが……。

やがて、王の前にトマス・クロムウェルが立った。帽子はかぶらず、微笑を浮かべ、ユーモアのセンスと柔らかな物腰で、自分自身と国王の大義への自信を見せつけた。こんな男に仕えられた君主は、きっと彼を信頼してしまうだろう。そして、長身で、憂いに沈み陰気なノーフォーク公の姿が、霜で粉を吹きかけられたようなイチイの木の間を、堅苦しく大手を振って歩いてくるのが見えた。首のまわりに巻いた毛皮を、カラスの翼のように、膝のあたりではためかせ、紋章院総裁の金の杖を悪意を込めて地面に突き刺した。公は宝石を散りばめたふちなし帽を振りながら、少し離れたところに立ち止まった。クロムウェルは陰険に警戒しながらも面白がっているかのようにノーフォーク公を凝視した。公は、その黄色い顔、鷲鼻、すぼめた唇を、暗黒の悪意をもって憎悪を示す仮面へと硬化させながら、クロムウェルを睨み返した。

このノーフォークはフロッドンの戦い(2)で勝利したサリー伯だった。当時は、誰もが彼のことを目下最強の隊長だと評価していた。戦場では不眠の指揮官、知に長け、用心深く、打って出れば、ホットスパー(3)のように勇猛果敢な隊長だといった具合に。

陰気で寡黙なノーフォーク公は、カトリック教徒たちの首領、当時の反動勢力全体の首領だった。しかし、クロムウェルとの闘争を展開しているうち、様々なポストを盥回しされ、あえて自分が恐れ憎む男と敵対する者であると公言することのできない立場に置かれてしまった。寛大な精神の持ち主であるクランマーを、公は軽蔑した。規律のために拷問にかけ火刑に処することのできる大司教であるにもかかわらず、クランマーは何もしなかった…言葉の力を使う新学問を修めた男たち、キラキラ輝く機敏な目をした黒っぽい顎鬚の男たちを、公は嫌った。彼自身は髭をきれいに剃り、細くて黄色い顔をし、その鷲鼻は顎のなかに食い込みそうに見えた。「新学問が興る前のイングランドは愉快だった」と最初に言ったのがノーフォーク公だった。

前夜、王は王璽尚書の首を刎ねるぞと息巻いた。アン・オヴ・クレーヴズが丁子を刺した豚に似ていたからだった。はらわたにまで突き刺さるような寒さに震え、額にひどい痛みを覚え、黄疸のせいで目の前に火花が踊っている状態のノーフォークだったが、あのとき王璽尚書を即座に逮捕するよう主張しなかった自分を呪っていた。というのも、クロムウェルが横柄に王の傍らに立ち、王が慇懃にとても寒いからと言って、また、耳痛を患っていることは知っておると言って、クロムウェルに何かで頭を被うようにと命じているところに出くわしたからだった。

「おまえは紋章院総裁であろう」王の声がノーフォークの朝の挨拶をかき消した。あまりにも乱暴に公に向き直った王の赤い巨体は、公の屈めた長身の体の上に倒れかかりそうな具合だった。焼けるような痛みを脇腹に覚え、そこを強く押さえた王の様子は、激怒して短剣を引き抜こうとしているかのように見えた。王は、大使のシャピュイ[4]とマリヤック[5]が頭をかち割られた門衛たちの姿を見て、パリにフランソワとその甥[6]が嘲笑いそうな手紙を送るところを想像した。

「おまえは紋章院総裁であろう。儀式を滞りなく執り行うのがおまえの務めだ。それなのに、おまえはよりによってわしの庭園のなかで反逆者や悪党どもに喧嘩をさせておいて、そのざまを世間みんなに晒しているではないか！」

頭にきたノーフォークはうっかりと口走った。

「王璽尚書も仲間を引き連れてきたためです。ルター派信徒です。あいつらが、自分たちの宗派の王妃を迎える喜びで、あんなにも不遜な態度をとろうとは思ってもみませんでした。わたしの隊では人数が足りません」

クロムウェルが言った。

「確かに。あなたの出身の北部の旧教徒たちを抑制するためにも兵士が必要ですからな」

二人の男が面と向かい合った。シティの兵士たちがルター派の信徒たちとこの王の庭園で鉢合わせするよう計画したのは公であった。クロムウェルはそれをよく知っていた。王璽尚書が頼りとするルター派信徒の不遜さを示し、シティの牙城での旧教の強さを証明できると考えてのことだった。

ヘンリーは激しく叱りつけた。恥を知れ、と何度も繰り返した。「わしの面前で喧嘩騒ぎを起こし、わしの耳に罵声を浴びせ、わしの鼻に血の匂いを嗅がせるとは！」

新教徒たちが暴挙に出たためにこうなったのですと、ノーフォークが単調に繰り返して言った。だが、クロムウェルはにこやかに楽しむかのように指摘した。「ノーフォーク公はシティの兵たちを宮殿内に入れておくべきだったのです。犬と猫を鉢合わせさせれば、必ず喧嘩が始まります」

公が悪意を込めて言った。

「市民たちを外で待たせておくことにしたのは適切でした。国王陛下の中庭を塞ぐことはできません。この姫君が王妃として歓迎されることになるのかも、わたしたちにはまだ分からないのですし……」

「何たることだ！」王はさらに激しい口調で言った。「そんな無駄口を叩きおって」王の頑強な顎が、犬の顎のように噛みつかんばかりに動いた。「卑劣な悪党どもに、そんな話をさせていたというのか」

「昨夜議会で取り上げられたのです」とノーフォークがぼそぼそと答えた。

「わしの議会で！　わしの議会で、か！」王は唸るように吐き捨てた。「そんな話をした奴は、きっとあとで後悔させてやる！」

議員でない者には誰一人話しておりません、とノーフォークが呟いた。ここで初めて国王がその巨体を動かした。

ヘンリーは突然、両手を空に向けて振った。

「きちんと秩序を保つのだ」王は公の細く黄色い顔に向かって重々しく言った。「これからは適切に儀式を執り行うように。欠けるものが一つでもあってはならない。さあ、行け」無駄口や噂話には終止符を打たせなければならない。昨夜の議会での噂は、根も葉もない噂話、失望した旧教徒たちの嘘であると見せかけねばならない。「王妃到来だ」王が言った。

公の長い両腕がぐったりと垂れ下がり、手に持った帽子は敷石をこするかのように見えた。頭はがっくりと胸元に垂れた。一巻の終わりだった。

公は自分のこよなく愛するたくさんのものがなくなってしまうのを予見した。これから先、このババアが、たくさんのドイツ人、異教徒、そしてきっとたくさんの子供たちとともに、公の時代の旧秩序をついに陥落させることになるのだ。旧体制は戻ってくるかもしれないが、もはや自分がそれを見ることはないだろう。クロムウェルの人を小ばかにしたような視線を浴びて、公は頭を弱々しく垂れ、その目には熱い悔し涙が光った。その顔はひどく年老いた男の顔のように震えていた。

王はクロムウェルの腕に手をかけて、昨夜の議会のことを忘れさせようとするかのようにひどく馴れ馴れしく、クロムウェルを水際への通路のほうへ引っぱっていった。王は肩越しに振り返り、悪意を込めて繰り返した。

「王妃到来だ」

それを繰り返しているうち、一人の女を背に乗せた騾馬の手綱を引く男に目が止まった。王は重臣とともに歩を先に進めた。

Ⅴ章

戻り際、ノーフォークは小道のはずれで二人の男女に出くわした。男の緑色の上着は染みだらけ、一方の袖が切れて踵のあたりまでぶら下がっていた。騾馬の膝は切りつけられて傷を負い、女は顔を隠し、身を縮めて震えていた。

この二人を見て、ノーフォークは怒りと恐怖に駆られて息を詰まらせた。事によれば、他の行列がこの放浪者たちと出くわしたかもしれず、その場合、自分がその責任を取らされただろう。二人が自分から一メートルも離れていないところにいるというだけで、彼はむかつく思いをせずにいられなかった。

「わき道はないのか」とノーフォークは厳しく訊ねた。

カルペパーがカッとなって言い返した。

「知るものか。なんで案内人を付けてくれなかったのだ」カルペパーの鮮やかな赤い顎鬚はもつれ合い、いくつものしっぽのように垂れ下がっていた。また彼の顔は青ざめ、怒りに燃え立っているかのようだった。門番がひと気のない前庭に二人を放り込んだままにしておいたからだ。

「キャットはひどい怪我を負っているのだ」とカルペパーが涙声で呟いた。「腕の骨が折れているみたいだ」カルペパーはノーフォーク公を睨んだ。「自分の親類のこともはや気にかけなくなったのか」

ノーフォークが訊ねた。

「おまえの言うキャットとは誰だ。わたしがハワード家の者を皆知っているとでも思うのか」

カルペパーが怒鳴った。

「何だと？　自分の弟の子供を助けようとさえしないのか」

公が言った。

「それでは、宮殿に戻すことにしよう。そうすれば看護してもらえよう」

「そうはいかん」カルペパーが面食らって言った。「キャットは父親からドーバーに急ぐよう命じられているのだ」

ムーア人女性のヴェールのように女の顔を覆った毛皮のフードのなかに、公は女の目を見つけた。その目は大きく、灰色をして、蒼白な額の下から公の心を抉った。公を見つめ、彼の人品を問いただし、品定めした。

「わたしの宿舎に来ないか」公が訊ねた。

「ええ、参りますわ」毛皮越しに弱まった小さな声がした。

「そうはいかん」とカルペパーが繰り返した。

公は、陰気なもの問いたげな驚きの表情を浮かべて、カルペパーを見た。

「俺はキャットの母方の従兄だ」とカルペパーが言った。「俺がキャットの面倒を見ている。あんたが全然見てこなかったからな。キャットの父親の家は暴徒たちに焼かれ、召使たちも略奪に加わる始末だ。だが、あんたはそんなことも知らないのだろう」

キャサリン・ハワードは怪我していないほうの手を使って、一生懸命急いでフードをはずそうとした。

「来るか」と公が急かすように言った。「決めてもらわなければならぬ」

カルペパーが怒りを込めたささやき声で言った。「聖ネアン[1]の骨にかけて、そうはいかん」キャサリンは無意識に負傷した手をあげ、そのために焼けつくような痛みを覚えて目を閉じた。たちまちのうちにカルペパーがキャサリンの膝元に駆け寄り、両腕で彼女を支え、愛情と絶望の言葉を呟いた。

舗道を熊が歩くような、重くて柔らかな靴のヒュッという鈍い音が背後に聞こえ、公が振り向くと、そこには国王が立っていた。

「これは弟の子供です」と公が言った。「ひどい怪我をしております。犬のように放っておくわけにも参りません」そう言って、王の許しを求めた。

「もちろん、放っておくわけにはいくまい」と王が言った。「助けてあげなさい」カルペパーは二人に背をむけたまま立ち、怒りの余り、二人のどちらの言葉にもまったくお構いなしだった。「さあ、よく面倒を見てやるのだ」ヘンリーはそう言うと、クロムウェルに腕をとらせて通り過ぎて行った。

公は安堵のため息をついた。だが、アン・オブ・クレーブズが来ることを再び思い出し、クロムウェルがこうしてもう一度王の信頼を勝ち得たことを思い知ると、鬱憤がカルペパーへの傲慢で険悪な口調となって現われ出た。

「姪を水門のところまで連れて行くのだ。追って女たちを遣わそう」そう言って、ヘンリーが戻ってくる前に姿を消せるよう、冷ややかに小道を急ぎ先へ進んで行った。

カルペパーは、公が女たちを遣わす前に、屋形船に乗ろうと決心した。しかし、騾馬がテラスを渡る最中に向きを変え始めた。従妹は馬の首をしっかりとつかんで放さず、彼女の緩んだフードが頭から脱げ落ち始めていた。

二十メートル離れたところでは、王がクロムウェルの肩を手で揺すりながら言っていた。

「なんとわしは白髪が増えたことか」

言葉は激して長広舌へと移って行った。王はカレーでの事業につぎ込む金がもっと必要だと主張した。英国の領土外のフランスの白亜坑が英国の作業員を締め出してしまったことで、苛立っていた。屋形船や小型船に高い金を払って、ドーバーから白亜を運ばなければならなかった。これがフランスとの争いの種となっていた。

クロムウェルはフランスとの亀裂をもっと深めたら良いとの考えだった。カールやフランソワの臣民で現在ロンドンに駐在している者たちに、人頭税をかけるのがよろしいのではないかと進言した。金細工商、羊毛商人、馬商、売春業者、画家、楽士、ワイン商人などがおります、と。

灰色の川へと目が向き、王は深い憂鬱な放心状態に襲われて、思わずさっきの言葉を口走ったのだった。

白くなった頭髪、不活発でもの憂げな顔が、ヘンリーをやつれ年老いた感じに見せていた。クロムウェルもあえてそれを否定しようとはしなかった。王が鏡を持っていたからだった。

クロムウェルは小さなため息をついて、話し始めた。

「厳しき歳月は体を損ねも致しましょう」

ヘンリーが突然その言葉を遮って言った。

「いや、そうではない。厳しき日々、果てしない夜が体を損ねるのだ。おまえは眠れるかもしれん」だが、自分は、国王は絶え間のない仕事に忙殺されていた。

「おまえには分かるか。世の中がわしを休ませてくれないということが」長い暗黒の夜に、うたた寝からはっと目が覚める。小さな息子を可愛がっている最中、とても大きな不安に襲われる。自分が裏切り者たちの間に生きていて、祈るべき神さえ持たないことを思い出す。すると働く気も失せてしまう……

王様ほどの働き者はイングランドに誰一人おりません、とクロムウェルが言った。

「イングランドに王を愛するものは一人もおらぬ」王の血走った目が騾馬に乗った女に留まった。「王が見ることなく、王を見ることもない者は幸いなり、だ」王が呟いた。

カルペパーをひどく嫌う馬が、すぐ近くのテラスでなかなか前に進もうとせずにいた。ヘンリーはその悪戦苦闘ぶりにぼんやりと見入った。馬に跨る女の体が前に揺れた。

「おまえの連れは失神しておるぞ」王がカルペパーに声をかけた。

男は興奮し混乱して、もう一度女を馬の上にしっかりと座らせようとし始めた。馬はゆっくりと欄干の石の台座のほうに後ずさりし、男女二人は一緒に揺れてよろめいた。

王が言った。

「女を下ろすんだ、そして台座に休まるがよい」

王の心は、すでに自分自身の深い悲しみに戻って行こうとしていた。石の台座に載った女の頭は欄干に凭れ、目は閉じ、顔は空を仰ぎ蒼白だった。カルペパーは、指先に歯を食い込ませ、手袋を引き裂くようにしてはずした。

ヘンリーはクロムウェルを水門小屋のほうへ引っ張って行った。この男女を助けるために家臣をひとり使わそうかと、ぼんやりと考えながら。

「ああ、どうしたら眠れるのか教えてくれ。わしを働かせるのは、おまえなのだからな」

「陛下ご自身のためでございます」

「ああ、わしのためか」王が怒って言った。

突然、王が毒舌をふるい始めた。「おまえはたくさんの男たちを殺した…わしのために。おまえは謀反とも言えぬ謀反を見つけ出した。老人はわしを嫌い、老婆や妻や娘や売春婦たちは…ああ、わしが最後に地獄落ちになろうとも、おまえはそれを免れるだろう。おまえがやってきたことは、わしのためにやったことなのだからな。こういうことになるのではないか」王は深いため息をついて言った。「わしの罪がおまえの栄光だということに」

二人は水門小屋の長い塀際に着き、自動的に向きを変えた。船着場に着岸した屋形船が、半切りのメロンを竿の上に置いたようなリュートや、朝顔型の口を空に向けて広げたホルンや、川の波の動きにガランと鳴るシンバルをかかえた楽士たちを吐き出していた。それを見て、ヘンリーが言った。「平民はふつう自分でベッドを伴にする相手を選ぶことができるのであろうな」楽士たちの姿を見て、彼らに歓迎するよう命じてある王妃のことを思い出したのだった。

クロムウェルが、冷静沈着に手を振って半円を描き、宮殿と灰色の川と内地を抱えた地平線を指し示した。

「陛下は万人のなかからお選びになれます」とクロムウェルが答えた。

水門小屋のなかで試しに弱く吹かれたホルンの音とポロンポロンと鳴るリュートの弦の音を聞いて、王はこう言った。「ああ、わしの心を魅了する音楽を与えてくれ。おまえにはそれができまい」

「王妃は防御であり、保証であり、接合剤のようなものであって、防波堤の要石です」クロムウェルが言った。「今や、わたくしどもは、誰が味方で誰が敵かを知ることができましょう。今後は陛下も安心してお休みになれるというものです」

クロムウェルは真剣に話した。これで長い闘争が終わるのです。陛下にも休息をとって頂けましょう、と。

二人はテラスを前にいた場所まで引き返した。女の頭はまだ後ろに反りかえったままで、顎は尖り、首は長く、細く、しなやかに見えた。カルペパーが女を覗き込み、仰向けの顔に、帽子に汲んだ水を振りかけていた。

王がクロムウェルに言った。「あの娘は誰だ」そして同じ口調で、「ああ、おまえは本当に慰め上手だ。形勢を見極めることにしよう」と言った。それから自分の質問に自分で答え、「ノーフォークの姪か」と言った。

背筋は自ずとピンと張り、脚から引きずった歩き方は消え、王はしっかりと優しく二人に近づいて行った。

カルペパーは肉片から不承不承顔をあげる野良猫のように向き直ったが、王の巨体、熱のこもった優しい眼、胸部にかかった大きな首飾り章、重たげな手、まるでテラスの石を押さえつけてでもいるかのような大きな足を目にすると、不安そうに直立不動の姿勢をとった。

「何故おまえたちは旅をしておる」王が訊ねた。「この娘はキャサリン・ハワードであろう」

カルペパーは抑えた、しかし耳障りな声で、自分たちはノーフォーク州に隣接するリンカンシャー州から出てきたのだ、と答えた。これはエドマンド卿の娘です、と。

「この女には会ったことがないな」王が言った。

「この町は初めてだ」

王が笑った。「そうか、哀れな娘だ」

「立派な教育を受けている」カルペパーが誇らしげに答えた。「学問を修め、歌や踊りを習い、ラテン語とギリシャ語を勉強した…父親には十人の娘がいるのだが」

王が再び笑った。「哀れな男だ」

「今はますます哀れになっている」カルペパーが呟いた。キャサリン・ハワードが不安げに身を動かし、カルペパーの顔が素早くそちらを向いた。「暴徒どもが父親のたった一軒しかない家を焼き、羊を皆台無しにしてしまった」

王がひどく顔をしかめた。「何だって。誰が暴動を起こしたのだ」

「俺たちが耕作地を羊に与えるのを好まない連中だ」カルペパーが言った。「そんなことをしたら飢え死にしてしまうと言っていた。だが、それしか金儲けの手段がないのだから。俺もそれで持ち金すべてを手に入れた。もうとっくになくなってしまったがな。だから、もっと稼ぐために俺は戦に出向くのよ」

「暴徒どもだと?」王が再び、重々しく言った。

「ごくわずかな連中さ。辺りのヨーマン二十人程度の。七人は俺が殺した。他の者たちはノリッジ(2)で絞首刑になった…だが、納屋は焼かれ、羊はいなくなり、家は壊され、召使は逃げ出した。俺はこの娘の母方の従兄に当たる。ハワード家と同等の家柄の出だ」

王は、まだ二人を見据えたまま、背後でクロムウェルを手招きした。クロムウェルは説明した。ネーデルランドの織工に売り渡す羊毛の生産のため、二十人ほどの貧しいヨーマンや作男や女たちが借地から追い出され、腹を空かして自暴自棄になり、土地の管理が行き届かなくなっているのを見越して徒党を組み、わずかな数の垣根を壊し、わずかな数の納屋を焼いたのだが、結局、地方の武装隊が集まってこの暴動は鎮圧されたのだ、と。

王はその暴動を耳にしたことはなかったが、忘れてもいなかった。というのも、そうした反乱はしょっちゅう起こっていたからである。王の眉間には大きな皺が寄り、膨らんだ額の陰から目が女の顔を睨みつけた。大きな暴動が自分に知らされず隠されていたと考えたからだった。

女は頭をもたげ、王を見て悲鳴をあげ、半ば立ち上がったが、従兄の手を握りしめながら、もう一度台座に座り込んだ。従兄が言った。

「落ち着くんだ、ケイト。王様だ」

女が答えた。「嘘、嘘」そして両手で顔を覆った。

王は少し女のほうに体を屈め、子供に対するような、寛大で、楽しげで、穏やかな態度をとった。

「わしはハリーだ」王が言った。

女が呟いた。

「大群衆がいて、大きな声がしていた。誰かがわたしの腕を打った。それから、ここの、この静けさが」

女は顔から手をはずし、座ったまま、地面を見つめた。女の身につけている毛皮はすべて灰色で、四年間、新調していなかったので、若い体には、もう窮屈なものになっていた。手袋の薔薇の花の刺繍はほつれ、女の白い顔は、川の鋼鉄のような灰色を反映して、真珠母の色を帯び、悲しげな物思いの表情を浮かべていた。

「この旅ではひどいことばかりだった」女が言った。

「父親の納屋は我々がもう一度建ててやろう」王が答えた。「おまえの持参金として二倍の羊を与えよう。おまえの目を見せてくれ」

「こんなに恐ろしい顔の王様に会おうとは思ってもみなかったわ」女が答えた。

カルペパーが騾馬の手綱を捕らえた。

「気でも違ったか」とカルペパーは呟いた。「さあ、一緒に行こう」

「いや、わしがもっと若かった頃には、おまえは優しさ以上のものをこの顔に見つけただろうがな」と王が答えた。

女は目をあげて、しっかりとした、探るような、落ち着き払った眼差しを王の顔に向けた。王はその巨体を屈め、女のこめかみにキスした。

「この場所にようこそ」王が微笑んだ。自分の愛想のよさに満悦したためと、自分の髭が当たって女を痛がらせ、女が頬をさすったことによるものだった。

「さあ、行こう。俺たちは国王陛下を引き留めてしまっている」

ヘンリーが「おまえたち、ここで待っておれ」と言った。王はクロムウェルがこれらハワード家の者をどう言うか聞きたかったので、クロムウェルをテラスのはずれまで連れて行った。

カルペパーは囁こうと口を開いたまま、キャサリンの上に身を屈めた。

「疲れたわ」キャサリンが言った。「鞍の座布団をわたしの肩の後ろに当てて頂戴」

カルペパーが急いで囁いた。

「俺はこの場所が気に食わねえ」

「わたしは結構気に入っているわ。華やかな雰囲気だし」

「入り口で騾馬がつまずいたんだぞ」

「気づかなかったわ。王様はわたしたちにここで待つように言ったわね」

女はもう一度、石の欄干に頭をもたせかけた。

「もしおまえが俺を愛しているなら…」男は囁いた。低い声で話さなければならないことが、男を苛立たせ、困惑させた。何の言葉も思いつかなかった。

女は落ち着き払って答えた。

「たとえあなたがわたしを愛しているとしても…わたしは身体が痛くて、痛くて…」

「俺はおまえの服を買うために農場を売り払ったんだぞ」男がやけになって言った。

「わたしが頼んだわけじゃないわ」女が冷たく答えた。

その間、ヘンリーは話していた。

「ああ、君主は他の者が運んでくるものを受け取るだけだ。平民はふつう、好みのままに選択できる」王の声には、ずっと忍んできた無念の思いが滲み出ていた。「どうしてこうした娘を連れて来なかったのだ」

クロムウェルが答えた。この娘はリンカンでは、鳴らして真贋を問うにも値しない硬貨だと言われております。

「おまえはこの女の家系を好かぬようだな」王が言った。「こうした娘を連れてきてくれればよかったものを」

クロムウェルが答えた。「わたしが申します意味は、この娘がすでに他の者のものになっているということでございます。陛下なら、瞬き一つで口説き落とせましょう」

ヘンリーは憤怒に駆られ横柄に肩をすくめた。そんな獲物は身を屈するに値しなかった。戯れの恋は彼の望むところではなかった。

「この娘の悪口を言おうというのではありません」クロムウェルが答えた。「同種の娘と変わらないということにございます。陛下はイングランド中で同じような娘をたくさん見つけることができましょう」

「おまえは口が悪いな」ヘンリーが投げやりに言った。「この娘は上品な言葉づかいだ。メアリー王女の所に置いてやるがいい」

クロムウェルは微笑み、ポケットから引き出した紙にメモをとった。

カルペパーは両腕をぎこちなく動かしながら、キーキー声をあげていた。

「お願いだから、行こう。俺たちの約束すべてにかけて。俺たちの秘密の誓いすべてにかけて」

「ええ、あなたは本当に誓いに誓ったわ」女はひどくうんざりした様子で言った。「それで何を実現してくれるというの？　この旅の間、わたしはひどく不潔なベッドのなかで眠ってきた。王様には品よくお話しなさい。言下に取り立ててくれるかもしれないのだから」

カルペパーは彼女に唾を吐きかけた。

「おまえはいつからそんな上目使いをするようになった…腸が煮えくり返る思いだ。俺を見ろ。おまえを生かしてはおけぬ。俺はおまえを殺す。月を赤い血で染めてやる」

「ああ、何てバカなことを」女は冷たく答えた。「ここはもうひと気のない荒野や荒地ではないのよ。言葉を慎みなさい。ここにはわたしの味方がたくさんいるのですから」

突然、男は懇願し始めた。

「騾馬がつまずいたんだぞ――不吉な兆候だ。行こう、行こう。おまえが俺のことを愛しているのは分かっているんだ」

「あなたのことを愛しすぎているのはよく分かっているわ」女は自分を嘲るかのように答えた。

「おまえの父親のところへ行こう」

「まあ、何ていまいましい」女が言った。「あなたはお金を得るために戦に行くのでしょう？　槍を引きずって行きたいんでしょう？　隊長の判断を仰がなければ何もできないって言うの？　ここには最強の隊長がいるわよ」

「ここでは話さない」男がしゃがれ声で呟いた。「だが、この王様は…」男は口ごもり、素早く言い足した。「この王様はすべてのキャサリンにとって不吉のしるしだ」

「いいえ、王様はきっとご自分の古い手袋をわたしに繕わせてくださるでしょう」女は笑った。「分からず屋さん、王様は高さ三マイルの山の上に立っているのよ。雨粒が一つ落ちる間だけ、人のことを気にかけてくださるでしょう。でも、それでおしまい。人は雨粒が地面に達する前に取り立ててもらうようにしなければならないのよ。おまけに、上品な言葉づかいの老人だわ。わたしたちのお祖父様のカルペパーに生き写し」

ヘンリーが、案内人のいる水門小屋にカルペパーと騾馬を送ろうと夢中になって駆け戻ってくると、キャサリンは優しく笑って喜びを示した。

カルペパーはふるえおののきながら、「この娘は父親の命でドーバーに急ぐのです」と言った。

「娘の父親はわしから命を受け、命を与えるのだ」とヘンリーは答え、もう一度、手袋を水門のほうに振り動かした。王はカルペパーが発作的に短剣を掴む前に、向きを変え、脇にいるキャサリン・ハワードをクロムウェルのほうへ退かせた。

キャサリンは好奇心にかられて、こっそりと「あのお方はどなたですの？」と訊ね、王の答えを聞くと、「ハワード家の味方ではないのですね」と考え深げに言った。

「だが、あの男はわしの味方のなかに味方をもっているのだ」と王が答えた。王は立ち止まって女をしみじみと眺め、顔一面に物憂げな、それでいて寛大な微笑を浮かべていた。膝に当てた広い金色の靴下止めには「思い」(3)という言葉が描かれ、首飾り章は厚い胸の上で上下し、薔薇の刺繍は大変見事だったので、キャサリンは、それを仕上げるのにどれほど多くの女性がどれほど多くの夜を徹夜したことかと訝った。それでも王は白髪頭で素朴だった。

「ここでの慣習はまったく存じません」女が言った。

「わしらがもはやおまえの味方でなくなるまでは、恐怖に顔を青ざめさせぬがよい」と言って、王は女を安心させた。そして慇懃なスピーチを組み立てた。

「おまえにとって、ここには喜びしか存在せぬ。喜びの太陽が輝く間、喜ばしい希望がおまえの仲間となり、夜には甘い満足がおまえに添い寝する友となろう…」

　王はクロムウェル卿に、この女を世話し、メアリー王女の居所に連れて行くようにと言って引き渡した。王がこうした女と並んで歩くのはふさわしからぬことだったので、ヘンリーは大きな肩を揺すり、熊のようなどっしりした足取りで、他の二人に先立って広い道を進んで行った。

Ⅵ章

クロムウェルは気遣いの微笑を浮かべながら王の大きな背中をじっと見つめた。キャサリンに向かっては、わたくしは貴女の召使でございますと、皮肉っぽく言った。

「そうあってほしいものです」キャサリンが答えた。「あなたはわたしが愛する者たちを愛していないそうですから」

「どうか人々の言うことはお気になさらないように」クロムウェルが冷たく答えた。「わたくしは国王陛下の御為を願う者たちに愛想がよいだけです。わたくしを嫌う者は、国王陛下の不幸を願うものに他なりません」

「それでは時代が悪いのですわ」キャサリンが言った。「王様の不幸を願う者がたくさんおりますもの」

キャサリンは賢明な沈黙を保てなくなったかのように、突然、さらに付け加えた。

「わたしは昔ながらの流儀で、昔ながらの宗教を信じています。あなたはわたしの親しい友人をたくさん縛り首にしてきました。わたしはその人たちの魂のためにお祈りを捧げます」

クロムウェルがじっと相手を見据えた。

女はすらっとして背が高く、白い色の顔、赤みがかった金髪、淡黄褐色を帯びた緑色のきらめく目をしていたが、今は頬が紅潮し、目からは火花が散っていた。心のうちを語るのに忙しく、腕の痛みも忘れていた。女はこのビール製造業者の息子を怒らせるに足る、十分なことを言ったに違いないと思った。だが、相手はこう答えただけだった。

「あなたはこれまで陛下の宮廷に来たことがないようですな」――男の落ち着いた態度から、女は、この男がちりあくたのように扱えるくだらない人物ではないことに、即刻、気づいた。

キャサリンは陛下の宮廷に来たことがなかった。実際、北の国から出たことさえなかった。父親は生まれてこのかた、古い城と小さな地所をもつだけの貧乏人で、地所は耕しても見合わないので、ほとんどいつもほったらかしにされていた。彼女は今の世の男たちを尊敬していなかった。ブルートゥス[1]やセネカ[2]のような古代人と比べると野獣のように思えたからだった。あの従兄のような男たちに言い寄られ、脅迫されていた。教育係たちでさえラテン語を教えつつ、言い寄った。女は知り合いのどの男よりも学識があり、プルタルコスの英雄たち[3]のことを考えると、今の世を軽蔑せざるをえなかった。王に対しても忠誠心はほとんど持ち合わさなかった。いま、王に会って、王の権力者としての意識を感じとってみると、それで良いのかという気持ちになった。だが、王の命令書は北の国々ではほとんど効力を持たなかった。一族の男たちや母方の親族は、適当だと思えば、小作人たちを縛り首にした。馬で鷹狩りに出かけるときには、木の天辺から死体がぶら下がっているのを見た。王の力を知ったのは、城の門のそばの修道院の人たちが戸外に追い出され、男衆が悪態をつきながら暴れまわり、クラモックの仕業だと叫んでいる場に居合わせたことによるものだった。「悪党どもが王のまわりで支配権を握ってしまったぞ」という叫びを聞いた。

　悪党どもがまわりで支配権を握れるならば、王は取るに足らない男ということだった。キャサリンは自分の一族の男たちが王を即位させたり退位させたりすることを知っていた。従って、聖人たちや、手もみをしイングランド上空を泣きながら舞っている祝福された天使たちの大群のことを考えると、どうして彼らはこの王を退位させないのだろうかと、時々、少し訝しく思うのだった。

　しかし、キャサリンにとって、こうしたことは自分とはまったく縁遠いことのようにも思えた。彼女には古典語で本を読んだり、プラトンの精神の共和国[4]について演説する自分を想像したり、乗馬をしたり、弓を使って狩りをしたり、針仕事をしたり、侍女を叱責すること以外まったくやることがなかった。従兄は彼女のことを熱烈に愛していて、かつて彼女が窮地に陥っていたときには、農地を売って服を買ってくれた。しかし、彼はうんざりするほどにナイフで脅しをかけたので、キャサリンにとって、男たちのやり方は煩わしいだけだった。それにもかかわらず、忍耐強い知恵をもって、彼女はそのやり方に服従していた。

　キャサリンは王にも服従した。クロムウェルと一緒に、ふさわしい距離をとって王の後について行くときには――クロムウェルのことは噂で嫌っていたが――クロムウェルの尋問に屈しもした。

　クロムウェルはキャサリンに目を据えながら、脇を歩いた。自分自身の力をほのめかすような声で王の寛大さについて話した。国王陛下は特に王女様のことをお気にかけておいでで、王女様の宿舎には、著しく優れた才能と容姿と学識をもった女性たちが置かれています。この女性たちには、多額の謝礼と一年に七着のドレス、心付けや贈り物、陛下ご自身の蒸留室で作られた香水が支給され、また、新年には部分金メッキした首飾りが配られるのです。女性たちの目付け役であるロックフォード夫人は、親切で礼儀正しく、魅力にあふれ、女性たちへの監督も決して厳しすぎることのないお方です、と。

　クロムウェルは、そのありさまを、彼だけが与えることも引っ込めることもできる賄賂であるかのように詳述した。彼の、用心深くもあれば聖職者らしくもある口調に、キャサリンは直感的に、この男は自分に警告を与えているだけでなく、どのくらい反抗的になれる女か探っているんだ、と思った。一度、彼は「この国には安定が必要です。今は時代がとても悪いのです」とさえ言った。

　キャサリンはすぐさま、この男を侮辱するなど無益な愚行だと悟った。この男は侮辱を侮辱と感じないだろう。そこで彼女は視線を地面に落としたまま、彼の言葉に耳を澄ました。

　クロムウェルは彼女のことを探り続けた。どんな話し相手の心の内も、奥の奥まで見抜くことが、彼の職業上の才能だった。

「それで、あなたのご立派なお従兄のことだが」クロムウェルは口を噤んだ。王は彼にふさわしい職を見つけるようにと命じていたのだった。「カレーに行かせるのが一番良いのですかな。向こうでは騒動が起こるでしょう」

キャサリンには、自分が従兄をどのくらい愛しているかをクロムウェルが探ろうとしていることがとてもよく分かったので、低い声で答えた。「ここに留まってもらいたいと思います。ここでは、わたしの唯一の友人ですもの」

クロムウェルは、相手を元気づけるとともに、裏の意味も込めて、ここではあなたの従兄があなたの唯一の友人というわけではありませんぞ、と言った。

「ええ、でも、あなたは従兄ほどには古い友人ではありません」

「いえ、わたくしなどは。あなたの良きしもべと呼んで下さい」

「それなら、わたしの伯父もおりますわ」

「ノーフォークは友人としてあてになりません。苦いリンゴ、体重をかけるにはあまりにも腐った板切れです」

キャサリンはクロムウェルの言葉の意味を理解しないわけにはいかなかった。王の緋色の巨体は、もう塔の下のアーチの灰色の影のなかにあった。歩いているうちに、二人は王に近づいていた。足を止めると、少しの間、王も立ち止まって振り返り、将来を予感させる憂いに満ちた視線を小道のほうに投げた。そうして、その姿は消えていった。

キャサリンはクロムウェルを見て、忠告に感謝した。「予知された矢は当たりにくくなりますから(5)」

「喜びがいや増します(6)、と言ってほしかったですな」クロムウェルが真顔で答えた。

ほら貝の形をしたホルンを上向きに持った男が、突然、アーチ道で、虚ろに鳴り響く低い音を七回吹き鳴らし、クロムウェルの言葉をかき消した。それに答えるはっきりとした汽笛が水門から聞こえてきた。クロムウェルはその場に留まり、その音に耳を澄ました。別の男が一歩前に立ち、四回ラッパを吹き鳴らし、もう一人が六回、もう一人が三回吹き鳴らした。毎回、汽笛がそれに答えた。男たちが吹き鳴らした音は、高官たちが屋形船に送る合図であり、汽笛は屋形船が着岸準備を整えて潮路に待機していることを知らせるものだった。走り、叫び、幟を持った男たちのどよめきが、中庭のアーチ道を越え始めた。

クロムウェルは、穏やかな満足した表情になった。王がアン・オブ・クレーヴズを迎えるために人を遣わしたのだ。

「あなたは博識だそうですな」クロムウェルがゆっくりとした口調で訊ねた。

「英語を習うより前に、ラテン語で育てられました」キャサリンが答えた。「いつも古典語を話す教師がついておりました」

「ニコラス・ユーダルですな」クロムウェルが言った。

「あなたはこの国のどんな方でもご存知なのですのね」恐れと驚きの気持ちでキャサリンが言った。

「メアリー王女の教育係をしてもらっています。気立ての良い男ですからな」

「教育者としては最高ですが、名うてのならず者ですわ」キャサリンが答えた。「悪事を働いてイートン校の教師の職を追われました」

「そこで、あなたの尊敬すべき父親が彼を教師として雇ったのですな」クロムウェルが皮肉っぽく言った。

「いえ、それで無一文になり、食糧を得るために教えることになったのです。私たち姉妹も郷ではいつもお腹を空かしていたものです」

クロムウェルがゆっくりとした口調で言った。

「それだけ一層、あなたはここで愛される必要があるというわけだ」

クロムウェルは立ち聞きをされる恐れのない藪のそばで、キャサリンにもっと多くの質問をした。彼女はギリシャ語もいくらかでき、フランス語も少なからずできた。よい歌を判断することができたし、詩をラテン語や俗語に翻訳することもできた。乗馬もうまく、狩猟用語にも通じ、弓を射ることもできると明言し、教父たち(7)のことを勉強しているとも言った。

「どれも上流社会で大変尊ばれている事柄です」クロムウェルが言った。「国王陛下ご自身五ヶ国語を話し、巧みな受け答えを好み、優れた腕前の狩猟家です」彼は馬の値踏みをするかのように女をしげしげと見つめた。「だが、あなたは自分をあまりにも高く評価したのではないですかな」

「自分を買いかぶっている部分もあるかもしれませんが」と女が答えた、「買いかぶりすぎということはありませんでしょう」

「よろしいですかな」クロムウェルがゆっくりとした口調で言った。「水門から吹かれる汽笛は、新たな王妃が威儀堂々とやって来ることを知らせるものです」クロムウェルは下唇を噛み、女を意味ありげに見つめた。「ですが、威儀堂々たることが国家の首長に威厳を与えるのです。王侯の結婚は威厳の始まりなり[8]、ですな…わたしには取るに足らぬことですが、これはあなたの運命を決める重大事になるかもしれませんぞ」

　キャサリンには、クロムウェルが「おっしゃる意味がわかりませんわ」という返事を待っているのが分かった。

　寒かったので、フードを引っぱってさらに顔を覆い、地面に視線を落として、そう言った。

「ああ」とクロムウェルが早速に答えた。「あなたは近頃とても好まれておる才能をもった女性のようだ。そうした才能だけを使うように注意なさい。あなたに関わりのない事柄には干渉なさらぬように。そうすれば、身分ある貴族とすばらしい結婚ができるかもしれません。だが、他のことで余計な口出しはなさらないことだ！」

　悪い例を示す多くの者がおるでしょう。これから仲間入りする女性たちは反抗的な集団です。気をつけることだ。良き振る舞いによって評判をとれば、王はあなたの身分を高めてくださるだろう。良き言葉と良き模範によって——というのも、あなたは学問の大きな蓄積をお持ちだから——邪悪な女どもを改心させることができましょう。もし悪しきたくらみや陰謀をわたしに報告すれば、わたしが王に話をして、陛下から多額の結婚持参金を賜り、どんな貴族とでも結婚できるようにして差し上げましょう。あるいは、あなたの従兄の身分を上げて、結婚できるようにしてあげることだってできるでしょう。

キャサリンが率直に言った。

「あなたはわたしに、仲間となる女性たちをスパイせよと仰せなのですか」

クロムウェルは大きな、なだめるような仕草で片手を振った。

そして重々しく言った。「お分かりのように、わたしはあなたに国家のために働いてもらいたいのです。それはまた古代人の教えではありますまいか」クロムウェルはネロの治世を支持したセネカの例を引き合いに出したが、キャサリンはクロムウェルが自らの目的に適うように、あの君主に仕えた兵士たちについてタキトゥスの話[9]を捻じ曲げていることに気づいた。

それでも、彼女は何も言わなかった。というのも、女性に忌まわしい犠牲を平然と強いるのが男の本性であることを、彼女は知っていたからだった。だが、彼女の喉は怒りでヒリヒリと痛んだ。宮殿の廊下をクロムウェルの後について歩いていくとき、彼女にはすれ違う男や女が誰も皆、恐怖から生まれた嫌悪のために王璽尚書をひどく憎んでいるのが感じられた。

クロムウェルは、キャサリンの前を尊大な様子で歩いていた。まるで彼女など、彼の前進が巻き起こす風に吹き飛ばされるべき藁としか思っていないかのように。彼が指をパチッと鳴らすと、どの扉もさっと開いた。

突然、二人は天井が高く、細長い、北向きのほの暗い部屋のなかにいた。そこは空洞のように見えたが、長いテーブルの上にたくさんの本が載っていて、向こう端の読書台の前には、遠くからなので極めて小さく見える二人の人物が立っていた。扉を開いた召使が「王璽尚書の御到来」を告げ知らせ、その声が天井の金メッキされたほの暗い垂木の間に悲しげに響き渡った。

　クロムウェルは急ぎ足で、滑らかな冷たい床の上を渡っていった。フードの長い尾を寡婦のヴェールのように足元近くまで垂らした黒衣の女性の姿が、読書台から振り向いた。男のほうは読書に熱中したままだった。

「大いなる喜びをあなたがたに告げましょう」(10)とクロムウェルが声を発した。女性は手を前に組み、体を硬直させて、まっすぐに立った。頬骨の上にさえ赤みが差さず、硬く結んだ唇にもほとんど赤みの見えない蒼白な彼女の顔は、顎の下で結ばれた黒い頭巾のせいで、まるで額に入れられているかのように見えた。髪の毛はしっかりと後ろに撫でつけられ、高く狭い額には髪の毛一本見当たらなかった。頭巾の下のコイフは尼僧のもののように白かった。両のこめかみは窪み、何とも悩みやつれているように見え、唇のまわりには硬い皺が寄っていた。彼女の頭上の、ほの暗い部屋のすべての音が、まるでここには神秘的で陰鬱な何かが、大きな悲しみか大きな情熱のようなものが潜んでいるとでも言うかのように、長いこと垂木の間で囁いているように思えた。

「大いなる喜びをあなたがたに告げましょう」クロムウェルは言っていた。「王女様のため、古典文学の学識、知識に秀でた娘を連れて参りました」

　クロムウェルの声は、ふざけ調子の、朗々とした声だった。背中の曲げ具合もしなやかだった。顔は晴れやかな、愛想のよい微笑で輝いていた。女に注がれた王女の視線は、いかめしく疑わしげだった。王女はまったく身動きすることなく、唇さえ動かないままだった。クロムウェルは、この者はハワード家のキャサリンと申します、プラウトゥスの学問的評釈を行うに際して、王女様とユーダル先生のお手伝いをするのに適した者にございます、と述べた。

読書台に向かっていた男は振り向いたが、それからまた本に目を戻した。男のペンが大きな本の余白に走り書きした。キャサリン・ハワードは跪くと、王女の手をとってキスした。しかし、その手は乱暴に素早く引っ込められた。

「何と愚かなことを！」すぼめた唇から耳障りな声が漏れた。「さあ、お立ちなさい」キャサリンは跪いたままでいた。というのも、相手はイングランドのメアリー王女だったからだ――この殉難者のために、自分はお祈りできるようになって以来、夜ごと祈ってきたのだ。

「愚か者、お立ちなさい」頭の上で声がした。「わたしに跪くのは大逆罪だと宣告されているのですよ。王璽尚書の前でこのような振る舞いに及ぶとは、首を危険にさらすようなものです」

その厳しい言葉はまっすぐクロムウェルに向けられたものだった。

「王女様はわたくしがその点是非とも善処したいと思っておることをよくご存知のはずです」クロムウェルが穏やかに答えた。

「わたしはそのようなことは求めません」王女が答えた。

クロムウェルは優しい非難の微笑を浮かべたまま、王女に頭と目で小さく合図して、二人だけの会話を求めた。王女はキャサリンを乱暴に立ち上がらせると、クロムウェルの後について離れた窓のところまで歩いていった。彼女はまるで意志も独立した動きも持たない機械仕立ての人形みたいで、歩幅はやけに小さく、足はこわばった黒いスカートの下にすっかり隠れていた。クロムウェルがひそひそ声で王女に話し始め、相手を説得しようとする高い調子のところだけが部屋に漏れた。

当時、メアリー王女はまだ私生児であると宣せられ、教会で祈りを捧げる対象となる人物のリストからも外されていた。当時、彼女は大変な辛苦に耐え、食糧に窮するまでになっていた。というのも、彼女はいくら食べても腹が満たない消耗性の病気にかかっていたのだ。だが、飢餓でさえ彼女を父親である王に服従させはせず、国の支配者であるクロムウェル卿にも服従させなかった。ときに、この二人は王女にかなりの数の供まわりの者を与え、王女を贅沢に着飾らせ、アン・オブ・クレーヴズとの結婚式のような祝い事に引っぱり出そうとした。それは王璽尚書が、王女のことを結婚相手としてフランス国王の目の前にぶら下げていたときのことだった。そこで、イングランドでの彼女の価値を高く見せる必要があったのだ。また、ときには、王が幼い息子[11]への温かく寛大な満足の気持ちから、娘にも気前よく振舞う気分になり、豪華な贈り物で王女を驚嘆させようと、金の十字架や、自ら注をつけ、宝石を散りばめ、装飾した表紙で綴じられた学問の本を彼女に贈った。ところが、彼女の従兄の神聖ローマ皇帝がメアリーはもっと優しく取り扱われるべきだと仲裁すると、突然、王女は断頭台行きだといって脅された。近頃、クロムウェルは人当たりよくみせる策略と優しそうな態度で彼女の心を摑もうとし始めていた。王もそれをとても好ましいことと見なした。しかし、何があっても、メアリーは、死んだ母の恥辱を是認する行為に手を貸す気にはならず、母親を失墜させるための策を考えた父親やその補佐役に微笑む気にも、王位継承権の放棄に同意する気にもならなかった。そして当時、国外の教会の動向と国中に蔓延った反乱の雲行きが大きな脅威になり始めると、王は敵や臣下が破門された王たる自分を廃位させて、すべてのカトリック教徒が苦難に耐えているとみなす王女を王位につけるのではないかという恐れと怒りに駆られるのだった。王はときに王女をひどく恐れ、彼女を死から救えるのはクロムウェルだけだった。クロムウェルは忙しい一日のうちの何時間もを王女の勉強部屋の長い窓の脇で過ごし、彼女に従順を説き、彼女のものになるかもしれぬ権力について詳述し、賄賂を贈って便宜を図ってもらう傾向が彼女にあるかどうかを探った。王璽尚書はこうした目的のために、――というのも、王女は一日中、一人きりで古典作家に没頭していたので――博識をもって王女を喜ばせ、王女が新学問やもっとゆったりとした思考習慣を快く受け入れるようにと、王女の話し相手兼個人教授としてユーダルを探し出したのだ。しかし、王女は決してクロムウェルに感謝しなかった。彼が話している間、王女は身を凍らせ、黙ったままでいた。ときに、母の記憶や教会に対する不正を思い起こしながら、激しい怒りに駆られて、クロムウェルや父王について残酷な言葉を言ったものだった。そしてクロムウェルが帰るときには、彼が部屋を出て行く前から早くも、冷ややかに、表情も変えずに、机の上の本にただ視線を戻すばかりだった。

それ故、王璽尚書は五十回も、窓辺で彼女に話して聞かせたのだ。キャサリン・ハワードは、読書台を前にして、修士の長い法服を身につけて立っている男の背を見た。男は手にペンを持ち、肩越しに彼女のほうに振り向いた。その顔は達観して叱責に耐えることに慣れているかのように、痩せて、褐色で、ひょうきんで、すまなそうな表情をしていた。

「ユーダル先生」とキャサリンが言った。

男は黙るようにと口を動かしたが、鵞ペンの羽根で、すぐ近くの読書台に載った小さな本の一行を指差した。キャサリンは近寄って読んだ。

そこにはラテン語があり、その上に「詮索好きな目で見張るスパイ(12)」と細かな字で書き込まれていた。

男は肩越しに王璽尚書を指さした。

「国王のお嬢様の部屋にしては、何て貧相なのでしょう」とキャサリンは声をあまり落とすこともなく言った。

男はシッと叱った。「シーッ、静かに」と恐れをなしたかのように言った。そして声に出すというよりは唇で言葉を形作っているだけであるかのように「これまであなたとご家族はいかがお過ごしでしたかな」と囁いた。

「辛い時をやり過ごすために、わたしはたくさんの書物を読んできました」とキャサリンが答えた。「辛い時などと言ってはいけません。古代の作家たちを相手に過ごすことのできる時が辛いはずはないではありませんか」

キャサリンはユーダル先生の非難の目を避けて言った。

「先月、父の家が焼かれました。従兄のカルペパーは下の中庭におります。いとしいリュート奏者のニック・アーダム[13]は海を渡り無法者として死を迎え、サー・フェリス[14]はドンカスター[15]で縛り首になりました。二人とも昨年の蜂起のあとのことです。皆で彼らの魂の救済をお祈りしましょう！」

「静かに、お願いだからお黙りなさい！　そんなことを言うと、ここでは大逆罪になりますぞ。掛けものの後ろには聞き耳を立てている者がおるのです」

　ユーダルはインク壺に浸す暇がなかったために先が乾いたペンで走り書きし始めた。クロムウェル卿が近くに舞い戻った影が二人の上に落ちかかり、キャサリンは身を震わせた。

　クロムウェルがユーダルに厳しく命じた。

「三日以内に俗語で幕間劇を書いてもらいたい。巧みな役者が演じれば、悲しみに沈んだ男をも笑わせるような作品を、な」

　ユーダルは返事に窮し、

「さてさて」と言った。

「そうすれば、昇進間違いなしだ。その劇は一週間後、我が家で陛下と新しい王妃にご覧頂くことになる」

　ユーダルはうな垂れ、悄然として黙り込んだ。

　クロムウェルが声を荒げた。「国王の悲しみを取り除かねばならんのだ」

　この忠告は皆に伝えられ繰り返されるべきものとでもいうように、クロムウェルは熱を込めて話し続けた。世情は近くのいくつもの砦での蜂起や謀反、教会の分立や男たちの邪な心のために極めて不穏な情勢だった。そこでクロムウェルは国王に余興が必要だと考えたのだ。国王を楽しませるために、才覚のある者にはその才能を示すことを、美しい者にはその美を価値あるものとすることを、高価な衣装や楽しい展示物を供給できる者には男女を問わずその義務を果たすことを求めたのだ。「行く先々でわたしの言葉を伝えるのだ。わたしを愛するものはそれを聞き届け、わたしを恐れるものは警告と受け取るだろう」

クロムウェルは、もし二人が自分を援助し、敵を利することを避けるならば、大層な褒美を取らせるとでも言うかのごとき態度で、キャサリンとユーダル先生のほうをじっと激励するかのように見た。

メアリー王妃が、クロムウェルの熱い言葉の上に落ちかかる冷たい影のように、彼らのほうにそっと近づいた。軽蔑は辛辣な言葉より耐え難いことを知っている王女は、クロムウェルをまったく無視するつもりでいた。だが、憎しみの誘惑に打ち克って、父親の道具に超然とした態度を取り続けることは難しかった。クロムウェルは無視するように顔をそむけ、王女が話し出す前に立ち去った。二人の間の亀裂をさらに大きくするだけの辛辣な言葉など聞きたくなかったのだ。というのも、一度話された言葉は拭い去るのが極めて難しく、この皮肉っぽい王女を父親に対し再び従順にさせることが統治上大切との信念がクロムウェルにはあった。国の統治には、意見の一致と辛辣な言葉の忘却、寡黙なる忠誠、支持され、敬われ、攻撃されない玉座だけが必要だった。

ドアが閉まると、ユーダルの嘆き節が始まった。

「人々を笑わせるために書くだと！　それも俗語で！　このわたしが！　昇進するために！」

メアリー王妃の顔はほとんど緩まなかった。

「他の者たちは王からもっとひどい処遇を受けています」と彼女は言った。そしてキャサリンに向かって「あなたは母と同じ名前ですのね。母よりもましな運命を授かりますように」その残酷な言葉は、王女を崇拝する気持ちでいたキャサリンを当惑させた。キャサリンは朝から何も食べておらず、長い旅をしてきて、この落胆のために腕の痛みがぶり返した。何も言うべき言葉が見つからず、メアリー王女が皮肉っぽい言葉を続けた。「それでも、あなたがそのいとしい名前だった者を愛し、わたしのそばに留まるつもりなら、その愛情は隠しておきなさい。もうどうでもよいことですが、それでも母がむごい殺され方をしたと信じる女たちにわたしは仕えてもらいたいのです」

「偽るのは得意ではありません」ようやくキャサリンは言うべき言葉を見出した。「憎む相手には、軽蔑の言葉を浴びせずにはいられません」

「それは長い経験から分かりますな」とユーダルが意見を差し挟んだ。「だが、もしわたしが俗語でものを書くとしたら、すべての学識ある博士たちの物笑いとなってしまいます」

「わたしにとっては沈黙が一番！」メアリー王女がキャサリンに向かって真剣に答えた。「陰の生活が何よりだわ」

「必ずや、それを逆転させてみせましょう」とキャサリンが忠実に言った。

「そのようなことは求めませんん」メアリーが言った。

「何故わたしが俗語で書かねばならんのだ」ユーダルが再び訊ねた。「ああ、わが行動と心の女主人よ、これはどういう気まぐれなのです。王は大変すぐれたラテン語学者であられるのに」

「すぐれすぎているのです」王妃が皮肉っぽく言った。「その学識でキリストの教会を転覆させてしまったのですからね」

キャサリンにも冷たく言い放った。「どんな逆転によってであれ、母の命を取り戻すことはできないわ。おまえが、おまえが…」それから無頓着にユーダルのほうを振り向いて、

「何故あの男が俗語で書かせたいのか、そんなこと知るものですか。でも、あの男はそう望んでいるのです」

ユーダルが呻いた。

「わたしはこれから食事の時間よ」メアリー王女が言った。「とてもお腹が空いたわ。さあ、あなたは執筆にとりかかり、この娘をわたしの侍女たちのところに連れて行きなさい」

Ⅶ章

メアリー王女の部屋は全部で十七室あった。それぞれの部屋がもう一つの部屋と続いていたが、横付けされた公用の廊下からはどの部屋にも入ることができた。ユーダルの立場は召使いのそれを越えていたので、彼はメアリー王女が部屋にいないときには、部屋から部屋へと通り抜ける特権をもっていた。これらの部屋は天井が高く薄暗かった。明かりは青っぽく陰気にそのなかに射し込んだ。ある部屋では、一つの窓にガラスが嵌っておらず、別の部屋では腰掛けが一つ、消えた暖炉の前にひっくり返っていた。

この冷たい荒涼とした空間を横切るため、ユーダルはふちなし帽を身につけていた。三つ目の部屋でキャサリン・ハワードの前に立ち止まり、問いかけた。

「あなたは教師たるわたしに、かつてと同じ気持ちを抱いておるかね」

「あなたに特別な気持ちを抱いたことはありません」キャサリンが答えた。王侯貴族（1）がどんな暮らしをしているか、キャサリンは部屋を見回した。アラス織りには海の精ガラテイアの物語が描かれ、窓にはHとキャサリン・オブ・アラゴン[2]を表すKの組み合わせ文字が赤いガラスで入っていた。

「先生の挫かれたご運は癒されたのですか」キャサリンが何食わぬ顔で訊ねた。

ユーダルは小さな本をポケットから取り出し、頁を捲ると、そこに目を近づけて、お気に入りの詩行を指差した。

そこにはラテン語で「我は貧乏なり。我は告白す。我は忍ぶ。神々が與ふることを我は堪え忍ぶ」[3]と書いてあった。本の広い余白には、キケロ[4]曰く、欠乏に耐える者はいくら称賛しても足りぬ、さらにセネカ曰く、富の第一基準は必要なもののみをもつことであり、而して、それで満足することである、と書いてあった。

「それに加えて、ユウェナリス[5]の言葉を引き合いに出しましょう」とキャサリンが言った。「ユウェナリスは、嘲りに値せずば、何人も貧乏ならざり、と書きました」

ユーダルは少し顔をしかめた。

「これは厳しい！　そのラテン語の句[6]は、人々に愚かしき小細工を強いることほどに貧乏の耐えがたきところ他になし、と解釈されるべきです」

「ええ、先生。先生はわたしよりはるかに学識豊かでいらっしゃる」キャサリンが何食わぬ顔で言った。そして隣の部屋に続くドアのほうに一歩近寄ったが、ユーダルが華奢な両手を広げて彼女の前に立ちはだかった。

「あなたはわたしが教えたなかでもっとも優秀な生徒だ」ユーダルは自嘲気味に謙《へりくだ》って言った。

「わたしは貧乏だが、わたしと結婚すれば、あなたは北方浄土の住人(7)のように、穏やかながら官能的な空気のなかで暮らすことになるでしょう」

「ええ、北方浄土の住人のように、退屈で首を吊るでしょう」キャサリンが答えた。

ユーダルはプリニウスの版(8)でキャサリンの言葉を正したが、彼女は「わたしには大きな渇きがあります」とだけ答えた。

ユーダルの眼差しは、ひょうきんで、自暴自棄で、興奮気味だった。

「女性が教師を愛さぬのはいかがなものですかな」ユーダルが訊ねた。「いろんな例がありますぞ。古い民謡をご存じないか」

「『貴族の娘で、三人姉妹の一番の美女が、彼女の教師を好きになって…(9)』」

「まあ、とんでもない」キャサリンが言った。「俗語の例を挙げるなんて！」

「あなたに会えた喜びとあなたの酷い言葉への悲しみのために口が滑ったのです」とユーダルが答えた。

キャサリンはいわば傲慢な従順さを示しながら、その場に立ち尽くしていた。

「求愛を遅らせて下さればよかったものを。朝から飲まず喰わずで旅してきたのです」

ユーダルはキャサリンと別れて以来、自分はタンタロス(10)よりひどい飢えに苦しんできたと抗議した。

キャサリンは無頓着に頰を差し出し、ユーダルにキスさせた。

「お願いですから休めるところに連れて行って下さい」とキャサリンが言った。「腕を傷めているのです」

＊＊＊

ユーダルはティブルス(11)の例に倣い、ロックフォード夫人と夫人の監督下にある七人の未婚の侍女たちに対してキャサリンへの賛辞を述べた。そして、キャサリンを喜ばせようと、王様はこの娘のために今宵の宴席に着て行くドレスを見つけるようにとご命令だと嘘をついた。侍女たちはすでにドレスを身につけているところだった。侍女たちのうち二人は金髪で、四人は金髪でも黒髪でもなかった。ただ一人だけは夜のような黒髪で、白いコイフを除いてはすべて黒の衣装を身につけ、まるでカササギのようだった。他の者の髪を巻く手伝いをしている者もあれば、仲間の背中側に回転盤を置いてコルセットのひもを固く縛っている者もいた。彼女たちのむき出しの肩は大部屋の寒さで青くなり、彼女たちのドレスは綺麗な床に広げられた敷布の上に山積みにされていた。それらは真珠が縫い込まれた金襴、金銀線細工が散りばめられたビロード、室内用の毛皮や黒い糸で巧みに縁取られた平織り薄地の亜麻布製のコイフなどだった。

女たちの甲高い笑い声がドア越しに聞こえていたが、それが突然途絶えて、しんと静まり返った。ただ、長い上半身を鳩のように後ろに反らし、黒い目をキラキラと煌かせた黒髪の女が、ユーダル先生を嘲るようにクスクスと笑いながら、喉と肩にゆっくりと香油を塗りつけていた。「先生はここにも、ぼろを着た情婦を連れ込むおつもりかしら」と彼女は笑った。「コフェチュア王と乞食娘が、嘘八百を並べたてて！」他の侍女たちもクスクス笑ってユーダルを嘲った。(12)

暖炉のすぐ前で体を温めていたロックフォード夫人が「目の前にあるだけしかドレスはないのです」と困惑した様子で言った。夫人は、銀色の針金で名前のイニシャルを絡み合わせて縫いつけた贅沢なワインカラーのビロードの服をすでに身につけていた。広い額の上方にかぶった紫色の頭巾には、はね橋の門に似た胸壁風のギザギザ模様がついていた。この所帯の女主人である夫人は、無力で、臆病で、侍女たちを抑えつけることができないがために、かえって侍女たちから憐憫の情をもって愛されており、侍女たちは自分自身の服装を整える前に、協力して夫人の髪を梳かし、夫人に香水をつけ、夫人の胸衣のひもを縛ってあげるのだった。白髪で顔に皺が寄った夫人は、高価な服を身につけると、征服者の勝利に名誉を与えるために豪華に飾り立てられた、意思をもたない青ざめた捕囚のように見えた。彼女は、今は亡きアン・ブーリン王妃の従姉であり、王妃とその家族の多くの者が粛清され、自分がそれを免れた際の恐怖が、目をすぼませる癖に未だ名残を留めているかのように見えた。そこにいる最も若い娘たちの様子はと言えば、笑っている最中であっても、遠くの物音やタペストリーの後ろで立ち聞きする者のカサコソ動く音を聞き逃すまいとするような、まぶたと唇の緊張が見られた。彼女たちは、入って来る者が事前に分かるようにと、小さなドアが壁に抉られたところに掛けられたアラス織りを引き剥がしてしまっていた。ロックフォード夫人は弱々しい抗議の仕草をしながらキャサリンに話しかけた。

「本当に、ドレスのことであなたのお手伝いができるとよろしいのですが。ですが、わたしたちも認められた以上には頂けないのです。ここには七人の侍女がいて、七着のドレスがあるだけです。どこでもう一着手に入れられましょうか。国王陛下は女性の着るもののことなどご存知ありませんでしょうし、今宵に備えて一着注文しているということもございませんでしょう。こうしたドレスは女たちが一着縫うのに七週間はかかるのです」

ユーダルは、王について一つ嘘をついただけでは十分でないかのように、また別の嘘をつかねばならないことにカッとなり、怒った口調で言った。「王璽尚書がそうするようにとそれは厳しく命じたのです。王璽尚書はこの娘の大変熱心な保護者なのですぞ。この娘に不親切にするとどんなことになるか用心なさい」

その名を聞くと、侍女たちは軽い衣装をカサカサと鳴らしながら後ろを向き、肩越しにキャサリンを見た。ロックフォード夫人はあとずさりしすぎて、危うくスカートに大きな炉の火が燃え移るところだった。夫人の悲しげで締まりのない顔は、クロムウェルの名が出たことで引き吊り、夫人はキャサリンの足元に跪きそうに見えた。そして侍女たちを見回した。

「彼女たちの一人がここに留まればよいのです。もし貴女がどうしてもドレスを着るのでしたなら」夫人はうろたえていた。「でも、誰が同じ背の丈でしょう。シセリーは脚が長すぎるし、ベスは肩幅が広すぎるわ。ああ、どうしましょう。できるだけのことはやらなければ」――そう言って、夫人はやるせなさそうに両手を振った。

寒さと疲れと痛めた腕のせいで、キャサリンは足がぐらついた。この白髪の女のあわてふためきぶりは、彼女には滑稽で実に不快に思えた。

「いえ、先生は嘘をついているのです。わたしは王璽尚書とそんなに仲が良いわけではありません」

素早い意地悪な視線が侍女たちの間で交わされた。黒髪の女は頭を仰け反らせ、カササギのような、耳障りな笑い声をあげた。滑らかな、飛び跳ねるような足取りでやって来て、頭を一方に傾げながら、キャサリンを凝視した。

「クラモックの親爺さんは、今度はわたしたちの歯を欲しがるでしょう。新しい入れ歯をこさえるためにね。親爺さんに伝えて頂戴。わたしの頭をあげてもいいって。あいつに親類の男衆を殺されてからっていうもの、頭痛がして仕方ないのよ。わたしはもう頭はいらないわ」

ロックフォード夫人は殴られたかのように身震いした。

「お願いです」とキャサリンに弱々しく言った。「シセリー・エリオットは時々狂ったようになるのです。わたしたちが内輪でこんな話をしているとは思わないで下さいまし」夫人の視線は、やるせない、悲しげな風情で、侍女たちの上をさまよい、夫人は低く訴えるような声で言った。「ジェーン・ギャスケル、この女性と背中合わせに立って御覧なさい」

キャサリン・ハワードが叫んだ。「服は自分のために取っておき、ブツブツ言うのはやめてください。わたしを王璽尚書の友人だなんて呼ばないで頂戴！」

シセリー・エリオットは黒髪の頭を後ろに反らし、耳障りな笑いを天井に向けて発した。すると、他の娘たちの陰に隠れていた娘が大声で言った。「何て見事な――」

キャサリンが叫んだ。「この愚かな先生が言っていることは皆、嘘です。わたしは仮面劇にも宴席にも行きません」彼女は夫人のほうを向いた。顔は青ざめ、唇は開いていた。「どうか水をください」キャサリンはしゃがれ声で言った。「わたしは自分の豚小屋に戻ります」

ロックフォード夫人は手もみして、わたしたちがいつでもこんなありさまだなんて他言しないでくださいと抗議した。王璽尚書が罰を下すことのないように、と。

ユーダル先生は自分のでたらめが引き起こした騒ぎに目をぱちくりさせていた。彼は大声で「静かに！　静かに！　この女性は具合が悪いのです」と言い、両手を差し出してキャサリンが倒れないようにと押さえた。

シセリー・エリオットが「クラモックのスパイは皆、具合が悪くなればいいのだわ」と叫んだ。「何て卑劣なことを！」とキャサリンが絶叫した。話そうとしたが、喉が詰まって言葉が出なかった。ユーダルに、なんとか彼がついた愚かな嘘を取り消させようとするかのように、この男の手を握り締めたが、激しい、しびれるような痛みが、痛めた手首から肩のほうへと走り、次いで額を横切った。

「この汚らわしいスパイ!」黒髪の女が、苦痛に満ちた顔に狂気じみた笑いを浮かべた。「おまえみたいな奴がいなかったら、家の男衆はまだ生き長らえていられたでしょうに」

キャサリンは自分を責め立てる相手に向かって激しく跳びかかっていったが、目の前に黒い幕がかかったかのような状態だった。ばったりと倒れ込み、肘が床を打つと、悲鳴をあげた。

第二部　監視の目光る館

Ⅰ章

顎鬚を生やした男が、真剣な面持ちで、女に吸角子をつけて血を取っていた。男は女にベラドンナのエキスと教会墓地の苔の煎じ汁とを混ぜて作った水薬を与えた。女の目が張り広がり、女はたくさんの悪夢を見た。女は、何の家具も置かれていない、窓が一つ壊れた小さな部屋に横たわり、ユーダル先生が彼女を覆う上掛けを求めて部屋から部屋へと走り回った。

誰もそれに関心を示す者はなかった。王璽尚書も、女の伯父も、カトリック教徒たちも、国王も、アン・オブ・クレーヴズのことでまだ心を騒がせていて、キャサリンに宿舎や食事を与える認可証に署名することにまで考えが回らなかった。宮廷全体が混乱し動揺していた。王妃がロチェスターを発つというそのときになって、王がまた嫌悪の発作を起こしたのだ。王妃は再び退けられたのだった。

キャサリンの従兄の若きサリー伯(1)が、彼女の食費に充てるようにと、クラウン銀貨二枚を蔑むようにユーダルに与えた。ユーダルはそれをスロックモートンに賄賂として渡し、王璽尚書の石版に

「キャサリン・ハワードに必要なものを供給するように」と書き込ませた。スロックモートンとは、あの屋形船の上に王璽尚書と一緒にいた密偵である。ユーダルは廊下で会ったノーフォーク公にも意を決して話しかけた。公は自分の姪に偏見を抱いていた。というのも、彼女の従兄のカルペパーが、裏門を守る配下の隊長、サー・クリストファー・アスクに襲いかかったためであった。カルペパーを屈服させるのに七人の兵士を必要とし、しかもこの騒動は国王御自らの中庭で起こったのだった。だが、それにもかかわらず、公は占星術師を呼び寄せて、キャサリンの星占いをさせた。また、誰かキャサリンの世話をする娘を見つけるようにとの命令書にも署名したのだった。

ユーダルは娘の名をマーゴット・ポインズと記入した。オースティン・フライアーズのバッジ老人の孫娘の名である。こうした騒動のなかにあっても、ユーダルはこの娘に食指を動かし、ポインズ青年に使いを命じたのだった。若者は、妹が懲らしめのため送られていた伯母の家のある、ベッドフォードシャーに馬で乗り付けた。命令書はノーフォーク公からの令状として手渡されたので、ロンドンのルター派信徒たちからは、激しい怒号があがった——ノーフォークと枢密院のカトリック教徒たち、とりわけ、「新しい娼婦」であるキャサリン・ハワードに対する怒号だった。

ベラドンナのエキスをたくさん飲んだキャサリンは、ベッドのなかでうわごとを言った。医者は女が悪魔にとりつかれていると確信した。というのも、彼女の瞳は四ペンス銀貨の大きさに膨れ上がり、両手が上掛けを掴みあげていたからだった。医者は十三人の僧侶に部屋のドアのところで悪魔祓いの呪文を唱えさせ、ベラドンナの水薬は中止するようにと命じた。というのも、ベラドンナの水薬は女の痩せた体に宿る悪霊を追い払うことなく、悪魔祓いの邪魔をするだけかもしれないからだった。

ユーダルは僧侶を探したが、金がなかったので、僧侶たちに無視された。ユーダルはウィンチェスター司教の礼拝堂付き司祭のところへ飛んで行った。というのも、クランマー大司教の支持を受け、聖職位を授けられた僧侶衆は、妖術や憑依に関してはそれほど効験あらたかだとはみなされていなかったからだった。ちょうどその頃、クロムウェルの意向が勝り、アン・オブ・クレーヴズが水上に出て宮殿に向かっていた。

ガードナー司教の礼拝堂付き司祭は、太っていて、広い額の下の窪みに円く小さく光る無邪気な目をもつ男だったが、ユーダルの訪問を、結局このカトリックの本山で新たな王妃に対して漏らされる怒りや当惑の言葉を立ち聞きするためのものだろうと想像した。ユーダルは、王璽尚書によってメアリーの御付きにされ、カトリック教徒たちの間ではクロムウェルのスパイとして通っていたが、スパイであることを謎めかして否認することでこの嘘がますます堅く信じられ、憎しみによってもたらされる威光が我がものになることは、彼の皮肉で風変わりな性格には、こたえられない痛快事だった。礼拝堂付き司祭は、現在の大騒動のなかでは、十三人の僧侶団などとても見つけられるものではないと答えた。

「それでは、娘がずたずたに引き裂かれてしまいます」ユーダルが叫んだ。ユーダルは恐怖に圧倒されていたのだ。キャサリンを引き裂いた悪霊は、その枕元に付き添ういとしのマーゴットの体のなかに入らないとも限らなかった。ユーダルは唇を恐怖に震わせ、目にやけくそな笑いを浮かべて、手を揉みしだいた。悪霊が国王陛下のお体に乗り移るかもしれませんぞと、彼は言い立てた。ユーダルは利益を得るためには何事も躊躇しない男だった。キャサリンから王に優しい言葉をかけられたと聞いていたので、もう一度、この娘は王のお気に入りで、王璽尚書の大切な門弟なのだと言明した。

「きっと」ユーダルは口角に泡を飛ばして言った。「お二人はカードナー様とそのお仲間に仕返しをなさることでしょうな。もしこの娘を死なせてしまったならば」

礼拝堂付き司祭は無表情に言った。「陛下に忠誠を尽くしているわたしたちが、陛下の色好みについて左様な作り事を聞かなければならないとは、とんでもないお話だ！　新しい王妃が来られ、自分たちが尽くすべきは新しい王妃であって、キャサリンなる者ではありません。司教の僧侶衆は皆、クレーヴズから来られる姫君を喜んで迎える準備を整えているところで、愛人の悪魔のことで浪費する時間など持ち合わせていないのです」新しい王妃への忠誠を口実にして、王璽尚書の家来の頼みを拒否することは、礼拝堂付き司祭を狂喜させた。だが、それにもかかわらず、彼は司教のいるところにまっすぐ赴いて、ユーダルが報告した驚嘆すべき話を伝えたのだった。

「あの男は自制のできないおしゃべり屋です」礼拝堂付き司祭が言った。「十分の一も信用なりません」

「そうだな、一度、その娘がどこにどんな住まいをあてがわれているか調べてみるのがよかろう」

と礼拝堂付き司祭の上司がむっつりと答えた。「近頃は何を信じたらよいのかさっぱり分からん。きっと悪魔の使者が新たな陰謀を企てているのだ」こうした調査をしているうち、礼拝堂付き司祭は、王が愛人に現を抜かしているというユーダルの話を裏づけるような噂に行き当たった。どこかの何とかいう女――ある者はその女をハワードと言い、ある者はロックフォードと言い、ある者はスペインの女だと言った――が、王だか、ノーフォーク公だか、王璽尚書だかによって、どこかに匿われていると言うのだった。こうしたことの真相は知り得るものではなかった。しかし、同様なことは前にも起きたことがあった。それにクレーヴズの姫君がロチェスターに長く留め置かれたことも確かだった。愛人がその理由かもしれなかった。陛下はこうしたことでは、我儘を通すお方だった。それに普通、火のないところに煙は立たぬものだ。礼拝堂付き司祭は調査結果をガードナー司教のもとに持ち帰った。ガードナーは、いよいよ悪魔の使者の化けの皮が剥がれてきたぞ、と激しく悪態をついた。だが、神の恩寵によって、奴の裏をかいてやるのだ、と。

右の噂を流した張本人のユーダルは、助けを得ようと、以前、ブレスト諸島(2)の位置について大いに議論を交わしたダラム大聖堂(3)の主席司祭のもとへ大急ぎで駆けつけた。ところが、主席司祭は見つからなかった。宮殿では、いたるところでドアが開き、家来たちがどの程度過度に新王妃の到来に喜びを表して安全であるかお互いの意見を訊くために、部屋から部屋へと走り回っていた。

黄昏どきから一晩中、宮殿は一斉祝砲の響きや大きな叫び声やホルンが吹き鳴らされる音に包まれた。燃え上がっては沈下する焚火の明かりで、宮殿の窓はときどき黒っぽく煌いた。シティの祝賀に慣れているマーゴット・ポインズは、キャサリンの部屋のドアに重い木のかんぬきを掛け、大きな鍵で錆びた錠を締め、夜が明けるまで、ノックの音がしても決してドアを開けなかった。外の廊下では叫び声やよろめく足音がし、午前一時近くには、ユーダル先生が他の数人とともに、ひどく酩酊し甲高い声をあげながらやって来て、ドアをドンドンと叩いた。

キャサリンは昼までに、王璽尚書の許可証を得て、ようやくにして割り当てられた部屋に歩いて移動することができた。前夜したたかに酩酊したユーダル先生は、二日酔いを醒まそうと未だ眠っていたので、キャサリンとマーゴットは一時間の間、二人きりで過ごした。人々の声が何度もドアの向こうを通り過ぎ、やがてヴィリダス師なる男がこっそりと入ってきた。男はクロムウェル卿の秘書の一人で、会計を担当していた。本名はグリーンといったが、権威づけのためにヴィリダスと改名していた。あたりをそっとうかがうような目つきをし、主人の真似をして唇を絶えず動かした。フード型の帽子を被り、イタリア語を多用した。

「気前の良さは偉人のしるしであり、立派な奉仕はその存続を保証します」と、彼は情味に乏しい尊大な声で言った。「これはわが主人、王璽尚書からのご祝儀です。ご主人様は自宅に戻られましたが」

男は金の財布を手渡し、許可証に基づいて紋章院の事務官が割り当てたその部屋を眺め回した。

「あなたのご主人様に感謝し、恩恵に値するよう努めます」キャサリンが言った。二日間ベラドンナのエキスを取らずにいたため、視力が回復し、手首からはこわばりが消えていた。

「賢明な判断です」とヴィリダスが答えた。そして壁掛けを捲り上げ、キャサリンのために居心地のよさを調べるという口実で、大きなフランドル製の戸棚を覗き込んだり、重く黒いテーブルの下を手探りして、書類を入れる引き出しが付いているかどうかを確認したりした。そもそもクロムウェルは、王の命によって、キャサリンに居場所を提供することを余儀なくされたのだった。だが、彼は元来ハワード家の者が嫌いだったし、メアリー王女の侍女たちはすでに反抗的な一団だった。ヴィリダスはこの娘を抜かりなく見張るようにと指示されていた――というのも、この娘は腹蔵なくものを言うので、簡単に絞首刑に処せるだろうと思われたからだった。あるいは彼女の首に輪縄を付けて脅し、メアリー王女をスパイさせることもできるだろう、と。メアリー王女の侍女たちは誰一人として豪華な部屋を与えられていなかったが、この部屋には少なくとも、古いタペストリー、大きなフランドル製の椅子、アーチ付きの小部屋のようにカーテンで覆える壁龕《へきがん》に置かれた羽毛マットレスのベッド、暖炉にくべるための一定量の薪が備えられていた。クロムウェルは、キャサリンのために職人にもっと良い壁掛けをもって来させよとか、キャサリンの部屋のドアの番をする従者を見つけよとか、ぼそぼそと命じていた。キャサリンには見張りを付ける必要があるとか、服の寸法を取る女性には、キャサリンが誰を愛し、誰を嫌っているかを調べさせよとか、ドアの番人には、誰がキャサリンを訪ねてきたか報告させよとかいったことも。

「ご主人様の頭には常にあなたのことがおありです」ヴィリダスが言った。

キャサリンは土曜日にオースティン・フライアーズの邸に行くよう命じられた。そこでヴィリダスのご主人が、王妃に敬意を表して、大宴会を催すことになっていたのだった。

　キャサリンは着ていく服がないと言った。

「その場にふさわしい上品な服を用意いたしましょう」とヴィリダスが答えた。

「あなたは天井桟敷に一人で座っていただき、どの貴族に話しかけ、どの貴族を避けるべきか、わたしがご指南いたしましょう。それは『麗しき青春』[4]の為です…ああ、青春は美しきかな。何と心地よい季節！　青春は短い間しか続かぬが故、続く間、できるだけうまく使うことが、わたしたち皆にとって――あなたにとっても――ふさわしいことなのです。王璽尚書のような大物に注目されれば、国内における現在の贔屓や将来の名誉がもたらされ、そして青春が過ぎ去ったときは、今度は、名誉が秋のまろやかな太陽のように心地よいものとなるでしょう。その結果、実に」と彼は急に調子を変えてキャサリンに呼びかけた。「青春の香気は繰り返し再生するのです。ボッカッチョの言葉を借用すれば、『月のように再生する』[5]のです」

　キャサリンの金髪碧眼で凛とした美しさはヴィリダスに、彼女がメアリー王女に対してどんなに優れたスパイになり得るかを認識させた。彼女のローマカトリックへの信仰心と誠実な愛情は、その名に暗示されていると同時に、率直な眼差しにも強く現われているように見えた。それ故にメアリー王女は彼女を信用するだろうし、秀でた古典語の能力のために、彼女と話をするだろう。それだけ信頼されている人間を、もし自分たちの手中に置けば、どんなにか優れたスパイになることだろう！　王璽尚書が彼女の親類すべてに辛く当たっているにしても、気前のよい報酬の提供によって自分たちの大義に味方させられるかもしれなかった。王璽尚書の家来たちは、親方がさらにその師匠のマキャヴェリから習った格言を、王璽尚書その人に叩き込まれていた。「従って、家来として己の益となる者を出世させるのだ。というのも、人々は家督の損失より父親の死のほうを早く忘れてしまうものだからである(6)」——だから、脅迫によってであれ、報酬によってであれ、自分たちは彼女を役立たせることができるだろう。

キャサリンはヴィリダスが話し始めた際、彼をからかってやる積もりでいたが、彼の危険な青白い目を見て、この男は滑稽であっても、大変な力があり、自分はこの男たちの手中にあるのだ、と感じた。

そこでキャサリンは答えた。青春は、健康と美味しい食事と神の愛が支えてくれているときには、本当に心地よい季節です、と。

男は横目でキャサリンをじっと睨んだ。

「それならば、そのよき事柄に値するよう努めることです」男が言った。男はどんな服装をすべきかについて指示を与えるためにもう少し長居し、夕闇が迫る頃になってドアからこっそりと消えていった。

「まるで鎖に繋がれた野獣か奴隷に対するような言い種ですこと」マーゴットが女主人に言った。

「バカなことを！　今日からは口を慎みなさい」キャサリンが答えた。「壁に耳あり、です。わたしは貧乏人の娘ですから、ここにいようと思えば、働いて生計を立てさえしなければなりません」

「わたしは決してそんなふうに縛られたりしませんわ」マーゴットが言い返した。

女主人が笑った。

「風に向けて網を張ったとしても、結局何が捕まるか知れたものではないのにね」

寒かったので、二人は炉に薪をくべ、誰かが蠟燭を持って来てくれるのを待った。

スペイン風に一方の肩に重いマントを掛けているが、僧帽を被った背の高い大きな人物が、突然、戸口に現われた。

「まあ、先生」と、他に訪れてくる者を知らぬキャサリンが言った。だが、炉の明かりは、決してユーダル先生のものではない堅固な顎、白い手、脅かすような、しっかりとした眼差しを映し出していた。

「わたしは取るに足らぬウィンチェスターのガードナー司教です」としゃがれ声がした。「キャサリン・ハワードという人を探しておるのです。この悪いご時勢、ご無事で何より」

キャサリンはこの聖者の前に跪いた。司教はお座なりにキャサリンに祝福を与え、悪魔祓いの言葉を呟いた。

「もう直っております」とキャサリンが言った。

司教はマーゴット・ポインズを部屋から出て行かせ、炉の明かりのなかに立った。その姿は跪くキャサリンの上に高くそそり立ち、大きな影が壁掛けの上を揺らめいた。彼は脅かすように沈黙し、じっと考え込んでいるかのように目を煌かせ、キャサリンを食い入るように見つめた。別の陣営から密かに自分を訪れて来た男が今ここにいる、とキャサリンは考えた。自分は彼の側の人間なのだから、脅す必要などないのに、と。

　司教が口を開いた。あなたがキリストの助けを必要としていることをユーダル先生が知らせてきました、と。それから重々しい声でラテン語を話し、キャサリンの信仰について質問した。今は悪いご時勢です。様々な異端が国中に蔓延っています。そのような者との交わりにはご注意なさい。キャサリンは炉の明かりのなかで未だ跪きながら、合法である限りにおいて自分はローマカトリック教会の娘ですと答えた。

　司教が「合法ですと」と呟き、じっと考え込むような狂信的な眼差しでキャサリンを見つめた。

「あなたは妙な先生のもとでたくさんの異教の書物を読んできたそうですな」

　キャサリンは答えた。「司教様、わたしは昔からのやり方で昔からの宗教を信じています」

「賢明な話しぶりもキリスト教徒のたしなみというわけですな」司教が呟いた。

「いえ、この部屋には聞いてくれる者とておりませんわ」キャサリンが言った。

　司教は体を屈めて、キャサリンを立ち上がらせ、目の前に祈禱書を掲げもち、もう二度と悪魔が入ってこないようにと、いくつかの祈りを唱え、キャサリンに復唱させた。それから突然、何度、国王陛下と言葉を交わしたのか教えるようにとキャサリンに命じた。

　ガードナーは、クロムウェルを嫌うありとあらゆる人たちのなかで、もっとも激烈に彼を憎む男だった。クロムウェルが宮廷に到来する前には、国王評議会の議員であり、秘書官であった。クロムウェルがいなければ、王のもっとも優れた大臣になったかもしれなかった。だが、クロムウェルが秘書官の地位を横取りし、この十年の間ずっとガードナーは王璽尚書を追い落とすことに懸命になっていたのだった。こうした世情の変化が起こる前から彼は司教だったので、キャサリン・ハワードのようなローマカトリック教徒からは、この国でもっとも神聖なお方として崇められていた。

キャサリンは司教に、王様とは一度だけ、ほんの少しの間お会いしただけですと言った。

「噂では何度もお会いになったとか」司教が語気を荒げて答えた。「ここへ、あなたとつまらぬおしゃべりをしに来たのではないのですぞ」

司教のきれいに髭が剃られた顎の青っぽい色合いにさえ、邪悪で残酷そうなところがあり、彼の瑪瑙《めのう》のような青い目にも、陰気で、相手を脅かし、疑ってかかっているような感じがあった。

キャサリンは「いいえ、たった一度きりです」と答え、生真面目に話した。

司教は指で彼女を脅した。

「本当のことを話すように注意なさい。いつかは真相がばれるものです。わたしはあなたに、高潔な目的をもって国王と話すように警告しに来たのです。陛下は時に寵愛する女の意見に耳を傾けるようですからな」

「ここまではるばる旅をして来られずともよろしかったのに。たとえ国王がわたしのことを愛していようと、わたしの言葉は変わりませんもの」

司教は、心ならずも、振り向いて、盗み聞きしている者の存在を疑うかのように壁掛けのほうを凝視した。

「わたしを疑うなんて、司教様はひどいことをなさいますのね」キャサリンが従順に言った。「わたしは真実の家の者でございます」

「利益ある場所以外に真実の家などあるわけがない」司教が不機嫌そうに言った。司教にはキャサリンが真実を言っているとは信じられなかった。そもそも真実を話す人間がいるとは信じられなかったのだ。だが、キャサリンが貧しい家の出で、みすぼらしい服を着て、隅に隠すように追いやられていることは真実だった。だが、それも策略かもしれなかった。司教はこれみよがしの尊大さでドアのほうに向かった。

「神の祝福があらんことを！」――司教はなげやりな祝福を唱えながら指を動かした――「あなたが忠実だということは分かりました。だが、ほとんど役には立たないということも」突然、司教が言葉を浴びせた。

「もしあなたがここに平穏に留まるつもりなら、カルペパーは出て行かねばなりますまいな」

キャサリンは、自分の周りにいて、すべてを知っているこうした男たちが突然恐くなって、胸に手を当てた。

「トムが一体何をしたと言うのです？」キャサリンが訊ねた。

「あなたに恥をかかせたのです」司教が答えた。カルペパーはサー・クリストファー・アスクに襲いかかったのだ。そのために、ノーフォーク公の衛兵詰所で鎖に繋がれていた。だが、昨夜の王妃の到来で、すべての軽犯罪者が釈放された。衛兵はカルペパーを、ここはおまえのような者の来るところではないと言って、宮殿内には入れなかった。だが、カルペパーは中庭でユーダルと偶然に出会ったのだ。このとき、カルペパーは感傷的になっていて、愛想よくふるまい、ユーダル先生の首に両腕を巻きつけて、これはいい方に出会った、と言った。二人は酒を酌み交わし、真夜中近くになって、キャサリン・ハワードの部屋を見つけに出かけた。カルペパーは従妹を、ユーダルはマーゴット・ポインズを探すために。途中で、酒に浮かれた連中が加わり、廊下では騒がしい声があがった。「こうした醜聞は避けるに如くはないでしょう」司教が締めくくった。「夫をもつようになったとき、こうした醜聞で命を落とした女たちをわたしは何人も知っています」

「わたしなら彼を静められたでしょうに」キャサリンが言った。「わたしの命令でいつも静かになるのです」

ガードナーは頭を垂れて、思案しながら立っていた。きつい青い目がキャサリンをちらっと射すくめると、視線は再び床に落ちた。

「噂では、あなたは国王と仲がよろしいようだ」司教が怒りっぽく言った。「あなたの親友のユーダルがわたしのところの礼拝堂付き司祭にそう伝え、裏もとれています」

「多くの人が集まるところでは、とかく噂が立つものですわ」キャサリンが答えた。「先生は悪名高いおしゃべりですし、多くの嘘を言いふらしたのでしょう」

「ユーダルは王璽尚書のスパイでもあり、王璽尚書と浅からぬ関係がある相談役の一人です」司教が憂鬱げに言った。

　激しい風が巻き起こり、光を通さぬ暗い開き窓に当たった。わずかな冷気が部屋のなかにさっと吹き込み、司教は帽子をさらに深く被って両耳を覆った。

「王璽尚書は争いが起こることになるカレーにわたしの従兄を送ろうとしているのです」キャサリンが言った。

　ガードナーは王璽尚書の名を耳にすると、急に頭をもたげた。

「とうとう意味のある言葉を聞くことができました」司教が呟いた。司教にも、もしこの女がおとなしく王のものになるには、あの狂人は出て行かねばならないという考えが浮かんでいた。もしクロムウェルがこの女の恋人を追い払おうとするのなら、その理由は明白だった。

「王璽尚書の家来が今日ここに来たのです」キャサリンが言った。

「王璽尚書はイタリアで売春の取り持ちを学んできたのです」ガードナーが勝ち誇ったように言った。「陛下があなたに気のあるしるしを見て取ったのでしょう。あなたの小さき魂を大切になさい」

「まあ、王璽尚書がそんなくだらぬ想像をしたとは思えませんわ」キャサリンが従順に答えた。ユーダル先生の馬鹿げたおしゃべりが、こんな厄介事を生み出したことに、笑い出したいくらいだった。それでも、ガードナーはとても高徳な人物として尊敬されていたので、キャサリンは目を伏せたままでいた。

「王璽尚書の教えには耳を貸さぬように」司教が早口に言った。「魂が燃えてしまいますぞ。あなたは破門だ。もし国王があなたの味方への恩顧を申し出たならば、霊的指導を受けに、わたしのところへやって来なさい」

キャサリンは驚きに目を丸くし、無遠慮に司教を見つめた。

「でも、これは取るに足らないことです」キャサリンが言った。「王が誰かのことを気にかけることがあっても、それは瞬時に過ぎ去ってしまうものです。王璽尚書もわたしを王様と対面させようとはなさらないでしょう」

司教は、未だに疑わしげに、かつ脅しつけるように、陰気な青い目をちらっと彼女に向けた。

「わたしには、王璽尚書がどんな企みを抱いているかが分かるのです」司教が熱を込めて言った。

「一人の女で失敗したので、別の女を連れて来ようというわけだ」

司教はいらだたしげに両手を握り、また開いた。風が一瞬、暖炉の薪の山のなかで、うめくような音を立てた。

「そうに違いない！」司教は胸の底から叫んだ。「もしそうでなければ、どうして陛下と女のことでこうした騒動が持ち上がるだろうか」

「司教様」キャサリンが言った。「ユーダル先生の嘘には限りがないのです」

「悪魔の陰謀にも限りはない。それにユーダルはあいつの仲間だ」司教が言った。「よいですか、あなたの魂のために気をつけるのです。クロムウェルが近づいてきて、たんまりと賄賂をあなたに提供するでしょう。よいですか、気をつけるのですぞ」

ユーダルは、まともな人間なら信用しない名うてのおしゃべりだから、王璽尚書の取り巻き連中のなかでも、まったく発言力がないのだと、キャサリンは言おうとした。だが、ガードナーは腕組み、炉火の明かりのなかで巨大な影絵のように立っていた。キャサリンが話し始めると、まるで瞑想を妨げられたかのように、歯をぐっと閉じて、いらだたしげに呟いた。

「ユーダルが奴のスパイだということは、世界中に知れ渡っています」陰気な口調で言った。「ユーダルがおしゃべりだとすれば、それはむしろ勿怪の幸いというものです。もう一度言いましょう。もし王璽尚書があなたを王のもとへ連れて行ったら、わたしのもとへやって来なさい。だが、神の慈悲によって、わたしがあなたと陛下について王璽尚書の機先を制して進ぜましょう！」

キャサリンはもう司教に反駁するのを控えた。司教の頭のなかにはこの奇想がこびりついていて、狂ったように自らの道具を使って王璽尚書を打ち負かしたがっていた。

司教が呟いた。「王璽尚書が陛下の趣味を知らないとでもお考えか？　よいですか、王璽尚書は陛下があなたに気のあることを見て取ったのです。これは陰謀だが、わたしはそれを見抜いたのです」

キャサリンは司教に話させておき、悟られぬほどの微妙な悪意を込めて訊ねた。

「わたしは自分の魂のために王を避けるべきではないのですか？」

「とんでもない！」と司教が答えた。「王璽尚書を打倒するために、あなたを利用できるかもしれないのですぞ」

司教は暖炉の裏の薪束から樹皮を引き剥がすと、それを指先で丸めた。キャサリンは一心に司教を見つめた。少し唇を開き、背を伸ばし、優雅に、従順に服従するかのように。

「あなたは陛下の寵愛を受けた誰よりも色が白い」司教が瞑想にふけっているような声で言った。

「だが、王璽尚書は他の誰よりも陛下の趣味を知っておる」司教はキャサリンの部屋の高い背のついた椅子に座り込み、突然、樹皮を暖炉のなかに投げ込んだ。「女神フローラ(7)のように両手をあげた姿で、床の上を歩いてみなさい」

キャサリンはドアのほうに体を傾け、両手を頭上にあげて、長い身体を左右に捻り、身を低く屈めて司教にお辞儀をし、それから両手の力を抜いて膝元に下ろした。炉の火が彼女の服の襞やフードの白い裏地に照り映えた。司教は椅子の肘掛けにもたれながら、キャサリンを見つめた。彼の青い目は新たな企てへの熱中のせいで厳しさを増していた。

「イタリア語の幕間劇で役を演じることができますかな?」

「フランス語やラテン語のほうがよく出来るとは思いますが」キャサリンが答えた。

「顔が蒼ざめたりはしないでしょうな。膝がガクガクしたりも」

「たいてい顔が赤くなります」キャサリンが真面目な面持ちで言った。

司教が「少し色がついたほうが、見た目がよくなるでしょう」と答え、外套で顔を隠し始めた。

「そのときにお会いしましょう」司教の厳しい声が命じた。「あなたは土曜日に王璽尚書の邸で両陛下と会うことになっていますが、火曜日にはわたしがあなたを両陛下に引き合わせることにします。もしあなたが王璽尚書の役に立つのなら、十分わたしの役にも立つというものです。王は時にお気に入りの女性たちの言葉に耳を傾けますからな。どうすれば王璽尚書を追い落とし、わたしをあいつの地位に就けられるかを教えて進ぜましょう」

キャサリンは少しの間、思案した。それから「是非、司教様のお役に立ちたいと思いますわ」と言った。「ですが、この王様についてのお話はとても信じられません。それに、わたしはイタリア語を学んでおりません」キャサリンは、自分はメアリー王女の侍女であり、王女の許可を得なければならないと話した。

すると司教は眉をしかめ、重たげな瞼の下にある目でキャサリンを睨みつけて脅した。

「わたしに忠誠を誓いなさい」司教が怒鳴った。彼の薄く華奢な手さえもがキャサリンを脅かした。「カトリック教の信仰への従順を失わないことです。あなたの義務はカトリックの信仰に対するものであって、その前においては、この世のどんな女性への義務も取るに足らないのです」

女の目は伏せられ、唇は動かなかった。司教は厳しく言った。「もしわたしがあなたを訪問したことが王璽尚書に知れたら、あなたはひどい目にあうでしょう。ご自分のためにも、このことは秘密にしておくように。密使にあなたが言う台詞を届けさせましょう。その後は、わたしが王を諭して、あなたを保護していただくように致しましょう。メアリー王女も、すべての点でわたしに従うようにと、あなたに命じるようになりましょう」

司教は扉を開けて、注意深く頭を外に突き出した。だが、突然それを引っ込めて言った。「スパイがおる」司教は、ヴィリダスがキャサリンの部屋の扉番として寄こした従僕に背を向けながら、怯むことなく廊下に歩み出した。司教は法衣のなかを手探りし、祈禱書を取り出した。頁を捲り、甲高い声音を使って、キャサリンに悪鬼の訪れに備えてのお祈りの仕方を教えた。お祈りを声に出して読みながら、祈禱書のラテン語の合間に、「奴がわたしの顔を見ないように祈りなさい」とか、「秘密を守り誰にもしゃべらぬようにしないと、身の破滅ですぞ」とか、「陛下があなたの保護者にならぬ限り、わたしはあなたをクロムウェルから救えません」とかいった言葉を差し挟んだ。彼は俗語で話を結んだ。「わたしの祈りがあなたの救いに役立つことを祈ります。ですが、わたしのような低い身分の聖職者では、こうした悪鬼の訪れに対処する力が足りません。偉大な聖職者か、もしくはふさわしい司教を、あなたはお呼びになるべきでした」

「ヘンリー神父様、有難うございました」キャサリンは司教の策略に加担して言った。司教は右膝がガクガクしている振りをして、スパイから顔を隠しながら去って行った。廊下の角で、ルター派信徒の灰色の服を着た、色白で品がよく豊満な体つきのマーゴット・ポインズが、壁掛けの陰で体を仰け反らせて立っていた。ユーダル先生がその頭越しの壁に片手をつき、ガウンの下では脚を交差して身を支え、彼女の上に屈み込んでいた。

「わたしの部屋にお入りなさい」キャサリンがマーゴットとユーダル先生に言った。「いい加減にして頂戴、大学者さん。わたしの侍女を破滅させないでいただきたいわ」

「わたしは敬意を表しに来たのです(8)」ユーダルが小気味よい一言をいい、マーゴットはといえば、若い娘がひどく困惑したときにあげる抑制の効かぬ荒っぽい声で「この人はわたしに求婚してくれているのよ」と言い、赤い色が彼女の両頬を大きく染めたのだった。

キャサリンは笑った。それでも背後の従僕がひどく恐ろしかった。というのも、その男は明らかにヴィリダスがここに据えたスパイに他ならず、彼女はこの男が司教の正体を見破ったのかどうか知るための方策がないかと思いめぐらしていたのだった。甲高い声や脚が不自由な真似は、偉大な聖職者には似合わぬ不名誉で無益な策略であるように彼女には思えた。それに司教が抱く戦略や対抗策への熱狂は彼女を意気消沈させ、うんざりさせた。というのも、彼女は偉人というものは賢いと信じていたのだ。しかし、キャサリンはそれが自分の務めだと信じて、司教のために自分の役割を演じたのだった。彼女は頬を真っ赤に染めた娘に向かって話しかけた。

「先生を信じるのは、聖職者の前に連れて行ってもらってからになさい。先生はわたしや他の四十人もの女性のもとに敬意を表しに来たのですよ。いいから、なかに入りなさい」

キャサリンはマーゴットを戸口からなかに押し込んだ。従僕は床机に腰掛けていた。黄色いもじゃもじゃの頭髪は櫛で梳かされたことがないみたいだったが、服は紫がかった毛織の上品なものを着ていた。従僕はぼんやりと床を見つめていた。

「従僕の役割をちゃんと果たすお積りなら、わたしが留守の間、誰もなかに入れないで頂戴」とキャサリンは男に言った。「今ここにいらしたヘンリー神父様以外はね」

男は表情のない青い目を上げて、キャサリンの顔を見た。

「その方の顔かたちが分かりません」男は小作人が不平を鳴らすかのように言った。「もう一度お会いすれば、分かるかもしれませんが。人の顔を覚えるのは結構得意ですから」

「ああ、あの方は随分と遠くから[9]いらっしゃるのよ」とキャサリンは、従僕にはガードナーだと分かったのだと確信しながらも、まだ演技を続けて付け加えた。「声と不自由な脚で分かるわね」

従僕は「おそらくは」答え、視線を床に落とした。キャサリンは蠟燭を取りに行くようにと男を使いに出し、その姿を見送ってドアを閉めた。

Ⅱ章

王妃は、王璽尚書が彼女のために開いた祝宴にやって来た。クロムウェルは三百人の召使に新しい仕着せを着せた。槍を柵のように横向きに構えた兵士たちが、タワー・ステップス[1]からオースティン・フライアーズまでの道路を全線にわたって守護し、町のルター派信徒の住まう地区には、大きな人だかりができた。王妃とその御付きのドイツ人たちが通りかかると、帽子が高く投げ上げられて永遠に失われ、神を褒め称える大きな歓声があがった。王妃の乗る騾馬の手前に、少年たちが冬の季節でも緑の数少ない木々であるヒイラギカシ、ヒイラギ、ゲッケイジュ、イチイの枝を撒き散らした。しかし、王は来なかった。王はグリニッジで病に臥せているという噂が群衆に伝わった。

王妃と夕食を共にした人々は、王が三日で王妃を捨て、部屋を別にしたことをよく知っていた。王妃は壇の下の高い席で、厳粛に、静かに、穏やかに一人食事をとった。見事なほどに金髪で、眉毛が赤い額の上で白く見えるほどだった。英語が分からなかったので何も話さず、パンで指を拭う仕草が人々に不快感を与えた。

敵方の貴族たちは彼女の肉体的欠陥についてあれこれとあげつらい、王がそれについて何ページにも及ぶ文書で医者たちに報告したことが知られていた。おまけに、王妃は英語もフランス語もイタリア語も話せなかった。陛下とトランプをすることもできなかった。英国製のコルセットで体を締め付けられていたせいもあったにせよ、馬に乗らなければならないことで王妃がしくしくと泣いたことが報告された。王妃は鷹狩りにも行けなければ、弓を射ることもできなかった。王妃の御付きの者たち――女たちは長枕のように真ん中を紐で結わかれ、上と下に伸び広がった感じ、男たちは食事のときでさえも巨大な帆立貝型の帽子を被って耳を被っていた――が食事のときに立てる物音も嫌悪と嘲笑を引き起こした。

ヴィリダスがキャサリン・ハワードの世話役だった。彼はキャサリンを細長い集会場の金メッキされた天井近くの小さな桟敷に連れて上がり、はるか下に見える廷臣たちのうちの誰が王璽尚書の味方であり、交わっても安全かを指摘した。彼の態度はひどく陰険で意味ありげだった。

「その他の者とは付き合わないほうがよろしいでしょう」

「誰ともお近づきになりそうにありませんわ」とキャサリンが答えた。「誰も近くにいらっしゃらないでしょうから」

ヴィリダスは顔をそむけた。キャサリンは下で従兄のサリーがクロムウェルの子分のロイドン卿に対してこれ見よがしに背を向けて座っていることに気づいた。伯父はだんまりを決め込んだ悪意ある憂鬱状態に陥っていた。クロムウェルは顔を輝かせ微笑みながら、皇帝の大使シャピュイと話し込んでいた。

「千百品の料理が今宵振る舞われることになっています」とヴィリダスはキャサリンに警告するかのように宣言した。「これほど多くの部分金メッキされた皿をもっている貴族は他におりますまい」彼の平板で冷たい声は、様々な声やナイフの音、料理のコースを告げるトランペットのファンファーレ、王璽尚書だけが用意することを命じることができると言われている甘いゼリーを紹介する三人の男の歌、等の高まり行く喧騒のなかでもよく通った。

「他の小貴族たちは皆」とヴィリダスは説教を続けた。「無益にもわが主人と張り合おうとして身を滅ぼしてしまいました。あなたが見ている者たちの大半は敗残者であり、その知遇を得てもあなたには何の益にもなりますまい」

テーブルは大きな集会場の両端に並べられ、右側のテーブルには男たちが座っていた。誰もが肩の上に絹でできた赤い薔薇を付けていた。本物の花は手に入らなかったのだ。左側に座っている女たちは縁なし帽に白い記章を付けていた。これらのテーブルの間の広いスペースには、二匹の熊がいた。それぞれ金メッキされた高い柱に鎖で繋がれて、尻をついて身体を揺らし、相手に向かって唸り合っていた。ときどき、中央を行き来する給仕たちは海豚や鶴や白鳥や猪の料理が載った大きな皿を落として行った。これらの食事は熊を闘わせるために、嘲笑的に脇に蹴り飛ばされ、新たにその代わりとなる料理が供給された。他の給仕たちは極めて貴重なヴェネチアグラスでできた瓶をテーブルの角にぶつけて壊し、熊の足元に高価なラインワインを滴らせた。

これはわれらが主人の豊かさと王家の方々をもてなす熱意を示すものなのです、とヴィリダスが言った。

「二倍の食事をお出ししても目的に適うのではないかしら」キャサリンが言った。

「食べ切れますまい」とヴィリダスが真顔で答えた。「わが主人の気前よさはそれほどに偉大なのです」

巨漢で顎鬚を生やしたスパイのスロックモートンは、ライオンの半身を描いた王璽尚書の記章を金メッキの鎖で首から下げ、家令の杖を携えて、客たちの後ろを行き来し、給仕たちにいつ脚付きグラスを満たしたらよいか指示する振りをしながら、たくさんのワインが出されたテーブルに向けて聞き耳を立てていた。一度、天井桟敷を見上げたが、彼の探るような、挑戦的な褐色の目は、長いことキャサリンの顔から離れなかった。スロックモートンもまた、キャサリンの美しさを値踏みしているかのようだった。

「あの男が背後で聞き耳を立てているところであまりワインを飲みたくはありません。彼はわたしと同郷の者で、母親がその名で子供を脅す名うての悪党です」キャサリンが言った。

ヴィリダスは上唇と下唇を素早く擦り合わせ、新しい王妃の頭飾りを見るようにと唐突に命じた。

それは幅が広く、金の針金で補強され、たくさんの真珠が散りばめられていた。

「多くのご婦人方があのような頭飾りを手に入れたいと思うようになるでしょう」ヴィリダスが言った。

「わたしはそうは思いませんわ」キャサリンが答えた。その頭飾りは伸び広がって、王妃の厳粛な顔を影でおおい、不快な、フランドル風の趣味の悪さを呈していた。尾部の垂れた英国風の頭巾のほうが、頭を小奇麗で端正に見せることができたし、尾部を巻き上げ、フラットキャップのように四角くピンで留めたとしても、華やかな、あるいは憂いに沈んだ表情を顔に浮かばせることができた。「ほんとに、あんな広がった布を着けていては、告解聴聞室のドアを跨ぐこともできませんわ」

ヴィリダスは桟敷のレールに顎を載せ、蛇のような目で下方を睨みつけた。キャサリンには、彼が年取っているのか若いのか分かりかねた。

「告解などせぬほうが賢明です」とヴィリダスはキャサリンを見ずに言った。「わが主人は、彼に頼る女性たちにそうした帽子を被って欲しいと願っています」

「それでは奴隷ではありませんか」キャサリンが憤然として叫んだ。ヴィリダスが振り向いた。

「何という壮観でしょう」ヴィリダスは集会場のほうに手を差し伸べて言った。「わが主人の王璽尚書は強大な力をお持ちなのです」

「わたしを男たちの笑いぐさにするほどの力ではないはずよ」

「もちろん、ここは自由の国です。お望みなら、いや、もっとひどいことに大逆罪に服することになろうとも、あなたは溝のなかで腐ることもお出来だ」

下方では、狼と野ウサギと雄鹿の皮をまとった騒々しい男たちが、月桂樹の松明をもって鎖に繋がれた熊の周りを走り回り、香のようなうっとうしく物憂い煙が桟敷にも昇ってきた。ヴィリダスのあからさまな脅迫は、服従の必要性をもう一度キャサリンの心に刻み込んだ。他の騒々しい連中が、淡黄褐色のロバのように図体が大きく痩せたライオンを引いてきた。ライオンは咆哮し、男たちが摑んでいた金の鎖を引っぱった。多くの婦人が悲鳴をあげたが、男たちは王妃が不動の姿勢で何の感情も示さずに座っている壇の前の空きスペースにライオンを引っぱって行った。

「あなたのご主人はわたしに、王妃様のように指を皿に浸し、それを白パンで拭って欲しいと思ってらっしゃるのですか」キャサリンは相手をいさめるように真剣に訊ねた。

「たいへん結構な仕草ではありませんか」ヴィリダスが答えた。突然トランペットが騒々しく響き渡り、煙が垂木の間で渦巻いた。真鍮の兜を被り真鍮の盾をもった男たちが、下の集会場に現われた。

「古代ローマ人のような衣装を身につけているわ」別の思いに耽りながらキャサリンは言った。

皆の目がライオンに注がれている間に、キャサリンは突然、スロックモートンがじっと自分を見つめているのに気づいた。彼は首を振り、顎鬚が人目を引く巨体を屈めるように見えた。その様子がキャサリンに、ガードナー司教の物騒な訪問のことを思い起こさせた。スロックモートンが突然、目を伏せた。

「友人たちがおられますかな」ヴィリダスの声が隣から訊ねた。

「いいえ、ここには友人はおりません」キャサリンが答えた。

彼女には、この顎鬚を生やした男の視線が単なる秋波ではないことが分からなかった。こうした視線には慣れっこになっていたし、この男をとても卑しい男だと思っていたからだった。
「要するに」とヴィリダスが話した。「あらゆる行為において王妃と同じようにふるまうことが、たいへん結構なことなのです。というのも、上流社会の慣習とは流儀の問題なのですから。指を白パンで拭こうがナプキンで拭こうが何の変わりもないのです。しかし、ある流儀が一般的になれば、その奇異な感触は消え、王宮にふさわしいものとみなされるようになるのです。そうすれば、あなたもパン代を稼げるでしょう。それがあなたの務めなのです。百獣の王を御覧なさい。それがいかに王妃の前でその義務を果たしているかを見て、その教えを心に刻み込むのです」彼の声は低く平板だったが、下から聞こえてくる喧騒のなかでもよく通った。剣闘士の服装をした男たちが、席を立つこともなく食事を続けている王妃のいる壇のほうへ進み出た。王妃の前のライオンは恐ろしいうなり声をあげ、飼育係たちを真鍮に身を包んだ男たちのほうへと引き摺って行った。男たちは短剣を引き抜き、盾を叩いて、叫んだ。「我らはこの国で戦うローマの国賊なり」そのとき、この群衆のなかに、男たちと同様に真鍮で身を固めてはいるが車輪で動く大きな人体模型が一体入っていることが分かった。

　婦人たちは恐怖のせいで、立ち上がらんとするかのように両手でテーブルを押さえつけた。しかし、前に傾いた人体模型は、真鍮の虚ろな響きを立ててライオンの前に倒れた。ライオンは人体模型に飛びかかり、チュニカのなかに隠されていた強烈な匂いを放つ肉をとろうとその喉を引き裂いた。ローマ人たちは、盾と剣を投げ捨てて、逃げ出した。そのなかの一人は叉に分かれた赤い顎鬚を生やし、大きく見開いた青い目をしていた。この男を見てキャサリンは従兄のことを思い出した。従兄はどこにいるのかしらと思い、彼があの短剣で万難を排して、彼女の許へやって来るところを想像した。

「この場面は寓意的に示しているのです」とキャサリンの隣でヴィリダスが解説した。「ブリテンの剛勇がいかにあらゆる敵から王妃様をお守りするかということを」

肉を手に入れたライオンは、その上に横たわっていた。

キャサリンは、カルペパーは去らねばならないと言ったガードナー司教の言葉を思い出した。そこでヴィリダスに言おうとした。「こうしたことでは、あなたの仰せに是非とも従いたいと思います。ですが、実はひどくわたしの邪魔立てをする従兄がいるのです」

しかし、人々の拍手喝采が彼女の声をかき消し、ヴィリダスが話し続けた。

「英国風の華美と上品さのなかにあって、王妃様お一人が、粗野で不快な奇異さを示していらっしゃるというのは、なるほど本当です。しかし、ご婦人方が王妃様の流儀を身につけるなら、王妃様はもはやお一人ではなくなり、王様もあらゆる男たちも王妃様の流儀を推奨でき見習うべきものとみなすようになりましょう。それこそが国を治める術であり、王璽尚書が願い、向かわせようとしているところなのです」

「それでは、わたしもそうした帽子を手に入れ、指で鶏を引き裂きましょう」キャサリンが言った。

「それが賢明です」ヴィリダスが答えた。

今や集会場は、騒々しい男たち、白いガウンをまとったニンフたち、香水を撒き散らす噴霧器をもった男たち、陽気な守護聖人たちでいっぱいになり、もはや床も見えなかった。貴族の一団がニンフたちのところへ行こうとテーブルをひっくり返した。王妃はアラス織りの後ろに出るように指示され、婦人たちは、笑いに興じ、お互いに向けて、また反対側のテーブルの男たちに声をかけ、フードをピンで留めながら、王妃の後に列をなして続いた。

「あなたのご主人であり、わたしのご主人でもある方を喜ばせるために、最善を尽くしますわ」キャサリンが言った。「でも、ご主人様のほうでも助けてくださらなければ。さもないと、わたしは見習うべき模範にはなれず、嘲りの的になるだけでしょうから」

ヴィリダスは一旦口を噤んで、桟敷から先頭に立って突進した。淡い青色の目は、前より温和だった。

「あなたは十分な援助を得られましょう。でも、用心するに越したことはありません。裏切り者どもとは付き合わないことです。そして、ご主人様のお味方の方々を悪く言わないことだ！」ヴィリダスは鉤爪のような指で彼女の左胸のさらに上のあたりに触れた。「かのイタリア人は書いています。わたしの愛する人を嘲る者は、わたし自身をも嘲っているのだ、と」

「わたしは誰も嘲ってなどおりません」キャサリンが言った。「でも、わたしには、生活に必要な物を提供してあげなければならない従兄がいます。立っていられるだけ素面のときには、あなたもわたしも身の危険を感じずには嘲ることのできない人です」

ヴィリダスは桟敷のドアに手をかけた状態で、キャサリンの言葉を聞いた。注意深い、集中した態度だった。キャサリンは深く考えずに、いかにカルペパーが自分の戸口に押し寄せてきたかを語った。「従兄は旅の途中わたしを助け、戦争で一財産作ろうと、ロンドンにやって来たのです。彼のために職を見つけてあげてくださいませ。ここにいたら、自分自身もわたしも破滅させてしまうでしょう」

「われわれは腕の立つ刺客を必要としています」ヴィリダスが熱のこもった声で言った。

「トムほど腕の立つ者はいないわ」キャサリンが言った。「二十人もの首を刎ねてきたのです。あなたのご主人はトムをカレーに送りたがっていたわ」

ヴィリダスが呟いた。

「いや、カレー以外にも男が一財産作ることのできる場所はいくらでもあります」彼の声の考え込んでいるような陰険な調子がキャサリンに言わしめた。

「トムを殺さないで。たくさんの贈り物をしてくれたのですから」

ヴィリダスは無表情に女を見た。

「尻尾にそんな燃え木を付けたまま、わたしのご主人様に仕えることができるとお思いですか」ヴィリダスが言った。「あなたの従兄には使いの用向きを探しましょう」

「でも、殺されないところに」とキャサリンが再び言った。

「そうですな」とヴィリダスがゆっくりと言った。「大きな財産を作れるところに送りましょう」

「大きな財産は従兄の身を滅ぼすだけです」キャサリンが答えた。「身の丈に合った勝負ができるところに送っていただきたいわ」

ヴィリダスはキャサリンの手首に手を置いた。

「あなたの従兄は、ここでも危険なことに変わりないのです。ここはリンカンシャーではなく、秩序正しき宮廷です。ここで剣を抜くには危険が伴います。それを禁じる法があるのです。もし男連中が夜分に侍女たちの休んでいる一画に騒ぎ立てながらやって来れば、指や手を、場合によっては首を失う刑罰が科されます。そして、侍女たちは鞭打ちの刑に処されるのがおちでしょう」ヴィリダスはキャサリンに首を振って見せた。

「もしお従兄があなたに乱暴をふるう傾向があるならば、わたしが彼をはるかかなたに追い払うための最良の味方になりましょう」

もしこの娘をスパイに仕立て上げるなら、血迷った男たちから保護しておかなくてはならないというのが、ヴィリダスの目論見だった。ヴィリダスの態度の不可解さは、キャサリンの鋭敏な感覚の察知するところとなった。

「神様、お助けを。ここは何と危険なところなのでしょう！」キャサリンが言った。「従兄のことをあなたに話さなければよかった」

ヴィリダスはいかめしい顔つきでキャサリンを見つめ、その荒くれ者と結婚するつもりなら、二人ともすぐに、遠くの州に土地が買えるだけの金を稼ぐことができるかもしれないと言った。

Ⅲ章

緋色と黒の服装をしたポインズ青年は、貴族の従者たちがすでに食事を済ませた大広間の片隅に妹を引っぱって行った。そこは原則として、王璽尚書が請願者の話を聞いたり、ロンドンにいる手下どもへの聴聞会を催したりするのに使われる巨大な部屋であった。その白く塗られた壁には紋章の付いた記念品がかかり、壁と大広間のはずれの壇との間には、内緒話に便利な小さな空間があった。大広間にいる他の連中はといえば、罰としてキスを求めるトランプ遊びに興じていたり、ウェルギリウス占い[1]で運勢を占うために大きな猿を連れてきた奇術師のまわりに群れ集まったりしていた。猿は黒い字の『アエネーイス』[2]の頁を不器用にいじりまわし、その側面をなまめかしく引っ掻いた。たっぷり時間をかけて、老賢者の哀しげな様子を真似し、じっと頁をみつめて、運命が命じた一節に指を置いた。

「おまえのことで大騒ぎが起きているぞ」ポインズが笑いながら妹に言った。「おまえの名前がこのロンドンの街では随分と話題にのぼっているようだ」

青年は王妃の随行員の一人としてロンドンにやって来て、トランプ賭博で失った外套を取り戻すための十クラウンを祖父にせびるために塀の向こうにあるバッジ老人の天井の低い家にこっそり入って行く時間を作ったところだった。

「ルター派信徒たちが甲高い声で話しているぞ」青年はマーゴットを嘲った。「おまえの女主人が我々随行員の後ろで馬に乗っていたとき、おまえは野次の声を聞いただろう」

「そんなものは聞きませんし、あの方は野次られるようなことは何もしていません」マーゴットが答えた。「わたしはあの方をとても愛しています」

「そうか、おまえはあの方に犯されてしまったのかな」ポインズが笑った。「それはそうと、伯父さんがあの人のことで密かな中傷文を印刷したんだ」青年は声を潜めた。「内緒にしておけよ、さもないといつ何時我々の家に災いが及ぶかもしれないからな」無許可のチラシを印刷することは重大事だった。しかし彼らの不機嫌な伯父は、怒りに駆られ、その結果をまったく恐れなかった。

「伯父さんは僕の背骨をかち割りたかっただろうよ。優しい保護の下からおまえを引き離したのだからなあ」

「いいえ、そんな優しくなかったわ」マーゴットが言った。「伯父さんに叩かれないで済んだ日が一日だってあったかしら」伯父はマーゴットを彼の徒弟のもとに嫁がせたがっていた。この徒弟は、クリップルゲイト(3)の地下室に密かに集う会衆に毎夜説教する弁舌滑らかな男だった。

「ああ、もしおまえが僕の教訓を守るなら」青年がもったいぶって言った。「おまえを立派な貴婦人にしてやろう。だが、伯父さんが中傷文を印刷し、オースティン・フライアーズではその言葉がものを言い始めている」この件は新たなカトリック教徒の陰謀だと噂させていた。マーゴットはさらわれた最初の者にすぎないのだ、と。ノーフォーク公とガードナー司教がロンドンにいるすべてのルター派信徒の娘をかどわかすことを許可する書類に署名したとの噂が流れていた。娘たちは美徳の道をはずれカトリック的な淫らさへと導かれ、ルター派信徒の息子たちはかどわかされて海外の修道院に送られるだろう、と。

「そうなってはルター派信徒の一族が絶滅する」ポインズが笑った。「そこでルター派信徒はホルボーン(4)の鳩小屋に娘たちを隠しているんだ。ヒューという少年が外出して、二度と家に戻らなかった。黒いラシャのガウンをまとった覆面の男たちがムアフィールズ(5)で麻袋のなかに少年を押し込むのが目撃されたと言われている」

「まあ、それは大変な驚きだわ」マーゴットが笑った。

ポインズ青年は赤い衣をまとった両脇腹を揺らし、青い目に意地悪な、相手をからかうような表情を浮かべた。

「おまえの女主人は大変な淫売だそうだ」ポインズが言った。「教皇派のハワード家の娘で、リンカンで二十人の男に愛されたことが知られているのだ」

笑っていたマーゴットが、激しく怒り出した。

「神様がそんなことを言う人たちの舌を麻痺させないとしたら、それこそ驚きだわ」マーゴットが早口に言った。「お兄さんも男なら、そんな人たちは殺してやったらどうなの」

「まあ、落ち着けよ」青年が言った。「もう、おまえもこうした話は耳にしているはずだ。女はお祈りのために教会に行くわけではないというだけの話さ」

サリー伯(6)の小姓かつ友人であるマートン・ピュートレスが、「ハル・ポインズ」と大きな声をあげながら、二人のもとへやって来た。マートンは顎の先に黒いうぶ毛を生やし、異性を物色するようないやらしい目つきをしていた。陣羽織のような紫色の上着を身につけ、主君の紋章を入れ宝石で飾ったブローチを付けたふちなし帽を被っていた。

「ハワード家の娘が宮廷にやって来たそうだな」マートンが離れたところから大きな声で言った。「そして君の妹が彼女に仕えているそうじゃないか」

「あの女のことを話していたところだ」ポインズが言った。「こいつが妹だ」

ピュートレス青年はマーゴットの頬にキスした。

「さあ、いとしの君、包み隠さず話してくれないか」マートンが言った。「あなたは本当に可愛い人だ。それに立派な兄さんをお持ちだ。僕の友人でもある兄さんを」

そう言ってマートンは一気に訊ねた。マーゴットが仕えるその女性は疱瘡にかかったことがないのか、髪は地毛であるのか、踵の高い靴を履かずにどのくらいの背丈があるのか、息は芳しいか、言葉遣いはリンカン訛りで聞き苦しくはないか、王様は彼女にたくさんの贈り物をされたのか、と。

マーゴット・ポインズは、二十歳になろうとする、豊満で美しく、お人好な女性だった。血色がよく、ゆっくりとした口調で話す女だったが、ショックを受けると、幅の広い顔を真っ赤に染めて感情を顕わにするのだった。灰色の綿と毛の交織物《まぜおりもの》を着て、厳格なプロテスタント風に黒いフードを被っていたが、首のまわりにはキャサリン・ハワードにもらった金の鎖にかけて金メッキされた大メダルを下げていた。彼女は確かに廷臣の娘だったが、父親は彼女が生まれる直前に、エクセター(7)の近くで謀反人たちに頭を殴られて殺され、母親もその後すぐに亡くなったのだった。伯父は陰気で厳格で、祖父は陰険な優しさで彼女を遇し、マーゴットは特に祖父のことを恐れていた。堅い鞭をもったベッドフォードシャー(8)の伯母のもとからこの宮殿にやって来て、きらびやかな衣装をたくさん見、すでに廊下で二人の殿方からキスを頂戴したマーゴットは、キャサリンの息はワインのように芳しく、白い肌を痘瘡が傷つけたことはなく、髪は踝まで達し、学識と機知は想像も及ばぬほどだと主張する用意ができていた。彼女はキャサリンに奉仕することが自分の運命だと心得ていた。ユーダル先生も兄もそう断言したし、彼女自身も、驚異の時代——竜や天の驚異的な生き物、遍歴の騎士の物語の時代——に生きていたので、そう信じることができたのだった。なるほど女主人の部屋はマーゴットの自宅の部屋よりも殺風景で暗い小部屋だったが、キャサリンの明るく屈託のない笑い、見事な背の丈、上手なキスと甘い言葉は、マーゴットに心底からの誠意を込めてこう言わしめた。

「あのお方はこの国のどなたよりも美しく、実際、国王陛下の寵愛を一身に浴びています」気持ちが昂って、つっけんどんにそう言ったが、自分をばかにするかもしれない見ず知らずの若者に話しているることを、突然、強烈に意識することで、息を詰まらせ手を口に当てたように見えた。

王璽尚書が許可証に署名して以来、ドレスを作るための金襴、香水、手袋、オレンジ、さらに、金を入れる緑色の絹製の網目模様の財布をもう一つといった具合に、彼女たちの部屋には、さまざまな品が次々と運ばれた。新年の頃だったので、普段は女官への役得や利得であるものも、人前で公開された。マーゴットはこうしたものが王から直接に来たものだと心から信じた。というのも、そうした品々は国王陛下の気前のよさの賜物であると公式に伝えられていたからだった。

マーゴットはピュートレスに報告した。「今も、あの方は、あの方を宮廷に連れてきた王璽尚書と一緒にいらっしゃるのよ」

「奴は我々ハワード家の者たちのなかに獲物を探し回るつもりなのでしょう」ピュートレスが言った。ピュートレスは、「時代がとても悪いのだ」とか、「正直者の首は決して肩の上に無事に載っていない」といった警句とともに、ノーフォークに仕える者たちが主君から受け継いだ陰鬱な態度で、思案にふけりながら立っていた。「お願いだ、可愛い人、このことは今日一日、わたしがご主人に告げるまで、誰にも話さないでください。何クラウンかの稼ぎになるかもしれません」ピュートレスは親指と人差し指で顎の先をつまんだ。「可愛い人、わたしがあなたの恋人になりましょう」

「いえ、もう立派な恋人がおりますわ」マーゴットが真顔で言った。

「この場所では、いくら恋人がいても多すぎるということはありません。もう一人の者が牢獄に入れられたときのためにわたしを恋人にし、廷臣誰しも可能性があるようにわたしが絞首刑になった

とき のため、もう一人をキープしておくのです」彼は無頓着に顔をそむけ、片方の、宝石が付いた靴下止めを緩めて、長靴下が垂れ下がってだらしなく襞ができるようにして、自分は男で服装の優美さは軽蔑するということを示した。

「こんな廷臣たちに身を安売りするんじゃないぞ」ピュートレスを見据えながら、マーゴットの兄が言った。

「そんなことはまったくしていません」マーゴットが答えた。「でも、廷臣がキスしようとしたときに頬をそむけるのは、宮廷の流儀に反しますわ」

「唇を貸さない方法はある」兄が妹に諭した。「僕が教えてやる。ここと ここのキスは認めよう。だが、おまえも廷臣の娘だ。相手が誰かよく選ぶことだ」

「十分な恩顧を与えられている方よ」

「この変化の時代、多くの成り上がり者が宮廷を徘徊している」と兄は妹に教訓を伝授し続けた。「昔はあんな奴らは宮廷にはいなかった。クラモックがこんなふうにしてしまったのだ。昇進を求めよ、そなたを昇進させてくれる女主人を喜ばすのだ。上役には微笑みを絶やすな。出世した上役がそなたを出世させてくれるだろう。そなたに目をかけてくれる立派な貴族には上品で丁寧な言葉を話すのだ。そうすれば、立身出世が叶うというものだ」

「お兄さんの言葉に従いましょう」とマーゴットは従順に言った。というのも、彼女には兄が偉大で博学であるように思えたからだった。「でも、お兄さんに『そなた』などと呼ばれるのは嫌ですわ」

「いや、これは重大事だ――」と兄が答えた。「『そなた』は『おまえ』よりも重々しくてふさわしい。いずれにせよ、僕はおまえを愛している。もし明日天気が良ければ、おまえを散歩に連れ出そう」ポインズ青年はベルトをきっちりと締め、隅から槍を取った。「そなたの女主人に関して、そんな嘘を捏造する者どもはろくでなしだ。そいつらがそなたら二人のもとに押し寄せてこようものなら、僕がまとめて退治してやる」

「そんな噂は立てられたくはないわ」マーゴットが答えた。

「ならば立身出世などしないことだ。僕が望んでいるのはその逆だが、な」兄が言い返した。「高位につけば、そなたに世間の注目が集まる」

それでも、その日、キャサリン・ハワードに背後から罵声が浴びせられることはなかった。ロンドン塔への道は、槍兵やクロムウェルの従者が固めていた。廷臣たちがそこで屋形船を降り、帰りも再び屋形船に乗ることになっていたからである。クロムウェルは、彼の宴会に来る教皇派の貴族たちの耳に無礼な言葉が届かないように、とてもしっかりと態勢を整えていた。無礼な言葉が叫ばれたならば、教皇派の貴族たちが王に対してそうした悪罵を利用しかねなかった。こうして、近辺で危険度が高く、最も口汚い連中が、宮廷の者たちが通っていくとき、後ろの狭い通路に体を押し隠していた屈強な男たちによって、手で口を塞がれ、スカーフで突然首を絞めつけられたのだった。その結果、その日、敵味方合わせても頭をかち割られた者の数は二十名を大きくは超えなかった。

マーゴット・ポインズは田舎者の用心深さ、女主人へのはにかみと女主人に苦痛を与えたくないという気持ちとで、堅く口を閉ざしていた。而して、キャサリンがこうした噂を耳にしたのは、かなり後になってからのことだった。

キャサリンはかなり上機嫌だった。大した理由はなかった。ヴィリダスは彼女を脅していた。キャサリンが礼儀正しくお辞儀をすると、王妃は大きな目をぎょろつかせたが、キリスト教徒に理解できる言葉が厚い唇から発せられることはなかった。また、どんな貴族も貴婦人もキャサリンに言葉をかけなかった。ただ、午後遅くなって、兎のような前歯をした従兄のサリー伯が、だるそうにといっても良いくらいに不遜な態度で、カーテンのすぐ前に置かれた腰掛けに座ったキャサリンの前に突然立った。彼はどこに宿泊しているのかとキャサリンに訊ねようとしたが、別の若者が彼の肩を摑んで連れ去った。サリー伯は戻ってくるまでここに座っているようにとキャサリンに命じるのが精一杯だった。キャサリンは従兄のサリー伯のためにそこに座っている気分ではなかった。その上、この家で教皇派の小姓と話すのはあまり見られたいことではなかった。もし従兄が一緒にいたいのなら探してくれればいいのだわ。そう思ってキャサリンは大広間の別の場所へと移って行った。その場の人々は皆、見ず知らずの人たちだった。

ヴィリダスと彼の主人に挑むことが安全と分かるまでは、ヴィリダスに従う振りをしようというわずかな分別を働かせたことを除いては、キャサリンは自分の身に何が起ころうとほとんど気にしなかった。嘆き暮らし孤独だった故郷を離れただけで十分だった。腰掛けに座り、前を通って行く多くの人影をじっと見つめ、流行の刺繍に目を留め、たまたま聞いた発言を下手な表現だと考えた。メアリー王女付きの同僚の侍女たちは、彼女を無視していた。一週間前に彼女を嘲ったシセリー・エリオットだけは、群集のなかに急に現われた男の剣の柄に引き裂かれたキャサリンの裾をピンで留める手伝いをしてくれた。だが、キャサリンもユーダル先生と同様、貧しいときには、神が与えてくれるものを受け取るしかない、ということを学んでいた。その上、メアリー王女の住居では、キャサリンは確かに避けられていた。というのも、未だにクラモックの送ってきたスパイだとみなされていたからだった。それもいつか必ず終わる日が来るだろうとキャサリンは考えたし、女同士のおしゃべりは元来好きではなかった。

　キャサリンは夜遅くまで眠らずに、マーゴットが作った恋結びの刺繍の修繕を行っていた。呼び売り商人がフランスからリボンを売りに来て、新年のフランス宮廷の貴婦人たちのように着飾った人形を見せたのだった。商人はコーンヒル(9)の豚小屋に生まれた怪物の話をし、無料の宿泊所を提供してくれた修道院が廃止されてから、旅は耐え難いほどに高くつくものになってしまったといって嘆いた。怪物はロンドンの街であれこれと噂されていた。確かに戦争や奇妙な社会的重大事の予兆に違いない、と。それというのも、怪物は子供の顔をし、グレーハウンドの耳、雌豚の前脚、竜の尻尾をもっていたからだった。だが、呼び売り商人は別の部屋に行ってしまい、マーゴットはメアリー王女の侍女たちとともに夕食をとりに出ていた。

「まあ、驚いた」とキャサリンが刺繍をしながら呟いた。「また酔っ払いたちが来ているのね。もしわたしが王妃だったら、週七回以上酒を飲んだ男は舌を焼かれるべし、といった法律を作るわ」

しかし、彼女はすでに立ち上がり、床に刺繍台を投げ捨てて、ドアのほうへ向かっていた。厚いオーク材を通してかすかな人声が、それから叫び声や激しくとがめる声が聞こえた。

トマス・カルペパーが戸口に立っていた。剣を抜き、キャサリンの部屋の警護をしていた下僕の喉を左手でわしづかみにしていた。

「一体、何ていうことなの！」キャサリンが怒って言った。「わたしを破滅させるつもり？」

「喉を切ったかって？」カルペパーが呟いた。「ああ、俺はキリスト教国の中だろうと外だろうと、どこに住んでいる男だろうと、その喉を切ってやるんだ」彼は自分自身の身体を支えるために、下僕を前後に揺り動かした。「キャット、このでくの坊は俺をおまえから遠ざけようとしやがったんだ」

キャサリンが言った。「静かに！　もう夜遅いのよ」

キャサリンの声を聞いて、彼の顔に微笑が浮かんだ。

「ああ、キャット」と彼はどもりながらも楽しげに言った。「どんな法律が俺をおまえから遠ざけられよう。おまえは俺の妻以上の存在なのだからな。夫婦を遠ざけるのは異教徒の所業だ。俺に言わせれば――」

「お黙りなさい。もう夜遅いのよ。わたしを辱めるつもり？」キャサリンが答えた。

「いやぁ、キャット、よりによっておまえを辱めようなんて思ったこともない」カルペパーは言った。そして再び下僕を揺り動かすと、上機嫌でその身体を壁に投げつけた。「俺が出てくるまで、そこで待っていろ」と呟き、剣を鞘に納めようとした。ところが穴に入れ損じて、剣の先で左手首を傷つける羽目になった。「ああ、たまには血を流すのもいいかもしれん」カルペパーは笑った。そしてズボンで手を拭った。

「一体、何ていうことなの！　ひどく酔っているのね」キャサリンはカルペパーを見て笑った。「あなたの剣をわたしに仕舞わせて頂戴」

「とんでもない。女の手に触れさせてなるものか。父から受け継いだ剣なのだぞ」

そこへ、太鼓腹で短い灰色の顎髭を生やし、いたずらっぽく穏やかな目をした老騎士が、山形紋の入った小さな手袋を揺らしながら、廊下をのんびりと歩いてきた。カルペパーが浮かれた調子で老人の胸に剣を突きつけたが、突然その剣がヒューンと音を立てて闇のなかに消えていった。

　老人は頑強な下半身で動じることなく立っていた。そして二人に向かって楽しそうに笑った。

「もしあんたがそんなに酔っていなかったら、こうはいかなかったじゃろう」騎士はカルペパーに言った。「もうわしも六十を過ぎておる。一体、何ということだ」

「何を言いやがる、このくそ爺」カルペパーが言った。「その拳に握った手袋がなかったら、そうはいかなかったろうが」

「そうさな、だが、手袋は切れておらんぞ」騎士が答えた。そして肉付きのよい両手の掌に手袋を広げて見せた。「四十年前に学んだ技じゃ」

「さあ、さっさとその手袋を渡す女のもとへ行きやがれ！」カルペパーが抗弁した。「俺も長くは楽しい気分じゃいられないのでな」カルペパーはキャサリンの部屋に入っていき、ドアの側柱に身をもたせかけた。

老人はキャサリンに目配せした。「その伊達男にこの廊下で剣を抜かぬよう言ってくだされ」騎士が言った。「片目を失う罰があるのですからな。わしはボズワース・ヘッジ[10]のロックフォードと申す者じゃ」

「女のもとへ行きやがれ、ロックフォードとやら」カルペパーが肩越しにうなり声を上げた。「誰にも俺の恋人とは話させねえ。あんたもボズワース・ヘッジじゃ、立派な一撃を加えたんだろう。だが、俺はパリに行って、あんたのあげた首よりももっとすげえ首をあげてみせるんだ。あんたがロックフォードであろうとなかろうと」

老人はカルペパーを頭から爪先までしげしげと見回し、もう一度キャサリンに目配せした。

「わしもこの青年のような性格だとよかったと思うよ」老人は朗々とした愛想のよい声で言った。「もっと女にもてたかもしれんな」廊下をしっかりと歩いていく際、彼はカルペパーの剣を拾い上げ、壁に立てかけた。

ドアの側柱に身をもたせたカルペパーは、かかっているドレスがまるで立っている女のように見える開いた洋服箪笥を獰猛な目つきで睨みつけた。赤い顎髭を撫でつけ、黄色いぼさぼさの髪の上に被った帽子を大きく後ろにずらした。

「いいか、よく聞け！」カルペパーが洋服箪笥に向かって語気を荒げて言った。「あれがボズワース・ヘッジのロックフォードだ。とどのつまり、十七の傷を負い、あたりにスコットランド人の遺体十七体が転がっていた、キリスト教国どこに行っても有名な男だ。だがな、俺があいつより偉大なことをおまえに分からせてやる。俺は喉を切るために遣わされるんだ。だが、これは内緒だぞ。ただ、立身出世は間違いない」

キャサリンは部屋のドアを閉めてしまっていた。カルペパーが穏やかに立ち去る気持ちになるように仕向けるには、二十分はかかるだろうと分かっていたからだった。

「今夜はとても機嫌がいいのね」キャサリンが言った。「こんなに機嫌がいいあなたを見たことはめったにないわ」

「おまえに会えた喜びのためさ、キャット。この六日間ずっと会えなかったのだから」そう言って、彼は耳障りな歯ぎしりの音を立てた。「だがな、俺をおまえから遠ざけた何人かの人間を殴りつけてやったぞ」

「静かにしていて頂戴」キャサリンが答えた。「もうわたしに会っているのだから」

カルペパーは片手で目を拭った。

「おまえを喜ばすために静かにしていよう」カルペパーは詫びるかのように呟いた。「おまえは、今日の俺は機嫌がいいと言ってくれたな、キャット」そう言って、彼は胸を張って、部屋の真ん中まで気取って歩いていった。「立身出世間違いなしの男をよく見るがいい。秘密を教えてやろう。

俺はローマ、ラヴェンナ、(11)ラティスボン、(12)どこで出会うことになろうとも、ある謀反人を殺すことになっている。だが、奴はパリにいる。それだけは教えておこう」

キャサリンは膝が震え、背の高い椅子にくずれるように座った。

「誰を殺そうというの？」

「いや、それは秘密だ。すべて秘密なのだ。剣の柄にかけて誓ったのだからな。唇を小刻みに震わせて歪める、あのまったく誰にも似ていない年齢不詳の男に、行くよう命じられたのだ。今夜、おまえに会いに来る際、衛兵たちに俺を通すよう命じたのもその男だ」

「あなたが誰を殺すのか知りたいわ」キャサリンが語気を荒げて訊ねた。

「いや、秘密は言えねえ。魂を焼かれてしまう。だが、俺はある謀反人を殺すために遣わされるんだ。ローマ司教から送られた、国王陛下の大敵を殺すためにな。ミサから出てくるところを襲うことになっている」

カルペパーは暗がりを剣で突き刺しながら、部屋中を腰を屈めて動き回った。

「赤い帽子の男だ」カルペパーが唸るように言った。「英国人が赤い帽子を被るのは、当節、卑劣きわまることになっている」

「剣をお仕舞いなさい」キャサリンが大声で言った。「もう見飽きたわ」

「そうさ、俺は今でも相当な男だ」カルペパーが自慢した。「だが、戻るときには、大物になって戻ってくる。農場の譲渡証書が渡されるだろう。金ももらえるだろう。俺のような大物は誰一人出ないだろう。おまえにはこうしたドレスをくれてやるぞ、キャット」

キャサリンはじっと座っていたが、炉の明かりで真紅に輝く金髪の房を後ろに撫でつけた。

「大物になったら」とカルペパーが呂律の回らぬ舌でしゃべり続けた。「俺はおまえとは結婚しない。おまえは大物と結婚できる身分ではないからな。もっと安く手に入る女だ。だが、おまえにはくれてやろう…」

「このバカ！」キャサリンが突然カルペパーに向かって甲高い声で毒づいた。「そうした男たちはあなたを殺してしまうわ。行きたいのなら、パリに人殺しに行きなさい。あなたは戻れず、わたしにはいい厄介払いになるというものよ」

カルペパーは唸るような声でキャサリンを嘲笑った。

「俺がいない間、他の男といちゃついたら承知しないぞ」カルペパーは突然獰猛な喚き声を発し、その青い目は頭から飛び出さんばかりだった。

「可哀想な大バカ者、戻れっこないのに」キャサリンが答えた。

カルペパーは抜け目なく勝ち誇った態度をとった。

「俺は人間ならざる者ヴィリダスとすべてを取り決めたんだ。おまえは修道院のなかにいるかのように、この宮廷の侍女たちの間で暮らすんだ。どんな男もおまえには会えないのさ。おまえが話せるのはペチコートを身につけた者とだけだ。あの男とそうした契約を結んだのだ」

「いいこと、あなたを厄介払いするためにそう仕組んだのよ」

カルペパーの口調は庇護者ぶったものとなっていった。

「どうしてそんなことがある？」カルペパーが訊ねた。キャサリンから答えが返ってこないと、彼は自慢した。「そうか、おまえは俺に行ってほしくないのだな。俺のことをそんなに愛しているのか」

「ここに留まりなさい」キャサリンが言った。「お金なら、わたしがあげるわ」カルペパーは口をあんぐりと開けてキャサリンを見つめた。「あなたは大酒飲みだし、口も悪いわ」キャサリンが言った。「でも、枢機卿を殺しにパリへ行ったら、生きてその街を出られないでしょう。きっと死ぬ定めになる」

カルペパーはキャサリンのほうによろめき、彼女の片手を摑んだ。

「ただ人の喉を切るまでのことさ」カルペパーが言った。「これまでも多くの喉を切ってきたが、何の害も受けなかった。悲しがるな！　その男は枢機卿だ。だが、同じことだ。それで大物になれる」

キャサリンが呟いた。

「可哀想な大バカ者！」

「俺は行くことを誓ったんだ」カルペパーが言った。「俺は大きな農場を手に入れられ、おまえが不貞を犯さぬように立派な男が監視していてくれるという。そうした約束がなければ、俺は行くことにはしなかった」

「あの人たちの約束を信じるの？」キャサリンは嘲るように言った。

「あいつはいい奴だ、あのヴィリダスという奴は。俺が頼む前に約束してくれた」

カルペパーは座ったキャサリンの前に跪き、彼女の腰に両腕を巻きつけた。

「泣くな、かわいい人」カルペパーが呟いた。「俺と一緒にパリに行くか」

「いいえ、いいえ。ここへ留まって頂戴」とキャサリンは言って、カルペパーのぼさぼさの髪に手を突っ込んだ。

「もし俺を裏切ったら、おまえを殺す」カルペパーがキャサリンの手の下から囁いた。「俺と一緒に来るんだ」

キャサリンが再び「いいえ、いいえ」と窒息しそうな声で言った。

カルペパーが切羽詰って叫んだ。

「来るんだ、来るんだ！　俺たちの約束すべてにかけて。俺たちの秘密の誓いすべてにかけて」

キャサリンは首を振って、すすり泣いた。

「可哀想な大バカ者。可哀想な大バカ者。わたしはとても心細いのよ」

カルペパーはキャサリンをしっかりと抱き、しわがれ声で囁いた。

「今頃、故郷ではもっと楽しくやっているだろうな。おまえは誓ってくれた。今頃、故郷では。夏の夜には…」

キャサリンが囁いた。「落ち着いて。落ち着くのよ」

「今頃、故郷では。六月に、おまえは誓ってくれた…」キャサリンが切羽詰って言った。「お黙りなさい。豚の声に合わせて、またわたしに求婚するつもり？」

キャサリンは椅子のなかで発作的に身を動かした。カルペパーはその身をさらにしっかりと抱きしめた。

「おまえの負けだ。俺には分かっている」カルペパーが勝ち誇ったように叫んだ。そして、キャサリンの手を握ったまま、よろよろと立ち上がった。

「おまえはパリに来る。王女のように宿舎に逗留する。偉大な光景を見ることになる」

キャサリンは飛び上がり、カルペパーから身を振りほどいた。

「ここから出て行って」彼女は震えていた。「あなたと一緒に空腹に耐えるのは、もう懲り懲り。リンゴ園での求婚のことは覚えているわ。ここから出て行って頂戴。もう遅いわ。こんなに夜遅く男の人が部屋から出て行くのを見られたら、面目丸つぶれだわ」

「いや、おまえに恥ずかしい思いをさせようとは思わない、キャット」カルペパーが呟いた。キャサリンの激しい口調が彼を子供のように従順にさせていた。

「さあ、お行きなさい」キャサリンが喘ぎながら答えた。「餓死するわけにはいかないの」

「俺と一緒に来ないのか」カルペパーが悲しげに言った。「俺の腕に身を委ねたというのに」

「行きなさい」とキャサリンが横柄に答えた。「もしわたしが欲しかったら、お金を手に入れなさい。あなたと一緒にひもじい思いをするのは、懲り懲りだわ」

「じゃあ、行くよ」カルペパーが呟いた。「キスしてくれ。今夜、ドーバーに向けて出発する。でないと、俺が着く前に、あの若き枢機卿はパリを出てしまうからな」

Ⅳ章

「結局、男はわたしたち女を泣かせ、何とも心を頑なにしてしまうのね」キャサリン・ハワードがマーゴット・ポインズに言った。マーゴットはキャサリンが、テーブルの、紙が一枚載った先に頭をつけ、泣いているのに出くわしたところだった。

「わたしは男のために泣いたりしませんわ」マーゴットが言った。

マーゴットは体が大きく、血色がよく、色白で、ゆっくりとした口調の女性だったが、もののはずみで、後になってひどく赤面し口も利けない混乱状態に陥る大胆な発言をしてしまうことがあった。「あなたの従兄のようなろくでなしのために泣いたりはしませんわ。あの男は立派な男たちに殴りかからずにいられないのです」

「以前、わたしにガウンを買うために農場を売ってくれたわ」キャサリンが言った。「それに、もしわたしが留めてあげなければ、あの人はきっと死に向かって突進していくだけでしょう」

「死ぬことは——男の本分ですらあるのではないでしょうか」とマーゴットは答えたが、興奮してしゃがれた自分の声に自分でも驚いていた。その言葉を拭い去りたいと願うかのように、大きな白い手の甲で口を覆った。

「お願いですから、あのごろつきのために、こんな時間まで夜更かしして手紙を書き、目を悪くなさらないでくださいませ」

キャサリンはテーブルに向かってきちんと座り直した。穏やかにドアを叩く音が聞こえた。「誰も入れないで。下男にもそう言ってあります」キャサリンはガードナー司教への手紙の文句を考えるのに没頭していった。従兄が枢機卿を殺すなんて思いも寄らないことだった。従って、司教には、クロムウェルがこんなことを企んでいるとパリのカトリック教徒たちに警告してもらわなければならなかった。それにガードナー司教には従兄の旅を阻止してもらわなければならなかった。必要ならば、偽りの伝言を使ってでも。キャサリンには、自分が死にそうで、彼に会いたがっているとか、何にせよ枢機卿がパリを離れるまでカルペパーを足止めさせる伝言を送ることは、そう難しいこととは思えなかった。

キャサリンの後ろに控えた体の大きな侍女は、物干し柱のところまで行き、台の付いたウォータークローブを取り、つま先歩きで戻ってきて、テーブルの上の灯心草ろうそくの前にそれを置いた。マーゴットは、手紙を書くことは一種の黒呪術だと思っていて、キャサリンのために心を痛めていたのだ。夜、ものを書くと、三十前に目が見えなくなるとも聞いていた。明かりはグローブの後ろで巨大になった。水の光線が天井やカーテンの上を広範囲にわたって揺らめき、紙はやわらかな光を放って輝いた。穏やかなノックが繰り返され、キャサリンは顔をしかめた。司教への謙った挨拶の言葉をまだ半分も書きつけないうちに、これは介入するにはあまりにも危険な問題であり、また手紙を送ってくれる人さえもないという考えが頭を過ぎったのだった。マーゴットを行かせるわけにはいかなかった。というのも、クロムウェルのスパイたちが見張っている司教の住居の近くで自分の侍女が目撃されては危険だからだった。

背後で、サー・ニコラス・ロックフォードがマーゴット・ポインズに話しかける陽気で威厳のある声がした。キャサリンはシセリー・エリオットの名前を聞き取った。シセリーは一週間前にキャサリンを侮辱し、王璽尚書の館で会った日にはピンで袖を留めてくれた黒髪の女官だった。

老人は戸口の側柱に手を置いて、白髪ながらもしっかりと立っていた。彼は立派な暖炉の前にいるかのように、グローブからの強い光のなかで楽しげに激しく目を瞬かせてキャサリンを見た。

「おやまあ、あなたはその妙な代物の前で、光輪をつけた聖人のようにお美しい」ロックフォードが言った。「わしはあなたにシセリー・エリオットの友情を示さんと遣わされてきたのです」ロックフォードが体を動かすと、騎士の身分を示す金の頸章が胸の上で輝いた。刈り込まれた白い顎鬚が顎の上で煌き、老人は目に手をかざした。

「手紙を書いていたところでした」キャサリンが言った。そして顔をロックフォードのほうに向けた。グローブからさまよい出た光線が、彼女の赤く湾曲した唇、隆起する胸、低い額をはっきりと際立たせた。さらに、光線は彼女の額の上の髪のなかで、丘の上を昇る月のように、黄色い炎のように輝いた。彼女の顔の輪郭は当惑のために張りが失せ、目は大きいが、たくさん涙を流してきたために深く落ち窪んでいた。

「シセリー・エリオットはあなたを親友にするつもりです」とロックフォードは自分が手に入れた女を慎ましくも誇って言った。「シセリーはわしと結婚するつもりでおります。それで、こうした奉仕をしているのです」

「あなたは彼女には年上すぎるのでは」キャサリンが言った。

ロックフォードは笑った。

「子供もなければ、廷臣としては十分に金持ちですからな」

「あら、そうですの、奉仕者として彼女のお眼鏡に適ったってわけね」キャサリンはうわの空で言った。「とても有名な騎士さんですものね」

「わしのことはいくつものバラードに歌われております」彼は満足そうに答えた。「未だに素晴らしい戦闘で死にたいと願っていますがね」

「もしも兜のなかにシセリー・エリオットのスカーフをお持ちなら、わたしのスカーフを差し上げなくてもよろしいわね」キャサリンが言った。彼女は司教への使者のことを考えていたのだった。

「わたしのためにひとつ奉仕をしてもらえないかしら」

「おやおや」ロックフォードが愛想よくからかった。「立派な軍旗を掲げ持つ粋な剣士を一人雇おうっていうのですかな」

キャサリンはぐるりと体の向きを変えてロックフォードと面と向かい、自分のために手紙を持って行ってくれる男かどうか見極めるために、注意深く彼を観察した。

ロックフォードはキャサリンの目をまっすぐに見返した。というのも、彼は自分自身と自分の名声を誇りにしていたからだった。十八歳のときから戦えるすべての戦闘で戦い、十五年間、国境地方のスコットランド軍を押し戻すために監察院によって雇われた騎兵中隊の隊長を務めてきた。彼を最も有名にしたボズワース・ヘッジでの武勲はフロッドンの戦い(1)より以前にあげられたものであり、それについてはたくさんのバラードが作られていた。高い垣根の近くでスコットランド兵の群に襲われ、馬からひきずり落とされた後、彼はサンザシの茂みを背に、ただ一人、剣のみで、何時間もスコットランド軍の背後から攻撃を続けたのだった。彼について作られたバラードによれば、英国軍が彼のところまで進軍していくと、十七の死体が茂みの前に転がっていたという。しかし、クロムウェルが北部監察院(2)を解散させ、どこの馬の骨か分からない部下たちを集めて院を編成し直してからは、老人は肉屋の息子やそれ以下の人たちであったならず者の騎士団で働くことを潔しとせず、国境地方から身を引いたのだった。彼はたくさんの土地を持ち、とても裕福で、騎士階級の神聖さや厳格さをまだいくらかは保っていた古い時代に育ったため、とても禁欲的で、手足は健全、性格は温厚だった。盛りの頃には、最も優美な先導役と世間で評価されたものだった。今では体重が重くなってしまったので、重い剣しか使わなかった。

キャサリンはロックフォードが従兄のことを軽く冷やかしたのに答えて言った。

「確かにわたしにも、しもべがいましたが、もういなくなって、奉仕させることができません。でも、騎士道の本には、ある種の機会や大きな探求の旅の場合、騎士が二人以上の貴婦人に仕えることができると書いてあります。また、例えば、名高いドリンダ[3]のように、一人の女性が無数の騎士に自分の権利を擁護させることもありました」そう言ってキャサリンはロックフォードの奉仕を乞うた。

「そうした騎士道の本のことは聞いたことがあります」ロックフォードが言った。「ですが、わしの若い時分にはそんなものはなかったし、今では文字を読むこともありません」

「それでは、あなたは平和な長い日々をどうやって過ごしているのですか」キャサリンが訊ねた。

「お酒もさいころ賭博もやらないとしたら」

ロックフォードが答えた。「昔語りをしたり、王の馬に歩様を教えたりしています」

彼は少し居ずまいを正した。キャサリンに自分は馬の医者でないと分からせたかったのだ。それでも、この四本足の獣たちはロックフォードへ愛情を示し、王のお気に入りの去勢馬であるリッチモンドなどは、彼がこの見事な馬の鬐甲《きこう》に手をかけてなだめさえすれば、じっと立ち止まって血を採らせた。ロックフォードは馬を愛していた。というのも、彼は年をとり、いろんな議論や討論についていくことができなかったからだ。「わしの若い頃にそんなものはなかった。だが、良い馬はいつの時代も良い馬じゃ」

「わたしの手紙を運んではもらえないかしら」キャサリンが訊ねた。

「陛下の馬をご覧くだされ」ロックフォードが言い足した。「わしが自分で歩様を仕込んどります。キリスト教圏内でも異教の世界でも、これほど立派な歩き方をする馬は見当たりますまい」

「ええ、信じますわ」キャサリンが答えた。そして突然、訊ねた。「遍歴の騎士として馬に乗っていらっしゃったの？」

ロックフォードが答えた。「三週間だけです。その後、あまりにも早くスコットランド兵が押し寄せてきたもんで時間を潰されてしまいました」彼の黒い目が瞬き、幅広の唇が顎鬚とともにユーモラスに動いた。「わしはどんなご婦人にも奉仕すると誓いました。どうかあなたに奉仕させてくだされ」

「奉仕してください」キャサリンが言った。

ロックフォードはキャサリンを黙らせようと手を動かした。

「お気を悪くなさらないで頂きたいのじゃが、一人あなたを嫌っている者がおります」

キャサリンが言った。

「おそらく、たくさんの者が。でも、やっていただけるなら、奉仕してください」

「よいですかな」ロックフォードが言った。「今の世はわしの時代ではありません。だが、自分を愛してくれるしもべを持つことが賢明なことくらいはよく分かっとります。わしはあなたのしもべが戸口で拳固を振るうのを見ましたぞ」

キャサリンが言った。

「わたしのしもべが、ですって？」キャサリンはマーゴットを見た。大きな体のマーゴットは黙って顔を赤らめながら、崇敬の眼差しで有名な騎士を貪るように眺めていた。ロックフォードが笑った。

「この侍女はあなたの足に接吻しそうですな。だが、最近は、ドアを見張る者と仲良くしたほうが良いですぞ。あなたの従者は、できたら、あなたに唾を吐きかけたいとでも思っているかのようじゃ」

キャサリンが無頓着に言った。

「想像のなかで唾を吐いただけでも、鞭で打ってやるわ」

老騎士はドアの外を覗いた。彼は誰も立ち聞きできないように、ドアを広く開けたままにしておいた。

「ああ、まだ戻っておらんようじゃ」と老騎士は言い、咳払いした。「いいですかな」彼は話し始めた。「昔はこんなふうじゃった。狩りから疲れて帰ってきて、こんな奴らがいたら、叩き切って、奴らの温かな血で湯浴みしたものだ。ところが今じゃ、あべこべだ。そうしたやくざ者は己に付けられたスパイかもしれないのですからな」

老騎士は、ギクシャクした動きながらも堂々と向きを変え、この日キャサリンが王璽尚書の邸に行って留守の間にこの部屋に取り付けられた壁掛けを開いてみた。彼は太く柔らかな指で壁をコツコツと叩き、その間ずっと幅広の背をキャサリンに向けて話した。

「いいですかな。新しいアラス織りをかけるために、ここに作業員が入ったわけです。これをかける際に、壁に聞き耳を立てる穴を穿つ計略があったかもしれんのですぞ。だから、もしあなたに下男の喉元を摑むような従兄がいたりしたら…」

キャサリンが慌てて言った。

「わたしを貶めようにも、貶められることはほとんど聞けなかったでしょう」

「人を貶めるのは、従者が聞いたと誓う事柄です」老騎士が答えた。「わしは政治向きのことには干渉せんが、ある種の貴婦人がたの使いはしております。一人はわしの婚約者で、わしは彼女のしもべです。一人はわたしと同じ名字で、大逆罪で死んだわしの従弟と結婚しておりました」

キャサリンが言った。

「シセリー・エリオットとロックフォード夫人には恩義を受けています…」

老騎士は、昔風の威厳と卓越を示すちょっとした仕草でキャサリンの言葉を遮った。

「わしはそうしたことには介入しませんぞ」老騎士が再び言った。「だが、このご婦人がたは、あなたが自分たちと同じ人物を嫌うておることを知っておいでじゃ」

老騎士が、突然、「おおっ」と、わずかな満足の声をあげた。穏やかに叩き続ける彼の指が偽装された壁石を震わせ、漆喰の小さな薄片を撒き散らした。彼は真剣な面持ちでキャサリンのほうを振り向いた。

「あなたがあの剣士殿と何を話したかは聞きますまい」老騎士が言った。「だが、あなたの下男はあなたの告げ口をするためにいなくなったのですぞ。ここの石が欠けていて、キャンバスを張ったドラムのように耳穴が開いておる」

　キャサリンが早口に言った。

「それでは、わたしの手紙を持っていって――ウィンチェスターの司教に」

　老騎士は、ちょっと大げさに恐がっている振りをして、後ろに飛び退いた。

「あなたの策略に加担しなければならんのですかな」と、目を瞬かせながら、しかし使いを予期しているかのように愉快そうに訊ねた。

　キャサリンがしつこく言った。

「今、赤い帽子をかぶり、パリにいそうな英国人が誰なのか教えて頂戴。わたしはこうしたことには無知なので」

「それでは、そうしたことには介入なさらぬのがよろしい」老騎士が言った。「というのも、その男とはまさにポール枢機卿(4)でしょうからな。国王陛下が死んでもらいたいと切に願っておる人物ですぞ」

「ああ、神様、従兄が枢機卿を殺さなければならなくて、その果し合いで逆に切り殺されるなんてことが、どうかありませんように！」キャサリンが答えた。

　老騎士が後ろに飛び退き、両手で頭を抱えた。

「おやおや、娘さん、それがあなたの使いですか」老騎士は胸の底から絞り出すような声で言った。

「わしはこの件には介入しませんぞ」

　キャサリンが頑固に答えた。

「お願いです――最初に誓ったように――どうかこの手紙を持っていくことを承諾してください」

　老騎士は悪い予感がしているかのように首を振った。

「ウィンチェスターの司教のところでやる仮面劇のことだと思っておりました。でなければ、あなたのところへ来たりはしません。シセリー・エリオットはあなたがしゃべるべき台詞を写しとりました。他の使いは頼まないで頂きたい」

　キャサリンが言った。

「偉大な騎士様なのに、些細なことでしか味方になって下さらないのですね」

　老騎士が咎めるように言った。

「娘さん、ウィンチェスターの司教との取次ぎ役を果たすというのは、些細なことではありません。たとえそれが仮面劇のことにすぎないにしてもじゃ。そうでなければ、どうして司教が直接あなたに手紙を送ってこないのです。わしは見ず知らずのあなたにそこまでのことをしようとしているのですぞ。何の後ろ盾もないこのわしが…」

　キャサリンは意地悪く言った。

「あらまあ、あなたはわたしたちの時代より前のもっと良き時代からやって来た方だと思っていましたのに」

「十分に良き人間であることは示したと思いますがな」ロックフォードが冷静に言った。そして一本の指をキャサリンに突きつけた。

「ポールは簡単に殺害できる相手ではありません。もっと巧みな剣客を自腹で雇っているようです。わしは、あいつが子供のときから国外に逃亡するまで、あいつのことをずっと知っていました」

「でも、わたしの従兄が」キャサリンが懇願した。

「あなたの小さな首を救うために、あのやさ男を絞首刑にしてもらいなさい」ロックフォードがピシャリと言った。「あなたにはたくさんの味方が必要だ。せっかちに忠誠を誓うあなたの性格でそれがよく分かる。だが、よろしいか。もしご婦人方があなたのところへ行くよう頼まなんだら、わしはあなたのもとへ来たりはしなかった。その結果、あなたの従兄が名誉あり評判の高い男であるわしをののしることにもならなかったじゃろう」

　キャサリンがまっすぐに立ち上がった。

「あなたの騎士道の本には」彼女は大声をあげた「友人をパリの絞首刑執行人に委ねるべしなどと書いてはいないはずです」

　マーゴット・ポインズの大きな体が二人の間に割って入った。

「後生ですから」マーゴットは激しい感情のこもったしゃがれ声で言った。「この勇敢な騎士の言葉を聞いてください。あなたの従兄はあなたを破滅させてしまいます。お従兄があなたから良き友皆を追い払っているのは事実です…」彼女は口ごもり、衝動のため、それ以上先を続けることができなかった。ロックフォードが手袋でやさしく彼女の紅潮した頬を叩いたが、廊下を軽やかにシューッと音を立ててやってくる足音が皆を黙らせた。

ユーダル先生が明かりに目を瞬かせながら、戸の前に立っていた。キャサリンが横柄に声をかけた――「従兄の命を救うために、手紙を運んでくれませんか」

先生は吃驚して、マーゴットを横目で睨んだ。マーゴットは穴があったら入りたいかのような様子だった。

「マクロビウス(5)曰く、ああ、それくらいなら、牡牛をユピテル(6)の神殿に運ぶほうがましだ」先生は言った。「その意味は…」

「でも、あなたは彼と飲んだんでしょ」キャサリンはカッとなってユーダルの言葉を遮った。「夜通し、彼と怒鳴って歩いたのではなくて。二人とも、わたしに恥をかかせたのよ」

「それでもキケロ(7)を忘れてはいけません」ユーダルは皮肉っぽく答えた。「キケロ曰く、賢明な人間は馬を御するように、友情の成り行きを減速させることができなければならない(8)…」

「謹聴！」老騎士がキャサリンに言った。「息子にキケロの一節を読み聞かせてもらいたいものですな。こいつはすばらしい賢識じゃ」

「神様、お助けを！　ここはキリスト教国なのですよ！」キャサリンが苦々しげに言った。「同じ揺籠で育った人間を見捨てても良いものでしょうか」

「あなたはもう一日早く彼に見切りをつけるべきでしたな」ユーダルが言った。「五日前、彼はわたしを犬のように殴ったのです。あなたはフィリッポス王(9)が建てたポネロポリス(10)という町のことを聞いたことがありますかな。あなたの立派な従兄はその町の統治者にふさわしい。大王はその町に領土のすべての喧嘩好き、人殺し、おどし屋を集めて、そうした輩を一掃しようとしたのです」キャサリンはユーダルがとても怒っているのに気づいた。というのも、彼の囁き声は馬の嘶きのように震えていたからだった。

　老騎士がマーゴットに目配せした。

「ああ、この人はものすごい賢人ですな。しかも筋の通ったことを言っておる」

「要するに」と先生が言った。「もしあなたがあの男をあくまでも守ろうというのなら、あなたはわたしを失うことになるでしょう。愛人や夫人を奪ったと言って男たちが殴ってきたとき、わたしは恨みには思いませんでした。ですが、あの男はまったくの狂気乱心から、わたしをののしり、理由もなく、単に殴るのが好きで、わたしを殴ったのです。これには我慢なりません。今夜、彼に殴られてから五日ぶりに出歩きました。ここで、あなたがどちらをより良きしもべと考えるか訊ねることにいたしましょう」

　ユーダルの痩せた体が突然怒りに震えた。

「まあ、これは陰謀よ！」キャサリンが叫んだ。

「陰謀ですと！」ユーダルの声は甲高い声へと翻っていった。「もしあなたが王妃様であったとしても、わたしは王妃様の従兄に鞭打たれる役を買って出たくはありませんな」ユーダルは激しい怒りに、まるで操り人形のように腕を震わせた。

「学問のある男たちがこんなふうに殴られるなんて恥ずべきことですわ」マーゴットがしゃがれ声を発した。

キャサリンはマーゴットのほうを振り向いた。

「それでさっきあんなことを言ったのね。あなたはこの気紛れで無責任な男と一緒だったわけね」

「ここは自由な国のはずです」愛人の怒りが伝染したように目を煌かせて娘が呟いた。

老騎士は立ったまま、キャサリンのほうをちらっと見た。

「あなたはこの喧嘩ですべてのしもべを失いそうですな」

キャサリンは手揉みをして、彼らに背を向け、テーブルを指でコツコツと叩いた。ユーダルはマーゴットの大きな手をとって、彼の着ているローブの毛皮の下でそれをまさぐった。老騎士はキャサリンの背中に微笑を湛えた視線を投げかけ続けた。やがて彼女の声がした――

「わたしが引き込んだ今度の事で彼を死なせるわけにはいかないわ」

ロックフォードはまさに耳のところまで肩をすくめた。

「見事なのぼせ上がりようだわい」老騎士が言った。

キャサリンはまだ背を向けたまま肩を持ち上げて言った――

「見事なのぼせ上がりようですって!」彼女の声は胸の奥深くから穏やかに発せられた。「ええ、あの男は彼なりにわたしを愛してくれたわ。神様、わたしたちをお救いください。ここでは、他にまっすぐな一撃を加えようという人に出会ったためしがない。ここでは、暗闇を移動し、穴を穿った壁に聞き耳を立て、偽りの大逆罪を宣告するといったことばかり――」

キャサリンは顔を動かし、やさしくも怒った目つきで、老騎士のほうをさっと振り向いた。そして片手を伸ばし、差し迫った悲痛な声をあげた。

「ロックフォード様、ロックフォード様、名誉の騎士であるあなたは、わたしにどんな忠告をしてくださいますの。同じ揺籠で育った男を、自分が頼んだ使いで恥ずべき死に追いやってしまって良いのですか」

キャサリンは目をロックフォードの顔に据えたまま、テーブルにもたれかかった。「あなたならそうはなさらないでしょう。ならば、どうしてそんな忠告をわたしに与えることができるというのです」

老騎士が言った。「ふむ、ふむ、それはあなたの言うとおりだ」

「もう少しでわたしは彼とともに別の土地へ行くところでした」キャサリンが答えた。「ほんの三十分前のことです。行ってしまえばよかったと思うわ！　ここにあるのは裏切りだけですもの」

「娘御よ、手紙を書きなさい」老騎士が答えた。「明日の朝、シセリー・エリオットにそれを渡しなさい。わしが運んでいきましょう。ですが、手にとるところは見られたくないのです。絞首刑になるにはまだ若すぎますからな」

「いいや、お願いだ、騎士殿」ユーダルが戸口からしつこく囁いた。「この件では手紙を運ぶのは止したほうがよいですぞ。もしあなたが絞首刑を免れたとしても、きっとわたしのこの狂った生徒が死ぬことになります。というのも、国王陛下が――」ここで突然、彼は声を高め、コクマルガラスの鳴き声のような鼻にかけたのろくさい話し方をし出した。「それは誠にその通りです。この死の問題に関してはソクラテスの『弁明』[11]を読むとよろしいでしょう。それにもかかわらず、死が一つの場所から別の場所への転生であるならば、邪悪で腐敗した多くの裁判官のやり口から逃れるために、これまで多くの偉人が赴いてきた場所へ行くことには、必ずや埋め合わせがあると考えられましょう」

「いい加減にして頂戴…」とキャサリンが口を開いた。

「もしドアを見張っていなかったといって叱りたいのなら、やっと下男が戻って来ましたぞ」

下男は手にランプをぶら下げ、ベルトに棍棒を差し、古い茅葺き屋根のように髪の毛をくしゃくしゃに乱し、床に目を伏せて立っていた。そして喉元を触りながら呟いた。

「人間、食べなければなりません。夕飯に行って参りました」

「きっと悪夢を見ますぞ、ご友人」老騎士が愉快そうに言った。「世の中の大半の人が眠っているときに食事をするのは良くないことです」

Ⅴ章

シセリー・エリオットはこうした友情の申し出を託し、老騎士をキャサリンのもとへ送ったのだ。軽率で凶暴で無鉄砲なシセリーは、前に、キャサリンをメアリー王女の侍女たちを見張らせるためにクロムウェルが置いたスパイだと信じ、キャサリンに飛びかかっていったことがあった。七名の侍女たちは反抗的な小さなおしゃべり集団を形成していた。彼女たちは王女の大義を尊重した。というのも、それは女たちが絶やそうとしない旧教の大義だったからだ。メアリー王女は冷淡な無関心さで彼女たちに接した。侍女たちに愛されようがそうでなかろうが、まったくどうでも構わなかったのだ。そこで侍女たちはおしゃべりをし、敵側の邪悪な物語を語った。ロックフォード夫人にはそれを抑えることができなかった。というのも、アン王妃が退位させられたとき、彼女自身死の間際まで追い詰められ、それ以来、臆病風に吹かれていたからだった。そこで、シセリーが仲間たちのリーダーになっていた。

こうした次第で、仮面劇で言うことになっている台詞をキャサリンに届けるようにと、ガードナーのところの司祭の一人が頼みに来たのは、シセリーのもとにだった。その司祭からシセリーは、キャサリンが旧教を愛し、自分たちの誰にも劣らずクロムウェルを憎んでいることを知った。シセリーは即座に良心の呵責を覚え、突然、キャサリンを助け償わなければならぬ相手と見なした。こうした次第で、王璽尚書の邸では、キャサリンの袖をピンで留めてやったのだった。しかし、そこでキャサリンと話をするのは安全なことでなかった。

「可愛い人」シセリーは翌朝キャサリンに言った。「わたしたちはお互いの引き立て役になりそうね。わたしはカササギのように色が黒くて活発。ここではカササギって呼ばれているのよ。あなたは太陽の雌鳩ってところかしら。でも、わたしにはあなたの外見は恐ろしくなくてよ！　わたしのリンボクのようなところが好きな男たちは、あなたの優しい唇には決して惹かれないでしょうからね」

シセリーは本当にカササギのようで、少しの間もじっとしておらず、キャサリンの髪を弄んだり、キャサリンの胸にかかった大メダルを持ち上げたり、キャサリンの胸衣の刺繍に黒い目を近づけたりした。彼女は、相手に横顔を向けて立つコツを身につけていて、その結果、脚を長く見せ、唇を微笑むかのようにすぼめて少し片方に寄せ、黒目で非難がましく、いたずらっぽく相手を見据えることができた。

「わたしを優しい唇の持ち主だと言ったのはあなたの老騎士ではなさそうね」キャサリンが言った。「昨夜は彼のことをひどくののしりましたから」

シセリー・エリオットが頭を仰け反らして笑った。

「ああ、彼は伝言を運ぶには自尊心で体が重くなりすぎているのよ。でも彼が与える忠告は信頼に価するわ」

「わたしの考えも同じよ」キャサリンが言った。「でも、この件について、彼の忠告を受け入れることはできないわ」

シセリー・エリオットは、侍女たちに分け与えられた部屋部屋のなかで、もっとも大きく、もっとも天井の高い部屋を独占していた。壁掛けは、彼女自身の持ち物で、赤と緑の糸で美しい花模様の刺繍が施されていた。大きな銀の鏡が一台、銀とエナメルでできた花の挿さったたくさんのガラス製の花瓶、ピンを入れておくための大きくて平たい象牙細工の箱が一つ、その部屋には置かれていた。これらは皆、老騎士からの贈り物だった。

「まあね」シセリーが言った。「彼の忠告は女性の気分によく合う場合もあるけれど、この手袋の場合のように見当違いなことも時にはあるわね。子ヤギ革はとてもよく伸びるので、一度はめると、親指が靴下をはいた足と区別できないくらいよ。それでも、あなたの従兄を追い払うことにはわたしも賛成だわ」

「でも、決してこの争いのためであっては欲しくないわ」キャサリンが答えた。「名誉ある使いを見つけてあげれば、中国にだって行くでしょうに」

シセリーは伸びた子ヤギ革の手袋を暖炉に放り込んだ。

「わたしの騎士様は、金糸で縫って固くした絹の手袋を、十二組わたしにくれることになっているのよ」シセリーが言った。「半分あげるわ。でも、あなたの従兄はブレスト諸島探求の旅に送り出しなさい。島は大西洋のはるか彼方に横たわっているわ。羅針盤を置き忘れさせたなら、もう二度とあなたのもとへ帰ってこないでしょう」

キャサリンが笑った。

「羅針盤や海図がなくても彼は帰ってくると思うわ。それはともかく、わたしはあなたの騎士様を介してガードナー司教に手紙を送ろうと思っているの」

シセリー・エリオットは深く頭を垂れた。

「内容を問おうとは思わないけれど、とにかくそれをわたしに見せてくれない？」

キャサリンはドレスの胸元から手紙を取り出し、黒髪の娘が袖の下にそれを仕舞った。

「これはきっとあなたを破滅させることになるでしょうね」娘が言った。「でも、とにかく、あなたは王女様のもとへお行きなさい。これはわたしが届けます」

キャサリンはびっくりして一歩後ろに退いた。

「あなたが！」キャサリンが言った。「それを運ぶのはサー・ニコラスの役目だったはずよ」

「あの哀れで愚かな老人をこの件で絞首刑にさせるわけにはいかないわ」シセリーが答えた。「わたしにはどっちでも同じこと。もしクラモックがわたしの首を取りたいと思ったとしたら、一年前に取ることができたでしょうからね」

　キャサリンの両目が大きく見開いた。

「手紙を返して」キャサリンが言った。「私事で女性に面倒をかけたくはないわ」

「あなたの手紙はわたしの袖のなかよ。宛先に手紙が届くまで、誰の手にも触れさせないわ。王女様のもとへお行きなさい。大笑いできそうな使いを与えてくれて恩に着るわ。ここでの笑いは楽しすぎるってことがないのですもの」

　シセリーはキャサリンに横顔を向けて立ち、口をすぼめて微笑み、いたずらっぽい目をして、両手を背中で組み合わせた。

「さあ、シセリー・エリオットを御覧あれ」と当人が言った。「エクセター侯爵の反乱[1]の後、一族の者皆を亡くし、親類縁者もなく、家も故郷もないシセリー・エリオットを。前には、たいそうわたしを愛してくれた男がいたわ。でも、彼もほかの者たちと同じく亡くなって、時間があるのが辛くって、わたしは悪ふざけをして暇をつぶしているってわけ。今日は、その悪ふざけがあなたの味方になっているわ。神様たちが贈ってくれた贈物としてそれを受け取りなさい。明日になれば、わたしは意地悪をするかもしれませんからね。あなたは柔和で美しくて優しいのですもの。そんな移り気のせいで、ここでは皆、わたしのことをカササギって呼ぶのよ。わたしの老騎士は、わたしが時々彼の鼻を引っぱるって、あなたに話すでしょう。でも、あなたのために彼の首がちょん切られるのを黙って見ているわけにはいかないのよ」

「ああ、あなたって本当に辛辣なのね」キャサリンが言った。

シセリーが言った。「死んだ男たちのことを思い出すときに時々襲ってくるわたしの頭痛ほどに、あなたが頭痛に悩まされるなら…」彼女は言葉を切り、轟くような笑い声をあげた。「まあ、可愛いこと、あなたの顔は驚いた月のようだわ。ここでの滞在が短すぎて、わたしみたいな人にまだあまり会ったことがないみたいね。でも、ここに長く留まることになれば、わたしと同じくらい笑うようになるわよ。さもなければ、もっとずっと早く涙を流しすぎて、目を傷めてしまうでしょう」

キャサリンが言った。「可哀相に、可哀相に！」

しかし、シセリーは声をあげた。「お行きなさい。さあ早く！　メアリー王女の部屋では、わたしの老騎士が侍女たちとおしゃべりをしているはずよ。彼をわたしのところへ来させて頂戴。頭痛がして仕方ないの。彼に、酢に浸けたハンカチを額に載せてもらいたいのだから」

「わたしがあなたの髪を梳かしてあげるわ」キャサリンが言った。「わたしの手は頭痛によく効くのよ」

「駄目よ。行きなさい」シセリーが厳しく言った。「わたしは、こうした用事は、騎士たちにしか、させないの」

キャサリンが答えた。「座って頂戴。あなたはわたしの手紙を運んでくれようとしている。そのあなたの痛みは、わたしが和らげてあげなければなりません」

「いいこと、あなたのピンク色の顔を引っ掻くわよ」シセリーが言った。「こうしたときに女性に触られるのは我慢ならないの。わたしの父親をエクセター侯爵の仲間に引き入れたのも女だったたのよ」

「いとしい人」キャサリンが穏やかに言った。「わたしは二本の指であなたの両方の手首を押さえることができてよ。たいていの男よりも力が強いから」

「いや、駄目！」シセリーが大声をあげた。「じっと座ってなどいられないわ。お行きなさい。あなたの使いはちゃんと果たします。あなただって、わたしと同じくらい多くの男たちに跪いてきたなら、じっとなどしていられないはずよ。それでも、わたしのまわりの男たちは誰一人許されませんでしたけれども、ね」

シセリーはカササギのように一歩横に踏み出して部屋から走り去り、彼女の笑いが廊下から耳障りに響いた。

メアリー王女は絵画が描かれた広い部屋でプラウトゥス(2)を読んでいた。侍女たちは皆、そのまわりで縫い物をしていた。王女のための服を縫っている者もあれば、自分たちで使用するために絹糸を巻いている者もあった。ロックフォード老人は同名のロックフォード夫人が玉に巻いている羊毛の輪の間にごつい両の手を差し込んで立っていた。他の廷臣たちは侍女たちの傍らにいて、侍女たちの絹糸を弄んだり、彼女たちの耳元で囁いたりしていた。誰もキャサリン・ハワードに注目するものはなかった。

キャサリンは滑るように王女のもとへ行き、動くことなく膝元に置かれた乾いた手にキスをした。メアリーは本から顔をあげ、ゆっくりとキャサリンの顔を眺め、再び読書に戻った。ロックフォード老人は嬉しげにキャサリンに目配せし、キャサリンが彼の従妹のロックフォード夫人に挨拶した後で、代わりに羊毛を持っていてくれるようにと頼んだ。というのも、剣と盾に慣れた彼の手はひどくかじかみ、鞍に慣れた彼の脚はじっと立っているのに耐えられなかったからだった。

「シセリー・エリオットが、頭が痛いそうです」キャサリンが言った。「あなたを呼んでくるように言われました」

　老騎士はキャサリンの前に留まり、彼女の手に移した羊毛を整えるのを手伝った。そこで、キャサリンが低い声で言った。

「シセリーがわたしの手紙を取ってしまいました」

　老騎士が言った。「一体全体、まあ何てことだ！」わずかな当惑を見せながら、尖った顎鬚を指でいじった。

　ロックフォード夫人は羊毛を引きながら、「あいたたた…」と嘆声をあげた。というのも、手首の関節が腫れていたためだった。

「ヘイルズの聖血(3)がなくなってから一月は東風ばかり吹いているわ」ロックフォード夫人が嘆いた。「あれがあったときには、薬瓶に触れるだけで手首の痛みを和らげることができたのに」そう言って、苦痛に身を震わせ、ぼんやりとキャサリンに微笑んだ。夫人の大きな肉付きのよい顔は穏やかながら、涙を流さんばかりに見えた。

「もし羊毛をスツールのまわりに掛けて構わなければ、わたしが代わりに巻きますわ」キャサリンが言った。というのも、この大柄な女性のちょっとした困惑がキャサリンを優しい気持ちで包み、夫人が自分の年老いた、もの静かな母親であるかのように思えたからだった。

ロックフォード夫人は憂鬱そうに首を振った。

「そしたら、わたしは別のことをしなくてはならず、わたしの骨はもっと痛むことでしょう。わたしが触れて癒されるヘイルズの聖血がどこに隠されているのか、従兄のロックフォードに大司教のところに行って訊ねてくるように口添えしてくれたらありがたいわ」

老騎士がわずかに顔をしかめた。

「子羊の毛で拳を包むように言ったではないですか」老騎士が言った。「百回も言いましたよ。排斥された昔の聖人や薬瓶に関わることは危険極まりないことです」

ロックフォード夫人が小さくため息をつき、頭を垂れた。

「罪深き王妃だった、わたしの従妹のアン。(4)彼女の魂が安らかでありますように…」夫人は言い始めた。

サー・ニコラスはもう夫人の言葉を聞いていなかった。

「よろしいか」老騎士がキャサリンに囁いた。「ひょっとするとシセリーが行くのが一番よいのかもしれん。無鉄砲者だから、シセリーの行き来は誰の注意も引きますまい。実際、シセリーは司祭たちを悩ますために、毎日ウィンチェスターの司教のもとに通っているのです」

「わたしが男だったらそんなふうには言わないわ」キャサリンが言った。

老騎士はキャサリンに微笑み、彼女の肩を軽く叩いた。

「確かに、わしも盛りの頃には立派な一撃を加えたものじゃ」老騎士が言った。

「そして世間知を学んだわけね」とキャサリンが言い返した。

「自分がよく理解できぬ問題で首を危険に晒したくはありませんからな」老騎士が真顔で答えた。

老騎士はキャサリンを喜ばせたい一心だった。そこで、ウィンチェスターの司教の館での祝宴の次の日の水曜日に、国王が三頭の雄馬の歩様をご覧になりにいらっしゃるのです、と言った。「シセリー・エリオットと一緒に来て、厩の小さな窓から覗いてみてください。三頭の大きな馬は、それは素晴らしい見物ですぞ。わし自らがここまで仕込んだのですからな」老騎士の穏やかな褐色の目が、心のなかの情熱と誠意を反映するかのように煌いた。

突然、部屋のなかがシーンと静まり返り、メアリー王女が顔をあげた。スパイであるスロックモートンのがっしりとした人影が戸口にあった。キャサリンは彼の姿を見て震え上がった。というのも、スロックモートンはリンカンシャー州のキャサリンの家で主イエス・キリストを裏切ったユダよりも憎むべき存在と見なされていた。修道院解散の折には、キャサリンはその家から、スロックモートンが修道女たちを殴り散らすのを目撃した。キャサリンの父の家のそばに小さな地所を持っていたスロックモートンの実の兄もスロックモートンによって殺されたのだった。スロックモートンの顔に浮かんだ微笑を見て、キャサリンは吐き気がした。スロックモートンは長い金褐色の顎鬚を撫で、素早く部屋中を見回すと、大きな肩を揺すりながら王女のもとへ歩を進めた。彼は右脚を引いて深くお辞儀をし、ふちなし帽を取った。それに対し、驚きのざわめきがあがった。というのもメアリー王女に脱帽するのは大逆罪にあたる行為と見なされていたからだった。王女の目は、大理石の冷たさと固さでじっとスロックモートンを見据えていたが、それに対しスロックモートンは権力を誇示するニヤリとした笑いと相手の機嫌をとるかのような恐縮した身ぶりとをもって応じた。侍女のキャサリン・ハワードを一時以降すぐに呼び立てることについて、王璽尚書が王女様のお許しをお求めです、とスロックモートンが言った。メアリー王女は口も利かず、体も動かさなかった。老騎士はキャサリンのもとからじりじりと離れ、羊毛を巻き続けているロックフォード夫人の耳元で話している振りをした。スロックモートンは視線を床に落とし、しかし邪悪な顔にニヤリと笑いを浮かべながら、くるりと体の向きを変えて、急ぎ去って行った。

スロックモートンが突然囁き声を後に残して去ると、もう一度静寂が訪れた。背の高いキャサリンが、まるで目に見えぬ神に祈りを捧げるか、目に見えぬ恋人を迎えようとするかのように、羊毛のかかった両手を差し出した。彼女を見ようと、何人かが顔をあげたが、再び下を向いた。老騎士は足を引きずってキャサリンに近寄り、口髭がかかった唇からしゃがれ声で囁いた。「あんたの下男が報告したのです。この事態からわしらが無事に抜け出せますように！」そう言って、老騎士は部屋から出て行った。ロックフォード夫人は、はっきりした理由なく、深いため息をついた。

しばらくすると、メアリー王女が顔を上げて、小さく冷ややかに合図し、キャサリンを呼んだ。

王女の乾いた指がプラウトゥスの本のある単語を指差した。

「これについておまえの知っていることを教えておくれ」王女が命じた。

その劇は『メナエクムス兄弟』(5)で、その文句は'Nimis autem bene ora commetavi...'（奴らの顔を引っ掻いて、砕土機で耕された畑のようにしてやりました）というものだった。テキストに集中するのがキャサリンには難しかった。というのも、彼女にとっての好機は、始まる前に終わってしまったように思えたからだった。

そこで、弁明のために「この劇はあまり好きではありません」と言った。

「それでは、おまえは流行遅れなのです」メアリーが冷たく言った。「この『メナエクムス兄弟』は他の何にも増して、ここでは賞賛されていて、ウィンチェスター司教の館では、陛下の前で上演されることになっているそうですよ」

キャサリンは従順に頭を垂れ、もう一度その言葉を読んだ。

「思い出しました」キャサリンが言った。「王女様の commetavi が commentavi となっている版でこの劇を読んだことがございます」

メアリーは侍女の顔から目を離さずに言った。

「して、それはどういう意味なのです？」

「はあ、それは」とキャサリンが言った。「メッセニオが相手の顔をひどく傷つけたという意味でございます。もし commetavi とお読みになれば、メッセニオが爪で引っ掻いたので、その顔は砕土機で耕された畑のようだった、ということになります。もしcommentaviとお読みになれば、メッセニオが拳で殴ったので、その顔に打撲傷が美しい筆致の句読点のように現われ出た、ということになります。

「本当に、何とおまえは優秀なラテン語学者なのでしょう」メアリーが無表情に言った。「わたしのインク壺を窓のところに持ってきておくれ。おまえのcommentaviを書き留めておくことにしましょう」

キャサリンは椅子の肘掛の穴からインク壺を取り出して、鯱張って歩くメアリー王女のあとについて、離れた窓の朝顔口に優雅に入って行った。

メアリーは手に持った本の上に顔を屈め、余白に書き込みをしながら、言った――

「こんなに優秀なラテン語学者が、まったく自分に関係のない様々な問題に介入しなければならないとは、何とも残念なことです」

キャサリンはインク壺を、まるで高価な花瓶であるかのように注意深く握っていた。

「もし王女様がご自分に仕えることだけをわたしにお命じになるならば、わたしは他のことは何一つするつもりがありません」キャサリンが言った。

「わたしはあなたに命じるつもりもなければ、助けるつもりもありません」メアリーが答えた。「ウィンチェスターの司教がおまえの奉仕を求めています。おまえの好きなように司教に仕えなさい」

「司教に仕えることで、わたしは王女様に仕えたいと思います」キャサリンが言った。「司教はあまり好きになれそうな人間ではございません」

メアリーは突然、身につけていた胴着から、引き裂かれ、くしゃくしゃになった羊皮紙を引っぱり出した。そして、キャサリンの空いているほうの手にそれを押し込んだ。

「父の手下たちがわたしにこうした手紙を送って寄こすのです」王女が言った。「もしこの司教が父の手下になるようなことがあれば、彼からの奉仕は断じて受けません」

キャサリンはくしゃくしゃの羊皮紙の上に次のような言葉を読んだ――

「従順にしておいでなさい…

わたしは守ってあげられません…

あなたは完全に破滅するでしょう…

あなたは地下を匍匐しているほうが良いのです…

従って、謙虚にしているに限ります…」

「これを書いたのはトマス・クロムウェルです」メアリー王女が叫んだ。「まさに父の手下の…」

「でも、このビール醸造者の息子が失脚するとしたら…」キャサリンが抗弁した。

「本当に汚らわしいので、わたしは彼の手紙を引き裂きました」メアリーが言った。「そして半分になった手紙を自戒のために取っているのです。たとえ彼が失脚しても、彼にこれを書かせたご主人様を誰が失脚させられるでしょう」

キャサリンが言った。

「この、悪魔の一味への誘惑者が失脚すれば、きっと彼に欺かれていた、憂いに満ちたご主人様からは、大いなる償いがもたらされましょう」

メアリーが「フン」と鼻を鳴らして、軽蔑とじれったさを表した。「それは子供の戯言ですね。父はおまえやおまえのような輩が信じているような、罪なき聖者ではないのです」

「それでも、わたしは王女様をもっとも愛しております」キャサリンが抗弁した。

メアリーは読んでいた本をピシャリと閉じた。冷たい口調が戻ってきて、それまでの彼女の熱意をかき消した。それはまるで、身を切るように寒い日の灰色の雲が、危険な雷のきらめきを再び封じ込めてしまうかのようだった。

「おまえの好きなようにやりなさい」王女が言った。「おまえの首が落ちようとも、わたしはおまえの命を救うために指一本動かしません。あるいは、こうした目論見により、父が、跪き脱帽する手下たちをわたしのところに送ってくるようになったにせよ、わたしは彼らに背を向け、何も言わないことにいたしましょう」

「でもまあ、わたしの目論見は今すぐにも潰えそうです」キャサリンが言った。「王璽尚書から、愉快ならざる用件で呼び出されてしまいました」

メアリーは愛想なく無関心に「可哀相に」と言い、再び自分の椅子のところへ戻っていった。

Ⅵ章

クロムウェルは原則として、オースティン・フライアーズの邸か、公文書館(1)の近くに持つもっと大きな邸宅で、私的謁見を行った。しかし、国王がロンドンを離れグリニッジにいるときや、ノーフォーク公のような他人の不幸を願う人たちが国王の近くにいるときには、決して王の部屋のもの音の聞こえない場所で眠ることがなかった。実際、王の臣下になって以来、クロムウェルは来る日も来る日も、少なくとも一日に一度は国王陛下に拝謁するか長い手紙をしたためるかしてきたと噂されていた。また反抗する貴族たちを遠方の地に送り出すよう絶えず目論んでいた。パリへの大使にガードナー司教を任じ、恩寵の巡礼の乱(2)の後には、北部を平定するためにノーフォークを遣わした。こうした遣いは、二重の目的に適うものだった。ガードナーは、やむをえず王のために活動することで、海外にいる友人たちの多くを敵に回すことを強いられた。そしてノーフォーク公は、ヘンリーの機嫌を取りたい一心で、ヘンリーやその代理人が実現できる以上の侵略や絞首刑や火刑を繰り返した。というのも、この北部の地域では、王の権威はそれほど広く浸透していなかったからだ。このように、公が我知らずして、ヨークでこの地方を平定する仕事を強いられているうちに、極めて低い身分の出自で極めて傲慢な男たちたる王璽尚書の手下どもが、辺境警備長官(3)に任じられ、国境地方監察院(4)の実権を握ったのだった。今、王璽尚書の控えの間を埋め尽くしていたのは、こうした男たちの他、彼が修道院の財産を管理し貴族の土地を没収するために作った増収裁判所の判事や代訴人たち、一人か二人の自治州選出代議士、たくさんの法律家や何人かの身分ある嘆願者だった。ここにはおよそ二百名の人たちがいたが、たいていは特別な用件があって来ているというよりは、ここに来ていることを知った敵どもをもっと震え上がらせることが目的だった。

クロムウェル自身は、国王と王妃の頭像が天井を飾り、狩りをするディアーナ(5)を描いたタペストリーが掛かった部屋にいた。サー・レナード・ウートレッドに激しい口調で話しているところだった。クロムウェルはというと、息子グレゴリーが、サー・レナードの亡くなった兄サー・アントニー・ウートレッドの未亡人にしてジェーン・シーモアの妹に当たる女性と二年前に結婚していた。これは良縁だった。というのも、この結婚でクロムウェルの息子は皇太子の叔父になったからだ。ところが、それ以来、地所についての揉め事が起こった。

「そなたに申す」クロムウェルが勲爵士を威嚇した。「わたしの息子はいったい馬鹿者か。そなたがハイド農場を貰い受けることをあいつが納得しているにせよ、わたしは納得がいかん。あいつの女房が納得するように仕向けたのかもしれないが、わたしとしては断じて許さんぞ」

ウートレッドはきれいに剃られた頭を垂れ、宝石が嵌ったベルトを指でいじった。

「これは極めて真っ当なことです」サー・レナードがブツブツと不平を言った。「ハイド修道院(6)が解散した後、農場はわたしの兄に譲られたのです。今はご子息の妻であられる兄の妻にではなく、兄自身に譲られたのです」

クロムウェルは高い炉棚の陰に立っていた増収裁判所大法官のほうを向いた。そして、話をするときいつも震えるように揺れ動く灰色の薄い顎鬚に指を絡ませた。

「なるほど」クロムウェルは哀れっぽい調子で愚痴った。「増収財産の登録簿では、高名な勲爵士殿が言う通りになっておる」

クロムウェルはわざと声を荒げて大法官に言った。「おまえの役所を作り、おまえを出世させたのは、このわたしだぞ。もしその役所もおまえももっとましな法律を作れないなら、どちらも取り潰してくれるわ」

「神様、どうかお助けを」大法官が喘ぎ声をあげた。そして再び暖炉の陰に退き、目をパチクリさせてクロムウェルの背中を見つめた。穴の端で怯える野獣のような恐れと憎しみの眼差しだった。

「そなたに申す」クロムウェルはウートレッドに対し陰険に眉をひそめた。「増収裁判所の人間が知らないにせよ、法律はこうなっておる。この農場やその他は、王妃の妹がしかるべき威厳を保つことができるようにと、亡くなったそなたの兄に婚姻の際、与えられたものだ。ユース法(7)はここでは効力をもたない。よいか、与えたのは国王陛下の意思であって、これらの財産は今も陛下のものなのだ」

クロムウェルはあまりに口を大きく開けたので、牡牛が大声で鳴いているかのように見えた。

「あの農場は夫婦二人のうち生き残った者、すなわち今はわたしの息子の妻となった者の手に渡るのが筋なのだ。どこの判事がそれを否定できようか」クロムウェルはしっかりと両脚を踏ん張って上体を揺すり、羊毛商人だった後十年間弁護士をしてきた者に反駁できようものなら反駁してみるがいいと挑発するかのように、まずは大法官のほうへ、次には勲爵士のほうへと向きを変えた。

ウートレッドは憂鬱げに肩をすくめ、大法官は早速お追従を言った――

「どんな判事も今おっしゃったことを否定できません。クロムウェル様は何と法律について優れた知識をお持ちなのでしょう」

「どうしておまえはそうした知識を持たないのだ」クロムウェルが大法官を叱りつけた。「そうした知識を持っていると思ったから、出世させたのだぞ」大法官は喉を詰まらせ、両手を振った。

「法律はこの通り」クロムウェルがウートレッドに言った。「万一そうでなくとも、議会がそうなるよう法案を可決させるであろう。いずれ王になられる皇太子の叔母たる王妃の妹が、夫の死によって自分の土地を失うとしたら、それは実にけしからぬことだ。そなたの要求には大逆罪の匂いがする。もっと取るに足らぬことでロンドン塔に送られた者たちをわたしは知っておるぞ」

「ああ、わたしは一文無しになってしまいます」サー・レナードがブツブツと言った。

「まあ、神の助けを求めるのだな」クロムウェルが言った。「とっとと出て行くのだ。男がひとり文無しになろうが法律は斟酌せず。法律はただ国王陛下に敬意を表し、正義を施すのみだ」

王璽尚書がまだしゃべっている間に、ヴィリダスともう一人クロムウェルの秘書であるサドラーが入って来た。勲爵士がうな垂れて出て行くと、クロムウェルは笑いながら二人のほうを向いた。

「また一人、文無しの誕生だ」とクロムウェルが言い、皆が一斉に声をあげて笑った。

「ああ、そういえば、彼もまた傑出した剣士です」ヴィリダスが言った。「ミラノに彼を配置してもよいかもしれません。ポールがそこを通ってローマに逃げ帰るといけませんので」

クロムウェルは辛辣な軽蔑の表情で大法官のほうを見た。

「この勲爵士のために、ケントにある修道士の土地を探しておくのだ。他の者たちと同様に褒賞つきで、奴をミラノに送ることにしよう」

ヴィリダスが笑った。

「まもなく、我々は文無しの剣士たちを、フランスとローマの間のイタリア全都市に配置することになりましょう。ポールとて、こうした網を易々と突破することはできないでしょう」

「なるべく早く奴を始末してしまうに如くはない」クロムウェルが言った。「そうすれば陛下もますますわたしたちを贔屓にしてくださるだろう。今が潮時だ」

「ええ、あと二日もすれば、パリに刺客騒ぎが起き、ポールはそこからすぐにローマに向けて飛び出すでしょう」ヴィリダスが答えた。「だが、奴とても我々がイタリアに送り込んだ刺客すべてを避けるのは無理でしょう。カルペパーが旅の途上についたことを、ウィンチェスターがパリにいるポールに伝えたのは確かだと思います。あのハワードの娘とお話しになりますか」

　クロムウェルは、言っている意味が分からぬといった様子で、眉をひそめた。

「この殺人騒ぎを起こすのが娘の従兄です」ヴィリダスが主人に念を押した。

「娘は外におるのか」クロムウェルが訊ねた。「その娘がウィンチェスターの司教に知らせたというのは確かなのだな」

「ウィンチェスターの閨房付き司祭が娘の書いた手紙の写しを見せてくれました。ご主人様、どうかあのマイケル神父に何か褒美を与えてください。他の件でも役に立ってくれていますので」

　クロムウェルは手を動かして合図をし、サドラーにマイケル神父の名を書き取らせた。

「控えの間にはたくさんの人間がおるのか」クロムウェルはヴィリダスに訊ね、百五十人以上の人間がいると聞くと、「では、娘はそこに三十分待たせておけ。それほど多くの人間のなかに一人で置けば、女を謙《へりくだ》らせることができるだろう。群集に圧倒されて、娘は腰を抜かしてここへやって来るだろうよ」

　クロムウェルは、代理業者にアントワープ(8)で買うよう命じた二つの地球儀について、サドラーと話し始めた。一つは彼自身のため、もう一つは国王への贈り物とするつもりだった。サドラーは値段が高すぎると答えた。「正確にいくらかは忘れましたが、千クラウンかそこらかかります。作るのに十二年かかったのだそうですが、代理業者は出費の大きさを心配しております」

　クロムウェルが言った。

「構わぬ。そうしたフランドルの調度品の最高のものをわたしは是が非でも欲しいのだ」

クロムウェルはキャサリンを呼び出すようにとヴィリダスに合図をし、オースティン・フライアーズの邸の調度類についてサドラーと話し続けた。クロムウェルはフランドル地方一帯に代理業者を送り、著名な工芸の匠たちがどんな素晴らしい品を制作するか見張らせた。彼は繊細な彫り物や高貴な掛け物や凝った装飾が施された収納箱やその他の富のしるしをこよなく愛し、そうした品を手に入れることをお金の浪費とは思わなかった。というのも、木材や織物や金糸は、蛾やシロアリがつかない限り、手許に残るものだったからだ。国王にも、彼は毎日、贈り物を捧げていた。

クロムウェルが思ってもみなかった廊下のドアから、キャサリンは入ってきた。王妃が被っているような大きな網織物の頭飾りを被り、身だしなみをきちんと整えていた。頬の赤みは不安によるものに他ならなかった。キャサリンは、大きな顎鬚を生やした大柄の男にこちらに案内されたのです、と言った。スロックモートンの名を口にするのは憚られた。それほど彼のことを嫌っていたのだった。

クロムウェルが愛想のよい微笑みを浮かべて答えた。「なるほど、スロックモートンは美人には目がないからな。さもなければ、台所の残飯扱いされただろう」

クロムウェルはキャサリンを嘲るかのように、口を捻じ曲げてみせた。それから突然、メアリー王女は従兄の神聖ローマ帝国皇帝とどのように文通しているのかと訊ねた。王女が皇帝に手紙を出す手段を持っていることは確かだと言って。

キャサリンはほっとして顔一面を紅潮させ、心臓の動悸も少しは治まった。これで少なくとも、ガードナー司教に手紙を書いたからといって、すぐにロンドン塔送りということにはならないだろう。キャサリンは今日初めてメアリー王女にお仕えしましたと言った。

クロムウェルはまだ愛想よく微笑んでいたが、少々警告するような仕草で、それでいて快活な理に適った態度で片手をあげ、あなたも他の者たちと同様、国王陛下にお仕えすることで生活の資を稼がなければなりませんぞと、キャサリンに向かって言った。

「ええ」キャサリンが言った。「わたしはひどい病にかかっておりました。ですが、もっと勤勉に王女様にお仕えする所存です」

クロムウェルは太い指をキャサリンの心臓のあたりに突きつけ、違いを強調した。「王女様に仕えるだけでは、編み針や裁縫用の金糸の支払いもできますまい。というのも、メアリー王女様は侍女に、付き添いも会話も針仕事も求めないからです。こうした仕事場はそれに就いた幸運な者に何も求めません。その償いとして、王がその者に労働を求めるのです」

「まあ」キャサリンが再び言った。「もしわたしがそこでスパイをしなければならないとしたら、あなたの息のかかった女性としてそこへ出向くことになったのは、非常に残念なことですわ。誰がわたしに心を開いてくれましょう」

クロムウェルはなおも心地よさそうにキャサリンに笑いかけた。

「わたしを嫌っていると言いふらせばよいのです」クロムウェルが言った。「わたしを好きでない連中と交われましょう。そして、ついには、その者たちの秘密を巧みに引き出すのです」

再び、キャサリンの顔が、顎から額にかけて真っ赤に染まった。彼女には心に思ったことを口に出さずにいるのがとても難しく、顔全体がクロムウェルに真実を告げているに違いないと思えた。しかし、クロムウェルは「ホ、ホ、ホ」と耳に聞こえぬ笑い声を立てるかのように、太った脇腹を振り続けた。

「簡単なことです」クロムウェルが言った。「子供だって理解できますぞ」彼は両手を背中に回し、両脚を大きく開いて立った。赤面したキャサリンは愉快な見ものであり、怯えた女を弄ぶことはクロムウェルの趣味でもあった。「こうやって、国王陛下から生活の資を得るのです。メアリー王女が皇帝と大逆罪に当たる文通をしていることは周知のことです。悪魔のように捻くれた心で、メアリーは神聖なる父親が倒され殺害されることを望み、従兄が父の領土を侵略することを願って、地図や新たな城の建設計画や国内の反抗分子たちの名前を書き送っています。従って」クロムウェルが言った。「もしあなたが文通の経路を発見し、そうしてその経路が塞がれるならば、あなたは生活の資を稼ぐことができ、かつ陛下の贔屓をも得られるのですよ」

クロムウェルが再び機嫌よく、キャサリンにどう行動すべきか周到な指示を与え始めた。「まずは、メアリー王女のプラウトゥスへの注釈を印刷屋に出すために清書すると申し出るのです。次いで、いくつかの言葉が判読できない振りをして、王女様の部屋に突然入っていく機会を見つけ、疑いを引き起こすことなく王女様の書類を引っ掻き回す口実とするのです」

「ですが、わたしの顔は隠し立てが利きません」キャサリンが言った。「スパイを演じるには向いていないのです」

　クロムウェルはキャサリンを見て笑った。

「そうほうが良いのです」クロムウェルが言った。「最良のスパイは、正直な気持ちが顔に表れる者たちです。ただ、少し訓練が必要ですがね」

「たちまち、おどおどした表情が身につくのが落ちですわ」キャサリンが答えた。しばらく口を噤むと、両手をぐっと伸ばし、熱を込めて話し出した。「もっと高貴な任務に就けていただきとうございます。娘が自分をもうけた父親をこれほど憎むのは、本当に恥ずべきことです。偉大で高貴な君主が敵に倒され殺害されるのを、その娘が望んでいるのを見れば、天使たちもきっと嘆き悲しむことでしょう。クロムウェル様、王妃様の心を和らげようと努めるほうが、ずっと素晴らしい任務ではないでしょうか。優れた作家たちについてわたしの持っている知識は、王妃様の心を父親へ向かわせるのにむしろ役立つと思います。わたしには、巧妙なスパイになるための文書の知識がありません。ですが、プラウトゥスからだけでも、娘が父親に捧げるべき優しく従順な愛を教える十指に余る文を引用することが可能です」

　クロムウェルは愉快そうに横目でキャサリンを見た。

「なるほど、あなたは話がうまい。空論にすぎぬがね。もしもメアリー王女が男性であったなら、今頃は…」

　それまで静かにしていた男たちが頭を仰け反らして笑い、増収裁判所大法官が突然、両の手のひらをこすり合わせて、馬丁のようにシッシッと言った。だが、キャサリンの顔が怒りで紅潮したのを見たクロムウェルは、言葉を切り、もう一度指を突き立てた。

「まあ、確かに」クロムウェルが真剣な面持ちで言った。「もしそれができたなら、あなたはこの国一の淑女ということになるだろう。王もわたしも、その他たいていの人間が、その点では役立たなかったのですからな」

キャサリンが言った――

「きっと、この高貴な女性の心に触れる方法があるはずです。長い時間をかけて探せば、見つかるかもしれません」

「あなたはいろんなことを言ったけれど」クロムウェルが言った。「これは重大問題です。もしあなたが今言ったことを成し遂げたなら、この地上においても天国においても、それはあなたの功績となるでしょう。だが、わたしがあなたに命じるのは、もう一方の任務です」

キャサリンは悲しげに戸口に向かって進んで行ったが、クロムウェルが声をかけた。

「あなたの従兄にも仕事を見つけてやったのですぞ」

突然の言葉に、キャサリンは顔を殴られたかのように立ち止まり、片手を脇に伸ばした。振り返ってこう答えたとき、その顔は歪んでいた。

「ええ、知っています。従兄が教えてくれました。でも、あなたに感謝は致しません。従兄に枢機卿を殺させたくはありませんもの」キャサリンは胸に迫り来る思いによって、またクロムウェルの声の残酷な響きによって、王璽尚書がすでにあのことを知っていると確信した。クロムウェルが自分を牢に入れたいと思っているなら、この件では言い逃れをしても何の役にも立たないだろうと考えながら、キャサリンは背中に回した片手でタペストリーをしっかりと摑んで身を安定させた。クロムウェルの三人の家来の顔が彼女に向いた。冷たい、人を小ばかにしたような、ニヤニヤ笑った顔だった。

　ヴィリダスが見栄を切るかのように言った。「この女性は忠誠心に欠けるところがあると、旦那様には申し上げたではありませんか」すると、増収裁判所大法官がギリシア劇の合唱歌舞団の流儀に倣い、恐れをなしたかのように高々と両手を差し上げた。しかし、クロムウェルはキャサリンを見て、まだ笑っていた。

「キャサリン王妃が亡くなったとき」クロムウェルがゆっくりとした調子で話した。「この国には大きな安堵がもたらされた。今は亡きサタン、クレメンス七世(9)が死んだときは、陛下もわたしも狂喜のあまり小躍りしたものだ。今、陛下があらゆる教皇や敵意ある王妃や君主のなかで誰よりも不幸に見舞われて欲しいと願っているのが、レジナルド・ポールなのです」

　キャサリンは、クロムウェルがポールの罪の重さを思い知らそうとしているのだと理解した。彼女はまだ唇をポカンと開け、じっと立っていた。クロムウェルは枢機卿の罪の数々を並べ立てた。国王陛下の恩賜によって教育を受け、国王陛下にヨークの大司教の職を与えられたのにもかかわらず、ローマ司教のもとへ逃げ出し、本を書いて陛下を非難したのだ。国王陛下は罪を犯し異端に走ったとキリスト教世界全体が声をあげていると言って。ところが、今もなお、そのポールが、国王陛下を倒すため神聖ローマ帝国皇帝とフランス王に手を組むよう求めるローマ司教の勅書を携えて、パリに滞在しているのだった。

クロムウェルはこの場面を注意深く準備していた。王に対する彼の支配力は日ごとに衰え、その日、ザクセンの大使バウムバッハ(10)に、もはや王をシュマルカルデン同盟と組ませ得る希望はないと言わざるをえなかった。そこで、彼は旧教徒の新たな大逆罪を見つけようと、常にも増していきり立っていた。キャサリンに大逆罪を見つけさせるかでっち上げさせたらというヴィリダスの提案は大いに満足のいくものだった。もし彼女を怯ませて、伯父やその他の身分の高い人間の命を奪うに足ると誓わせることができるならば、彼女ほど信用される人間はいないだろう。彼女をこうして怯ませるには、ただ、たくさんの脅迫をすれば良いのだった。クロムウェルは細い目に徐々に恐ろしい表情を加え、さらに深刻な調子で話を進めた。

「わたしとて、陛下ほど激しく、この裏切り者の死を望んでいるわけではありません。というのも、忌まわしい迷信があるのです——三十年以上前に老道化師が言った予言(11)をあなたは聞いたことがありませんかな。『低い身分から成り上がった赤帽を被った男が王国を支配する。（それが誰だったかあなたも知っていると思いますが、ね）そして大いなる混乱の後で、その国はもう一人の赤帽によって平定される。さもなければ、国はまったくの廃墟と化すであろう』そういう予言です」

「わたしはこの地に来たばかりなので」キャサリンが言った。「そのような予言は聞いたことがありません。わたしは本当に、あの男に死んでもらいたいと思っているのです」

クロムウェルはキャサリンが一層たじろいだのを見て、さらに太い声を張り上げた。

「ですが、よいですか。この国が再びローマ司教のものになろうが、まったくの廃墟と化そうが、それは陛下の没落を意味するのですよ」

増収裁判所大法官が予言を真に受けて口を挟んだ。

「神よ、わたしたちをお救いください。そうなったら、わたしたちは皆どこへ逃げ出せばよいのです？」

ヴィリダスがそっけなく意見した。「陛下もここにいるご主人も、酔っ払いの言った馬鹿げた予言など恐れてやしませんよ。ですが、そうした予言が国中に流布し、敵意を持った悪魔のような赤帽が世界中で大言壮語しているので、愚かな廷臣たちの心が揺らいでいるのです」

「愚かな娘だ」増収裁判所大法官が突然キャサリンに噛みついた。「無知で邪悪な淫売め！　その立派な言葉を発する前に、おまえなど死んでしまえば良かったのだ」

「まあまあ」クロムウェルが穏やかに言った。「今では、あなたもお従兄がこの裏切り者を殺すことを望んでいるでしょう」彼は口を噤み、唇を舐め、片手をぐっと伸ばした。「命にかけて、このことは誰にも口外してはなりませんぞ」クロムウェルがほえるように言った。

四人の男たちの顔が再びキャサリンに向いた。冷笑的な、意地の悪い、楽しんでいるような顔だった。キャサリンは突然、これで一件落着とはいかないのだと感じた。この、これ見よがしな脅迫には、どこか嘘っぽいところがあった。クロムウェルは演技をしている。四人の男たちは皆、自分の役を演じているのだ。彼らの台詞はあまりにも長すぎ、あまりにそっけなく語られている。下稽古してきたのだ。これで一件落着とはいかないし、従兄もポール枢機卿も今では主要問題ではなくなっていた。クロムウェルも、ガードナーと同様、自分が国王に対して発言力をもっていると思っているのではないか。キャサリンは一瞬、そんな途方もない考えにかられた。だが、クロムウェルも彼女同様、王がほんの少しの間彼女と会ったにすぎないことを知っていた。それにクロムウェルはありもしないことに鼻を突っ込む愚か者ではなかった。

「あなたのせいでこの一件が失敗に帰したなら、どんな地上の権力もあなたを破滅から救い出せませんぞ」クロムウェルが穏やかに言った。「従って、大いに気をつけることだ。わたしが望む通りに行動しなさい。わたしが知りたい秘密を探り出すのです」

その言葉は否応なしにキャサリンの頭に叩き込まれた。

この男たちはわたしがガードナー司教に手紙を書いたことをすでによく知っているのだわ。絶えず頭上に絞首索をぶら下げておこうというのだろう。それでも、少なくとも彼らは、即座に彼女を始末しようとしているわけではなかった。キャサリンは、クロムウェルの声が残酷に平板に聞こえている間、床に目を伏せ、その場に従順に立っていた。

「あなたはとても美しい娘さんだ。恋愛とか、そういった事柄向きの、な。良き助言を与えられる、それなりに優秀なラテン語学者でもあるようだ。だが、わたしと対立しないように大いに気をつけることですな。そんなことになれば、あなたは逃れられず、地下に葬られるでしょう。あなたのアリストテレス[12]も、ルクレチウス[13]もルカヌス[14]もシリウス・イタリクス[15]もあなたを助けてはくれないでしょう。わたしからあなたを護る格言は、シケリアのディオドロス[16]にもないはずです。弁証家ディオドロスのように、あなたは恥辱のあまり死ぬでしょう。あなたが『死んだ後どこへ行くか知りたいというのか。生まれなかった者たちの横たわるところだ[17]』というあの愚かな考えを弄ぶなら、セネカは役立つかもしれません。だって、あなたは死んで、生まれなかったかのように人知れぬ墓に横たわるのですから」

半ば恐怖、半ば怒りで膝を震わせながら、キャサリンは部屋を出た。クロムウェルの穏やかで残酷な声ほどに脅迫的で傲慢なものを思い浮かべるのは困難だった。その声がその後長く彼女の耳に響くように思えた。「おまえはわたしの言いなりだ。わたしが命じたように行動するのだ」

キャサリンに対して閉じられたドアをじっと見つめながら、ヴィリダスが投げやりに、面白がっているかのように言った。

「あのユーダルの馬鹿が、クロムウェル様は陛下の気晴らしのためにあの娘を宛がうおつもりだと言い触らしております」

「まあな」クロムウェルが、仲間たちを軽蔑するかのように、顔を動かさず微笑んで答えた。「愚か者には賄賂を与え、敵どもには脅しを与えるに如くはない」

増収裁判所大法官は、驚いた様子で甲高い声を発し、お追従を言った。「あんな無価値な娘にこんなに気配りをしておあげとは、まったくの驚きでございます」

「些細な事柄に心を砕かなかったならば、到底今の立場には就けなかっただろう」クロムウェルが大法官に怒鳴った。「わたしの敵どもが決してそれを学ばないよう祈る」それから再びヴィリダスに話しかけた。「あの娘を王に近づけるな。あの娘の顔つきは気に入らん」

「はあ、いざとなれば、いつでも始末できましょう」部下が答えた。

Ⅶ章

国王はウィンチェスターの司教が開いた祝宴にやって来た。これも王妃に敬意を表して開かれたものであり、王は自分が新たに結んだ同盟関係を弱めるつもりがないことを神聖ローマ帝国皇帝やフランソワ一世に知らせたいと思うようになっていた。その上さらに、メアリー王女にヴィッテルスバッハ家(1)の若きフィリップ公という新たな求婚者が現れ、国の富がいかに大きいものかを示す必要もあった。若くて、陽気で、色が黒く、有名な戦士で、良きカトリック教徒である公は、王妃の後ろに座り、ときどき王妃を微笑ませるようなドイツ語を話していた。その劇はプラウトゥスの『メナエクムス兄弟』で、フィリップ公はそれを王妃に翻訳してあげていたのだった。王妃はときにとても情感豊かに見えたので、王妃が自分に恥をかかせないかと心配で肩越しにチラチラと目をやっていた国王は、どっしりと椅子に座り込み、背もたれに身を預け、不安を払拭した様子だった。王の額からしかめ面が消えるのを見て、廷臣たちは皆、王の後ろで喜んだ。クロムウェルはシュマルカルデン同盟(2)から送られてきた大使のバウムバッハと元気よく話していた。何日もこれほど陽気な王をみたことがなかった。司教の法衣を着たガードナーが、陰険な喜びをもって微笑んだ。というのも、彼の祝宴のほうが王璽尚書の祝宴よりずっと盛況だったからである。メアリー王女とその家中の者たちは誰も来ていなかった。求婚者が王女自身に拝謁する前に、王女が求婚者のいる場に居合わせるのは相応しいことではなかったからだった。

大きな宴会場は日暮れに蠟燭が燈され、ツタやタチアオイが壁を這い、乾燥させたクルマバソウやウォーターミント、その他よい香りの薬草が、床に散りばめられていた。ウィンチェスターにある司教の猟場で獲られた鹿の枝角は、林立する枯れた大枝のように、壁から枝分かれして伸び広がっていた。あるものは金メッキ、あるものは銀メッキされ、また、あるものは司教区や司教、王や王妃の紋章で飾られた盾を支えていた。首のまわりに銀の輪を嵌めたモリバトやヒメモリバトの大群が、一斉に宴会場のなかに放たれ、その後、高い天井の金の垂木の間で響くその鳴き声は、心地よい音色を奏で、宴会場の両端の天井近くの桟敷から聞こえる甘い歌声と混ざり合った。役者たちは物怖じせずに、自分に割り当てられた台詞を語り、この劇は宮廷でとりわけ愛されていたので、皆が大いに満足した。

劇の終わりには、神学のショーが執り行われた。三組に分かれて多くの男たちがいた。赤い帽子を被り、その上に枝分かれした角を生やした、黒服の男たち、その中央には大きな鍵を掲げ持って踊る、三重宝冠を被った大悪魔がいた。その男たちは舞台の右側に立っていた。舞台左側では、あや織り綿布の衣を着た聖職者たちがラインワインの巨大な瓶を抱え、酔っ払って、ドイツ女のような服を着た、もっと酔っ払った売春婦の体に腕を回して踊っていた。中央には、ばす織りの顎鬚を付け、英国の司教や聖職者の長いガウンを纏った厳粛で敬虔な男たちが立っていた。この男たちの前には、虹のような翼のついた炎の色の服を着た天使が跪いていた。天使は裏表紙に「我らが王の叡智」(3)という文字が金で刻まれた大きな本を支えていた。

大きな悪魔が前に躍り出て、鍵を振り回し、これらの敬虔な男たちは俺の前に跪くべきだと怒鳴った。そして、割れたひづめをあげて、そこにキスするように命じた。しかし、一人の敬虔な司教が大声をあげた。「おまえは反キリストだな。おまえのことは知っておるぞ。おまえはサタンだ。だが、この本で、おまえを論破してみせる。我々を正しく導くもののあることに感謝だ」彼が前に進み出で、国王の叡智の書の一部をラテン語で読むと、大きな悪魔は後ろに倒れ、赤い帽子を被った男たちの腕のなかで気絶した。

王が大声で叫んだ。

「見事、司教殿、よくぞ言った」すると会場内がどっとどよめいた。

そのとき、もう一方の側の群衆から、一人の男が酒瓶を握り、太った女の腰に手を回して、踊り出た。そして、敬虔な英国人たちは敬神の道を離れ、ルター派信徒たちの仲間に入るべしと、舌鼓を打ちながら、ドイツ風に荒っぽく歌った。だが、老司祭は大声で言った。「おう、マルチヌス博士(4)、おまえのことは知っておるぞ。神の体を軽蔑する者。姦淫を行う者だ。我ら英国の聖職者が、おまえたちのように、女のあとを追いまわすことが断じてありませんように！　叡智の声を聞きなさい。ありがたいことに我々には、我々を正しく導くものがあるのだ」

　こうした言葉が発せられると突然、宴会場内に戦慄が走った。王がそれを言わせたのかどうか、そこにいる誰にも見当がつかなかった。王はいくぶんか眉をひそめて椅子にふんぞり返った。アンは目を瞬かせ、ヴィッテルスバッハのフィリップは声を立てて笑った。それまで宴会場を離れようとするかのように座席でもじもじしていたカトリック教の大使、シャピュイとマリヤックは、今や前に身を乗り出していた。

「その通り」司教役の役者が大声で言った。「我らが立派な王妃様は、まだシュマルカルデン同盟に加わらず、好色漢のマルチヌス博士よ、おまえの名、すなわちルター派信徒として知られている者たちの仲間入りをしたこともない宮廷から来られたのだ。この英国に異端は見つからず、おまえは純粋で清められた神の言葉だけを見出すだろう」

　シャピュイは一言も聞き逃すまいと、老いた白い手を耳の後ろに当てた。顔には、本心からの微笑が浮かび、目は慈しみ深く瞬いた。クロムウェルもまた微笑んでいたが、苦虫をかみつぶしたように唇を舐めた。シュマルカルデン同盟からやって来たバウムバッハは何も理解できず、大きな頭部についたドイツ人らしい碧眼を、ピンク色の赤ん坊のようにギョロつかせ、クロムウェルの注意を引こうとした。そのクロムウェルは、肩越しに部下の一人と話していた。一方、その宴会場にいた多くのルター派信徒は、ただただ床を睨みつけていた。

　司教役の役者が、何年も前に書かれた、既婚の聖職者を威嚇する王の言葉を読み上げた。王は円形の椅子にふんぞり返り、大きな手で肘掛を摑んだ。

「何だと、司教殿」王が大声で言った。役者は威厳ある態度を保ったまま、読むのを止めて王を見た。しかし、ヘンリーは片手を振って、何も言わなかった。

　この恐ろしい出来事が役者たちに混乱をもたらした。役者たちはたじろぎ、ルター派信徒役の役者はその妻とともにこそこそと後ろに下がり、皆が手をたらして立った。そして皆で相談して、一列になって部屋から出て行き、舞台を何分も空白の険悪な状態に放置した。男たちは固唾を飲んで待った。王が眉をひそめているのが見られたのだ。しかし、桟敷からテンポの速い音楽が演奏され、背後でドアが一つ開いた。入ってきたのは、古代ギリシアやローマの神々を象徴化した白衣の人物たちと、ペルセポネー(5)をプルートー(6)の国に攫われて嘆く、頭に灰を載せた黒衣のケレース(7)だった。再び娘が地上を歩くことがあるまでは緑のものがこの世に生まれ育つことのないようにと、ケレースは太く豊かな声で嘆いた。他の神々は白い衣服の裾で頭を被った。

　宴会場では、もう誰もあまりこの見世物に注意を払わなかった。というのも、その前に起きたことに対する囁きが、その日収まることがなかったからだった。男たちは後ろの者たちと話をするために舞台に背を向け、たとえこの昔の教義の焼き直しがガードナー司教の大胆な奮闘にすぎないにせよ、ヘンリーがそれに対してそれほどひどく顔をしかめなかったという点では、たいていの者の意見が一致した。そこで、大体が皆、旧教がまた復活するかもしれないと考え、さらにまたクレーヴズは真にルター派信徒の公国ではなく、アンとの結婚で英国がシュマルカルデン同盟の仲間入りをしたわけでもないことを、突然、前より一層はっきりと思い出す者もいた。従って、こうした昔の風習の影が新たな不安を引き起こした。というのも、いくばくかの修道院の土地を持たぬ者は、そのなかにほとんどいなかったからである。

王は宴会場のなかで、もっとも動じぬ男だった。母ケレースの嘆きに聞き耳を立て、開いたドアから突然出てきたたくさんの裸の少年たちを見つめていた。少年たちはドアのところからアンの足元に至るまで通路に薬草を撒き散らした。アンは少年たちを見て、驚いて目をパチクリさせた。少年たちは母ケレースに注意を払わなかった。ケレースは憤って、娘が戻るまで不毛なままにしておくように命じておいたのに、どうして地上に緑のものが生えるのかと訊ねた。

ペルセポネーは戸口に縁取られるように立っていた。体一面白衣で覆われ、大変ほっそりとして背が高かった。髪には、フェリデと呼ばれるエジプトの緑石でできた輪をつけていた。この石は大変柔らかくほとんど価値がないため修道院巡察官が持ち去ることもなく、ウィンチェスターの宝物庫のなかにたくさん残されていた。そこで、葉っぱのように切られたフェリデが、彼女の胸元の平織綿布にも縫い込まれていた。左腕には金貨が詰まった豊穣の角を抱え、右腕にはオリーヴの葉でできた銀色の花冠を抱えていた。音楽に合わせてゆっくりと体を動かし、膝を左右に曲げ、長い白いドレスを垂直にしたり撓《たわ》ませたりしながら、緑の通路の真ん中に立った。辛抱強く、夢から覚めたようなうっとりとした表情で微笑んだ。オリーヴの葉の花冠は、イングランドに平和をもたらした、もっとも貞淑でもっとも麗しい王妃に神々が贈ったものです、とペルセポネーが言った。金の詰まった豊穣の角は、高貴で慈悲深いイングランド王へのプルートス[8]の贈り物です。ペルセポネーの言葉は、彼女の前に陣取る宴会場の神学者たちの声のためにほとんど聞こえなかった。

ヘンリーが突然後ろを振り向いて、片手をあげ、叫んだ。

「静かにしろ」

人々が怯えて静まり返ったなかで、ペルセポネーの声が突然よく聞こえるようになった。人々は皆、巨漢の王を、戯れていたかと思うと次の瞬間には襲いかかって人を殺す野獣であるかのように恐れた。

「――諸国の間でイングランドは何と幸せなことか」その声は少年の声のように柔らかい高音ではっきりと響いた。「イングランドの人々は何と自由で何と大胆であることか。その国の法律は何と寛大で何と情け深いことか。その国の貴族たちは国家の繁栄のために話し合うとき何と礼儀正しく何と感じが良いことか。世の中が平和な折、その国は何と幾重にも幸せであることか。その国の女たちは何と貞淑であり、その国の農夫たちは何と満足していることか。その国の牝牛たちは何とたくさんの乳を滴らせることか」――ペルセポネーは被り物を頭からとってしまった背後の神々のほうへクルクルと回りながら動いていった。「わたしの主であり仲間である神々よ、ああ悲しいかな、わたしたちはこの幸福で満ち足りた国を知らなかった。高きオリュンポス山[9]に住むよりも、ここで暮らせたらよかったものを！　キクラデス諸島[10]やバミューダ[11]の嵐に隠れるブレスト諸島に住むよりも。ああ悲しいかな」彼女はますます恍惚とした表情になって、言葉の糸を失ったかのように口を噤み、それから、玉乗りの妙技を行う曲芸師のように、宴会場のはるかかなたをじっと見つめるようにして再び話し出した。「もしわたしたちが幾重にも恵まれた王のもとで、農夫としてここに住んでいたならば、自分たちだけで雲の上を治めるよりも、きっともっとずっと安全だったろう。王は裕福で、気前よく褒美をとらせ、武勇の誉れ高く、雄弁で、人の法に精通し、神の法の優秀な解釈者であられるのだから」

正当な賛辞を受けたかのように王が微笑んだのを見て、大きな拍手喝采が宴会場に湧き上がり、ペルセポネーは豊穣の角の重みでふらつきながら、緑の薬草や大枝の道を通って王に近づいた。ヘンリーは自ら両手を伸ばし、穏やかに微笑みながら贈り物を受け取った。それだけでも大きな贔屓のしるしだった。彼女が贈り物をもって跪き、献呈を申し出、王のお付きの人物に渡して、退くのが当然だったからである。ペルセポネーはさらに先に進み、銀色の花冠を王妃に被せようとした。ところが、アンの被っていた大きなフードが邪魔になったので、彼女は王妃の膝の上にそれを置いた。

ヘンリーが彼女の垂れた袖を摑んだ。

「愉快な、見事な台詞であった」王が言った。「印刷させよう」

恐れと寒気が、小さな漣のように、彼女の全身を襲った。服が薄く、上の結び目の間で両腕がむき出しになっていた。彼女の目は人々を眺め回し、背が高く色の白いその姿は、殉教の苦悶にさらされたキリスト教の処女のようだった。王の太い指の間から袖を引き離そうとし、一種の恐慌にかられて囁いた。

「仮面劇を滞らせておいでです」

王は椅子に凭れかかり、灰色の顎鬚が揺れるほどに笑った。

「何だと、生意気な小娘が」王が言った。「わしが望めば奴らの歌を永久に滞らせることだってできるのだぞ」

王は威圧的に、意地悪を楽しみながら、娘を上から下まで見回した。娘は喉が震えるかのようにそこに手を当て、必死に気を落ち着けて言った。

「そんなことをなさるとすれば、至極残念なことです。あんなに練習してきたのだし、あの人たちの声は満足できる芳しさですもの」撚った顎鬚を生やし、リラを抱え、金メッキした雷をもった神々は、ぶざまな三日月型に並んで立っていたが、音楽はすでに止んでいた。ヘンリーが彼らを見て笑った。

「おまえの顔には見覚えがある」王が言った。「王として忘れないのが当然だ」

「キャサリン・ハワードでございます」彼女はたじろぎ、懇願するかのように手を差し伸べた。

「わたしの場所に戻らせてくださいませ」

「あい分かった」王が言った。「だが、騾馬に乗っていたのを見て以来、襤褸は脱ぎ捨てたようだな」王は彼女の袖を放した。「いいから、男たちに歌わせるのだ」

解放されてほっとした拍子に、キャサリンは薬草の上でつまずいた。

＊＊＊

司教の館から人々は暗い夜のなかに出た。川の船着場の昇降段の上で、かがり火が燃えていた。長い前庭沿いには、陸路で帰る人たちの松明が並んでいた。司教の船着場には船に乗ろうとする人たちが大勢集まり、屋形船に乗るのに何時間も待たされるだろうから、川を十分くらい下ったところにあるクロス・キーズ[12]の共用船着場に屋形船を一艘待たせておくことにしようと、キャサリンはサー・ニコラスの斡旋で、エリザベス王女[13]付きの侍女たちと話をつけていたのだった。キャサリンは、ほっとして気分が浮き立ち、お褒めの言葉をいただいた喜びに笑みを浮かべながら、マーゴットの手を固く握り、サー・ニコラスの袖にずっと指を当てていた。細かな霧雨が降り、前庭の空気は松明の匂いがしていてもなお湿っぽかった。老騎士はフードで頭の上をすっぽりと覆っていた。というのも、ひどい風邪をひいて声がかれていたからだった。門番小屋の向こうは真っ暗闇だった。塀の前の開けた空き地では、そこここで、松明が宙を飛んで燃えているように見え、それを持って家に急ぐ人々の頭やフードを照らした。松明の持ち手が狭い小道を右に曲がると、松明ははるか前方の上方から、暗い家々の正面や破風の間にぎっしりと詰まった群衆を映し出した。家々は雨でキラキラと輝き、雨樋から噴水を迸らせ、これが松明の明かりを受け、聳え立つ家の正面の冴えない鳩色の上に糸状のオパール色の炎を煌かせた。松明が角を曲がり、それを持つ人が前方に離れると、その明かりも長距離跳躍しながら塀に沿って退いていった。するとあたりは真っ暗になった。大きな丸石がごろごろ転がる道を歩くのが困難になったが、押し合いへし合いの群衆のなかにあっては、倒れるのは不可能だった。というのも、人々は互いに摑まっていたからだった。しかし、話すのもまた不可能だった。フードで顔を覆ったキャサリンは、この暗闇とひどい寒さのなかでこれほどに美しい世界に純粋なる喜びを感じて微笑み、マーゴットの手をぎゅっと握った。

ヒューッという音が三度繰り返され、キャサリンの前を歩く人たちの頭と肩の上に、白い袋が三度、ドサッと音を立てて落ちてきた。嘲りともつかぬ叫びが高いところから小さくなって聞こえた。一本の灯心草ろうそくが非常な高みで輝き、天にあると言ってもおかしくない開き窓の四角をかすかに明るくしていた。三人の徒弟が粉石灰の入った紙袋を投げ落としたのだ。紙袋が当たった男たちや、前の幾晩かに罵倒されたり、この絶えることのない徒弟スキャンダルを恨みに思っていたりする他の連中が、その家のドアに向かってものすごい罵声を浴びせた。もっと多くの袋が落ちて炸裂し、汚水も落とされた。叫び声と喊声《かんせい》が、頭上で互いにキスし合いそうに見える家の正面どうしの下の狭い空間に轟き、足止めを食った群衆は浮き足立ち、壁に身を押し当てた。キャサリンは老騎士の袖を握っている手を離してしまい、何一つ見えるものとてなかった。暗闇のなかを手探りで老騎士の腕を探したが、すごく重い男がよろめいて彼女に当たった。突然、その男の手がキャサリンの腕の下にもぐり込み、彼女を少し引き寄せた。男の声は「この路地は迂回路だ」と言っているように思えた。

抜け道は地獄の入り口よりも暗かったが、キャサリンの目は、たった今あとに残してきた眩い明かりと勝利をまだ留めているかのように見えた。生ごみのものすごい悪臭がしていた。そこは地下納骨所みたいだった。というのも、ドアを取り巻く男たちが大きな声を出すと、さらに途轍もない轟音を立ててこだましたからだった。錠を開けるカチカチッという鋭い音がして、キャサリンはより濃密な空気と腐りつつある藁の匂いが漂い上ってくる暗がりへと、階段を数段降りることを強いられた。彼女は突然、恐怖にかられ、小競り合いの間に別の男が老騎士にとって代わったと確信した。しかし、突然、一本の腕に腰のまわりをひどく圧迫され、前進を余儀なくされた。マーゴットの甲高い叫び声を耳にした。娘の手はキャサリンの手から引き離されてしまっていた。ドアが背後でバタンと閉まり、深い静寂に包まれ、一人の男の荒い息づかいが聞こえた。

「もしも大声を出せば」穏やかな声がした。「俺はおまえを放す。だが、命の保証はせんぞ」

もうすっかり息が切れていたが、それでもキャサリンは喘いだ。

「強姦しようというの？」そう言って、ポケットのなかを手探りして十字架を捜した。自分の声が何かに包まれたように近くから戻ってきた。そこで小さな地下室にいることが分かった。

「俺の顔を見れば、好きになるかもしれないぞ」虚ろな声がキャサリンの耳に聞こえた。「そうあって欲しいものだ。おまえはキスしたくなるような素晴らしい口をしているからな」

キャサリンの息づかいが荒くなった。十字架に付いたロザリオのカチッという音が静寂を埋めた。十字架の棒を指関節にあてがうと、息がこれまでより穏やかになった気がした。男がマッチをすったなら、拳に握った、金属でできた十字架で、男の顔を打つことができた。目を打てば、男の目を見えなくさせることができた。少し後退りすると、背が湿った石の壁に当たった。穏やかな声がさっきより大声で言った。

「高価な贈り物を与えよう。おまえの当惑を解くことができるだろう」キャサリンは口で息をし、何も言わなかった。「だが、もしおまえがナイフを抜いたら」声が続けて言った。「俺はおまえを突き放す。ハワード家の娘らしく行儀よくしているのだ」ドアをドンドンと穏やかに叩く音がした。「あれはおまえの侍女のマーゴット・ポインズだ」声が言った。「さっさと立ち去るように命じるのがおまえの身のためだ。ここはとても悪名高い通りだ。あの娘、絞め殺されてしまうぞ」

キャサリンが呼びかけた。

「このドアを壊せる人を連れてきて頂戴」

目に見えぬ男の声が意見した。

「シティには、この通りに入ってこようとする者など誰も見つかるまい。ここは無法者の聖域だからな」

キャサリンのはるか頭上には、開き窓の四角い極めてかすかな煌きがあった。暴力や人攫いはキャサリンの想像力にとっては、お馴染みの事柄だった。仮面劇で壇上に立っている間に、百人の男が彼女をモノにしたいと思ったかもしれなかった。

彼女はカッとなって言った。

「もしあなたが身代金のためにわたしをここに閉じ込めているのだとしたら、そんなもの、誰も払ってくれる人はいませんからね」

　キャサリンはヒッヒッという微かな笑いを聞いた。そして声がした。

「他の誰よりも俺自身が払いたいくらいだ。だが、一緒にいるところを見られたくはない」

　キャサリンは怯み、慰めを求めて壁にしがみついた。カチッという音が聞こえ、眩いばかりの火花が流れ散るなかに、男の顎鬚とくすんだ壁がまぼろしのように見えた。火口には、ちっぽけな赤い光が、まるで暗黒の虚無のなかの発光体のように残った。男はそれを胸の高さにまで持って行き、そこで動きを止めた。

「マーゴット・ポインズを追い払うのが身のためだ」物思いにふけっているときのような声がむせ返る空気のなかに聞こえた。「あの娘を母親の親類のところへ送り返すのだ。あの娘は、おまえに味方する者を見つけてはくれまい」

　キャサリンは小さな光の十八インチくらい上を突いたならばどうだろうかと思った。それとも、この見通せない闇のなかにいるのは、もっと背の高い男なのだろうか、と。

「マーゴットの親族は恥ずべき言葉でおまえをののしっている。俺はおまえのしもべとなりたいのだ。だが正直、真っ当な男にとって、好色な雰囲気を漂わす女に仕えるのは好ましいことではない」

　キャサリンは恐怖の苦悶を和らげるために、男に悪態をついた。

　声は落ち着いて答えた。

「悪魔より偉大な男の一人が俺のご主人だ。だが、おまえがおまえに尽くす者たちに忠実であると聞くと嬉しい。だから、俺に忠誠を尽くせ。おまえによく仕えてやろうというのだから」

火口の閃光が上に動いた。男がそれに息を吹きかけ始めた。かすかな明かりのなかに、赤い唇、もじゃもじゃした口髭、まっすぐな鼻、炎越しに見つめる煌く目、高く狭い額、黒いふちなし帽についた宝石の輝きが現れた。この赤らんで、浅黒い顔は、中空に吊るされているように見えた。キャサリンは絶望と嫌悪で縮みあがった。これだけ見れば、男が誰かは一目瞭然だった。腕を後ろに引き、素早く一歩前進した。しかし、火口の明かりが脇に動き、灰から鮮やかな色が消えた。突き刺すことのできる何物もすでになくなっていた。

「分かったか、俺はスロックモートンだ。立派な勲爵士の」声は笑いながら言った。

この男はリンカンシャー州の、キャサリンの家の近くの出身であった。とても小さな地所をもつ廷臣の兄が一人、それからもう一人姉がいた。父親がどんな罪でスロックモートンを勘当し、世襲財産をイーリーの修道士たち(14)に遺したのかは神のみぞ知る、であったが、姉は首を吊って自殺した。スロックモートンは姿を消した。

真っ暗闇のなかで、キャサリンはスロックモートンがさも満足そうに無力な自分を眺め、忌まわしい過去のあらゆる悪事を嘲笑っているのを感じることができた。キャサリンはスロックモートンをひどく嫌っていたので、前日、彼が彼女にへつらい、脇のドアから王璽尚書の部屋に案内したとき、彼の近くにいるというだけで身の震えを押さえることができなかった。今も、彼の息をつく音で、息をする力も失せていた。キャサリンは喘いだ。「この卑劣漢、強姦するなら、あなたを断頭台に送ってやるからね」

「確かに俺は殺す前に獲物を弄ぶ愚か者さ」スロックモートンが答えた。「だが、子供の頃からずっとこの調子だ。愚かな悪ふざけばかりしてきた。だが、ここからは真面目に聞け。俺がおまえをここへ連れてきたのは、誰も立ち聞きできない場所で、おまえに話したかったからだ。ここは夜盗の聖域だからな」スロックモートンの声は、論理学者たちが抽象的な問題を論じる際の、鼻にかかった、ひどく可笑しくばかげた声になっていた。「ここに来る勇気があるのは俺が大胆な男だからだ。確かに、奴らのなかには俺が金を払って雇っている者もいる。それでも俺は大胆な男だ。生から死への一歩はとても短くとても簡単に踏み越せるものだから、それを恐れるのは馬鹿者だとしても、だ。それでも、それを恐れる者もいる。従って、世間並みに言えば、俺は大胆だ。ただ、俺は、俺のために聖人たちが仲裁してくれることを大いに尊重するから、それほど大胆ではないのかもしれない。それでも、俺は立派な男だ。そうでなければ、聖人が俺を守ってくれることもないだろう。一方、俺は喜んで聖人たちのために仕事をしている。だから、おそらく聖人たちは俺が有徳であろうがなかろうが、俺を守ってくれるだろう。いや、守ってくれないかもしれない。聖人が善行を行うために邪悪な道具を使うかどうかは、まだ議論尽くされていない問題だ。だが、要するに、俺は王璽尚書がおまえをどう利用しようとしているのか、おまえに教えに、ここに来たのだ」

「あなたがた二人に神様の救いがありますように！」キャサリンが言った。「あなたがたは地下の仕事をするまでに身を落としたの？」

「ハワードのお嬢さん」声がした。「一体俺をどんな種類の人間だと思っているのかね。俺は美徳を愛するとても真っ当な男だ。イタリアから戻って以来、俺ほどの哲学者にはお目にかかったためしがない」

今やキャサリンは確信した。彼女がウィンチェスターの司教と親密にしていることに気づいた王璽尚書が、彼女をこのハゲタカの手に引き渡したのだ。「もしナイフをもっているなら、すぐにそれでわたしをお刺しなさい」キャサリンが言った。「神はあなたに優しい眼差しを注ぐでしょうし、わたしもその罪の半分は許します」彼女は目を閉じ、祈り始めた。

「ハワードのお嬢さん」スロックモートンが感情を傷つけられたというように甲高い声で答えた。「ドアは掛け金をかけただけの状態だ。掛け金は少し手探りすれば見つかるおまえの手許にある。もし俺を信用できないなら、とっとと出て行け」

「あら、ドアの外には殺し屋を置いているのでしょう」キャサリンが言った。キャサリンは、地上でのわずかな苦悶と引き換えに天国に連れて行って下さいますようにと、マリア様や聖人たちに静かに祈った。それにもかかわらず、彼女は自分が死ぬことになるとは信じられなかった。というのも、常に死に取り囲まれながらも、彼女はまだ若く、自分が不死に生まれついたと信じて疑わなかったからだった。

キャサリンの顔には冷汗が吹き出していた。スロックモートンが甲高い鼻にかかった声で彼女を叱責した。

「俺は名誉ある勲爵士だ」スロックモートンは、わざとショックを受けたかのような口調で、大声をあげた。「もし俺が人々を破滅させたとすれば、それは国のことを思ってのことだ。多くの大逆罪を芽のうちに摘んできた。俺の仕事のおかげで、正直者にとって安全な国が保たれているのだ」

「あなたは狼男だわ」キャサリンは身震いした。「兄弟を貪り食う」

「もう、そんな話はたくさんだ」スロックモートンが答えた。「俺はおまえのしもべとなることを申し出る。受け入れてくれないか。俺は廷臣の息子だ。叡智だけが善だと信じ、叡智を愛している。美徳を美徳であるが故に愛し、王に仕えている。真っ当な男を作るのに、これ以上何が必要か。おまえにも答えられぬだろう」

スロックモートンの声が突然に変化した。

「もしおまえが本当に悪党を憎むなら、それを証明すべきときだ。悪党を倒そうとは思わないのか。そう思うなら、おまえの友人のウィンチェスターに、打って出る時が近づいた、俺が彼に仕える気でいると告げるのだ。俺は王璽尚書を通して国王陛下のお役に立つための仕事をしてきた。だが、俺は鼻が利く。王璽尚書が大逆罪を働いている匂いがし始めている」

「わたしを罠に嵌めようというなら、あなたは大馬鹿よ」キャサリンが言った。「あなたもわたしも、他の誰でも、王璽尚書が大逆罪を働くなんて信じないわ。わたしを罠にかけて愚かな発言を引き出そうとしているのでしょう。そのために殺し屋横丁の地下室なんて必要なかったのに」

「かんしゃく持ちのお嬢さんよ」スロックモートンの声が答えた。「おまえは誠実な女だ。俺も誠実な男だ。一緒によく話そうではないか。神かけて、決しておまえの悪いようにはしない」

「それでは、わたしを放して頂戴。あなたの出鱈目を聞くのは、どこか他のところにしてくださらない」

「錠はおまえの手のすぐそばにある」スロックモートンが言った。「だが、他のところで話す気はない。このひどいご時勢、盗み聞きを恐れずに心のうちをさらけ出して話すことができるのは、この殺人と邪悪な男たちの住処だけだ」

キャサリンはビクビクしながら錠を手探りした。錠がはずれ、そのガタガタ鳴る音で心臓が飛び出しそうだった。ドアを引いて少し開けると、遠くの街路の人声が聞こえた。スロックモートンは殺人を計画しているのでもなければ、口に出せないような疚しいことをしようとしているのでもないという考えが、キャサリンの頭にパッと閃いた。実際、彼女を殺すために、階段の天辺に殺し屋を待機させているわけでもなさそうだった。彼女は震えながら言った。

「わたしをどうするつもりなのか手短に言いなさい」

「まず、屋形船の連中にはおまえを待つよう命じてある」スロックモートンが答えた。「必要ならば、雄鶏が時を告げるまでだ。連中はおまえを置いて行きはしない。俺をひどく恐れているからな。さあ、もう一度ドアを閉めるんだ。もう俺のことは恐くないだろう」

両膝から力が抜け、キャサリンは錠に摑まって身を支えた。マリア様がこの悪党を改心させてくださったのだと信じた。スロックモートンは、邪悪な男の頭のなかで大逆罪が目論まれている匂いがする、だからウィンチェスターの司教にそのことを伝えて欲しいと、キャサリンに繰り返して言った。

「おまえをここに連れてきたのは、それがもっとも手早い方法だったからだ。俺がおまえのもとにやって来たのは、おまえが臆病でもなければ愚かでもないと見たからだ。俺の善意を理解したおまえと話しているのが人に見られても、俺に危険が及ぶほどの高い身分でもないし、な。俺がおまえに惹かれたのは、おまえが俺の家の近くの出身だからだ」

キャサリンはお祈りの合間に急いで言った。

「わたしをどうしようというの。何か求めるものがなければ、誰も女のもとにやっては来ないでしょう」

「いや、好意をもって俺のことを見てもらいたいのだ」スロックモートンが答えた。「俺は立派な男なのだから」

「わたしはご主人様がたに与える肉というわけ、ね」激しい軽蔑を示してキャサリンが答えた。

「あなたはわたしの親族の死に責任があるのよ」

スロックモートンは半ばからかうようにため息をついた。

「たとえおまえが俺に好意を示してくれないにせよ」スロックモートンが低い笑い声で言った。

「俺がおまえにどれだけ役に立ったかに応じて、俺のことを思い出してもらいたい」

「神様があなたをお救い下さいますように」キャサリンが言った。「あなたは本当にご主人様を裏切ろうとしているのね」

「俺はとても役立つ男だ」スロックモートンは、いつでもせせら笑いのように響く笑い声をあげながら保証した。「ガードナー司教にはこうも言うのだ。もし臆病者たちに打って出る気概があるならば、打って出る時期が近づいた、と」

キャサリンは心臓の鼓動が少し静まるのを感じた。

「はっきりと申します。ウィンチェスターの司教の昇進のために働く気はありません。仕えて差し上げた後にもかかわらず、今夜は、足に防具、口にはみもつけずに、わたしを街中に放り出したのですよ。わたしの味方が繁栄すれば、司教もそれと一緒に昇進するのでしょうけれど、司教のことは好きにはなれません」

「ならば、ノーフォーク公を利用するのだな」ちょっと間を置いてからスロックモートンが答えた。

「ガードナーは腹黒のごろつき、おまえの伯父は黄色い臆病者だ。だが、お互い同士、喉を切り裂く時が来るまで、二人に手を組むように命じたらいい」

「貴族のことをそんなふうに話すなんて、何と恥知らずな卑劣漢だこと！」

スロックモートンが答えた。

「これはまた！　おまえが伯父さんに感謝しなければならない謂れはないはずだがな。おまえの望みは何だ。自分の利益のために行動することか。それとも、この二人を組ませて反目させることか」

「スパイや悪党と組む気はありません」キャサリンはカッとなって大声をあげた。

スロックモートンが軽く声をあげた。

「この唐変木！　やがて意見が変わるだろう。戦いを勝ち抜くには、道具が必要だ。今のおまえには何もなく、おまえの状況は危なっかしいばかりだ」

「わたしは自分の両脚で立っているのだし、誰もわたしに触れることはできなくて、よ」キャサリンはカッとなって言った。

「だが、二人の男が明日おまえを絞首刑にするだろう」スロックモートンが答えた。「一人はおまえも知っていよう。もう一人はガードナー司教だ。おまえが大逆罪になるような手紙を書くように、クロムウェルが仕組んだのだ。手紙そのものはガードナーが握っている」

キャサリンは突然の恐怖をものともせずに言った。

「男は皆、そんな悪党ではないはずよ」

「状況次第だ」スロックモートンが哲学者の声で言った。「どんな種類の男たちが今日栄えているか、おまえも馬鹿でなければ分かっているはずだ。おまえが思う通りに動かなければ、司教はあの手紙を使っておまえを絞首刑にするのだ。おまえが相談役を必要とする立場にあることが分かるだろう。今では、これまでの行いを悔いているのではないかね」

キャサリンがカッとなって言った。

「決して悔いてはいないわ。だから、明日また行動を起こすつもりよ」

「ああ、何と馬鹿なお嬢さんだ」スロックモートンが答えた。「おまえの従兄は枢機卿から半径二十マイル内にも近づけまい。大酒飲みで自慢屋のおまえの従兄は飲んだくれ、自慢するためにパリに送られたのさ」

　暗黒と湿気と汚らわしい匂いとこの背信への恐怖のせいで、キャサリンはおどおどした声になり、口ごもった。

「明かりを点けて頂戴、さもなければドアを開けておいて。吐き気がするわ」

「どっちもダメだ」スロックモートンが答えた。「俺もおまえと同様に危険にさらされることになる。明かりを点ければ、開き窓から人々が覗き込むかもしれない。ドアを開いておけば、人々がやって来て立ち聞きするかもしれない。俺と同じくらい長くこの世界に浸ったなら、おまえも同じように暗黒の夜を愛するようになるだろう」

　キャサリンは一瞬、眩暈がした。

「従兄はわたしへのこの陰謀に加わってはいなかったのね」キャサリンが弱々しく言った。

　スロックモートンが無頓着に答えた。「あの逸物は信頼していて構わん。おまえの馬鹿なところは、頭のいい王璽尚書や俺の心にかなった哲学者のヴィリダスがあんな厄介な使いにあんな飲んだくれのおしゃべり野郎を遣わせると信じたことだ」

「実際、遣わされたのよ」キャサリンが抗議した。

「ああ、パリの居酒屋でそのことについてベラベラとしゃべるために、な。赤帽を脅かしてパリの街から追い出すために遣わされたのだ。あいつをおまえのところに送っていろんなことをしゃべらせたのは、おまえを首吊り縄で脅し、スパイに仕立てあげるためだったのさ」

スロックモートンの穏やかな含み笑いが、悪事の成功に卑しくも拍手喝采するみたいに闇のなかを伝わって行った。キャサリンの愚かさと真っ正直さにさも満足しているかのようだった。

「赤帽はパリで悪事を働いていた。だが、赤帽は臆病だ。おまえの手紙か、あるいはおまえの従兄の自慢話のせいで、奴は大急ぎでローマに戻るだろう。だが、ローマへ行く途中のあらゆる都市に、本物の秘密の殺し屋が待ち構えているのだ。ある者はブレシア(15)に、ある者はリミニ(16)に。パドゥア(17)にはもう一人首吊り縄で脅された男が控えている。まったく見事な策略だ」

「あなたがたは悪党の一群だわ」とキャサリンが言うと、もう一度、男の目に見えない喉から、滑らかな、いかにも気取った声が発せられた。

「どうやっておまえは何が悪だと決め、どこで有徳な男を見つけようって言うんだ」スロックモートンが訊ねた。「古代ローマ人の遺骨のなかに誰かみつかるのかもしれん。だが、セネカ(18)は当時悪党を演じていた。あるいは、ムハンマド(19)の宮廷に、か。俺には分からん。そこにいなかったのだから。だが、受け取ることのできる者には褒美が用意されている、立派な世界がここにある。それでもなお、美徳は栄えるだろう。俺も国に仕えることで、まずまず立派にやって来られたのだから、な。今、俺は田舎に退き、良書に親しみ、美徳を追求しようと思っている。ここ宮廷には、気を散らすものが多いからな。時が悪いのだ。だが、去る前にもう一旗あげてやるつもりだ」

　キャサリンがカッとなって言った。

「あなたがリンカンシャーに戻るなら、わたしはそこの皆に、あなたを襲って絞首刑にするよう求めるわ」

「おお」スロックモートンが言った。「だからこそ、おまえのところに来たのだ。おまえは俺と同郷の人間だからな。おまえに仕え、そこへ至るための道を滑らかにしてもらいたいのだ。それ以上何も求めない。今、俺が望むのは、休息と隠遁生活だけなのだから。ここや国のいくつかの場所では、そうしたものは見つけられそうにない。それほどよく俺は王に仕えてきたのだ。そこで、おまえに仕えれば、おまえとおまえの役割が、俺の引きこもる農場や高貴な隠遁生活の上に、保護の影を投げかけてくれるだろう。それ以上、俺は何も求めない」スロックモートンはほとんど聞こえないくらいの含み笑いを浮かべた。「俺はおまえの監視役を仰せつかっている」スロックモートンが言った。「ヴィリダスはパリへ行って、ブランセター[20]というもう一人の裏切り者を捕まえることになるだろう。世界は裏切り者であふれかえっているからな。従って、ある意味、おまえを絞首刑にするもしないも俺次第ということになる」

　スロックモートンは樽の上に座ったようだった。というのも古い木の軋る音が聞こえてきたからだ。スロックモートンは悠長にしゃべっていた。

　キャサリンが言った。「さようなら。神様があなたにもっと良い考えを授けて下さいますように」

「まあ、待て。手短に話す」男が誠心誠意訴えた。「暗闇のなかで美女と話すのが心地よくて、ついつい話が長くなった」

「わたしから聞けた『心地よい』言葉にもかかわらず、随分簡単に満足なさるのね」キャサリンは男を蔑んだ。

「いいか」スロックモートンが真剣に言った。「俺がおまえの監視役を仰せつかっているというのは本当のことだ。俺はおまえを愛している。おまえは美しいからな。今も手のひらでおまえを押さえつけているのだから、おまえを屈服させようと思えば屈服させることができるのだ。だが、俺は大陸帰りの男だ。それに、ここには肉体的満足よりも大きな利害関係がある。これまで味方であったけれど、悪党に変わってしまった男から郷士を守りたいのだ」

スロックモートンは話をまとめるために言葉をとぎらせたようだった。

「ザクセン大使バウムバッハが、この地で、我々をシュマルカルデン同盟の異端に加わらせようと画策している。昨日、バウムバッハは、ルター派との同盟を好む王璽尚書と一緒だった。王璽尚書はバウムバッハを自宅に連れて行き、他所のどんな君主も皇帝も持っていないような素晴らしい武具を見せた。そこで王璽尚書はこう言った。『わたしはあなたがたとの同盟を好ましく思っている。だが、陛下にはそうした気持ちがまったくおありでない』そして深いため息を漏らしたのだ」

「そのうわさがわたしに何の関係があるというの」

「王璽尚書は深いため息を漏らした」スロックモートンが続けた。「それがどれほど深いため息だったか、おまえの伯父かガードナーが知ったら、心の底から大喜びするだろう」

「陛下の意見は王璽尚書とそれほど違っているということですの」キャサリンが訊ねた。

「陛下は小君主たちと取引することをひどく嫌っておられる」スロックモートンは王の名を笑っているかのようだった。「高貴で君主らしいご気性から言って、陛下は自分と同等の、偉大な国王とのみ取引することを好んでおられるのだ。俺はクレーヴズとの結婚について交わされた書簡を逐一見てきた。どれも陛下の直筆ではない。決裂が生じたとき、その打撃の重荷を負うのは王璽尚書だけだ」

「ええ、醜い娘さんだそうですからね」キャサリンが言った。重い気分の王に対し、同情で心がいっぱいだった。

「いや、そんなことはない」スロックモートンが答えた。「偏見のない目で見れば、あの娘はキスを受けるに足るキリスト教徒として通用する。陛下が嫌うのはあの娘の体ではなく血統だ。これこそが、陛下と王璽尚書の間の、昔からのいざこざの源なのだ。陛下はご自分をキリスト教世界の仲裁人と見なすことを常としておられる。今、王璽尚書は陛下をドイツの小君主たちの同盟者にしてしまった。陛下は旧教や昔ながらの王室の仕来りを愛しておられる。今、王璽尚書は王に、シュマルカルデン同盟の教義を受け入れさせようと努めている。シュマルカルデン同盟はパン屋や聖職衣を剥奪された修道僧の同盟だ。ハワードのお嬢さん、いいかね、新しい議会が召集された後、打って出ることのできる男が一人でもいれば…」

キャサリンが大きな声で言った。

「クロムウェル自らが血に浸したまさにその石が、王の足の重しが取れたとき、跳ね上がってクロムウェルの上に落ちるでしょう」

スロックモートンがほとんど聞こえないくらいに笑った。

「ノーフォークはガードナーをスパイだと恐れている。ガードナーはノーフォークの野心を恐れている。ボナー[21]は大司教の座と引き換えにこの二人をクロムウェルに売り渡すだろう。国王自身に打って出る気はあられますまい。王璽尚書ほどに追従的な議会を集めることのできる人材がこの国にはいないのだから」

スロックモートンは話すのを止め、暗闇のなかの女に彼の言葉を染み渡らせようとした。長い沈黙が続いた後、キャサリンの耳に戻ってきたのは自分の声だった。

「確かに、あなたみたいな話は聞いたためしがないわ…国王陛下がこの忌まわしい同盟に嫌々ながら傾斜していっていらっしゃるに違いないことは、分かる気がする」

「やっとわが陣営に入って来る気になったな」スロックモートンが含み笑いを浮かべた。「俺ほど頭のなかがすっきりしている男は珍しいのだ。だから、また俺の話を聞いてくれ。この男を倒そうとして、国内のことで干渉してもまったく役に立ちはしまい。殺された立派な修道士、破滅させられた正直者、掃き溜めに捨てられた処女たちのことで大騒ぎしても無駄なのだ。王はこうした立派な修道士たちの金を手に入れ、正直者の土地を奪い、処女たちの金の首飾りを毟り取っているのだから、な」

キャサリンが大声をあげた。「王の神聖な名を口にしないで頂戴。これ以上淫らな話は聞きたくないわ」

外を通る松明が、高い格子窓を通して四角くなった明かりを、地下室の床に這わせた。湿った壁がその上にてらてらと光る蝸牛の通った跡とともにぼんやりと見えた。スロックモートンの大きな体は無造作に樽の上で屈み、その手は長い顎髭を引っぱっているところだったが、その視線は嘲り面白がっているかのように、キャサリンに注がれていた。明かりは突然方向を変え、消えて行った。

「おまえは途方もなく美しい」とスロックモートンは言って、ため息をついた。キャサリンは身震いした。

「いや」スロックモートンの嘲るような声が再び聞こえた。「王に話してはいかん。あの男の国内での所業については。誰か人を選んで王に話してもらうっていうのもダメだ。王はあの男を不承不承ながらも釈放するだろう。というのも、あの男ほど王を喜ばす人員構成の議会を召集できる男は他にいないのだから。それにあの男は、大逆罪を捕らえることにかけては、国王陛下以上に鼻が利くのだ」

「王の名を口にしないで頂戴」キャサリンが再び言った。

スロックモートンは笑い、物思わしげに話を続けた。「あの男が武具の前でバウムバッハに言った言葉には、大逆罪を成立させる要件が十分に備わっているかもしれんのだ。どんなことが言われたか、お浚いしてみようじゃないか。男は言ったのだ。『キリスト教圏内のどんな王も君主も皇帝も持っていない武器がここにはある。我々のこの国には、これくらい、いや、これ以上の武具を持つ、味方の廷臣が二十人もおるのです』それから男は深いため息をついて、言った。『だが、我らの王にはシュマルカルデン同盟と手を組むお気持ちがおありにならない。ですが、わたしが王にそうすべきだという知恵を授けましょう』……いいですか、お嬢さん、ルター派の同盟から来た大使にこんなことが言われたのですよ」

「それを捻じ曲げて大逆罪にすることはできないわ」キャサリンが囁いた。

「確かに」スロックモートンは筋の通った発言をした。「大臣から外交使節に向けられたそうした発言は儀礼的な言葉にすぎないのかもしれん。『わたしはあなたを是非とも助けたいと思っているのだが、ご主人にその気がないのです』と言うときのように」

その声が突然奸智にたけたものになった。「だが、その言葉は武具の前で言われ、おまけに、これ以上の武具を持った二十人の廷臣がおる、という件も問題だ。二十人の廷臣がルター派の大義に賛成する、いわばクロムウェル卿の手先たちだとすれば、どうだ。また、『どんな王もこうした武具を持っていない』という件は。どんな王も、という言葉に注目してもらいたい」

「本当に、途方もなく馬鹿らしい屁理屈だわ」キャサリンが言った。「どんな王だって、そんな言葉で大逆罪を疑ったりはしないでしょう」

「俺たちの故郷の近くのハーストリーにいたギルモーのことを思い出す」声が瞑想に耽っているか

のように言った。

「その人のことなら知っているわ」キャサリンが言った。「あなたが首をあげた男よ」

「王璽尚書の差し金だったことは知らないのか」声に嘲るような調子が戻ってきた。「ギルモー氏は、七週間続いた雨のため、腐敗病でたくさんの羊に死なれてしまったのだ。そこで、市が立った日の帰り道、ビールを飲みすぎて分別を失い、黙っていられなくなって、大声で言ったのだ。『いまいましい雨だ。悪党どもが王のまわりで支配権を握るようになってから、天気がよくなったためしがない』それが王璽尚書の耳に入り、大逆罪が宣告され、羊、家、土地、そして首までも取られてしまったというわけさ。ギルモーは、市から家に戻るのに同じ道を辿り、背信的な言葉を吐いた一万人の一人にすぎなかったのだが、な」

「それで、ギルモーは哀れな死を遂げたというの」キャサリンが訊ねた。「何てひどい世の中なのでしょう！」

「浄化すべき時だ」スロックモートンが答えた。

しばらくの間、その言葉をうずかせたままにしておき、それから穏やかな声で言った。「王璽尚書が武具の前で言った言葉は、市からの道でギルモーが言った言葉と同じくらい背信的だった」

スロックモートンが再びちょっと間を置いた。

その後で「王璽尚書はそうした大逆罪の説明をするために、おまえを呼び出すかもしれんぞ」と言った。「王璽尚書はおまえを手のひらで押さえつけているのだから、な」

キャサリンは話さなかった。

スロックモートンが穏やかな声で言った。「誇りが高すぎて、世の中と戦うのに世の中の武器を使わないというのは愚かなことだ」

重苦しい暗闇が、キャサリンの沈黙とともに震えているかのように思えた。スロックモートンには、キャサリンが彼の言葉を熟考しているのか、まだ彼のことを嘲っているのか、判断がつかなかった。キャサリンの息づかいさえ聞くことができなかった。

「いい加減にしてくれ!」やがてスロックモートンが怒った甲高い声で言った。「俺は長くじらされていられるような人間じゃない。だから人々は俺のことを恐れるのだ」

それでもキャサリンは黙ったままだったので、スロックモートンの声は、甲高い感情むき出しの声となった。「ハワードのお嬢さん、俺はおまえをねじ伏せて意のままにすることだってできるのだぞ。明日、おまえを絞首刑にするような報告書を作成する力だってあるのだ」

キャサリンの声がスロックモートンのもとへ無感情に——抑揚なしに聞こえてきた。「要するに、わたしをどう利用したいというの?」彼女はスロックモートン自身が生み出した闇を利用して優位な立場に立ち、自分の新たな気持ちを何も彼に悟らせなかった。

スロックモートンが速やかに答えた。「おまえの知っている男たちに、今俺が言ったことを話して欲しいのだ。おまえは取るに足らない人間だ。俺にとって、おまえの首を刎ねることは、子猫を水に沈めるのと変わらない。だが、俺自身の首は大切だ。今、俺が言ったことは、是が非でもウィンチェスターの司教の耳に入れたい。自分自身、司教と話すところを見られるわけにはいかない。もしおまえが話してくれないのなら、別の者に頼むまで、だ。だが、できればおまえにやってもらいたい」

「毎夜、悪夢でうなされればいいんだわ！」キャサリンが突然大声をあげたので、スロックモートンの声は喉に詰まってなかなか出て来なかった。「おまえは俺が踏み潰すのを避けようと思っている足元の塵にすぎない。だが、この手にとって粉々にしてやろうか」キャサリンは嫌悪と軽蔑を感じて喘いだ。「これまでずっと、あなたの話を聞いてきたのだから、今度はわたしの話をお聞きなさい。あなたはとても汚らわしい人間だわ。だから、あなたが触れるだけでわたしを王妃にできるとしても、わたしはガチョウを飼育する娘のままでいて、草を食んでいるほうがまだましよ。あなたの作り話で、わたしがムハンマドを倒せるとしても、あなたの共犯者になるよりはムハンマドの奴隷であるほうがまし！　あなたと組んで、わたしは頭を高くしたままでいられるかしら。悪魔を裏切るあなたと組んで。ユニウス・ブルートゥス[22]がある町を包囲したとき、その町を裏切ろうとする市民を自分のもとに来させました。彼はその男の援助の申し出を受け入れましたが、町が占領されると、裏切り者の化けの皮を剥いだのです。ですが、あなたはあまりに汚らわしいので、わたしはあの高貴なローマ人以上のことをしたいと思います。あなたの援助を受けることを潔しとせず、あなたの化けの皮を剥ごうというのです。あなたの肌にご主人へのメッセージを書き込むでしょう。あなたは彼を裏切った、と」

スロックモートンの笑いが耳障りに、邪悪な歓喜に満ち溢れた調子で響いた。長い時間、彼の両肩は揺れているように見えた。やがて彼は極めて穏やかに話した。

「おまえの一生も所詮儚いものだったようだな」スロックモートンが言った。

路地から、しゃがれた、虚ろな叫び声が響いてきた。松明が窓のある場所で光った。キャサリンはドアを開けようとしたが、路地で夜盗に出会うことを恐れ、ためらった。スロックモートンは今や、すっかりキャサリンを蔑むかのように黙ったままだった。木製のドアに加えられた凄まじい一撃で、二人は地下室のさらに数ヤード奥に飛び退いた。二人とも、松明は通り過ぎるものと確信していた。木を裂くような殴打が繰り返された。その音は耳を聾するほどであった。大きな裂け目を通して、突然、まばゆい光と煙の匂いが入ってきた。それから、ドアが二つに割れ、一方の板切れは階段に横たわり、もう一方は跳ね返って蝶番の上の壁に当たり微塵に砕けた。火花が松明から滴り落ち、煙が下に向かって渦巻き、地下室の階段の上には、大きな斧を床に置き、息を弾ませている一人の男が脚を踏ん張って立っていた。

「階段を上るのじゃ」男が唸るように言った。「もし走ることがあるならば、今こそ走るべき時だ。近衛兵はここには入って来ない」

キャサリンは急いで階段を上がった。松明の下で彼女を迎えたのはロックフォード老人の顔だった。老人はまた唸るように言った。「さあ、走るのじゃ。わしは疲れた」そう言って突然、松明を床に投げつけた。

トンネルの入り口で、誰かがキャサリンの袖を捉えようとした。彼女は金切り声をあげ、十字架の先端で煌く目を突いた。すると彼女を捉えようとするものはなくなり、キャサリンは路地の口の、多くの男たちが松明と剣を持って通路の暗がりを覗き込んでいるところまで走った。

＊＊＊

屋形船のなかでは、マーゴットが喜びと安堵の叫びをあげ、他の侍女たちも丁重な言葉をかけた。首の近くの毛皮をナイフで深く切られた老人は、戻ってくると、まだ自分は立派な一撃を加えることができると嬉しげに説明した。それでも、彼は首を振った。この新しい恋人のような恋人を持つことは非常にけしからぬことだと、老人は言った。あんたの従兄も良くないが、このろくでなしは、あんたをあんな場所に連れて行って、まったく言語道断だ…ロンドンのあの界隈をよく知っとるマーゴットが屋形船でわしを見つけ、わしはあそこに急行したのだ、と。

「そうとも」老人が言った。「おまえさんがわしを欺いて色男と一緒にどこかに姿をくらましたのだと思ったのじゃ。だが、どこへ行ったのかを聞いて、近衛兵も呼んで行った…わしであって幸運じゃった。他の男の頼みだったら聞いてくれなかっただろうからな。そしたら、あんたも通りで刺されていただろう。いいかね、あんたがわしに連れ帰ってもらいたがっていたにせよ、いなかったにせよ、女をあんなところに連れて行く色男は、十中八九、女を生きて返そうとは思っていない男だ。まあ、あんたも生きていて勿怪の幸いじゃった」

キャサリンが言った。

「あなたが今でも、聖職者に告解を聴いて頂きながら芝の上で往生できますようにお祈り致します。わたしは意に反してあそこに連れて行かれたのです」キャサリンはそれ以上本当のことを言わなかった。というのも、これは他の誰も関わるべき問題ではなかったからだ。話すべき人間は一人しかいないとすでに腹を決めていた…彼女は屋形船の暗い片隅に行って、グリニッジに着くまで祈った。逃れてきた状況に対する恐怖でまだ体が震えていたが、マリア様とリンカンシャー州の聖人たちにお祈りすることでだけ、落着きを取り戻すことができた。波の音の合間に、マリア様やリンカンシャー州の聖人たちが夜の闇のなか、自分のまわりで囁いているようにキャサリンは思った。

Ⅷ章

厩舎は、国王の持ちもののなかで、もっとも壮麗なものと見なされていた。それらは三度取り壊され、画家ホルバイン(1)の設計で三度建て直された。その建物は四角い広場の三つの辺を形成し、もう一つの辺は大きなパドックに開いていた。このパドックは雄馬がはやがけしたり、雌馬が子馬と走ったりする庭園の一部となっていた。その朝は、乳白光を発する雲の間で太陽がキラキラと輝いていた。左右の建物の間には、軍馬が歩様の訓練を受ける、白い柵で囲まれた大きな中庭があり、そこでは、胸部に二重の薔薇の刺繍が付いた灰色の服を着た馬丁たちが砂を均していた。建物の袖は、どれも四分の一マイルの長さがあり、灰色の石造りで、屋根は川沿いの苗床から取って来た藺《い》でふかれ、それぞれの破風に沿って盛り上がり、藪のような奇妙な頂きを形成していた。右側には、雌馬や女性が乗るためのスペイン種の小馬がおり、それらの馬の鞍をしまっておく部屋があった。左側には、荷を運ぶ動物や聖職者用の騾馬がおり、それらの馬飾りを置いておく場所があった。中央の、飼葉を貯蔵する巨大な納屋の両側には、王自身が乗馬し寵愛する軍馬や種馬など、非常に大きな馬が二百頭おり、それぞれが仕切りのなかの別々の檻に入れられていた。というのも、それらの馬の多くは、人間やお互い同士を無惨に切り裂いてしまいかねなかったからだった。それぞれの檻のドアの上に、サー・ブライアンとか、サー・ボルスとか、オールド・レオだとか、馬の名前が書いてあり、さらに、生まれたときの星座のしるしが付されて、その馬に乗ってよい月、危険な月を知らせ、そして魔女や魔法使いや悪霊が偉大な馬に呪いをかけられないようにするための五角形が記されていた。この馬たちの馬飾りと馬鎧が、それぞれの馬房の前の滑車に、錆び除けのための脂を塗られて掛けられてあった。壁から枝分かれした磨かれた首鎧が列をなし、馬房の出入口上方ではるかかなたまで揺れ動いていた。それぞれの首鎧の端には、額から輝く釘を突き出した面兜がぶら下がっていたが、目の穴がくりぬかれ、鼻孔部も空だったので、首鎧の列はまるで一角獣の頭骸骨でできたアーケードのように見えた。

長く明るい側廊は、穏やかで暖かかった。炭酸アンモニア水のかすかな匂いとゆっくりと食まれる豆の音がしていた。遠くの仕切りから、時折、雷のような音が聞こえた。王璽尚書が前日、王に贈呈したまだ訓練を受けていない二頭の軍馬が、檻の引き戸の大きな梁材を蹴っている音だった。

王が朝お目見えになるのは久しぶりだったので、老騎士は面食らっていた。王にお見せしたい馬がたくさんいた。鋼鉄の鎧を身に纏い、そこから老いた白髪の頭を穏やかに突き出した老騎士は、檻から檻へギクシャクと歩いて行き、馬たちに優しく声をかけ、馬具を付けている者たちをののしった。シセリー・エリオットは、老騎士が通り過ぎるとき、窓の外を見て彼を嘲ることができるようにと、高いスツールに腰掛けた。

「あなたのバルブ栓に脂を塗って上げましょうか。良きしもべ殿。焼き串回しみたいにギーギー音を立ててますわよ」老騎士は落ち着かない様子でシセリーに微笑み、四人の男と格闘している大きなバルバリ馬の手綱を引くために駆けて行った。

トランペットのファンファーレが、冷たい灰色の空気を貫いて、美しくかぼそく鳴り響いた。小姓が一人、鉄兜を持って駆けて来た。

「わたしが代わりに結んであげましょう」シセリーが大声で言い、小姓を押しのけて走って行った。そして革紐を老騎士の顎の下で結び、笑った。「バルブ栓を締め上げられた男にキスされるのがどんなもんだか知りたいから、さあ、わたしの頬にキスして頂戴」

老騎士はぐるっと体の向きを変え、高い鞍に向かって少しばかりブツブツと言い、自分のことはすべて心得た男の態度で、シセリーに笑ってみせた。ファンファーレが再び顫動音を奏でた。キャサリン・ハワードが窓を押して開き、王がやって来るのを見るために首を伸ばした。誇り高く気取った馬は、灰色の鋼鉄を纏って象ほども大きかったが、とても優美な足取りだったので、重い鋼鉄の音も軍刀がチャリンチャリン鳴る調子よい音程度にしか聞こえず、人馬は一瞬のうちにドアから飛び出して行った。

シセリーは再びスツールにひょいと腰掛け、身を震わせた。

「ロックフォード夫人みたいなリューマチにかからず、二人の老人をよく見ていたいものだわ」そしてキャサリンの面前で窓を閉め、キャサリンが自分に向けた虚ろな、夢見るような目を見て笑った。「ギリシャの島々の名騎手のことを考えているのでしょう」とシセリーがからかった。「わたしの騎士様や彼の中世様式の鉄鋼細工、乗馬ダンスではなくて。でも、もう一方は決して復興しないわ。中世様式で完成に達したのですもの」

老騎士はトランペットの音に合わせ、姿の見えぬ主人のほうへ向けて、窓の前を通り過ぎて行った。小壁に描かれた、大波の脇を下るイルカに乗ったキューピッドのように、巨大な鋼鉄を纏った軍馬のはやがけに合わせて悠々と揺れながら。しかし、キャサリンの視線は地面に釘付けにされていた。

窓からは、数ヤードの砂地と、灰色の空と、白く塗られた柵しか見えなかった。次々にトランペットが吹き鳴らされ、キャサリンの背後では、次々に馬が外に出て行った。その鉄の足が厩のレンガに当たって響く音は、いったん馬がドアを通り抜けると、ドスンドスンという鈍い音へと変じ、そして消えて行った。

シセリー・エリオットは、一本の藁でキャサリンのピンク色の耳をくすぐり、甲高い笑い声をあげてキャサリンを悩ませた。キャサリンは、そよとも風のない日の日差しのなかの花のように動かなかったが、内心は震えていた。黒髪の娘の同情を煽るほどに自分は蒼ざめ、目が窪んでいるに違いないと想像した。いろいろと考えて一睡もできなかったし、目は痛み、窓の下枠のレンガの上に載せた両手は力が抜けた感じだった。馬は二頭、四頭、十二頭ごとに一組となって、建物を揺るがせながら全速力で通り過ぎて行った。馬たちは一緒に騰躍《とうやく》したり、複雑な経路をひづめでかきながら前進したり、大きな首を弓なりに曲げたり、突然はやがけを止めて、砂を巻き上げ、白く泡立つ汗を雨あられと舞い散らした。

老騎士が視界に入った。調教場の反対側からやって来る騎手たちに槍で合図を送り、彼が張り上げた指図の声が、かぼそく騎手たちのもとに届いた。しかし、王の姿はまだ見えなかった。

突然、シセリー・エリオットが声をあげた。

「まあ、老人が槍を落としてしまったわ。何て不運な！[2]」――実際、槍は砂のなかに横たわっていた。それがドスンと落ちると、馬は暴れて、すばやく脇に飛び退いた。老人は鉄の拳を空に向けて振った。開いた兜に淡い日の光が差し込むなか、老人の顔には、怒りと恥辱の表情が浮かんでいた。「可哀相な、ばちあたりな老人」シセリーが喉の奥から振り絞るような声で心配そうに言った。灰色の服を着た下男が槍を拾いに駆けて行ったが、老騎士は、戦場から戻る途中、槍で突かれ致命傷を負った者のように、深く頭を垂れて馬上に座っていた。

キャサリンはびっくり仰天して、四肢から力が抜けてしまった。厚い毛皮を纏った大きな肩、大きなふちなし帽の後ろ側が窓の視界に入ってきた。巨大な手が調教場の柵の白い手すりを摑んだ。トランプの絵札の人物のように全身角張って見える人影が、上体を屈めた。刺繍入りのボンネットが、あたかも四角い頭の上に投げ掛けられた輪投げの輪のように、突然片側に傾いた。ヘンリーが砂地を間に挟んで老騎士と話していた。その場面が視界から消え、キャサリンの喉から何やらはっきりとせぬ言葉が発せられた。キャサリンはシセリー・エリオットが言うのを聞いた。

「あなたならどうします？　わたしの老騎士は今にも泣き出さんばかりだわ」キャサリンは廊下の壁を擦るようにして、開いたドアのほうに向かった。

腰臀部からスカートのように広がる鋼鉄板を付けた巨大な馬が、柵のすぐ近くに止まって頭を垂れていた。その背に乗る人物の灰色の、鱗状の鋼鉄が、低い雲の影を捉えて明滅した。

老騎士は兜のなかではっきりとしない言葉を呟いた。王が言った。「神よ、我らを助け給え。わしらは皆一緒に年老いていくのだ」キャサリンは、大声を張りあげていた。

「昨夜は、悪人たちがわたしに陰謀を企て、ロックフォード様は夜遅くまで走り回ってくれました。どんな男でも、朝、槍を落として当然ですわ！」

ヘンリーは肩の上でゆっくりと首を回した。信じられないといった様子で横柄にキッと目を見開いたので、白目が黒っぽい瞳孔のまわりにすっかりと現われた。足を動かさずにキャサリンのほうを向くのは困難だったので、王はそれだけの労をも厭うかのように、老人に向けて重々しく語りかけた。

「わしは昨日、一通の手紙を書くのに、三度ペンを落とした」王が言った。「もしもおまえがわしの苦労を味わったなら、歳をとることにうめき苦しむだろう」

しかし、老人は恥辱で身が震え、もはや馬に乗っていることもできない程だった。そこでヘンリーが不機嫌に言い足した。

「わしは気晴らしをするためにここに来たのだ。なのに、おまえは太陽が目に入ったからと言って、わしに昔からの心配を思い起こさせる。夜通し娘たちと遊びまわっていたのでは、朝、元気はつらつとはいかないであろう。それが我々皆にとっての絶対的真理だ。なかに入って武装を解くのだ。今朝はもう馬は十分だ」

まるでこれで一件落着とでもいうように、王は重々しいきっぱりとした態度で、きちんとキャサリンのほうに向き直った。腰に手をあてて、しっかりと足を広げて立った。

「跪き方を覚えているとは結構なことだ」王は笑いながら、キャサリンが膝をつく前に身振りで立つように命じた。「こんなに生意気な娘には会ったためしがない」

王は彼女が誰であるかに気づいていたが、大きな唇から出て来たのは次の言葉だった。「おお、おまえは老人の結婚相手か。老人が一緒に跳ね回る元気のいい娘を見つけたという話は耳にしていたが」

狼狽して蒼くなったキャサリンは、シセリー・エリオットなら厩のなかにおりますと、どもりながら言った。王が言った。

「そこで待っておれ。その女と話してくる。老人はとても落ち込んでいる。元気をつけてやらねばならん。年をとっているが、これまで良きしもべであったことは確かだからな」

首にかけた細い金の鎖に下がる短剣を引いて、胸の上の正式な位置に納め、肩をいからせ、堂々と体を揺すりながら、厩のドアの内側に入って行った。キャサリンは王の声が高まって笑い声になり、ついで、優雅だが独断的な熱のこもった口調に変わっていくのを耳にした。彼女は滑らかな砂が平らに敷き詰められた広場に一人取り残されていた。人っ子一人見えなかった。というのも、王は馬による気晴らしを求めてやって来るときには、からかいを言うようなお連れの者を誰も連れて来なかったからだった。キャサリンは不安な気持ちでいっぱいだった。

王は、頭をひょいと下げ、再びもとに戻すことで、キャサリンにこちらに来るようにと合図した。王がドアの外に出て来たとき、その視線を浴びて、キャサリンはまるで金槌で打たれたような思いをした。

「それでは、幸福の島々についての素晴らしい台詞を作ったのはそなただな」王が言った。「今朝、そなたを呼びに人を遣わしたのだぞ。印刷してもらいたいと思っておる」

「ウィンチェスターの司教がわたしに言わせようとした台詞は覚えられませんでした。司教様には、イタリア語はできませんと言っておいたのですが。恐れで才気が働かなくなってしまいました」

内にこもった笑いが王の体を揺らした。もう一度足を大きく広げて立った。それがキャサリンを見つめる助けになるとでも言うかのように。

「おまえでも恐れることがあるのか」王が言った。

「今も恐れております」キャサリンが言った。「別の人間がわたしの喉を借りてしゃべっているかのようでございます」

王の大きな唇が弛んだ。まるで、巧みなお世辞によって当然与えられるべきものを受け取ったたかのように。突然、キャサリンが身を屈めて跪き、着ているドレスが下に広がった。両手を広げ、恐れおののく小鳥のように唇を開いた。王がそっと言った。

「さあ、立ち上がるのだ。そんなふうに跪くべきは神様に対してのみだ」王はいつもの重々しい仕草で、神の聖なる名を口にしながら、被っているふちなし帽に触れた。

「お頼みしたいことがあるのです」キャサリンが囁いた。

　王が再び笑った。

「誰もが皆、頼みごとばかりしおる。だが、とにかく立ち上がるのだ。わしは杖を部屋に置いてきてしまった。わしの部屋のドアまで肩を貸してくれ」

　王の傍らに立つや、キャサリンは、すぐさま王の腕のものすごい重みが肩にかかるのを感じた。

　王が突然、台詞のなかに出てきた幸福の島々についておまえはどんなことを知っておるか、と訊ねた。

「それは大西洋のはるか彼方に横たわっておる。そこに至るためにわしに船を造ってくれるというイタリア人がおった」と王が言い、キャサリンが答えた。

「それは古代人の作り話だと思います。古代人には祈るべき天がありませんでしたから」

　王の目が注がれていなければ、キャサリンは恐くなかったし、肩にかかる王のものすごい重みも自分がそれを支えなければならぬという気持ちを強固にさせただけだった。それでも、彼女は人知れず苦悩した。というのも、すぐさま言わなければならない言葉があったからだ。そこで彼女は想像した。こうして歩きながら、長い年月を経てなおも輝く幸福の島々の優雅なイメージについて話し合っている今の瞬間ほどに穏やかな時間は、幸福の島々にもなかったのではないだろうか、と。

王が重々しい単調な声で言った。

「そこに行くためになら、少なからぬものを差し出そう」

突然、キャサリンは自分の声が次のように言うのを聞いて、胸のなかで心臓が飛び跳ねる思いをした。

「わたしの従兄に与えられた使命が気がかりなのです」

失われた島々の祝福されたユートピアは、王の心のなかに、振り払いたいあらゆる種類の悲しみを、青春や戦場や征服すべき広い世界についてのあらゆる種類の記憶を――情熱的な男たちの場合、決して死に絶えない、拭いがたく、滅することのない希望や本能や幸せのすべて――を覚醒させた。

王は心ここにあらずといった単調な調子で言った。

「おまえの従兄はどんな使命を与えられたのだ。おまえの従兄は何者だ」

キャサリンが答えた。

「うわさでは、ポール枢機卿を殺すために遣わされたのだそうです」キャサリンがあまりにも激しく震えたので、王はその肩から手を離さざるをえなかった。

王は調馬場の柵によりかかり、立ち止まって、痛む脚を休ませた。

「結構な遣いではないか」

キャサリンは手で捕まれた小鳥のように喘ぎ、体全体を震わせて、出し抜けに言った。

「従兄に聖職者を殺して欲しくないのです！」王があっけにとられ、眉を吊り上げ傲慢に睨み付ける前に、さらに言い足した。「わたしは王璽尚書とウィンチェスターとの間に挟まれて絞首刑にされそうなのです」

王は信じられんといったふうに目を大きく見開き、柵に倒れ込むように摑まって身を支えた。

王が言った。「ここで、いつ女たちが絞首刑に処せられた」

「陛下」キャサリンが真剣に言った。「陛下しか、お話できる方がいないのです。今申した人たちによって命を危険にさらされているのです」

王はキャサリンに首を振って見せた。

「気でも違ったか」王が真顔で言った。「何だ、この騒ぎは」

「少しの間、お耳を貸してください」キャサリンは懇願した。男としてのヘンリーに感じていた恐れは次第に治まっていった。王としてのヘンリーのことは、もともと恐れていなかった。「この男たちはお互いの命を取ろうと躍起になっています。彼らの間で多くの者が破滅しそうなのです」

驚いて後ろに飛び退く気性の荒い馬のように、王の鼻孔が広がった。

「何と気まぐれな空想を抱くのだ！」王が横柄に言った。「ここには不一致など存在せぬ」

王は怒って目をぎょろぎょろと動かし、手をひねりながら、息を荒げた。皆に国民の意見は一致していると信じ込ませようとすることが、彼の生まれながらの性質の一部だった。彼は美女と話すためにここまで歩いてきたのだ。それなのに、その女が生意気な話をして自分の感情を害そうとしているのではないかと想像した。

「さっさと話せ」王が横柄に言った。その視線は柵と厩の塀の間の小道を先へ先へと辿っていった。

「おまえは美しい娘だ。だが、くだらぬ馬鹿話に付き合っている時間はない」

「ああ、悲しいかな」キャサリンが言った。「これは本当に本当の話なのです。王璽尚書がわたしを罠に嵌めたのです」

王は重々しく、信じられんといった様子で笑い、柵の上に腰を下ろした。キャサリンは王に自らの話すべてを語り始めた。

一晩中、キャサリンは自分が巻き込まれた混乱に思いをめぐらせていた。これは極めて急を要する問題だった。というのも、スロックモートンがすぐさま、あるいは夜が明ける前に出かけていき、彼女を始末するようにと王璽尚書に作り話を語って聞かせるだろうと想像されたからだった。キャサリンには、対抗処置をとることなど不可能だった。ガードナーのことは若者らしい反発心から軽蔑していた。ガードナーは陰謀のなかを歩んでいるような人物だった。それに、キャサリンは、仮面劇に出た後、自分を召使のように扱ったことで、ガードナーを好きにはなれなかった。伯父のノーフォークは、彼女を、沈むなり泳ぐなり本人任せに放って置いた臆病者だった。スロックモートンは、もし彼と組んだなら、彼女を汚すような狼男だった。夜が明けるや真っ先に、スロックモートンは彼女に不利な情報を流すだろうと思い、キャサリンはドアの前を通る足音がするたびに身震いした。衛兵たちが彼女を捕まえに槍を構えてやって来るだろうと想像した。この厩のなかでもなお震えていたのである。

国王はこうした陰謀や対抗処置を超越していた。キャサリンは自分にとって唯一ふさわしい格別に穏やかな空気を、王もまた呼吸していると想像した。彼女の家の者にとって、王は一人の男にすぎなかった。故郷では、キャサリンも王をたいした者とは見なしていなかった。彼女はあまりにも多くの年代記を読んでいた。王は彼女の親族の男たちのような男たちの第一人者であるにすぎなかった。というのも、彼女の親族の男たちは皆そんなふうになろうと思っていたからだった。王は彼らのリーダーではあるが、彼ら以上に威厳があるわけではなかったし、たいていの聖職者より神聖でもなかった。しかし、この暗黒の宮殿では、すべての人間が彼の前で震えるのが感じられた。そこでキャサリンは王に尊敬の念を抱いた。王は少なくとも、すべての臆病者たちがその前で震える男だった。一方、キャサリンは、自分もまた強く、自信をもち、恐れのない、王と対等の人間であると空想した。

それ故に彼女が話すことのできる相手は王だけだった。キャサリンは、王もまた自分をそうした対等の人間と見なし、クロムウェルが彼女に行った卑劣な行為に対して、彼の同情が得られるものと想像した。キャサリンは若気の至りで、神も聖人たちも自分に味方して戦ってくれると感じていた。自分には自信も気力もあるから、クロムウェルやガードナーや従兄のような男たちの指図を知恵の微笑をもって耐えることができるのだと、考えることに慣れていた。自分は時宜を待つことができるのだ、と。

スロックモートンがキャサリンにショックを与えたのは、彼が彼女を手込めにした悪党だったからではなく、もし彼女が急がなければ、他の男たちが彼女を破滅させるだろうと言って、彼女を愚弄したからだった。おまえは絞首刑に処されるだろうと言って。

それ故にキャサリンは王と話さなければならなかった。ベッドの足元の先で眠るマーゴット・ポインズの息づかいを聞きながら、暗闇をみつめ、じっと横たわるキャサリンには、ヘンリーのことは少しも恐くなかった。仮面劇のときに王の前で震えたのは確かだったが、そんなことはもうすっかり記憶から消えてしまっていた。自分が震えて、話すべきイタリア語を忘れてしまったことが、今では信じられなかった。それでも、あのとき彼女は台詞を一音節も思い出せない状態でそこに立ち尽くしていた。それでも必死にオウィディウス[3]の詩の着想とアウルス・ゲッリウス[4]がマルクス・クラッスス[5]に送った賛辞とを繋ぎ合わせることで、なんとか言葉を紡ぎ出すことができた。キャサリンはこの賛辞に馴れ親しんでいた。というのも、英雄と言えば、いつも、この賛辞に謳われたような、寛大で、雄弁で、高貴で、法律に精通した男を思い描いていたからだった。大広間は目の前で燃え立つように見えた。恐れのために体がすくんでしまい、逃げることも、跪くこともできなかった。

それ故にキャサリンは、王が馬を見に来た折に、王に話さなければならなかった。背の高いスパイが、まるで美徳について考えるかのように、目と口ににやけた笑いを浮かべ、あの女を始末するようにとクロムウェルに合図を送る前に、キャサリンは王を味方に付けなければならなかった。

キャサリンは激しい調子で王に話した。憤慨していた。彼女を手中に納めた卑しい男たちに汚されたように思えたからだった。

「あの人たちは陰謀によってわたしを破滅させようとしているのです」キャサリンが言った。片手を差し出し、真剣に大声を張り上げた。「陛下、わたしは何の企みもなしにお頼み申し上げているのです」

王は柵にもたれかかった。丸い不吉な目はキャサリンの顔を避けた。

「おまえたち二人のせいでわしの朝は台無しだ」王が呟いた。まずは、ロックフォード老人が失敗をしでかした。衰弱や死を思い出すことなしに、馬がはやがけするのを見ることはできないのか。王が欲したのはまさにそれができることだった。「ああ、わしはおまえに愉快な会話を求めたのに」王はそう言葉を締めくくった。

キャサリンが懇願した。「陛下、わたしはポールが裏切り者だとは知りませんでした。誓って、今では彼が捕らえられることを望んでいます。でも、きっと、ローマ司教との間で、何か方策が見つかるのではないでしょうか…」

「何と馬鹿なことを」王が突然叫び、彼女の話すべてを却下した。「スパイが女の命を奪うと息巻くことがあり得るとわしに信じ込ませようというのか。そんなことより、素晴らしい台詞を作ることに時間を費やすほうがはるかに良いものを」

「陛下」キャサリンが大声をあげた。

「至高の神にかけて……」

王が片手を振り上げた。

「永久《とわ》の涙はもううんざりだ」と王は呟き、急ぎ去る人のように、厩の塀と白い柵の遠近を見計らった。

キャサリンが必死に言った。「陛下は永久《とわ》の涙に出会うでしょう。この男が権力を握っている限りは……」

王は片手を振り上げ、頭の真上で固く拳を握った。

「まったくもって」王が太く唸るような声で言った。「犬猫の喧嘩でわしは心を休めることもできないのか。おまえの話など聞かぬ。慰めが一番必要なときにそんな話を聞けば、気が狂ってしまう」

王は柵から身をもぎ離し、肩越しに急ぎ言いたいことを言った。

「壁にぶち当たれば、頭を割ることになろう。日が暮れる前におまえを牢獄に収監する」王は、キャサリンを押し退けるかのように、大きな手を伸ばした。

Ⅸ章

「まあ、ときに」スロックモートンが言った。「愚かさの極みが賢明の極みとなるようだ」スロックモートンはキャサリンの部屋のテーブルの上に腰かけた。「今回がまさにそれだ！　王が俺を呼び出した。これほど幸運なことは、これまで起きたことがあるまい」

スロックモートンはキャサリンの部屋のドアの見張りを追い払い、途方もなく大きな扇型の顎鬚のなかに皮肉な笑みを浮かべながら、許可を求めることもなしに部屋のなかに入ってきていた。

「お嬢さんは俺をひそかに出し抜いたとお考えだろうが」スロックモートンが言った。「実は、この上なく俺の役に立ってくれたわけさ」

キャサリンは疲れですっかり参っていた。椅子にじっと座ったまま、男の言葉に耳を傾けた。

スロックモートンは腕を組み、両脚を交差させた。

「それで王は俺を呼び出したのだ」スロックモートンが言った。「おまえは王が権威ある言葉で俺を叱りつけることを望んだのだろう。だが、王も他の連中同様の政治屋だ。遠まわしに探りを入れてきた。もちろん、俺は話に曖昧さを残して置いたがね」

キャサリンは頭を垂れ、自分のとった大胆な行動を苦々しく思った。結局、この男が漁夫の利を得たのだ。男は前屈みになって、ため息をついた。そして笑った。

「俺はおまえを愛している。おまえにはそれが不思議かもしれないが」スロックモートンが言った。「だが、単純な女を愛するのは、深遠な政治屋の生まれながらの性質だ。有徳な者を愛するのが罪人の生来の性質なのと同じに、な。悪い男が悪を愛するなどとは信じないことだ。悪い男は悪を軽蔑する。政治屋が狡猾さを愛するなどとも信じないことだ。政治屋は狡猾さを利用して、安全に自分の本来の性質をあらわすことができるようにするだけのことさ。所詮、悪人など存在しないのだ。誰も自分のことを邪悪だとは考えないからな。俺はおまえを愛している」

キャサリンは目を閉じ、椅子のなかで頭を後ろに反らした。夕暮れがゆっくりと迫り、キャサリンは身震いした。

「逮捕状をもっているのではないでしょうね」キャサリンは無表情に訊ねた。

スロックモートンが笑った。

「こんなふうに」男は言った。「ずるい男は単純な女を愛するのさ。深遠で、ずるく、狡猾な政治屋として、王に優る者はないだろう」

スロックモートンは詮索するような悪意ある目でキャサリンを見た。キャサリンは動かなかった。

「おまえに聞いてもらいたい」スロックモートンが言った。

　キャサリンには、その日一日、話す相手がいなかった。議論できる相手など一人もいなかった。ロックフォード老人になら助言を求められたかもしれない。だが、老人は心の乱れとは別に、もう一つの問題を抱えていた。馬を一頭売りに出していて、ウォリックシャー(1)州に住むステイという男に先買権を与えていた。ところが、二人のフランス人がもっと高い買値を示し、ウォリックシャー州からは答えが返って来なかった。老人はぷんぷんと怒っていた。シセリー・エリオットはじっと彼を観察し、他の事は何も考えられなかった。マーゴットは毎日すすり泣いていた。というのもユーダル先生がサー・トマス・ワイアット(2)の書簡をラテン語に翻訳するため、パリに行くよう命じられたからだった。自分自身の問題を片付けるだけで精一杯でないような人間は一人もいなかった。そんな蜂の巣をつついたような場所で、キャサリンは心に恐れを抱き、まったく一人ぼっちだった。だから、彼女はスロックモートンの言葉を意味が通るようにまとめることができなかった。スロックモートンは自分を嘲るためにやって来たのだと思った。

「どうして聞かなければならないのです？」キャサリンが言った。

「何故ならば」スロックモートンが皮肉っぽく答えた。「おまえは大きな旅に出る必要があるからだ。おまえが登るかもしれないいくつかの山頂を教えておこうというわけだ」

　キャサリンは握っていたロザリオを、膝の上で動かした。

「どこの貧乏で低俗で無学な僧侶だって、そうした旅ではもっとよい案内人となるでしょう」

「ああ、何を言う」スロックモートンが言った。「それでは『単純』を謁見の間に招き入れるようなものだ。単純は馬小屋では役に立っただろう。だが、王はいつも馬小屋の藁のなかにいるわけにはいかないのだ」

「牢獄の藁布団のなかにも平和の王が見つかりますように！」

「何とも、話が噛み合わんな」スロックモートンがそっと小声で言った。王がキャサリンを牢獄に入れるといって脅していると聞くと、スロックモートンはもっとずっと大きな声で笑った。

「おまえには分からないのか」スロックモートンが訊ねた。「それがどんなにおまえへの好意を意味するのかを」

「まあ、ご冗談を！」キャサリンが答えた。

スロックモートンは前に体を乗り出し、やさしく話した。

「何とまあ、哀れな娘だ」スロックモートンが言った。「おまえが動かしたがために男が動いたとしたら、その男を動かしたのはおまえなのだ。今、あれほど重みのある男をおまえが動かすことができるとしたら、それはその男がおまえに無関心ではないという証拠だ」

「陛下はわたしを牢に入れると言って脅したのですよ」キャサリンが憤慨して言った。

「ああ」スロックモートンが答えた。「それはおまえが王に対して誤りを犯したからだ。そこがまさにおまえの単純な性質の弱点だな。その性質が男に残酷な要求を突きつけるのだ」

「それでは、三語で、陛下がわたしをどうしようとしているのか教えて頂戴」

「ほら、そうやって残酷な要求を突きつける」スロックモートンが言った。「俺はおまえを愛する哀れな男だ。その俺に、おまえは、おまえを好いている別の男がおまえをどうするだろうかと聞いているのだぞ」

黒いビロードの服を着たスロックモートンが、まっすぐに立ち上がった。

「それでは冷静になろうではないか」スロックモートンが言った。だが、彼の声は震え、議論の糸を見失ったかのように途切れた。「それでも、おまえは悩み多き君主である陛下を悲しませるようなけしからぬことを言ったのだ。例えば、『わたしの大義の正しさには自信があります』といったことを、な」

「いとしい聖人たちの大義ですもの」キャサリンが答えた…スロックモートンは三本の指で被っている帽子に触れた。

「おまえは確信犯だな」スロックモートンが言った。「だが、相手は憤怒を苦悶のごとく味わう男だ。男はおまえに目をかけてくれている。だが、戦うように作られた男は、戦って、悪い側を正しいと言わねばならんのだ」

「まあ、何ていうことを!」キャサリンが言った。「神に選ばれし者たちに対して軍勢を整えることに何の益があるのです?」

「勇ましい言葉だ」スロックモートンが答えた。「だがな、十字軍(3)の時代は終わった。今いるのは、部分的に善で部分的に悪である世界と戦う王なのだ。その王は、一つには、敬愛する聖人たちのために戦っている。王と戦う者たちは、一つには、神に選ばれし者たちのために戦っている。そんなとき、王は、正しいところでも間違ったところでも失敗を犯さぬよう、すべてのものを自分の味方に付けておかなければならないのだ」

「あなたの言っていることはよく分からないわ」キャサリンが言った。「ラケダイモン人(4)が大王と戦ったときには…」

「ああ、高貴な心の人よ」スロックモートンが言った。「それは黒白がはっきり区別されていた時代のことだ。今のわれわれは皆、灰色か白黒まだらなのだ」

「それなら、陛下はわたしをどうするつもりか教えて頂戴」キャサリンが答えた。

スロックモートンは顔をしかめた。

「いくら学問を積んでも、おまえさんも女だな。王はどうするの、と言う。くだくだ言うのはよして、と言う。要点だけ言いなさい、と言う。だが、要点はつまり…」

「神の名にかけて訊きます」キャサリンが言った。「わたしは牢屋に入れられるのですか、入れられないのですか」

「それでは神の名にかけてお答えしよう」スロックモートンが言った。「入れられるだろう――来月か、来年か、十年先には。それは確かだ。なにしろ、おまえは王を憤怒に駆り立てるのだから」

キャサリンが口を開いたが、スロックモートンが手を上げて黙らせた。

「この騒動で王がおまえを牢屋に入れることはない！」キャサリンは椅子に深々と腰をかけ直した。

スロックモートンは皮肉な悪意を込めた目で彼女をしげしげと見ていた。

「だが、これだけは確かだ」スロックモートンが言った。「もしもその場に逮捕状とペンをもった事務官が居合わせたら、おまえは丘の上のもっとひどい場所(5)に引き出されるまで二度と日の目を見なかっただろう」

　キャサリンは身を震わせた。

「さあ、出て行って！　わたしにお祈りをさせて頂戴」キャサリンが言った。

　スロックモートンはキャサリンに震える手を差し出した。

「ああ、またもや単純で残酷なことを！」スロックモートンの顎鬚のなかに笑いが浮かんだ。「俺はおまえの呼吸する空気を愛する。おまえと一緒にいられるように、長い時間がかかる長い道のりを通って話し続ける。なのに、おまえは大声をあげる。『お願いです。お願いです。要点だけ言って頂戴』と。俺が願いを聞く。すると目的を達したおまえは、『出て行って！　わたしにお祈りさせて頂戴』とくる」

　キャサリンがうんざりして言った。

「あまりにも多くの男の求婚に悩まされてきたから」

　スロックモートンが大きな肩をすくめ、大声をあげた。

「それでも、俺ほど良い友人はいなかったはずだ。俺は何の見返りも期待せずに、おまえに慰めを運んでいるのだからな」

「まあ」キャサリンが言った。「わたしの唯一の友人が極悪の烙印を押された人物なのは、まったく耐え難いことだわ」

スロックモートンは後ろ向きに再びテーブルのところへ戻った。後ろのテーブルに白い両手をついて体のバランスを取り、片方の足をゆっくりと揺らした。

「聖なる教会の教義のよいところは」スロックモートンが言った。「誰のことも死ぬまでは悪人と呼ばないことだ」スロックモートンは床に視線を落とし、それから突然、キャサリンと自分自身を嘲るように言った。「生まれた日から、おまえの魂のような純白な魂が俺を導いてくれていたら、きっと、今日おまえは俺のことを純白だとみなしただろう。明らかに、俺だって罪に向かってねじ曲がる性質をもって生まれたわけではないのだ。善はおまえが望むものだと言い表そうではないか」スロックモートンが悪意を込めてキャサリンを見上げた。「そう、それが善だとしよう。ならば、望むものを手に入れたいというおまえの思いに俺は全身全霊を込めて協力するのだから、それはきっとおまえが俺を回心させたということになるのではないかな」

「あなたの嘲りにはもう耐えられないわ」キャサリンが言った。キャサリンはスロックモートンに命令を下すだけの強さが自分にあるように感じ始めていた。

「いや」スロックモートンが言った。「聞いてもらわねばならぬ。それに、俺は嘲らずにはいられないのだ。というのも、嘲ることと欲することは俺の生まれながらの性質だからだ。おまえは男の性質に注意を払わなさすぎる。そのために涙を流す日が来るだろう。それは極めて確かだ。おまえは全世界とぶつかることになるだろうからな」

「ええ、その通り」キャサリンが言った。「わたしは神がお造りになったままのわたしなのです」

「キリスト教徒は皆そうだ」スロックモートンが言い返した。「だが、その型に改良を加えようと努力する者もある」キャサリンが両手を苛立たしげに動かしたので、スロックモートンは要点に触れることを強いられたように見えた。「もしかしたら、おまえはもう二度と俺の話を聞くことがないかもしれない」スロックモートンが急いで言った。「俺にとっても、おまえにとっても、こうした機会は危険なものだ。だから、俺はこの忠告を遺言として遺そう…国王陛下のお姿を描いて見せよう」

「もう二度と陛下の近くに行くことはありません」キャサリンが言った。

「ああ、だが、行くことになろう」スロックモートンが答えた。「おせっかいを焼くのがおまえの性質だからな。祝福された聖人のために働くのがおまえの性質だと言い換えてもいい。どちらでも好きなように言うがいい。だが、陛下はおまえに近づくことを目論んでいるのだ」

「まあ、あなたは頭が可笑しいんじゃないの」キャサリンがうんざりして言った。「これじゃあ、ユーダル先生の奇想と変わらないわ」

スロックモートンは、気取った、達観したような仕草で、指を一本立てた。

「いや、とんでもない」スロックモートンが笑った。「陛下がおまえともっと話そうと目論んでいるのは間違いない。おまえが普段どこに居るのかと俺に訊ねたのだからな」

「わたしが反逆者なら、もちろん所在を知りたいでしょう」

「ああ。だが、おまえ自身の口から、それを聞きたいと思うだろう」スロックモートンがキャサリンに向かってもう一度ニヤッと笑った。「おまえの他に恐れる者がいなかったら、俺がおまえに求婚するのを差し控えるわけがないではないか」

キャサリンが大きく肩をすくめ、スロックモートンは顎髭を撫でながら、ニヤニヤ笑った。

「それを確かな証拠として受け取ることができるだろう」スロックモートンが言った。「おまえに忌み嫌われたとしても、そんなことで俺は諦めたりはしない。俺は何と言っても好かれるに値する男だからな。以前俺を嫌っていた貴婦人たちが、今じゃ俺を愛するようになった。おまえにも恋をしかけてやりたいものだ。おまえはとても美しく、とても貞淑で、とても単純で――そう、とても愛らしい。だが、差し当たり、用心が肝要だ。今から何ヶ月かの間は、おまえのもとに出入りするのを見られるわけにいかんのだ。俺はそうした昔からの事情に精通しているのでな。大きな網が投げられたのだ。その網に引っかかることだろう――真っ当な男である俺様よりも――小さなたくさんの雑魚どもがな」

「あなたがわたしのもとに出入りしなくなるそうで良かったわ」キャサリンが言った。

スロックモートンが大きな頭を縦に振って同意した。

「ああ、俺は頭のなかにあることを話しているのだ」スロックモートンは答えた。「おまえも考えてみるがいい。もう遅すぎるというときになって、どういうことかはっきりするだろう。だが、王のお姿を描いて見せよう」

「私は自分の目で陛下を見てきました」キャサリンがスロックモートンの言葉を遮った。

「だが、おまえの目は純粋すぎるのだ」スロックモートンがため息をついた。「おまえの目は男の黒白の部分を見るだろう。だが、灰色は見逃してしまう。それに、おまえは覚えが悪い。それでも、おまえはすでに知っている。俺たちがもはや善悪二元論的世界には住んでいないということを…」

「いいえ」キャサリンが言った。「そんなことは知らないし、知りたいとも思いません」

「いや、知っている」スロックモートンがキャサリンを嘲った。「おまえの天の軍勢の側のウィンチェスターの司教が悪党で愚か者であることを知っている。極悪人だと言われている俺がおまえの味方で、とても賢い男であることを知っている。この十年間、失墜することをおまえが願ってきた王璽尚書が、その行為は別として、この揺れ動く世界のなかで唯一の立派な男であることを知っているのだ」

「王璽尚書の行動はとても忌まわしいものだわ」キャサリンがビクともせずに言った。

「だが、今の世はプルタルコス(6)の時代ではないのだ」スロックモートンが答えた。「それに、プルタルコスの時代が実際あったとも思えない。おまえももう知っての通り、王璽尚書のような極悪な行為をする男が、世界で一番立派な男だってこともありえるのだ。それに…」スロックモートンはキャサリンを小ばかにするように大きな頭をひょいと下げた。「おまえも知っての通り、極悪人かもしれぬ男が、おまえのためにとてもよく働いてくれることだってあるのだぞ。そこで、俺はおまえのために王のお姿を描いて見せよう…」

彼の声のなかの魅惑的な何かと彼が自分のことを極悪人と呼ぶ滑稽さに免じて、キャサリンはこう言うだけに留めた。

「あなたは度し難いおしゃべり屋さんね」

スロックモートンがしゃべっている間に、キャサリンは王が自分を投獄することを目論んでいるわけでないと確信するようになっていた。この確信は徐々にゆっくりと生じてきたので、恐怖に打ちひしがれた気分は軽い倦怠感に変じていた。キャサリンは椅子にもたれかかり、手足に心地よい気だるさを感じた。

「陛下は」スロックモートンが言った。「神よ、陛下をお守りし、陛下に幸運をもたらし給え――陛下は偉大で恐るべきクラブの札だ。陛下は偉大で堂々たる雄牛だ。稲妻であり、栄えある光だ。激しく叩きつける雹であり、慈悲深い太陽だ。確信あるときの陛下ほど、確信に満ち溢れた者はめったにいないだろう。疑念をもたれた陛下ほどにひどく疑念にとりつかれる者は誰一人いないだろう。吹きまくるようにとのお告げを受けた陛下ほど強力な風はないだろう。陛下が世界中を吹きまくろうとするときを知っているのは、吹く風を支配する神のみなのだ。陛下は天秤の平衡だ。上がったかと思えば、また下がる。陛下を支配してきた連中はこれを考慮に入れてきた。おまえが俺と同じくらいクロムウェル様のことを知っていたら、このことがよく分かっただろう。立派な王璽尚書は、一時間ごとに悪党呼ばわりされながらも、冷静にじっとそれに耐えてきた。というのも、よく知っていたからに他ならない。とてつもない疑念の只中にある陛下が、次の時間、次の週、あるいは次の月に、疑念の只中で、王璽尚書と同じ考えになるだろうことを。そうなると、王璽尚書は陛下を一押しして行動に駆り立てた。陛下は愛情深き人物であり、ひどく疑念にとりつかれた人物でもあるため、単純で自信ある性質を好むのだ。それ故に、陛下は王璽尚書を好んできた…」

「聖人たちの名にかけて」キャサリンが笑った。「あなたは王璽尚書が単純な性質だと言うのですか」

　スロックモートンは慌てることなく冷静に答えた。

「おまえはカトー[7]が複雑な性質だと言うのかね。毎日毎日、年々歳々、ただ一つのことだけを、つまり『カルタゴを滅ぼさねばならん』ということだけを言っていた男を！」

「でも、王璽尚書は高貴なローマ人ではありません」キャサリンが憤然として大声をあげた。

「これ以上にローマ的な性質があったかね」スロックモートンがキャサリンを嘲った。「もしカトーが何年にも亘って『カルタゴは滅ぶべきである[8]』と叫んできたとすれば、クロムウェルは『我が君主が栄えられんことを[9]』と何年も考えてきたのだ。カトーは手段を選ばなかった。王璽尚書も手段を選ばない。ハワードのお嬢さん、王璽尚書は枢機卿の単なる従者にすぎなかったとき、すでに、陛下宛ての初めての手紙に『わたくし、トマス・クロムウェルは、もしあなた様がわたしに耳を貸してくださるなら、あなた様をこれまでになかったほどの金持ちで権力ある王にして差し上げましょう』としたためたのだ。十年前にそうしたため、それから今日に至るまでずっと、毎日そう口で言い、手紙にしたためてきた。それを単純な性質と言わずして何と言うか…」

「なんとも下劣な行為だわ」キャサリンが言った。

「ハワードのお嬢さん」スロックモートンが笑った。「裏切り者のシノン[10]がトロイア陥落をもたらし、アエネアース[11]が女王ディードー[12]を裏切ってローマ人をイタリアに連れて行ってから、スッラ[13]がマリウス[14]を裏切り、カエサル[15]がスッラの友人たちを、ブルートゥス[16]がカエサルを、アントニウス[17]がブルートゥスを、オクタウィアヌス[18]がアントニウスを裏切るまで——ああ、そして福者コンスタンティノス[19]がローマの国自体を裏切るまで、どれほどたくさんの破られた条約、どれほどたくさんの裏切り行為がローマの国の繁栄に役立ったか、おまえさんに訊ねてみたいものだ」

「卑劣漢、ばちあたりなことばかり言って」キャサリンが大声をあげた。

「神がその罪からお守りくださいますように！」スロックモートンが真顔で言った。

「——それに、今あげた裏切り者のなかで、倒れなかった者は一人もいないわ」

「ああ、だが、倒したのは別の裏切り者だ」スロックモートンがキャサリンの話の腰を折った。

「当時も今と同じだった。人々は倒れるが、裏切りは栄えた——そう、そしてローマは栄えたのだ。このイングランドの国もすこぶる栄えますように！　クロムウェルがこの国をかなりの高みにまで引き上げたことは確かだが、彼は偉大な枢機卿を裏切って身を立てたのだ」

　キャサリンがあまりに激しく抗議したので、スロックモートンは話を中断せざるをえなかった。この国は下品で卑劣な土地になり下がってしまった。クロムウェルは何よりもまず、自分の身を危険にさらしてまで、枢機卿[20]の大義に忠誠を尽くしたことが知られているではありませんか。そうした抗議だった。

　スロックモートンが肩をすくめた。

「明らかに、そうした歴史についてはおまえのほうが詳しかろう」スロックモートンが答えた。

「だが、おまえがどう判断するにせよ、単純な性質を愛でる王が王璽尚書を好んでいることは極めて確実だ」

「でも、あなたは王璽尚書が危険にさらされていると言ったではありませんか」キャサリンがスロックモートンに矛盾を悟らせた。

「まあな」スロックモートンが冷静に言った。「秤は王璽尚書に不利に動いている。クレーヴズとの同盟で王の不興を買った。だが、それは王璽尚書も百も承知で、彼がまた動き始めるのにそれほど時間はかからないだろう。そして彼が再び判断を誤るまで、何年もの時が経過するだろう。王璽尚書はこうした過ちをこれまでにも犯してきた。だが、適時に適切な方法で彼に襲いかかる者が誰もいなかったのだ。そこにこの好機が訪れた」

　キャサリンは柔和な、しかしはたと思い当たったかのような好奇の目でスロックモートンをじっと見つめた。スロックモートンはキャサリンの表情に気づき、笑った。

「どうやら、分かり始めたようだな」スロックモートンが言った。

「はっきりと話してくれれば、おっしゃる意味が分かります」キャサリンが答えた。

「それでは、俺を信じてくれ」スロックモートンが真剣に言った。「おまえが組める者皆に告げるのだ。例えば、おまえの伯父のところなら行くのは簡単だろう。もしこの五ヶ月の内にフランスとスペインを抱き込めれば、王璽尚書とクレーヴズを共に倒すことができるとおまえの伯父に告げるのだ。だが、王璽尚書がクレーヴズをお払い箱にするまでぐずぐずしていれば、クロムウェルは今後二十年間、王以上の権力者でありつづけるだろう、と」

スロックモートンは口を噤み、それからまた話を続けた。

「いいから、俺を信じろ。王璽尚書を批判する言葉の一つ一つが説得力をもつだろう――王璽尚書がクレーヴズの厄介事を片付けるまでは。国王陛下は怒鳴り散らすだろうが、王璽尚書を批判する言葉は、陛下の心の痛みとなるだろう。陛下はおまえを脅すだろうが、行動に打って出ることはあるまい――それは陛下が疑念をお持ちになるからだ。人が陛下に取り入ることができるのは、この疑念によってのみなのだ」

「神よ、お助けを！」キャサリンが言った。「その『人』とわたしと、一体どんな関係があるのです」

スロックモートンはキャサリンの言葉に注意を払うこともなく、話し続けた。

「よいか、王璽尚書のことはどんなに批判しても構わないが、国の栄光に反することは決して言ってはならない。おまえがこの国土を幸福の国と呼べば、陛下はたちまちのうちにおまえのほうに傾き、疑念をお持ちになる。『幸福の島』とおまえが言う。陛下はこれをいたく喜び、考えるだろう。『わしの支配は世界にとって幸運なことであるようだ』だが、陛下は幸福の島にもひびが入っていることをよくご存知だ。だから、とりわけ、誤りを正し、涙を和らげ、礼拝堂を建立し、神と和平を結ぶことに取り掛かるだろう。しかし、もしもおまえが王のもとに行き、『この国は意見の相違で割れている。ここでは異端が育ち、絶望が大手を振って歩き回っている』と言おうものなら、つまり、この国ではすべてがうまく行っているわけではないと言おうものなら、陛下は激怒するだろう。『いや、すべてがうまく行っておる。わしがそう仕向けたのだから』――そう言って、自分の仕事のやり方をちょっとでも変えるどころか、全能の神の前に帽子を投げつけるだろう。要するに、おまえの賞賛が王を謙虚にするのだ。というのも、心の底では、この男は謙虚なのだから。だが、もしもおまえが陛下を責めるなら、おまえは陛下を鋼のように頑なに、稲妻のように高慢にしてしまうだろう。というのも、世間の目があるところでは、この男は誇り高くなければならないからだ。さもなければ死を所望するだろう」

キャサリンは自分の頬に手を当て、瞑想するかのように言った。

「陛下はわたしを牢獄に入れると言って脅したのですよ。それでも、あなたは、陛下が実際に行動に出ることはないとおっしゃるのですか。もしもわたしが神の教会を復活させるようにと懇願したとしても、陛下は行動に打って出ないのでしょうか」

「いとしい子よ」スロックモートンが答えた。「それはおまえの出方次第だ。おまえが『この国は異端の国だ。陛下がそのようにしてしまわれたのだ』と言うならば、陛下は恐ろしいという言葉では言い表せないほど恐ろしい存在になるだろう。だが、おまえが『この国はすこぶる繁栄し、神の母に愛されている』と言うならば、陛下は、神の母を喜ばすことを――あるいはこの天の薔薇を愛するおまえを喜ばすことを――自分はほとんどしてこなかったと疑い出すだろう。陛下が純粋で許容できる信仰を与えてくれたことをすべての良民がいかに喜んでいるかを告げるのだ。そうすれば、陛下はすぐにも自分の信仰について疑念を抱き始めるだろう」

「でも、それは恥ずべきお世辞というものだわ」キャサリンが言った。

スロックモートンが穏やかに言った。

「いや、それは違う。実際に、陛下は良民に与えられる限りのものをお与えになったのだから。陛下を、ご自身お持ちの善意やおまえと反する方向に向かわせるのは、この世知辛い世の中だ。信じろ。陛下はおまえや俺やローマ司教以上に正統派の教義を愛しておられる。従って……」

スロックモートンはいったん口を噤み、それから結論づけた。

「このクロムウェル卿という人物は、ごくわずかにしか影を投げない小さなもの(21)の影のなかを動いているのだ。おまえは見たことがないか」

キャサリンは無造作に首を振り、笑った。

「そうか、まだ見たことがないようだな。緑の丘の上にある小さな四角いものだ。陛下の命によって、この国のもっとも高貴な者たちがその前で跪くのだ。確かに、今では、偶像崇拝は軽蔑されているが、な」スロックモートンは、落ち着きすっかり寛いだキャサリンの全身に、意地悪な視線を這わせた。

「おまえの唇にキスしてみたいものだ」スロックモートンがため息をついた。

「まあ、何ていうことを。さっさと出て行きなさい」キャサリンが怒気を込めずに言った。

「ああ、本当に」スロックモートンは情感を込めて言った。「こんなふうに求愛されることこそが喜びなのだぞ。だが、確かなのは、そなたが俺のご主人様たちの求める肉だということだ」

「あなたの作り話に救いを求めようとは思いません」キャサリンは自分の立場を堅持した。

スロックモートンは被っていたボンネットを脱ぎ、キャサリンに対し非常に低く身を屈めてお辞儀したので、大きな輝く顎鬚が胸からかなり離れたところに垂れ下がった。

「ハワードのお嬢さん」スロックモートンがからかった。「時が来れば、俺の作り話がきっと役立ってくれるはずだ」

第三部　王動く

I章

その年の三月は豪雨に見舞われ、テムズ川の堤防もかなり傷んだ。四月に入ると天気が回復し、人々は国土を動き回ることができるようになった。そこでその月の半ば近くに、ケント(1)とエセックス(2)から来た七人のプロテスタント信徒、オーベルシュタイン伯爵の使用人である二人のドイツ人、その他二人のドイツ人が、オースティン・フライアーズの印刷工バッジの居間で会合をもつことになった。たまたまその日の満潮は午後四時で、午前中は太陽が輝いていたが、その後雨が降った。そこで、その天候のなか帰途についたオーベルシュタイン伯爵(3)の二人の使用人は、引き返すことを余儀なくされた。というのも、オースティン・フライアーズとテムズ川の間が水浸しになっていたからだった。彼らはそれほど不本意というわけでなく再び家のなかに入ると、信仰義認(4)について、アン王妃の資産について、国王のアン王妃へのお気持ちについて、フランドル地方での羊毛の価格について議論を再開したのだった。

印刷工自身はむっつりとして心ここにあらずといった様子だった。信仰義認についての議論は彼には面白いものでなかったし、話が羊毛の価格のことになると、彼は立ったまま、陰鬱な夢想に陥ってしまった。空が非常に曇っていたため、部屋のなかは少し暗くなっていて、突然、皆の声が静まると、入口のそばで水がゴボゴボと音を立て、敷居と床の間から入ってきた洪水が、バッジの大きな足のほうへ、いわば大水の証拠の小さな指示物となって到来した。バッジはそれを無関心に見下ろして言った。

「あなたがたが何と言おうと、わたしはこのことを活字と印刷で計量できるのです。今度の王妃はこの国に来て、もうおよそ四ヶ月になります。ですが、わたしの記録では、王妃様のために催された野外劇は五ページを埋めるにすぎない。一方、ジェーン王妃の最初の四ヶ月で催された馬上槍試合や野外劇や夜祭りや仮面劇や鷹狩りの記録は十六ページを占め、アン・ブーリン王妃の場合は六十四ページにも及ぶのです。ですから、国王陛下が王妃様にどんな敬意を表していると言えましょう」バッジは憂鬱そうに首を振った。

「まあまあ、旦那」タワー・ハムレッツ(5)から来た羊毛商人がバッジに呼びかけた。「二月には王妃様のウェストミンスターご来訪を記念して大砲が打ち鳴らされ、その轟音は大地を縮み上がらせ、我が家の窓もみな割ってしまいましたよ。あれほどの大砲が王妃に敬意を表して打ち上げられたことはかつてありませんでした」

印刷工はしばらく陰鬱に黙ったままでいた。炉辺では風が唸り、暖炉の燃えさしがパチパチ、カサカサと音を立てた。

「ちょうどあなたがたが嵐でここに留め置かれているように、この国では神への信仰も留め置かれているのです」バッジが言った。「今は、雨の季節だが」ドアの下からさらに水が入ってきて、バッジが言い足した。「どうか、わたしたち皆が、穴のなかで溺死することがありませんように！」

英語を話すことができず、身じろぎもしないでいたドイツ人が、濡れた床から椅子の横木に足を移した。憂鬱と落胆と湿り気が、天井の低く暗い部屋のなかに垂れ込めた。しかし、悪天候に慣れているケントから来た若者は、憂鬱な天気に落胆することなく、自分たちには利用できる武器があり、導いてくれる指導者たちがいると、お国言葉で大声をあげた。

「ええ、それに我々には、手足を反対方向に引き伸ばす拷問台があり、それらを引っぱる死刑執行人がいるのです」印刷工が答えた。「大砲の音が王妃様への最大の歓迎なのですか。ウェストミンスターを訪問された際、王妃様がどんな歓迎を受けたと言うのです？　ロンドン市長は、王妃様に敬意を表するのに、屋形船と幟と小さな円盾《まるたて》を用意しただけでしたよ。国王陛下はそれ以上の壮麗さをお命じにならなかった。従って、陛下はこの王妃に敬意を払っておられないのです」

別の印刷工のために新聞記事の複写を行っている代書人が、バッジに答えて言った。

「印刷工の親方のジョン・バッジさん、あなたがたはあまりにもビロードを愛し、あまりにも金に貪欲なのではありませんか。この国の古い記録には、拳闘のこと、船の出帆のこと、信心深い生活様式のこと、フランスの町々が嵐に襲われたことが語られています。だが、あなたの新しい王の治世の書には、華麗な服装のこと、金色の布のこと、金をたくさん織り込んだ青い絹のこと、金縁のついた月桂樹の花冠のこと、金メッキされた延べ棒のこと、水晶でできた珊瑚のこと、宝石が散りばめられた黒いビロードのこと、王やその従者たちが日に六回もお召し物を変えられることが書かれています。ヘンリー五世は戦場で十四日間も鎧を変えなかったのですよ」

印刷工は大きく肩をすくめた。

「なんと無知なのです！」印刷工は言った。「百年前、王たちは素手で殴り合ったのですよ。今では、黒のビロードのあるなしで戦いが決します。それに、我らと信仰を同じくする王妃が金縁のついた月桂樹の花冠を被るなら、わたしはその花冠を心から愛するでしょう。もし陛下が花冠をつけないといって我々の信仰を攻撃するならば、わたしは花冠をつけないことをいたく悲しむでしょう。王璽尚書がウィンチェスターの司教と会食し、義が憎悪すべき邪神崇拝とキスする時代なのです」

「どれだけ多くの武装した兵士たちが戦いの合図を待っているか、もしもクロムウェル卿がご存知なら、卿はウィンチェスターと和平を結んだりしなかったでしょうに」ケントから来た男が大声をあげた。男は長椅子から立ち上がり、暖炉の近くまで歩いて行って立った。

ドアの錠がカチッと鳴り、部屋の暗い隅に青白く輝くものが現われた——それは階段のドアを開け、高い段から上体を前に倒し、集まりに向かってニヤッと笑うバッジ老人の顔だった。

「皆さん、悪天候に足留めされましたな」老人は震える声で意地悪く言った。「そのわけを教えて進ぜましょう」

老人は段から跳ね下り、後ろにいる孫のマーゴット・ポインズの大きな体を引っぱった。

「引っ込んでいろ」印刷工がマーゴットに向かって唸るように言った。

「それは無理だわ」マーゴットのぶっきらぼうな声が聞こえた。「天井からの雨漏りで、わたしの背中がどんなに濡れているか見て頂戴」

マーゴットと彼女の祖父は二階の部屋のベッドに腰掛けていたのだが、今や、藁葺き屋根から雨水が滴り落ちてきていたのだった。印刷工は、いらいらしながら大股に一歩踏み出し、印刷用ステッキをとってそれを空中で振り回し、こう吐き捨てた。

「淫乱女や売春婦は信心深い者の目の前に立ってはならんのだ」

マーゴットは階段のところに引っ込み、手にドアの閂を握って上の階への通路を塞ぐ準備をし、その場に留まっていた。

「鞭打ちなんか受けないわよ」マーゴットが息をはずませて言った。「ここはお祖父さんの家なんですからね」

老人は窓のほうを向いてニヤニヤと笑った。膝元にガウンを手繰り寄せると、床の水溜りとルター派信徒たちの座る椅子を避けて注意深く窓のほうに進んで行った。開き窓の下に置かれた木製の収納箱の上に乗って、外を覗き、外の様子を見てほくそ笑んだ。

「水車用流水に堰き止め水じゃ」老人が呟いた。「この床も一時間もすればアヒルの池と化すじゃろう」

「売女と、売女に仕える者よ」印刷工が姪に呼びかけた。父が息子と喧嘩し、母が娘と喧嘩するルター派信徒の家では、たいていこの印刷工の悪態が繰り返されていた。だが、この一家の旧友である青い外套を着た白髪まじりの男がいきなり怒鳴り出した。

「邪悪な娘だ。おまえはバーンズ博士(6)の試練を見に行ったのであろう」

膝を顎に引き寄せて階段に座っていたマーゴットは、何も答えなかった。伯父のステッキが恐くなかったなら、マーゴットは床をモップで拭いて、戸口にぼろ切れを置いただろう。

「憎むべき邪悪な娘よ」白髪まじりの男が言葉を続けた。「どうしてあんな酷い場面の手伝いをすることができたのだ。おまえは年長者への義務を知らぬのか」

マーゴットは足首のまわりにスカートを手繰り寄せ、上向きの隙間風を避けて、分別ある答弁をした。

「まあ、お隣のネッド様。異端者がやり込められるのを見るようにと、女主人に連れて行かれたのです。わたしたちの仕事はとても退屈なので、あれよりずっと面白くない人形劇でも連れて行っていただければ恩に着ますわ」

印刷工は、マーゴットが女主人のことを口にすると、床に唾を吐いた。

「細かく問いただそう」印刷工が呟いた。「指示された通りに答えるのだ」

収納箱の上に立った老人は、一人のドイツ人の肩をポンポンと叩いた。

「あの塀が見えるかね」老人が笑った。「わしらの家に洪水を押し戻す何とも見事な堰ではないか。今じゃ、クロムウェル卿は…」

話しかけられた槍兵(7)は、英語が分からなかったので、目をぎょろつかせた。老人は話し続けたが、その場の誰も、マーゴットさえも、老人に注意を払うことはなかった。マーゴットは分別を弁えた態度で、伯父を見て言った。

「まあ、ステッキを置いてくだされば、伯父様のことを尊敬さえいたしますわ」印刷工がステッキを隅に投げ出すと、マーゴットはすぐさま、不平たらたらの老家政婦が居ついている料理室にモップを取りに行った。印刷工は憂鬱そうに目で彼女の後を追った。

「おまえの女主人は邪悪な女なのか」印刷工が、死刑囚に話しかける判事のように訊ねた。

マーゴットは、伯父の言葉をほとんど聞いていなかったかのように「いいえ」と答えた。

「おまえの女主人はローマカトリック教徒なのか」

マーゴットは前と同じ口調で「そうです」と答え、一人の男が座っている椅子の下の床をモップで拭いた。

老人は被った帽子が暗い天井の梁を擦るほど高く木製の収納箱の上に立っていたが、震える声でマーゴットに言った。

「おまえの女主人はクラモックを倒してはくれんのかね。クラモックの建てた塀はわしの土地を小川に、わしの家の床をカエルの池と化す堰となっているのじゃがのう」

マーゴットは「ええ、お祖父様」と答え、モップをかけ続けた。

「あの女はウィンチェスターのところの祝宴の後で、男と一緒に悪党どもの聖域の地下室に入って行ったというではないか」お隣のネッドが怒鳴った。「我らの主を倒そうとするような輩なのだぞ、あいつらは」

「あの女は従兄がカレーに遣わされる前に、従兄とも同じことをしたのではないのか」マーゴットに伯父が訊ねた。

マーゴットは真顔で答えた。

「いいえ、伯父様。今ご覧になっているわたしの腕のなかでキャサリン様がお休みにならなかった夜は一夜たりともありませんでしたわ」

「なるほどな。おまえはあの女の操り人形だ」お隣のネッドが不平の声をあげた。

「悪しき者よ」印刷工が叫んだ。「おまえとおまえの女主人は世間の注目を集めている。おまえを腕に抱いたのは、あの女の最悪の所業だ。神かけて、あの女の名はこの国において呪われしものとなるだろう。まさに神かけて…」

印刷工は喉を詰まらせた。彼の仲間たちは、売春婦、淫売、悪魔の配偶者、と呟いた。そして印刷工が叫んだ。

「よく聞け。ユーダルはあの女と王との仲を取り持ち、その報償としておまえを得ることになる。ユーダルはあの女を陛下のもとに連れて行った。あの女はおまえの貞操でその支払いを済ませたというわけだ。悪しき娘よ、これが真実でないと言えるかね」

マーゴットはモップの柄に寄りかかって言った。

「あらまあ、伯父様。自分の巣を汚すのは悪しき鳥、というではありませんか」

印刷工は大きな拳をマーゴットの目の前に振り上げた。

「誰の親類だろうと、信心深い者たちの交わりでは、罪を包み隠してはならんのだ」

「あらまあ、信心深い人たちに最新の話を楽しんでいただければと思うわ」マーゴットが答えた。

「わたしに関しては、ユーダル先生がパリからお帰りになったら、先生から直接話を聞いて頂戴。わたしの女主人に関しては、三ヶ月前にウィンチェスターのところで祝宴があってから、三度、陛下とお会いになっています。ですが、陛下がバーンズ博士の誤りを立証するところを小部屋でお聞きになるまで、キャサリン様が陛下に影響も及ぼしたなどということはまったくありませんのよ。小部屋から出て行かれるとき、キャサリン様が、神の法に対する陛下の知識はまるで神のようだと発言されたことはございましたけれど。もしも伯父様がこれ以上の話をお聞きになりたければ、娘を階段から降りて来させて話させなければなりませんわ」

「なるほど」お隣のネッドが言った。「あの女は三度王に会った。そして、初回には、これを口外せぬ見返りとしてユーダルに宛がえるよう、おまえを連れて行く許可を陛下に出していただいた。二回目は、秘密会議で陛下に我らのバーンズを論駁させた。そして、三回目は、クロムウェル卿をウィンチェスターの司教と会食させ、義をその燃え滓と交わらせたのだ」

「あらまあ、好きなように言ってくださいな、お隣のネッド様」マーゴットが答えた。「生まれてこのかた二十年、ネッド様には二十の砂糖菓子を頂いたわ。どうか神様、甘いものが頂ける限り、わたしがネッド様の差し出口を止めることがありませんように！」

　皆が陰鬱に元気なく押し黙ったなか――というのも誰も言われたことを大して信じなかったが、自分たちの前途は暗いと決定的に信じたからだ――ドアが乱暴に開けられる大きな音がし、その原因が何か誰も見当がつかないうちに、その物音に言葉を失ったドイツ人が椅子諸共に後ろに傾き床の上に倒れた。黒い出で立ちの青年が灰色の光と土砂降りの雨を遮った。青年は頭に何も被らず、粗紡毛織物の服はびしょ濡れで撓《たわ》んでいた。青年は握った拳を半ば空に、半ばマーゴットの顔に向けて振り上げ、叫んだ。

「僕はおまえのために何通も手紙を運んできた。おまえの女主人と国王との間の書簡だ。僕は手紙を運んできた。僕は、だが…そのために牢屋に入れられたのだ」

「ああ、馬鹿な」マーゴットは太い声で動ぜずに言った。「手紙が届かなかったと言うの。なのに、兄さんは自由で、雨のなかを帰ってきたわけ」

　青年は倒れたドイツ人に躓きよろめいた。

「昇進の機会を失ってしまった」青年はすすり泣いた。「どこへ行ったらいいだろう。二十四時間、川縁の葦のなかに潜んでいたんだ。また捕まるだろう」

「そのことなら、兄さんはそれほど熱心に捜索されていないわ」マーゴットが言った。「二十四時間、誰も兄さんを探しにここへ来なかったもの」マーゴットは原初的な力を持つ者のようにどっしりと構えていた。どんな恐れも、その原因が確かめられるまでは、彼女を脅かさなかった。「蒸留酒を持ってきてあげるわ」

　青年は濡れた額を手で拭った。

「おまえの女主人も逮捕される」青年が大声をあげた。「王璽尚書の槍兵が戸口に向かうのを見たんだ」

「ああ、神をほめたたえよ！」印刷工が大声を出し、青年の手首を摑んだ。「さあ、話してくれ」

そう言って印刷工は青年の両脚を揺すった。

「僕のことを捕まえたのも王璽尚書だ――だが、僕は逃げて自由になった」青年は喘いだ。

「この二人は長たらしい手紙を運べば昇進させてくれると約束したんだ。だが、僕はその機会を失ってしまった」

「皆の衆」お隣のネッドが喚いた。「さあ、立ち上がり、歌いましょう。『固き砦は主なる神』を。名うての売春婦が倒されたのですからな」

Ⅱ章

一月からこの三月までの期間にキャサリン・ハワードは、スパイであるスロックモートンが何と上手に当時の男衆を言い表したかを悟ることとなった。スロックモートンはキャサリンをそっとしておいたが、キャサリンはまわりの空気一帯に彼の存在を感じるように思った。二人が廊下ですれ違うこともあったが、スロックモートンの沈黙から、キャサリンはスロックモートンが彼女の伯父のノーフォークやウィンチェスターのガードナーと手探りの試合を続行中であることを知った。スロックモートンはキャサリンにゲームに加わるよう勧めることはなかったが、世の中のすべての男が彼と同様に試合を行っていることをキャサリンに分からせようとしているように思った。キャサリンが見たのは、もはやはっきりと黒白区別できる世界ではなく、はるか後にまったく違ったことを生じさせるために一つのことを行う男たちの世界だった。

一月も末近くなると、宮廷の主体はグリニッジからハンプトン(1)に移ったが、メアリー王女は、侍女たちとともにアイルワース(2)の領主の邸に移動した。すべてを絶対的に白か黒と見なす冷酷な王女と一緒に邸内に閉じ込められたキャサリンは、川上の大邸宅から聞こえてくるどんな些細な噂も聞き漏らすまいと、遠くからの物音に聞き耳を立てている自分を発見するのだった。

シセリー・エリオットに老騎士がいたように、他の侍女たちにも男がいた。六人の男がいる者もいて、ある日、邸宅の窓の前の小島で男たちが女の寵愛を得ようと乱闘を繰り広げた。こうした男たちは、夕方、屋形船でやって来るか、予備馬を連れて馬で平原を越えてやって来て、沼沢地でサギを追う鷹狩りに愛人たちを連れて行った。従って、こうした侍女たちにはそれぞれ、本当の話を手に入れることのできる経路があったのだった。しかし、キャサリンにはそうした経路がなかった。三月に入るまでは、ユーダル先生がマーゴットとヒソヒソ話を交わしにやって来たが、その後、彼はたくさんの手紙を書かなければならないサー・トマス・ワイアットに仕え、筆を取るために、再びパリに遣わされた。こうして、キャサリンは女たちのたくさんの噂話を耳にしたが、本当に何が起きたのかは、まったく分からずじまいだった。ウィンチェスターのガードナーが旧教を熱心に支持するのが適当だと考えているのは――誰もその理由は知らなかったが――確かなようだった。六人それぞれの話から、ガードナーがポールルズ・クロス(3)で、たいへん激しい、しかし容認できる教義を満載した説教をぶったのも確かなようだった。これはゲームのなかのどんな手なのかしらとキャサリンは思った。確実に、神への愛ではなかった。これは明らかにスロックモートンの言う計画の一部だった。ルター派信徒たちを暴挙に駆り立てようというのだろう。王璽尚書が頼るルター派信徒たちがどんなに傲慢であるかを王に証明するために。

バーンズ博士が司教に無礼な返答をしたとき、キャサリンは自分に鋭い先見の明があったと知って満足した。というのも、バーンズ博士は王璽尚書のもっとも著名な家来の一人だったからだ。シユマルカルデン同盟へ大使として送るため、王璽尚書が溝のなかから引き上げた不遜な愚か者だった。そして、ガードナーがバーンズ博士への不平を王に訴えた日、キャサリンの伯父ノーフォークがハンプトンの彼のもとに来るようにと、キャサリンを呼び寄せたのだった。

冷酷で黄疸にかかったように黄色いノーフォークは、大きなガランとした部屋でキャサリンを待っていた。くすんだ壁には羽目板が嵌められ、アラス織りの壁掛けはかかっていなかったが、部屋の寒さに震えたノーフォークは、しゃがれた囁き声以上に声を張り上ることはなかった。しかし、彼の質問にキャサリンははっきりと答えた。

「いいえ。わたしはメアリー王女様にラテン語をお教えしているのです。どんな話もお聞きしていませんし、誰にも何もお知らせすることはございません」さらにまた——

「王女様がそばにいらっしゃるところで、陛下とは三度お話し致しました。一度は幸福の島々について。また一度はわたしが読んでいるラテン語の書について。いま一度はどうでもよいような事柄について——リンカンシャーではリンゴの木を塀際に植えることなどについて——でございました」

伯父はキャサリンをじっと見つめた。その黒い瞳は習慣から、不動で敵意に満ちていた。しゃべろうとして唇を開いたが、一言も発することなくまた閉じた。天井の向こう隅に彫られた薔薇を見て、再びキャサリンに視線を移し、呟いた。

「フランス人はアルドル(4)で大工事をやっているようだね」

「ええ、そのようですわ」キャサリンが答えた。「従兄のカルペパーが同様のことを手紙に書いて寄こしました。カルペパーはカレーに留まるよう命じられているのです」

「教えてくれ」伯父が言った。「奴らは本気でカレーの町を攻めるつもりなのか」

「もしそれを知っていたら、それはわたしが仕える王女様から密かに聞いたことになりましょう。そして、もしわたしが密かに聞いたのなら、伯父様にも他の誰にも教えませんわ」

伯父は顔をしかめて辛抱し、呟いた。

「では、これだけ密かに教えてはくれまいか。もしフランス王か神聖ローマ帝国皇帝が今戦争をしかけてきたら、王璽尚書が永久に王を牛耳ることになるのだろうか」

「ああ、誰が伯父様と話したか分かりました」キャサリンが答えた。「伯父様、手にキスさせてください。もう王女様のもとに戻らなければなりませんので」

伯父は華奢な手を冷酷に後ろに隠した。

「それでは、おまえは他の者たちのスパイなのだな」伯父が言った。「行って、そいつらの足に接吻するのだな」

キャサリンは苛立った声で笑った。

「もしその他の者たちがノーフォーク公であられる伯父様同様、わたしから何も受け取れないのであれば…」

伯父は陰険に眉をひそめ、体をギクシャクさせて回れ右をし、肩越しに言った。

「それでは、おまえの従兄がカレーで酔って騒いでいるのが見つかったら、ただちに逮捕、投獄させることとしよう」

キャサリンは両手を差し出して、懇願するように伯父の後を追った。

「それはダメです。伯父様」と言い、さらに続けた。「親愛なる伯父様。酔って騒いでも人に迷惑をかけなければ、どうか哀れで愚かなトムを酔っ払ったままにしておいてください」

「では、おまえはおまえの知る経路を使って、わたしの託す伝言をフランス王に送り届けるのだ」

伯父はキャサリンに背を向けたまま、向こう側のドアに話しかけるかのようにそう言った。

「どうしてわたしがこのことに関わらねばならないのです」キャサリンは悲しげに伯父に言った。

「それにどうして哀れなトムが？　可哀相に、伯父様がわたしを飢えたままに放っておいたとき、彼はわたしにパンを見つけてくれたのですよ」こんな男たちが彼女のそばで争い合っているために、威張り散らし意識朦朧とした従兄がはるか彼方の地で破滅させられなければならないのかと思うと、キャサリンは惨めな気持ちになった。伯父は再び体をギクシャクさせて回れ右をした。それほどたくさん防寒服を着込んでいたのだった。

「このことに関わるべきはおまえではなく」と伯父が言った。「おまえの女主人だ。おまえの知る者たちにとっては、信じられるのは彼女だけだろうからな」

「ご自分でおっしゃればよろしいでしょうに」キャサリンが言った。

伯父が苦々しげに顔をしかめた。

「フランス人の誰がわたしの言葉を信じるというのだ」伯父が怒鳴った。以前、王璽尚書の道具として使われていたため、ノーフォーク公はフランス人に信じてもらえる希望をすべて失っていた。

「いざとなれば、わたしがやるわ」キャサリンが唐突に言った。

結局、その行為が王璽尚書の没落をもたらすように彼女には思えたのだった。しかも彼女は王璽尚書の没落を心から望んでいた。伯父が臆病者であり、スロックモートンが悪党だからといって、王女様の手助けを拒むのは愚かなことに思えた。もしフランスとスペインが手を組んでイングランドを悩ますならば、クレーヴズとの同盟は永久に続くだろう、それとともに王璽尚書の支配も――メアリー王女にそう言うよう自分が頼むのが本当ではあるまいか。

「でも、お願いです。哀れなトムはそっとしておいてやって」キャサリンが言い足した。

伯父はしばらく、身じろぎもせずに立ったままでいた。それから肩を真っ直ぐ上下に動かすと、またしばらく身じろぎもせずに立ったままの状態を続け、それから片手を差し出した。その手にキャサリンは唇を当てた。


蜂蜜で甘くしシナモンで風味を付けた練り粉で作られたある菓子、というか小さなケーキが、キャサリン・ハワードの大好物となった。ある日、王が両手にこの菓子の箱を携えて娘のメアリーを訪ねてきたときに、キャサリンは初めてその菓子を味わった。王はイタリアのユダヤ人からこれを買ったトマス・クロムウェルの受け取った領収書も持っていた。メアリーは父親にひどく不満を抱いていたので、片膝を床に着けんばかりにしてこの菓子を父親の手から受け取ると、自分の生まれはこんな高貴なごちそうを食べるには適さないと言って、それを書き物台の棚の上に置いたままにしておいた。深いため息をつき、王は王女の本をちらっと眺め、あまり勉強しすぎて目を傷めないようにしなさいと言った。代わりにキャサリン嬢に読み書きしてもらうように、と。

「あの女のほうがわたしよりずっと目を必要とするでしょうよ」メアリーが熱のない声で答えた。

「おまえに目を傷めて欲しくないのだ」と王が厳しく言うと、王女が言い返した。

「わたしの目は国王陛下です」

王は肩をゆっくりと動かして苛立ちを示し、キャサリンのほうを振り向くと、もう一度幸福の島々のことを話し始めた。その日、王は黒い毛皮の服を全身にまとっていたので、その顔は緋色の服を着ていたときほどには蒼ざめてみえなかった。突然、キャサリンの頭に、王はとても哀れな、何もできない男で、スロックモートンが言ったように、疑うことしか能のない男だという思いが過ぎった。今、王の脇に、王と自分との間に、王の娘メアリーが――蒼ざめた顔をして、直立不動で、何も言わずに――両手を前に組んで立っていた。父親が彼女を懐柔するためにやって来たというのに、だ。父親は娘に食べてもらおうとお菓子をもってきた。娘をひっぱたいて自分を愛させるという方法もあっただろう。しかし、イングランドのメアリーはナイフの刃のように頑なにそこに立ち尽くしたままだった。愛によっても脅しによっても彼女を動かすことはできなかった。この男は娘に対し罪を犯したのだ。今、王はなだめがたき相手に直面していた。他のことでは王は万能だった。ところが、これはヘラクレスの柱[5]だった。そこでキャサリンは王に対して愛想よくしようと骨折った。その午後のあるとき、王は大きな手をシナモンケーキに伸ばし、一つ口に頬張った。王はじっと座ったまま、大きな顎をゆっくりと動かし、もし自分が大艦隊と多くの兵とともに航海に出たら、平穏な暮らしと純粋な信仰をもつ住民たちの住む落ち着いた地域を見つけること疑いなしだと言った。

「ひょっとしたら見つかるかもしれんぞ」と王は言った。それから深いため息をつき、真剣にキャサリンを見つめ、首のまわりの毛皮に付いた菓子の屑を払いのけた。

「いつか、きっと、陛下はそうした場所を発見なさるでしょう」キャサリンが答えた。「もしもそうした仕事に専心なされば」キャサリンは王のため息が我慢ならなかった。もし望むならば、探求の旅に出発するため、王国と娘を捨てたらいいのだ。さもなければ、今いる場所に留まって、他の仕事に取りかかればよい。

「でも、陛下がそうした場所をウェスタン諸島[6]の彼方に発見するか、このイングランドの領土に隠されているのを発見するかは…」

王が大きく肩をすくめた。迫り上がった肩の上の毛皮がボンネットから下がる羽根を擦るほどの大きな肩のすくみ具合だった。

「よいか。女」王が憂鬱そうに言った。「こういうことをぼんやりと考えながら時を過ごせたら、さぞかし楽しいだろう。だが、わしには妻や子供、親類や縁者がいて、リンゴ酒を造るために腐ったリンゴを詰めておく厄介な籠があるのだ」

王は肘掛に両手を置いて、椅子から身を起こすと、痙攣したかのように両脚を伸ばし、転がるようにしてドアのほうに歩いていった。

「よいか。この件を古書にあたって調べておくのだ」王が言った。「そして、その場所が見つかったら、おまえがわしをそこに連れて行ってくれ」それから王は厳しい口調でメアリー王女に話した。王女はずっと不動のままだった。

「おまえの目はわしの目なのだから、目を傷めぬようおまえに命じる」王が言った。「この女に手伝ってもらいなさい。おまえの十倍も学識があるのだから」しかし、宝石で飾られた杖を取りながら、言い足した。「よいか、娘。おまえはわしの娘だ。わしはおまえの注釈を読んだ。キリスト教圏内の誰にも劣らぬ学識ある男として、わしはおまえの父であることに大いに満足しておる」

「この書き物はわたしが宿した子ですが、陛下はそれが紙のどちら側に書かれているかお気づきでしょうか」

キャサリン・ハワードはため息をついた。というのも、それは、自分は庶子として生まれたのだから、紙の粗い側に書いたというメアリー王女の辛辣な冗談だったからだ。

「ハワード嬢」メアリーがとても年のいった女みたいなニヤニヤ笑いを浮かべてキャサリンに言っ

た。「わたしから多くのものを取り上げて他の女たちに与える父は、今わたしの注釈を取り上げて、あなたに与えるのです。あなたがそれを仕上げてくれれば、わたしは目を傷めずに済むでしょう」

王がドアを閉めて出て行くと、メアリーは部屋を横切って椅子のところに行き、腰を下ろして、石炭が燃えているのをじっと見つめた。キャサリンは跪き、手を差し伸べた。そして、わたしは王女様のしもべです、と言った。しかし、メアリー王女は頑固にも嘆願者に顔を背けたままだった。ただ、彼女の指だけが着ている黒衣を摘み上げた。

「わたしは王女様のしもべです」とキャサリンが言った。「神と聖アントニウス(7)にかけて、王様はわたしにとって何の価値もありません。わたしは王女様のしもべであることを誓います。神と、神の母にかけて、どんな男もわたしにとっては無価値なのです。わたしは王女様のしもべであることを誓います。王女様がわたしに話すよう命じることをわたしは話します。さもなければ黙っているとお誓いします。何であれ、わたしが王女様に仕えること以外のことをするとしたら、神もわたしに仕えること以外のことをしますように！」

「それならば、青黴がおまえの頬の上に生えるまでじっと座っているがいい」メアリーが答えた。

しかし、二日後の午後に、キャサリン・ハワードは女主人が貪欲に顎を動かしているところに出くわした。書き物台の上の箱からは、シナモンケーキの半分がなくなっていた。娘の、黒衣をまとった体全体に怒りの痙攣が走った。目は膨張し、猛烈な怒りに燃えているように見えた。

「もしおまえの首をとることができるなら、神かけて、おまえの首を刎ねてやりたいわ」王女が言った。「ここへいなさい。出て行ってはなりません。扉の錠から手を放しなさい」

突然のすすり泣きがメアリーの体を揺すり、涙がしわの刻まれた青白い頬を伝った。王女は肉もパンも満たすことができない、体をむしばむ恐ろしい飢餓にいつも苦しめられていたので、この寒い春の午後、ただ一人、ケーキとともに取り残されると、贈り主への嫌悪にもかかわらず、この菓子のほうへと少しずつ引き寄せられていったのだった。

「神よ、お助けください」王女がやがて言った。「ユーダルがいなくなり、内緒でわたしに食事をくれていた皿洗いも天然痘にかかってしまいました。わたしはどうやって食べ物を手に入れたらよいのでしょう」

「こうまでわたしに頼むのを控えていらしたとは！」キャサリンが大声をあげた。「何て愚かなのでしょう！」というのも、王の娘であるメアリーは、今、目の前にいる哀れな娘であるにすぎなかった。だが、かつて聖人であり殉教者であった王妃の娘であるが故に、キャサリンはメアリーに仕えることに人生を捧げる心の準備ができていた。

「どんな男であれ女であれ、わたしに仕えてくれることは望みません」メアリーが答えた。「この激しい空腹感に襲われない限りは」

「おまえは一体どうやってわたしを助けてくれるというのです」王女は苛立たしげにスカートを摑んで、自らを落ち着かせた。

「わたしの食事に毒を盛る多くの者がいるのです。実際、母は毒殺されました」メアリーが冷酷に言い放った。

「運んでくる食事をすべてわたしがお毒見いたしましょう」キャサリンが言った。

「おまえが毒に当たったとしても、わたしはまた次の食、さらにまた次の食と食べなければならないのです。誰がわたしを亡き者にしようとしているのかは、おまえも知っているでしょう」

このクロムウェルの存在への示唆で、キャサリンはもっと真剣になった。

「わたし自身の食事を残しておきましょう」キャサリンがあっさりと答えた。

「骨と皮がくっつくまでですか」メアリーがせせら笑った。

「ところで、おまえは信頼できる男を一人知っていますか」

信頼できる唯一の男である従兄がカレーの町にいることは、いつの日も、忘れ難いことだったが、今の質問で、その影はさらに深くキャサリンの上に落ちかかった。

「女なら二人知っています」キャサリンが言った。「わたしの侍女のマーゴットとシセリー・エリオットです」

イングランドのメアリーは長い間じっと思案した。目は深く落ち窪み、灰色で不気味、父親そっくりの目つきだった。

「シセリー・エリオットはわたしのしもべとして知られすぎています」メアリーが言った。「おまえの侍女のマーゴットは大柄な女ね。愛人はいないのですか」

ユーダル先生はパリだった。

「でも、お兄さんがいますわ」キャサリンが言った。「昇進を望んでいる者です」

メアリーが不機嫌に言った。

「それでは、昇進は次にかかっています。彼にとって好機となるかどうかは、神のみぞ知る、ですがね。でも、彼に言ってごらんなさい。あるいはマーゴットに言うように命じなさい…要するに、それは…ちょっとお待ちなさい」

メアリーは蛇のような熱心さと激しさで動いた。素早く、ミルクの大ジョッキが仕舞われた戸棚を開けた。綺麗なペンを取って、キャサリンのほうを向いた。

「この使いに出かける前に」メアリーが言った。「この件では、おまえは反逆者としての死を迎えることになるかもしれないけれど——天国での栄光に与れるかもしれないことを知っておいてもらいたいのです」

「皇后様(8)にお手紙を書かれるのですね」キャサリンが大きな声をあげた。

「わたしが手紙を書く相手は男です」メアリー王女が言った。「それ以上のことを知ったなら、おまえは父の顔をしっかりと見て話すことができなくなってしまうでしょう」

「王女様が父上を倒そうとしているとは信じられません」キャサリンが言った。

「あらまあ、おまえは随分と都合のよい確信癖をもっているようね」メアリーがキャサリンを嘲笑った。「一言で言いなさい。この大逆罪に当たる手紙をおまえは持っていくの、いかないの?」

「神よ、わたしをお助けください」キャサリンが大声をあげた。

「あらまあ、神がおまえをお助けくださいますように」キャサリンの女主人がからかった。「二日前には、おまえはわたしのしもべであり、他の誰のしもべにもならないと誓ったくせに。まだ、動揺しているの。よく考えなさい」

王女は白いペンをミルクに浸し、この液体の輝きが見えるように頭を斜めに傾けたまま、大きな紙に文字を書き始めた。

キャサリンは心のなかで葛藤した。これは国王に対する大逆罪だった――だが、それは彼女にとって取るに足らないことだった。しかし、国王はキャサリンがこの娘のもとに取り戻してあげたい父親でもあった。そして反逆者はキャサリンが仕えると誓い、父親の懐に連れ戻すことを約束した当の娘だった。それでも自分がこの手紙を運ぶとすれば…

「教えてください」キャサリンは紙の上に熱心に屈み込んでいる人物に訊ねた。「この陰謀が仮に炸裂するとすれば、いつ炸裂することになりますか」

「ハワードさん」もう一方の女性が答えた。「おまえの声が聞こえませんでした」

「陰謀が何日もの間炸裂しないならば、王女様の手紙を運んで行こうと言うのです。すぐに炸裂するのなら、わたしは背誓し、もはや王女様のしもべではなくなるでしょう」

「あらまあ、何という挨拶でしょう」キャサリンの女主人が顔をキャサリンのほうに向けた。「おまえの明晰な頭が何という混乱に陥ってしまったのでしょう。わたしの味方の臆病な王たちのことを考えれば、十年はどんな陰謀も炸裂しないでしょうよ。だからどうしたって言うのです」

「それまでには、王女様も父上のもとに戻っておられるかもしれませんね」

イングランドのメアリーは、枯れた声でわっと笑い出した。

「神のお導きで」王女が大声をあげた。「そういうこともあるかもしれません。でも、その前におまえは純潔な娼婦を見つけることができるでしょう」

王女が手紙を書き終わるまでの間、キャサリンは、慈悲の母マリア様がかつてシラクサの人ルキウス(9)の心を入れ替えたように、この娘の憎しみを和らげてくださいますようにと祈った。そうなれば、陰謀も終結し、この手紙が悪い結果を生むことにもならないだろう。

紙を振って乾かした後、メアリーはそれをくしゃくしゃに丸めて玉にした。

「よくお聞き」王女が言った。「もしこれが不成功に終わったとしても、わたしはわずかな危険を冒すだけです。というのも、もしこれが大逆罪だとしても、おまえの知る連中にこのことはすでによく知られているのですから。連中はこの六年間、もしやろうと思えば、何らかの小細工を使って、わたしの首をとることができたでしょう。ですから、このことはわたしにとっては何でもないことです。ですが、おまえにとって――そしておまえの侍女のマーゴットとその兄、この兄の家と父と愛人にとっては――この紙つぶてが不発に終われば、死がその身に降りかかることになるかもしれないのです」

キャサリンが何も答えずにいると女主人が話し続けた。

「さあ、この紙つぶてを持っていって、おまえの侍女のマーゴットに渡し、侍女のマーゴットに兄のネッドのところへ持っていくように命じなさい。兄のネッドは袖のなかにそれを入れて、ハンプトンのへリング・レインにそれを持って歩いていくのです。そこには、このキリスト教国に遣わされている皇帝の大使シャピュイ殿の家があり、そのすぐ近くに、大使の召使たちがよく出入りする料理店があります。その脇を通り過ぎるとき、キャサリンの侍女の兄はドアに手を突っ込み、「いまいましい皇帝派と教皇派に呪いあれ」と叫ぶのです――そして料理人の頭に紙を投げつけます。そうすれば、料理人の親方が戸口に出てきて、償いを求めるでしょう。そこで、マーゴットの兄のネッドは、償いとして、料理人が差し出すごちそうを買うのです。このごちそうをネッドは、良き兄が誰でもそうするように、お腹を空かした妹のもとに届け、妹は自分の部屋に――すなわち、おまえの部屋にそのごちそうを持ち込むのです。そしてその晩」とメアリーが言葉を結んだ。「今は亡くなっているが、未だ愛されている作家たちのことをおまえと話すために、わたしはおまえの部屋に行くでしょう。今言ったことを記憶しましたか。もう一度言いましょう」

Ⅲ章

しかし、こうしてまったく自分の意志に反して、キャサリン・ハワードは陰謀に加担することになった。そのことが彼女を沈ませ、老けさせ、ある種の美徳を手放してしまったような気持ちにした。一週間に一日、娘の肘掛け椅子でのんびりするためにやって来る王と話すとき、前のように冷静に王と話すのが困難になっていた。何の恥辱も感じないことを恥ずかしく思った。というのも、その間ずっと、こうした手紙が王の知らないところで交わされていたからだった。一度、王はリンカンシャー州の故郷では人々はどうやって塀に梨の木を打ちつけるのか、とキャサリンに話しかけた。

「庭師がよく言っていました…」キャサリンは言い始めた。くしゃくしゃに丸めた紙つぶてに視線を注ぎながら。それはテーブルの上に置かれていて、リンゴに似ていると思うと、頭が混乱した。

「よく言っていました…よく言っていました」キャサリンは言いよどんだ。

王は、大きな頭部に付いた目を丸くし、探るような目つきでキャサリンを見た。

「もう遅すぎる、と」キャサリンが言い終えた。

「何に遅すぎるというのかね？」王が訊ねた。

「木を反らせるのに遅すぎるということでございます」そう答えると、いっぺんに極度の緊張が解けた。「春の季節には祝福された太陽を迎えるために液体が上にのぼっていくからでございます」

「ああ、何と賢い女であることか」王が半ば本気で言った。「おまえみたいに、わしにも、こんな良き助言者がいてくれたら、と思うぞ」王は娘に話していた。

そして助言など必要としない自分の立場を思い出して、少しの間顔をしかめた。

「よいか」王がキャサリンに言った。「おまえは学識ある女性らしく、多くのことについて賢明に話した。今度はわしが男の案件、王の案件である神の言葉について語って聞かせよう。二週間後の今日、わしは私室に異端者のバーンズ博士を連れてくることになっておる。もしおまえたちが望むなら、わしが立派な教義で博士を論破するのを聞かせてやろう」

王は重々しげに両の眉を吊り上げ、まずはメアリー王女を見た。

「おまえに真の教義の言葉を聞かせてやろう」

それからキャサリンに向かって「わしが議論をうまく成し遂げられそうか、おまえの考えを聞かせてもらいたい。奴は一ヤードもある舌を振り動かすこの上なく頑強な悪党だからな」

キャサリンは従順な沈黙を守った。メアリー王女は手を前に組んで立っていた。突然、王がキャサリンに重々しく微笑んだ。

「わしは歳をとりすぎて、この世の学問においては、到底おまえに敵わない。おまえの舌は生気をなくしたわしの舌を凌駕してしまった…だが、別の種類の話でわしが言うことを聞いてくれ」

「望むところです」キャサリンが答えた。

「従って」と王は結論づけた。「メアリー、おまえとおまえの侍女たちは皆、ここからハンプトンのわしの邸に住居を移してもらいたい。ここは古くて暗いところだ。向こうではもっと良い待遇を受けられるようにしてやろう」

王は椅子の背もたれに寄りかかり、自分が娘に示した心配りに満足した様子だった。キャサリンは滑らかなむき出しの床をスルスルと余念なく動いて行き、手に紙つぶてを取った。王の目は彼女の後を追った。重たげに首を回して、彼女の動きを追い、巨体のその他の部分は少しも動かさなかった。王は昨夜よく眠れ、また楽しい会話が稀である一家のなかにあって心地よく会話を交したことで、爽快な気分になっていた。メアリー王女は辛辣な発言を控えていた。というのも、王女の視線も紙つぶてに注がれていたからだった。キャサリンが去ると、王も長居することはなかった。

キャサリンは興奮し、困惑し、楽しんだ――実際、この数日間、キャサリンはこうした手紙の受け渡しのことばかり考えていたのだった。その点、紙を侍女のマーゴットに渡し、マーゴットに指示を出すのは簡単なことだった。だが、マーゴットがどんな方法を使って緋色の服を着た若者の兄を説得し、その紙つぶてを持って行かせて料理売店に投げ入れさせるか、キャサリンにはよく分かっていた。ポインズ青年は昇進することばかり考えていたので、快活でしっかり者で無邪気な顔をしたマーゴットは兄の前に立って言うだろうと思った。「昇進の機会が訪れたのよ…」もしこうした信書を密かに届けることができるならば、と。

「だって兄さん」マーゴットは言った。「こうした偉い人たちは大きな報酬を与えてくれるわ――信書はとても偉い人たちの間で交されるものなの。わたしがその人たちの名前を言わないのは、兄さんが普通の人たちより洞察力に優れていると思うからよ」

そこで、ポインズ青年は、被っているボンネットをさらに気取って斜めに被り、川をのぼってハンプトンに向かい、緋色の服をグレーの上着とピューリタンの長靴下に改め、暗闇のなかで非常に見事に使いを果たした。彼は大きな袋を持ち歩き、料理人が売ったラード入り鶏肉と丸パンをそのなかに入れた。その後、彼は袋を紐で巻いて、川沿いの葦の小道を辿り、急ぎアイルワースに下り、塀の下の暗がりから、キャサリン・ハワードの開いた窓のなかに紐で巻いた袋を投げ込んだ。メアリー王女の宮廷がハンプトンに移るまで、数回このことが行われた。最初、キャサリンは体が震えるのを堪えなければならなかった。毎晩、ドスン、ヒューと音がして、袋が暗闇のなかから飛んできて、猛スピードで床を横切るときになってはじめて、キャサリンの心臓はドキドキと激しく鼓動を打つのを止めるのだった。手紙が手元を離れている間、彼女は獲物を狙う臆病な狩人のように、抜き足差し足で歩き回った。それにもかかわらず、これが危険なゲームであるとは信じられなかった。ケーキやスカーフのような賄賂を使って娘の愛を得ようと不器用な努力を重ねている、でっぷりとした、疑うことを知らない、善良な男が、紙つぶてを一つ、ある場所から別の場所に運んだからといって、自分のことを死刑に処すよう激して命じるとは、信じられなかった。それはむしろ後ろ手に指輪を渡していき、もし指輪が見つかったら、罰としてキスが求められるゲームのように思えた。にもかかわらず、これは大逆罪に当たる重罪だった。それでも、これは聖人たちのいとしい大義を推し進めるものだった。

国王が異端者バーンズ博士――またの名をアントニウス・アングリカーヌス(1)という――の尋問を行ったのは、伯父のノーフォークがキャサリンを呼び出した日だった。メアリー王女とキャサリンと、キャサリンの侍女のマーゴットは、壁の窪みに王の聴罪師が用いる小窓がある小さな部屋に入れられた。王の私室を通ったとき、そこには誰もおらず、彼女たちは間のドアを少し開けたままにしておいた。急に声が聞こえ、ウィンチェスターの司教が小部屋に入ってきた。彼女たちを見ると、黒い眉を吊り上げて、満足げに華奢な両手をこすり合わせた。

「さあ、わたしたちはクラモックの子分がやり込められるのを聴くことができますぞ」司教が囁いた。司教は彼女たちに耳をそばだてるようにと一本指を立て、ドアの隙間を睨みつけた。皆に、犬が吠えたてるような厳しい声が発せられるのがはっきりと聞こえた。

「さあ、賢き博士殿、そなたはポールズ・クロスで言葉を語ったであろう。その言葉は義認に触れたものであったな。さあ、今それをわしに対して正当化してみせよ」咳払いする男の声が聞こえた。

それから、また厳しい男の声がして――

「だめだ、目を伏せるでない。博士同士の話し合いのときのように話すのだ。明らかに、そなたは学識豊かだ。そなたの学識をみせてくれ。ポールズ・クロスでは勇敢だったであろう。さあ、納得のいく説明をしてみせよ」

ドアの隙間を睨んでいたガードナーが振り返り、三人の女性たちにニヤッと笑いかけた。

「あの男はポールズ・クロスでわたしに腹を立て」司教が言った。「まるで麦打ち場であるかのように、わたしを殴りつけたのです」皆は博士の声を聞き逃したが、再び王の言葉が聞こえた。

「いや、それは馬鹿げた話だ。わしは最高首長だが、おまえに話すことを命じる」

皆が次の言葉を聞き取るまで、長い沈黙があった。

「陛下、わたしは学問において陛下に服従いたします」その言葉が発せられると、実際、大きな怒鳴り声が響いた。

「不心得な悪党め、神以外の誰にも服従してはならんのだ。神はおまえの上にあるのと同様にわしの上にあるのだ。神以外の誰にも服従してはならん」

再び長い沈黙があり、それからまた王の声がした。

「さあ、出て行け。臆病者として牢獄に行くがよい…」その後には、腹立たしげな呟き声と鈍いドスンという音とその他の雑音が続いた。

王のボンネットが床に転がっていた。皆がドアを開けたとき、王だけが重い足取りで部屋のなかを歩いていた。顔は怒りで真っ赤だった。

「ああ、あのクロムウェルという人物、何と悪魔のように残酷な人なのでしょう」とメアリー王女が言った。しかし、ウィンチェスターの司教は笑っていた。司教は小部屋からマーゴット・ポインズを押し出し、キャサリン・ハワードの腕をしっかりと捕らえた。

「あなたは伯父上から頼まれたものを書くのです」司教が低い声で命じた。「もしいやと言えば、あなたの従兄は牢獄行きですぞ。あなたがわたしに宛てた手紙があるのですからな」

暗黒の絶望がしばしキャサリンを捉えたが、王が彼女の前に立っていた。王は部屋の反対側から、音もなく素早く近づいて来ていた。

「わしが議論するのを聞けなかっただろう」王は肥満児が腹を立てているような調子で言った。「あのくそったれの悪党がわしを出し抜きおったのだ」

「ええ」メアリー王女が王に向けてニヤニヤと笑った。「醸造家の息子は陛下の手には負えませんわ」

ヘンリーは王女に向かって怒鳴り散らした。しかし、王女は手を前に組み、こう言った。

「陛下を教会の首長にしたのは醸造家の息子です。そうやって、醸造家の息子は陛下の舌を縛ってしまったのです。というのも、誰が陛下と議論できるというのでしょう」

王はしばし困惑した表情で娘を見た。

「確かに」と王が言った。

「醸造家の息子が、陛下を、教会のドアを訪ねるもっとも身分低き嘆願者に変えてしまえばよかったのですわ。そうすれば、傍で観ている者たちを驚かそうと陛下が議論する気になれば、絶えず好敵手が見つかったでしょうに」

　王女の言葉の辛辣な皮肉はキャサリン・ハワードを怒らせた。この哀れな鈍重な男は、女にいじめられずとも、さらにたくさんの不安の種をもっているのだ。しかし、皮肉は王には通じなかった。王はただ単にこう言った。

「ああ、それは確かだ。わしがかしらであるならば、しっぽはわしと議論するのを恐れるであろう」王は再びキャサリンに話しかけた。「わしが議論するのを聞かせられず済まなかった。わしは精魂込めた議論をするのがとてもうまいのだが」王は思いにふけっているかのような様子でウィンチェスターを見て言った。「友たるウィンチェスター、いつかわしは精魂込めてそなたと議論し、それをキャットに聞かせよう。そなたはあまり弁舌に優れておらぬようだが、な」

「いいえ、わたしは王璽尚書の部下たちよりも舌が回ります」司教が言った。そしてどこまで大胆になって良いか推し量っているかのように、上目遣いにヘンリーを見た。

「メアリー王女様は正しいことを仰せです」司教が危険を冒して言った。

　キャサリンに言うことを考えていた王が「何だと」と言い、ガードナーがさらに危険を冒して言った。

「あの男が沈黙を守ったのは、確かにクロムウェルがそう命じたからだと存じます。あの男は王璽尚書の操り人形です。クロムウェルは無事にこの件から逃れようとしているのです」

　王が熱心に耳を傾けた。

「結局、王璽尚書が償いをしなければならないのは、わたしに対してなのです」ガードナーが深い恨みを込めて言った。「ポールズ・クロスであの男が、クロムウェルの命令によって汚い言葉を吐いたのは、わたしに向かってのことだったのですから」

王が言った。

「ああ、そなたが教義において王璽尚書より健全であることは確かだ。そなたの望みは何だ」

ガードナーは全世界を抱擁したがっているかのような大仰な仕草をした。

キャサリン・ハワードは身を震わせた。クロムウェルの敵三人が今ここに居合わせていた。三人のそばにいるのは、恩恵を施そうという気分になっている王だけだった。そこでキャサリンは今にも叫び出しそうになった。

「わたしたちにクロムウェルの首をお与えください」

しかし、このまさに好機に、ガードナーは口ごもった。暗黒の嫌悪をもってしても彼を大胆にすることはできなかった。

「王璽尚書は、あの悪党が吐いた汚い言葉に対し、公の場でわたしに償いをすべきです。あの二人はわたしに許しを求めるべきです。二人がどんなに人の世の礼儀を無視したか、世間に知らしめるべきです」

「あい分かった、司教殿。そうしてつかわそう」王が言った。キャサリンが不平の声をあげた。大きな暖炉の傍らで、少年の姿をした二つの人形が十五分ごとに出てくる時計が正時を打った。

「おお」王がキャサリンに思いを述べた。「もっと楽しいひとときにしたかったのだがな。これでわしがどんな生活をしているかが分かっただろう。これからまた、いまいましい議会に出なければならん」

「もしもわたしが陛下だったなら」キャサリンが大きな声で言った。「楽しみを邪魔する人たちには報復をしてやりますわ」

王はやさしくキャサリンの頬に触れた。

「いとしい人」王が言った。「もしおまえがわしだったなら、おまえは大きな事を成し遂げるだろう」そう言うと、重々しく、山が左右に揺れるかのようにドアのほうに向かった。そして掛け金に手をかけながら、肩越しに大声で言った。「だが、わしが議論するのは別の機会に聞かせてやろう」

「この朝を何という朝にしてしまわれたのです」キャサリンが司教に噛みついた。メアリー王女は耳に達するほどに大きく肩をすくめ、顔をそむけた。ガードナーが言った——

「何ですと」

「ああ、司教様はよくご存知のはずです」キャサリンが言った。「猊下《げいか》はもう少しでクロムウェルを失墜させるところまで来ていたのですよ」

司教の目がキラリと光り、彼は苦い喜びをもって唾を飲み込んだ。

「わたしは足元にクロムウェルを平伏させることができたのです」司教が言った。「公の場で償いをしてもらうことになりましょう。あなたも王様がそう仰せられたのを聞いたでしょう」

ガードナーは水から上がったばかりの犬のように身を震わせた。

「ハワードのお嬢さん」司教が言った。「あなたは大変に気高いかただ。陛下があなたの耳に入れるためにあの言葉すべてを語ったことに気づいたはずです。陛下の情熱は言葉や羞恥を超えていましたぞ」

メアリー王女はほとんど部屋の外に出ていたので、司教はひそひそ話ができる位にキャサリンに近寄った。

「しかし陛下の情熱が、その感情の裏返しである嫉妬を超えていないことはよく覚えておきなさい。あなたにはカレーにいる従兄が…」

キャサリンは司教のもとを離れた。

「まあ、神様の御慈悲がありますように、司教様」キャサリンが言った。「それを知っているのは司教様だけだとお思いですか」

司教は非常に立腹しながらも、朗々たる笑い声をあげた。

「だが、わたしは自分の知識をどう使ったらよいかを一番よく知っている男です。従って、あなたはわたしの意志に従わねばなりません」

キャサリンは司教に笑い返した。

「猊下の意志がわたしの意志と一致しているところでは、そういたしましょう」キャサリンが言っ(2)た。「ですが、猊下の脅しにはほとほとうんざりしてしまいました。司教様はアルテミドロスの言葉をご存知ですか」

　ガードナーは怒りを抑えた。

「あなたはわたしたちが書くように求めた手紙を書く気があるのですか」

　キャサリンは再び笑い、にこやかに、麗しく、頬を染めて司教に面と向かった。

「司教様のお求めが、この国に戦争を仕掛けるのを思いとどまるようフランス王と神聖ローマ帝国皇帝にお願いする手紙を書けということである限りは、その手紙を書きましょう。ですが、それが猊下とスロックモートンと呼ばれる悪党の陰謀を進める手助けとなるのでしたら、その手紙を書かなければならないことをわたしは非常に残念に思います」

　司教は後に下がり、言葉を発した。

「ハワードのお嬢さん。あなたはなんとも生意気な小娘だ」

「ああ、神様の御慈悲がありますように、司教様」キャサリンが言った。「尊敬する理由のないところでは、わたしは尊敬を見せません。ご覧の通り、わたしは狼たちのなかにおられる陛下と仲良くしています。その王様の苦労を省くための手紙をしたためてくださるよう王女様にお願いいたしましょう。ですが、司教様が従兄を使ってわたしを脅したり、わたしを使って従兄を脅したりなさるならば、司教様であれ誰であれ、わたしは王様と仲が好いのを利用して、そのかたに歯向かうことになりましょう」

　ガードナーは喉に唾を飲み込み、目を瞬かせ、呟いた。

「まあ、わたしたちが望むことをやってくれさえすれば、どんな気持ちでやってもらおうと構わんのです」

「わたしの通り道に足を踏み入れない限り、猊下もわたしの伯父もスロックモートンも、わたしの残したものを拾ってくださってよいのです」キャサリンが言った。「わたしが残すものは大半となるでしょう。というのも、わたしが自分のために求めるものはほとんどないのですから」

ガードナーはメアリー王女のあとに付いて出て行くキャサリンに、司教としての祝福を与えた。

キャサリンの心は決まった。突然に決まったことは自覚していたが、もともと懐疑に時間をかける人間ではなかった。これらの男たちが彼らの陰謀から自分をはずしておいてくれることを願っていた——だが、四人の男たちのほうが一人の女より強かった。しかし、彼女の哲学では、女は道具にされても、手のなかで撓って、結局自分の望みを遂げてしまうものだった。それ故に、彼女も陰謀を企まなければならなかったのだが、それは男たちと一緒のものであってはならなかった。

できるだけ早く、メアリー王女が一人のところを見つけ、王女の黒ずくめの硬直した姿に豪胆に向かい、一気に話した。

「海外にいるご友人がたに手紙を書いていただきたいのです。クロムウェルが万一倒れることがあっても、今は英国王に手出しすることは控えてもらわなければなりません。集団を縮小し、軍事強化を止め、仲間同士で争っている振りさえしてもらわなければなりません。さもなければ、英国王はクレーブズとの同盟を強め、皆様方と対抗するための力を持とうとするでしょう」

メアリー王女は眉を吊り上げて傲慢な驚きを示したが、それは王の仕草そのままであった。

「おまえは王に愛情を感じているのね」王女が言った。「随分と凝った計画だこと」

キャサリンは王女の言葉を遮って言った。

「誰が何を愛そうが、大した問題ではありません。重要なのは、王璽尚書を倒すことです」

「カルタゴは滅ぶべきである、おお、カトーよ」メアリー王女がせせら笑った。「おまえはまったく有無を言わさぬ人間だね」

「わたしは神がお造りになったままのわたしなのです」キャサリンが答えた。「わたしは神の教会を支持します…」キャサリンはじれったさに激しく身もだえした。「ここに為すべきことがあるというのに、一方と他方が異なる目的のほうを向いて、犬のようにいがみ合っているのです」

「あら、あら」メアリー王女が笑った。

「ハワード家の人間は、誰にも引けをとりません」キャサリンが言った。彼女の純真な顔が紅潮し、彼女は手を喉元に当てた。「神様、お助けください。確かにわたしは王女様に忠誠を尽くすと誓いました。ですが、正義と真実のために働いていただくようご主人様を導くこともまた忠実な侍女の勤めだと思うのです」

邪な悪意が王女の顔を覆った。

「わたしは私生児と呼ばれてきました」王女が言った。「母は殺されたのです」

「まともな人は誰も王女様が私生児などとは信じません」キャサリンが激して言った。

「あら、そんなふうに話すと大逆罪を宣告されますよ」メアリー王女がせせら笑った。

「ですが、あなたの聖人のような母上を生き返らせることもできませんわ」キャサリンは王女の言葉を無視した。「しかし、こうした行為はあなたの父上のものではなかったのです。悪人があなたの父上にそれを強いたのです。聖人たちが王女様にやさしくして下さいますように！　償いをしようとしている哀れな男を許して差しあげるときではないでしょうか。わたしは王女様にこの手紙を書いていただきたいのです」

メアリー王女の唇がねじ曲がり、苦悶に満ちた微笑みを湛えた。

「おまえはおまえの愛する人の大義を随分と懸命に弁護するのですね」メアリー王女が言った。

キャサリンが再び苛立たしげな仕草をした。

「わたしは王女様の大義をさらに懸命に弁護いたします」キャサリンが言った。「あの男がいったん倒れれば、あなたが私生児だという主張は覆されるでしょう」

「そんなことは求めません」メアリー王女が言った。

「ですが、わたしは王女様に、この地に平和を与えていただきたいのです。王様がこれまで不当に扱ってきた多くの者たちに償いをすることができますように。王女様は王様の心が神の教会のほうに傾いてきていることにお気づきになりませんか。本当に、お気づきになりませんか…」

「よい住処を与えてくれて、おまえに感謝しなければならないことはよく分かっています」メアリーが答えた。「父が、もしおまえとゆっくり談話したいと熱望しなかったら、アイルワースの井戸からわたしを連れ出すこともなかったでしょうからね」

　キャサリンの唇が、激しい怒りで上下に開いた。しかし、口が利けるようになる前に、辛辣な王女が平然とこう言った。

「ああ、おまえを父の愛人だと言っているのではないのですよ。父のことは分かっています。父の血は煮えたぎってはいません――ただ、耳をくすぐって欲しいのです。できるときにくすぐっておあげなさい。わたしがそれを妨げたことがあったかしら？　父が来たときに、おまえを部屋から追い払ったことがありましたか」

　キャサリンは額にかかった紫色のフードを後ろへ払い除け、手で額を拭い、気持ちを落ち着けた。

「それはふざけた言い草です」キャサリンが言った。「一言で言ってください。王女様は手紙を書いて下さるのですか」

「それでは二言で」メアリーが答えた。「どうでもいいことです」

　キャサリンの緑の目の上のよく動く眉が、硬い直線を描いた。

「もしそうしてくださらなかったら」キャサリンは切り出した。「わたしは王女様に仕えるのを辞めようと思います。父のいるカレーに行ってしまいます」

「あら、そんなことできっこないわ」メアリー王女が言った。「おまえはここでの生活に味を占めてしまったのですから」

キャサリンはしばらく頭を垂れて瞑想した。

「いいえ、神かけて」キャサリンは真剣に言った。「王女様はわたしを誤解しています。わたしは王女様が思っているような女ではありません。わたしは自分のためを求めません」

メアリー王女は眉を吊り上げて、皮肉なクスクス笑いを浮かべた。

「ですが、このことには自信があります」キャサリンが言った。まるで嘆願するかのように真剣に話した。「わたしは自分が利己主義者になってしまったと思ったなら、アレクトリュオーン[3]を雄鶏に変えたマルス[4]と、アラクネー[5]を蜘蛛に変えたパラス・アテーナー[6]にかけて、そんなにも変わってしまったとしたら、わたしはこの地から立ち去ることにいたします。しかし、ここには、わたしができるかもしれないことがあるのです。わたしがそれを行うのを王女様が助けて下さるなら、わたしはここに留まります。王女様にその気がないならば、わたしは立ち去ることにいたします」

「立派な侍女よ」メアリーが答えた。「仲直りのために、おまえの言葉にうそ偽りはないと言いましょう…ですが、わたしもおまえが誓った神々とは違った神々に誓ったのです。父の大義の助けや元気づけや救いとなるようなことは決してしないということを」

「あなたの誓いを撤回してください」キャサリンが大声をあげた。

「おまえのために、ですか」メアリーが言った。「確かに、おまえは、わたしに食べ物を運んでくれました。手紙の件でわたしの役に立ってくれました。こんなふうに仕えてくれる別の者を見つけるのは大変なことでしょう。ですが、マルスやパラスや他の神々の集まりにかけて、誓いを撤回するくらいなら、おまえを地獄の炎に突き落としてやるわ」

「まあ、狂気の沙汰ですわ」キャサリンが大きな声をあげた。「そんな狂乱は神々が滅ぼす者たちのものです」もうすでに三度、キャサリンは怒りを抑えていた。今度は、痛ましい絶望を示すいつもの仕草で両手を差し伸べた。両眼はまっすぐに前を見据え、膝を曲げると、灰色のドレスの襞が彼女のまわりの床の上で撓んだ。

「今、わたしが王女様に嘆願しますと、王女様は王様を愛していると言ってわたしを嘲りました。今、わたしが王女様に対して真剣に訴えますと、王女様はわたしを馬鹿になさいました。ああ、神様、何ということでしょう！」キャサリンは声を詰まらせてすすり泣いた。「ここには、神がこの国に与えた安らぎと平和と祝福があります。ここには、神の母と天の軍勢に返還が約束された国があります。わたしたちは過てる王を正しい道に、罪深き男を神の御許に連れ戻すことができるかもしれないのです。それなのに、王女様はご自身の誤った一連の行動のために…」

「口を慎みなさい」メアリーが怒りとも皮肉ともつかない調子で言った。「愚にもつかないことです。手紙は書いても構いません。そのうえに口づけなさい」

キャサリンは未だ激情に身を震わせていたが、メアリーが冷淡に言った。

「手紙は書いても構いません。でも、おまえが書くのです。わたしは王に安らぎを与える何事もしないと誓ったのですから」

「でも、わたしの筆跡では…」キャサリンが言い出した。

「おまえが書くのです」メアリーはキャサリンの言葉を厳しく遮った。「クロムウェルが倒れる間、王を心安らかにしておこうというのなら、わたしはおまえに同調することはできません。この王はとてもいいかげんなことを言う男ですから、あの悪党が背後についていなかったなら、わたしは十年前に彼を殺したでしょう。ですから、おまえが書くのです。わたしはその言葉に連署しましょう」

「それは王女様ご自身が書いたことと同じになりましょう」キャサリンが言った。

「立派な侍女よ」メアリー王女が言った。「わたしはおまえの奴隷です。手に入るものは何でも受け取りなさい」

その翌日の六時近く、ポインズ青年がキャサリン・ハワードの窓によじ登ってなかに入り、蒼白な顔色で、雨水を滴らせ、歯をガタガタさせながら、シセリー・エリオットと老騎士との間に立った。

「手紙が」青年が言った。「手紙が奴らに取られてしまった。僕の昇進もこれでお終いだ」そして床に倒れた。

その午後、ハンプトン通りを颯爽と歩いて行くとき、青年の頭は昇進のことで一杯だった。雨の流れが川の向こう側のコリヤナギを隠し、青年の靴紐の上から泥を染み込ませた。神聖ローマ帝国皇帝の大使が宿泊する背の高い白黒の家は、モダンな設計で、小道に覆いかぶさり、樋から出る水は、通行人の頭の上で橋を作り、直に川のなかに流れ落ちていた。水のなかにいわばその脚が浸かった小さな料理店は、この大きな家の影に埋もれるようにして立つ小さな小屋だった。シャピュイの下男や食客や槍兵がよくそこを使っていた。というのも、料理人はフランドル人で、ウナギの煮込み料理に腕前を発揮していたからだった。

ネッド・ポインズは使いをするのに大使の家の前を通らなければならなかったが、そこの暗いアーチ門の下には、足まで達する長い灰色の外套を着た四人の男たちが、身を隠すようにして立っていた。男たちは、屋形船の船着場に通じる煉瓦を敷いた土手道を慎重に踏みしめながらやって来て、青年の前に立った。三人は一緒に一列に並び、一人は少し脇に離れて。青年には、彼らの姿はほとんど目に入らなかった。考え事をしていたのだ。「今日の午後、僕は妹のマーゴットに言ってやるんだ。『もう十五通もの手紙をお偉方のために運んだんだぞ。それも秘密裡に、素早く。これでもう、僕の旗持ち昇進は間違いなしだ』」青年は妹が焦らないで、と懇願し、自分がそれに対し地団太踏んで、さあ、すぐに昇進させてもらおうと攻め立てるところを心に思い描いていた。

四人の男たちのうち一人離れて立っていた男が、青年の行く手を阻んで言った。

「これ以上先には行かせない。俺たちと一緒に戻るんだ」

ポインズはマントを肩越しに払い、剣の柄に触れた。

「邪魔立てすると、首を叩き切るぞ」青年が言った。

相手は鼻まで覆った外套を緩めた。嘲るような口、長く赤い顎鬚が顕わになり、顎鬚は強い突風に煽られて脇を向いた。胸には王璽尚書のライオンの徽章が付けられていた。

「もし来ないなら、無理やり連れていくまでだ」その男が言った。

「ニック・スロックモートン」ポインズが答えた。「おまえの喉を裂いてやる。こっちの使いのほうがおまえの使いより重要なのだ」

国王陛下への手紙を携えているという思いが青年の気を強くした。他の三人がすぐさま青年を押さえつけ、湿った外套が青年の頭に被せられた。その目に再び川とぬかるんだ小道が見えたときにはもう、青年の両肘は背中で拘束されていた。スロックモートンが小馬鹿にしたようにニヤッと笑い、一行は泥濘を通って、青年を引っ立てていった。雨は降りしきり、外套はなくなっていた。そうなると、大きな恐怖が青年の単純な心を捉えた。そして彼の頭のなかを駆け巡り続けた。

「王様への手紙を運んでいたのに。王様への手紙を運んでいたのに！」しかし、頭が混乱し、それ以上何も考えられないうちに、青年は王璽尚書自身の部屋のなかに解き放たれた。一行による扱いが非常に手荒かったので、青年はよろめきつつ壁際に後ずさりした。息を切らし、怒りと恐怖のために涙を流しながら。

王璽尚書は暖炉の前に立っていた。少し目を上げたが、まったく何も言わなかった。スロックモートンは首のまわりの鎖から短剣を取り出し、青年の腰帯から袋を切り取った。まだ小馬鹿にしたように微笑みながら、王璽尚書のふっくらした手のなかにその袋を渡した。

「このなかに重大な密書がございます」スロックモートンが言った。「シャピュイのまさに門前で捉えたものにございます」

王璽尚書はハッとして、「ああ」と声をあげた。青年は話そうとしたが、恐くて声をあげることさえできなかった。目は顔から飛び出さんばかりで、息は体を揺るがすほどに激しく吐き出された。王璽尚書は暖炉のそばの大きな椅子に腰を下ろし、少しの間、思案した。それから、ゆっくりと、くしゃくしゃに丸められた紙つぶてを引っぱり出した。これでようやくメアリー王女を完全に手中に置くことができた。これでようやく、土壇場で、王に自分の寝ずの番と権力を、この国の安全への自分の必要性を示す新たな機会を得たのだ。彼は望みを失い始めていた。ウィンチェスターがこの夜、王の告解を聞くことになっていた。これでこの二人を抑えられる…

「随分と骨を折りました」スロックモートンが言った。「メアリー王女には、天井の薔薇の脇に覗き穴のある部屋に入っていただいておりました。そこで、この手紙を書くところを見ることができたのでございます」

クロムウェルは「そうか」と言い、紙を広げて、膝の上で平らに均し、熱心に眺めた。それから、その紙を暖炉に近づけた。どんな白紙も王璽尚書を悩ませはしなかった。せいぜいこれは子供のいたずらだった。

暖かさのなかで、紙の上にかすかな線が浮かび上がった。線は王璽尚書の熱心な眼差しの下でますます濃さを増していった。背後では、大きな顎鬚を生やし冷笑的な目をしたスロックモートンが手を擦り合わせ、微笑んでいた。王璽尚書は、指の震えを除けば、何の素振りも見せなかった。

突然、王璽尚書が大きな声をあげた。「何だ、これは！」それから「女二人ともだ！　二人とも…」と。王璽尚書は椅子に座り込んだ。突然顔を震わせ深く息を吸って、大きな喜びを表した。「我が心の神よ！　女二人ともですぞ！」王璽尚書が再び言った。

雨が開き窓にパラパラと大きな音を立てて当たっていた。まだ早い時間だったが、すでに暗くなりかかっていた。クロムウェルは突然きちんと座り直すと、青年を指差した。

「このネズミを連れて行け。足かせに繋いでから、戻って参れ」

スロックモートンは震える青年の耳を引っぱって、ドアの外に連れ出した。カーテンの後ろに開いた小さな階段を、青年を連れて下りて行った。階段の麓まで来ると、小さな重い扉を開けた。スロックモートンはまだ握っていた短剣で、ポインズの両肘を結んでいる綱を切った。突然素早く行動し、かつ悪意あるニヤニヤ笑いを浮かべて、スロックモートンはポインズを乱暴に蹴り出した。

「さっさとおまえの女主人のもとへ帰るがいい」スロックモートンが言った。

ポインズは少しの間、よろめきながら立っていた。庭園の泥のなかで惨めにも足を滑らせたが、突然駆け出した。青年の灰色の、極度に緊張した姿は、薄暗い建物の端をまわって消えて行った。するとスロックモートンは灰色の空に向かって手を振り、音もなく笑った。王璽尚書のスパイが顎鬚に雨粒を光らせて再び部屋に入って行くと、雇い主は銘板にメモを取っていた。

「これはおまえのためのメモだ」クロムウェルが言った。クロムウェルは機敏に元気よく立ち上がった。「おまえに五つの農場を与えよう。これから王のところに行ってくる」

スロックモートンが穏やかに話した。

「ご主人様は気が逸りすぎておいでです」スロックモートンが言った。「国王陛下のところに行くには早すぎます。まだもっとたくさんのことが見つかるかもしれません」

「今でも遅すぎるのだ」クロムウェルが言った。

「ご主人様」スロックモートンが説得した。「王がこの女に好意を寄せていることをお考えください。この手紙には何も大逆罪に当たることが書かれていないことをお考えください。むしろ王の敵どもに平和を説いているのです」

「ああ」クロムウェルが言った。「だが、秘密裡に王の敵どもに書かれたものだ」

「確かにそれは大逆罪にございます」スロックモートンが言った。「ですが、メアリー王女がもっとはるかに忌まわしい手紙を書いたことは極めて確実です。牢獄に入れた青年を詰問することで、いや、キャサリン嬢を投獄することで――そうだ、親指締めで拷問してはいかがでしょう――牢獄と親指締めで、あの女からまた別の告白を引き出せましょう。それから、国王陛下のもとへ行かれるのでもよろしいのではありませんか」

「ニック・スロックモートン」クロムウェルが言った。「ウィンチェスターが今夜王の相談相手をすることになっているのだ…」

「ご主人様」スロックモートンが答えた。穏やかな声のなかの震えが熱意を示していた。「わたしの言葉を考慮していただきたいのです。今のところ、王はウィンチェスターの言うことに聞く耳をもっています。ですが、ウィンチェスターがわたしたちの知っての通りの裏切り者であることを明らかにするあの女たちの手紙を手に入れましょう。どうかわたしの言うことを聞いてください…」スロックモートンは口を噤み、ご主人の顔に狡猾な視線を走らせた。「一時間のご猶予を。それとともに、キャサリン嬢を捕らえるための逮捕状をお作りいただきたいのです」

スロックモートンは口を噤み、思案するふうに見えた。

「一時間で、あの女をここに連れて参ります。親指締めを使うことをご許可ください…」

「分かった。だが、ウィンチェスターは」スロックモートンが言った。

「はあ」スロックモートンが自信をもって答えた。「さらに一時間ございます。ウィンチェスターは国王専用の礼拝堂で陛下とご一緒されるでしょう。まず、祈禱が上げられます。それに十分。次いで、あなた様への悪口を言うでしょう。それに十分。ウィンチェスターは臆病ですから、陛下に対しあなた様の首を所望するのに二十分はかかるでしょう。もしそれを所望する勇気があれば、ですが。奴には絶対そんなことはできますまい」

クロムウェルが言った。「それは、それは!」

「これで四十分でございます」スロックモートンが言った。唇を舐め、まるで鳥を摑むかのように注意深く、片手で長い顎鬚を摑んだ。「ですが、この女の体にわたしの意志を行使するのに十分、女の告白を書き留めるのに十分いただきたいのです。それから、ご主人様が正装するのに十分かかるとしても、陛下にウィンチェスターが裏切り者であることを示すのに、まだ十分の時間がございます」

クロムウェルは少しの間、思案した。両唇が神経質に痙攣し、擦れ合った。

「これは重大問題である」王璽尚書が言った。それから口を噤んだ。「もしあの女が告白しなかったら！　王があの女に好意を持っていることは極めて確実だ」

「十分、あの女と同席させてください」スパイが答えた。

クロムウェルが再び思案した。

「充分な自信があるか」王璽尚書が言い、さらに――

「おまえの首をかけるつもりがあるか」

スロックモートンは顎髭をゆっくりと上下に振り動かした。

「おまえの首と顎鬚にかけるか！」クロムウェルが繰り返した。そして小気味よく手を叩いた。

「おまえ自身が求めたことだ。もし失敗したら、そのときは分かっていような」

「ご主人様に迷惑はかけません」スロックモートンが熱心に言った。

「分かるものか」クロムウェルが言った。「わたしは仕えてくれた者を一人として見捨てたことはない。だから、誰一人わたしを裏切らなかった。だが、おまえにはわたしの出す逮捕状なしであの女を捕まえてもらおう」

スロックモートンが頷いた。

「もしあの女の言質を引き出すことができたなら、おまえをイングランドでもっとも裕福な平民にしてやろう」クロムウェルが言った。「だが、わたしはここにはいないことにする。いや、おまえは自分の部屋にあの女を連れて行くのだ。この件では、わたしの姿が見られるのはまずい。そして、もしおまえが失敗したら…」

「ご主人様。わたしはご主人様以上にわたしの成功を確信しております」スロックモートンが王璽尚書に答えた。

「もしおまえが失敗しても、裏切るのはわたしではないからな」クロムウェルが答えた。「さあ、早く行け…」王璽尚書はテーブルの上に置かれたふちなし帽から宝石の付いた徽章を外した。「おまえは本当によくわたしに尽くしてくれた」王璽尚書が言った。「もう二度とおまえの顔を見ることがないときのために、これを受け取ってくれ」

「ああ、わたしの大勝利が見られますとも！」スロックモートンが答えた。

戸口を通って行くとき、スロックモートンは常に倍するほどに身を屈した。

クロムウェルは大きな椅子に腰を下ろした。その視線は部屋に掛かったタペストリーを通してただ虚空を見つめていた。

Ⅳ章

キャサリン・ハワードの部屋に、ずぶ濡れで、灰色の、泥だらけの青年が現われ、居合わせた人たちの前の床に倒れた。シセリー・エリオットが椅子から立ち上がったが、失神直前のならず者を救護する気質など毛頭持ち合わさないシセリーは、青年を横たわるがままにしておいた。ロックフォード老人が両手をあげて、キャサリンに大声で言った。

「また手紙を送ったのかね」

キャサリンは微動だにもせず立っていた。手紙が盗まれたのだ。

話すことも動くこともできなかった。大逆罪を犯し、死刑を免れず、出し抜かれ、誰であれ今手紙をもっている者の奴隷になってしまったことが、ゆっくりと思い出された。そうした事どもが次々と心に浮かぶにつれ、顔からは血の気が失せた。シセリー・エリオットが再び椅子に腰を下ろした。夕闇が垂れ込めるなか、自分をじっと見つめて座っている二人は、友情の世界から身を引き、傍観者になってしまったようにみえた。キャサリンも十分前なら、こんな悪夢は笑い飛ばすことができただろう。手紙が盗まれることなど考えられなかった。あんなにたくさんの手紙が無事に目的地に着いたのだから。ところが、今は……

「誰がわたしの手紙を持っているの?」キャサリンが大声で言った。

何が起ころうとしているのか、誰が打撃を加えようとしているのか、打撃はどこから来るのか、その影響を和らげるためにこれから自分に何ができるのか、どうして彼女に知りえただろう。青年は床板の上で顔を横向きにして、身動きもせず横たわっていた。

「誰? 誰? 誰?」キャサリンが大声をあげた。手を揉み、膝を床につけ、素早く乱暴に青年の首の近くの上着をつかんで揺すった。頭が床板に当たり、青年は再び床の上にぐったりと横になった。身動きもせず、死人のようだった。

暗くなっていく部屋のなかで、シセリー・エリオットがあたりを見回した。すると、室内用の衣類のほこりを払うのに使う羽根製のはたきが戸棚の脇にかかっていた。シセリーはスーッとそこまで歩いて行き、ちょっと跳ね上がってはたきを手に取ると、暖炉のそばに戻った。羽根を石炭のなかに突っ込み、シューシュー、パチパチ音を立てるはたきを手に取ると、両膝を床に着いた状態のキャサリンの目の前に再び立った。

「坊やの顔をはたきましょう」シセリーがクスクスと笑った。

熱した羽根に触れられ、刺激臭に鼻をやられて、青年はくしゃみをし、身動きし、目を開いた。

「誰がわたしの手紙を持っているの?」キャサリンが大声で言った。

青年は驚愕でまぶたをぱっと開いた。だが、キャサリンの顔を見ると、突然目を閉じ、顔を床に向けて横たわった。絶望のせいで、両膝があご先に当たりそうなくらいに痙攣した。短く刈られた黄色い髪の頭は床板の上で前後に揺れ動いた。

「昇進が台無しになってしまった」青年がすすり泣いた。「昇進が台無しになってしまった」強烈な酒の匂いが青年から周囲に漂った。

「このならず者」とキャサリンが跪いたまま叫んだ。「誰がわたしの手紙を持っているの？」

「昇進が台無しになってしまった」青年が呻いた。

キャサリンは跳ねるように立ち上がると暖炉のところに行き、暖炉に薪をくべる鉄製の火ばさみを手に取った。それを使って青年の上腕に強烈な一撃を加えた。

「この飲んだくれ」キャサリンが大声で言った。「言いなさい！　言いなさい！」

青年は身を起こし、頭と目を守るために両腕を持ち上げて、どもるように言った。

「スロックモートンが持って行った」キャサリンの手が力なく脇に落ちた。だが、青年は付け加えた。「スロックモートンは王璽尚書に渡したんだ！」キャサリンは青年の頭をかち割りたい衝動を抑えるために、火ばさみを燃え木のなかに投げ入れた。

「ああ！」キャサリンがそっけなく言った。「あなたの昇進も台無しだけど、わたしもよ！…わたしもだわ」

キャサリンは左右によろめくようにして炉辺の椅子に腰掛け、白い手で顔を覆った。

青年は膝立ちになり、それから完全に立ち上がった。ドアの脇のアラス織りの壁掛けのなかによろよろと後ずさりした。

「こん畜生！」と青年は言った。「マーゴットはどこだ？　マーゴットを叩きのめしてやる。あんたが僕を叩きのめしたみたいに、マーゴットを叩きのめしてやる」青年は酔った勢いで手を振り回すと、よろよろとドアから出て行った。

「あんたに――尽くした結果がこれなのか？」青年がキャサリンを脅しつけた。「畜生！　あの尼を打ちのめしてやる」

老騎士が立ち上がった。片手をずしりとシセリー・エリオットの肩に置いた。

「ここから出て行くのが一番じゃ」と言った。「これはわしにもおまえにもかかわりのない喧嘩だ」

「お行きなさい、ご老人」と言って、シセリーは肩越しに笑った。「一家の男衆七人がこうした喧嘩で命を落としたのよ。あなたにはあの人たちみたいな死に方はして欲しくない」

「わしと一緒に来るんだ」老人がシセリーの耳元で呟いた。「わしは槍を落とした。もう決して馬には乗れない。わしはおまえを失いたくない。おまえしかいないのだから」

「勇敢な老兵としてお行きなさい」シセリーが言った。「わたしは最後まで見届けてから行きますから」

「軽い事では済みませんぞ」老人が答えた。「わしはボズワース・ヘッジのロックフォードだ。だが、槍も馬も男らしさもなくしてしまった。その上、いとしい人まで失いたくはないのじゃ」

キャサリン・ハワードは黄昏のなか、暗いシルエットとなって座っていたが、顔を覆った両手には暖炉の火が映えていた。シセリー・エリオットがキャサリンを見て、身を動かした。

「わたしは父も母も、一家の男連中も、姉も亡くしました。けれど、たとえ首を引き換えにしても、知りたいという気持ちは失いません。この事態を知るためなら、絹のガウンも手放しましょう」

キャサリン・ハワードが顔から手を離した。火の光を浴びてもその手は白く見えた。キャサリンは指を一本こめかみの高さに持ち上げた。

「あの音は！」キャサリンの言葉が発せられた。閉じたドアを通してドシンという硬質の鈍い金属音が聞こえた――そして彼らの心臓が四回大きく鼓動した後、もう一度ドシンと音がした。

「槍の柄の音じゃ！」老騎士が唸った。そして口をあんぐりと開けた。キャサリン・ハワードが悲鳴をあげた。そして洋服箪笥のところへと、さらに窓のところへと飛んで行った――それから炉辺の暗がりに入り込んで、身を縮めてすすり泣いた。ドアが勢いよく開いた。薄明かりのなかに大きな男が立ち、大声をあげた。

「キャサリン・ハワード嬢」

老騎士は頭上に両手をあげた――一方、シセリー・エリオットは暖炉に背を向けた。

「何のご用？」シセリーは訊ねた。彼女の顔はすっかり影になっていた。

「キャサリン・ハワード嬢に逮捕状が出ているのだ」

シセリー・エリオットが鋭く叫んだ。

「わたしに、わたしに、ああ、何てことなの！」

そして後ずさりした。両手を振った。それから、突然、頭を覆うコイフを摑んでフードの端をベールのように前に引き寄せ、顔を隠した。

「このざまを見られたくないわ」とシセリーがしゃがれ声で言った。

老騎士の抑えきれぬ欲望が恐怖心を貫いて噴出した。

「ニック・スロックモートン」老騎士が不服を唱えた。「あそこに居るのは、わしの気違い女じゃ……」

しかし、大柄の男は、粗い、有無を言わせぬ激しい声で、老騎士の言葉をさえぎった。

「ひどく暗いな。あんたには俺が誰だか分からんだろう。神に感謝するのだな、俺にもあんたが生垣のそばで戦った男かどうか見分けがつかないことを。報告書を書かねばならんのでな。いいか、しゃべるんじゃない」

それでも、老人がしゃべり出そうとするようにぶつぶつと声を発した。

「しゃべるんじゃない」スロックモートンが再び荒っぽく言った。「俺にはあんたの顔が見えない。お嬢さん、歩けますかな、しっかりと」

スロックモートンがシセリーの手首を乱暴に摑み、二人は二つの暗黒のしみとなって、戸口から外へ出て行った。槍の柄が床板にあたるガチャンガチャンという音が外で響いた。ロックフォード老人は暖炉のわずかな明かりのなかで白髪を掻き毟った。

キャサリン・ハワードが暖炉の陰から素早く走り出た。

「あの人たちが階段の踊り場を通り過ぎてしまうまで時間を頂戴」とキャサリンが囁いた。「お願い！　お願いよ」

「お願いか」と老人が呟いた。「これが最晩年を女に賭けた報いというものかね」老人はキャサリンに食ってかかり、淡いブルーの目が憎憎しげに彼女を見た。

「一体シセリー・エリオットがどんな願いをわしに叶えてくれたと言うのじゃ」

「あの人たちが門から出て行くまで」とキャサリンが懇願した。「わたしが逃げられるように」

キャサリンの背後には彼女を夜と雨から分かつ真っ暗な廊下があった。キャサリンはそこを通ったことがなかった。というのは、廊下は見ず知らずの男たちの部屋部屋に通じていたからだった。しかし、その廊下と階段を進むことが、宮殿の残された部分や戸外へ出るための唯一の方途だった。

キャサリンがさっと洋服箪笥を開け、蝶番がバチンと鳴った。彼女は外套とフードを摑んだ。逃げる先はどこにもなかった——だが、ここには大きな罠が仕掛けられていた。去っていく兵士たちの足音が谺《こだま》し、階段の下から囁くような音が昇ってきた。

「お願いです」とキャサリンは懇願した。「お願い！　夜が明ける前に何マイルもかなたに行ってしまいますから」

老人はよろめきながら、欲望と恐怖の間を、文字通り前後に、目に見えてはっきりと揺れ動いていたが、キャサリンの声を聞いて激しい怒りに打ち震えた。

「畜生、あんたがここへ来たことこそ呪われるがいい」と老人が言った。「あんたが自由になれば、わしはいとしい人を失うのじゃ」

老人はキャサリンの手首を摑もうとしたが、それはやめて、部屋から駆け出すと、大声をあげた。「おい、こら！……スロックモートン……おまえが捕まえたのはな……」老人の声は反響と谺に消されていった。

暗がりのなか、キャサリンは惨めにも立ちすくんでいた。ローマ人は捕えに来る者たちをどう待ち受けただろうか。彼女の気質からすれば、静かに立派に屈服することが理想だった。万策尽きたのだ。両手を組み合わさなければならない。彼女は両手を組み合わせた。死とは結局、何なのか、と考えた。

「ほとんど未知なるものからほとんど未知ならざるものへと移り行くことだ」キャサリンはルクレチウス[1]を引用した。あたりは真っ暗だった。遠くの怒鳴り声がかすかに耳に届いた。

「ほとんど未知ならざるものへ[2]」とキャサリンは機械的に繰り返し、こう付け加えた。「確かに不正なる裁判官の世を去るほうが良いのでしょう。そして共に座すほうが。力強き……」

大きな炸裂するような叫びが、はっきりと勢いよく、遠くの階段の踊り場から聞こえた。キャサリンはびっくりして大声をあげた。それから早足でその階段を上ってくる足音が聞こえた。一人の男が近づいて来てキャサリンに手をかけた。

そこで、キャサリンは突然走り出した。息遣い荒く、男に触れられた恐怖に駆り立てられて。やがて、目の前に鉛枠が付いた青白い窓が現われた。右に曲がった。長い廊下に出ていた。走った。何マイルも走ったように思えた。天の聖人たちに向かって「お願いです！　お願いです！」と喘ぎながら祈った。立ち止まって聞き耳を立てた。静寂があり、それから遠くで声がした。懸命に聞き耳を立てた。再び、足が勝手に走り出し、一方の靴の底が床に当たって鳴った。もう一方はほとんど音を立てなかった。自分のほうに向かってやって来るのかどうか、キャサリンには分からなかった。自分のほうにやって来ることがはっきりすると、キャサリンは再び走り始めた。その足音を聞きつけたかのように、追ってくる足音が速くなった。そこで、彼女は自暴自棄になって、一方の足を持ち上げて靴を脱ぎ捨て、それからもう一方も脱ぎ捨てた。バランスを失いそうになり、体勢を立て直そうとアラス織りの壁掛けを摑んだが、壁掛けは音を立てて落ちてしまった。キャサリンは暗闇を求めた。駆けているところには、夜の青白い微光があった。だが、アーチの入り口が彼女を誘惑した。彼女は走り、飛び跳ね、真っ暗な狭い階段を上った。

頂上には――何と光があった！　通路の正面は窓になっていた。はるか遠くの壁に松明が掲げられ、その下の床に鎧をまとった見張りが座っていた――激しい息遣いが階段を上ってくるのが聞こえた。キャサリンは忍び足で通路を横切り、開き窓の脇のカーテンのところまで行った。

時を措かずして、一人の男が、手で触れられるほどの距離で、激しく喘いだ。息を切らしているかのように、じっと身動きせずに立っていた。回廊の端にいる見張りに、大声で喘ぎながら呼びかけた。

「おい…そこにいる…サイモン！…ピーター！　誰かそこを通らなかったか？」

声が返ってきた。

「いや、誰も。国王陛下の御成りです！」

男が一歩廊下を進んだ。少し向こうのアラス織りの壁掛けを持ち上げようとしているのを、キャサリンは身を動かしてカーテンの隙間から覗いた。

男はスロックモートンだった。遠くの明かりが彼の顎鬚を映し出していた。キャサリンが立てたわずかな物音に、男の耳は鋭く反応した。一瞬、耳がピンと立ったように見えた。男は素早く元の場所に戻り、階段の頂上を塞いだ。遠くの明かりの下では、見張りが開いた両脚の間の床にトランプを並べていた。

スロックモートンが突然囁いた。

「おまえの息遣いが聞こえる。近くにいるんだろ！　出て来い！」

キャサリンは壁にもたれ、震えた。

「裏切りとみえるかもしれないが」とスロックモートンが囁いた。「断じて違う。出てくるんだ。さあ、もう時間がない！　聞いているのか？」

キャサリンは黙ったままだった。

「聞いているのか？」とスロックモートンが訊ねた。「神かけて誓う、おまえに忠実であることを！」

それでもキャサリンが何もしゃべらないでいると、スロックモートンはいらいらして小さな怒りの声を発し、片手を頭上に差し上げた。そして額を下に向けて、一瞬の瞑想にふけった。

「出て来い」と再びスロックモートンが言った。「おまえを捕まえるにはアラス織りを破りとりさえすればいいんだ。聞いているのか?」

スロックモートンはもう一度帽子をとり、声に出してひとりごとを言った。「だが、もしかして、礼拝室にいるのかもしれんな」

スロックモートンは廊下を歩いて行き、掛け金をはずし、キャサリンのすぐ脇の両開きのドアのなかを覗いた。それから、急いでもう一度もとの場所に戻り、階段の頂上を塞いだ。

「くそ！　くそ！　くそ！」スロックモートンが口のなかでぶつぶつ言うのをキャサリンは聞いた。

「出て来い」スロックモートンが再び言った。「出て来い！　出て来い！　出て来い！」その言葉は激しい憤りのこもった折り返し句の一部であるように思えた。スロックモートンはすさまじい勢いで震えていた。

スロックモートンは指の先で、アラス織りを、壁沿いにキャサリンのほうへ押した。キャサリンは吐き気を催したかのように身を屈めた。すると、突然、スロックモートンがハッと後ろに退いた。なぜスロックモートンがもっと先までやって来ないのかキャサリンには理解できなかった——しばらくして気づいたのは、スロックモートンがまだ階段の頂上を離れるのを恐れているということだった。

でも、なぜ彼は部下たちを呼ばないのか？　一部隊そっくり背後に控えているだろうに。

スロックモートンは暗がりを覗き込んでいた――その頭の動かし方、一心不乱の凝視、両肩の輪郭には、明かりのついた出入口を背景に立つ猫のような、いかにもなじみ深いものがあり、それがキャサリンの心に復讐への熱意を甦らせた。この男は毛虫のようにじわじわと彼女の存在のなかに入り込んできた。彼には何度も裏切られた。それにバカにもされた！　いかにも彼女を愛しているようなふりをして信じさせた。信じ込ませ、バカにした。おまけに王璽尚書に手紙を見せた。

地下室に閉じ込められた夜のことがあって以来、キャサリンは十字架の端を針の先のように尖らせておいた。キャサリンは熱い復讐心に震えた。この邪悪な腐肉を漁る野獣は、完全に支配下に置こうと彼女をかついだのだ。そして彼女を破滅させた。きっと手籠めにされるだろう――王璽尚書の土牢のなかで。清い希望もこの不浄のなかで泡と消えるのだ……

スロックモートンは呟いた。

「そこにいるなら出て来い！　神かけて誓う、キャサリン・ハワード、おまえに忠実であることを。出て来い！　出て来るんだ！」

ぶるぶると震える手が、明かりに浮かび上がった。彼は遠くの音に耳を傾けていた。そっぽを向いていた。

キャサリンはアラス織りの壁掛けを引き裂き、手を高くかざしてスロックモートンに飛び掛った。だが、布の引き裂かれる鋭い音で、スロックモートンは脇に飛び退き、彼の顔を突くはずだった針の先は、彼の肩のあたりを軽く撃っただけだった。スロックモートンは小さな怒りの声で「痛い」と叫んだ……

それからは揉み合いとなった。スロックモートンの片手が激しくキャサリンの口を塞ぎ、もう一方の手がキャサリンの首を絞めた。

「おい、このバカ」スロックモートンの声が響いた。「じっとしていろ」怒りで鼻を鳴らし、キャサリンを抱き寄せた。キャサリンは下からスロックモートンの顔を殴りつけようとして、スロックモートンの胸部の刺繍で指の関節をすりむいた。彼女の十字架が落ちた。スロックモートンは両肘を使ってキャサリンを押さえつけようとしたが、キャサリンは怒りに駆られた盲滅法の反撃で、両手首を自由にすると、スロックモートンの口があると思われる場所を暗闇のなかで打った。

するとキャサリンの口を覆っていたスロックモートンの手が緩み、キャサリンは大声で悲鳴をあげた。悲鳴は廊下に響き渡り、スロックモートンの握力を麻痺させた。指が緩み――再びキャサリンは走っていた。身を前に屈め、ただ逃げたい一心で大声をあげながら走っていた。

駆けているうちに、遠く松明の下にくっきりと現われた目の前の斑点が、国王の形をとった。キャサリンの叫び声は未だに大きかったが、その声が喉のなかでかき消された……

国王は両耳に手をあててじっと立っていた。

「驚いた」と国王が大きな声で言った。「これはいったいどんな新しい気まぐれかね?」そこでキャサリンはスロックモートンの穢れを拭い去ろうとするかのように首のまわりに手を押しつけた。

「あの人たちがわたしに手をかけたのです」とキャサリンは大声で言い、跪いた。

「おやおや」と国王が言った、「昼間から悪い夢でもみているのか。おまえの手紙のことはすべて知っておる。さあ、近くへ、可愛い人。お立ちなさい」国王は慈悲深く身を屈め、キャサリンの手を撫でた。

「暗い通路は娘たちを怯えさせるものだ。お立ちなさい、可愛い人。わしはおまえのことを考えていたのだ」

「一体誰がおまえに害を加えよう」と国王が再び呟いた。「ここはわしの館だ。共に祈ろう。祈ればば心休まる。わしはお祈りに行くところだった。いつも日の入りに祈ることにしているのだ。さあ、祈ろう、祈ろう、祈ろう！」

国王の厳かなる仁愛が、少しの間、その場に落ち着きを与えた。キャサリンは立ち上がり、額にかかった髪をかきあげ、長く静かな廊下、松明の下の衛兵、礼拝室のドアを目にした。

キャサリンは哀れっぽく、一人ごとを言った。「次はどうなることか？」あまりに疲れていて、もう動くこともできなかった。

突然、国王が言った。

「わが娘よ、おまえが厩でわしのもとに来てくれたのがよかったのだ」

キャサリンは、壁にかかったタペストリーにもたれて国王の言葉を聞いた。

「おまえやおまえの家族を嫌う男たちがいることは確かだ」と国王は認めた。「ウィンチェスターの司教がおまえの書いた手紙を見せてくれた。わしはおまえの行為を許す。よく書けていたぞ」

「ああ」とキャサリンがうんざりしたように言った。「今はそうおっしゃいます。ですが、夜も明けぬうちにお心変わりなさるでしょう」

「いいや、断じて」と国王は答えた。「おまえに関してわしの心は不動だ。つまらぬことで争うのはもう止そう。今は祈りの時間だ。さあ、祈りに行こう」

キャサリンは国王の心が時々刻々と変化することを知っていたので、こうした言葉にほとんど希望をかけなかった。だが、何らかの行動を起こすには、国王がこうした気分である今が、まさにその時だという思いが、徐々にキャサリンの心に浮かんできた。しかし、自分が今どんな混乱に巻き込まれているのかキャサリンには何の知識もなかった。それでもなお、国王なくしては、何もできなかった。彼女は男たちの手に押さえつけられていた。スロックモートン、王璽尚書、その他神のみぞ知る男たちの手に。

「陛下」とキャサリンは言った。「この通路の端に一人の男が立っておりました」

国王はキャサリンの背後の暗がりに目を凝らした。

「その男ならまだ立っておるぞ。ハンカチで腕を縛っているところだ。スロックモートンとかいう男のようだが」

「まだ、逃げていないのでしたら」とキャサリンが言った。「ここへ呼んでくださいませ。腕にわたしのナイフが刺さったのです。この男がわたしの手紙を持っております」

国王の首のあたりが突然こわばった。

そして「おまえは恋文でも書いて送ったというのかね」と呟いた。

「恋などと無縁であることは神様がご存知です」とキャサリンが答えた。「懐から出すように命じてください」キャサリンは目を閉じた。この一件でもう疲れ果てていた。

ヘンリーが呼びかけた。

「おい、そこの者、こっちに来い」暗闇のなかで靴が床板にあたるカチカチという音がしたかと思うと、スロックモートンが手袋をはめた手を差し伸べた。スロックモートンが何も取り出してその手に握る素振りを見せなかったので、国王は口を挟まずにはいられなかった。

「この婦人の手紙は――」と国王が呟いた。

スロックモートンが頭を下げた。

「王璽尚書がお持ちです」と答えた。

「おまえたちは同じ穴の狢だな」と国王が憂鬱げに言った。「どんな女もおまえたちの意に沿わない手紙は書けないというのかね」

「陛下」とスロックモートンが言った。「このご婦人は王璽尚書を失脚させようとしたのです」

「失脚させるがよい」と言って、国王はスロックモートンを脅した。「ついでにおまえも、おまえの供まわりの者たちもだ！」

「だいぶ血を失っております」とスロックモートンが答えた。「どうか腕を縛り終わるまでお待ち

ください ませ」

スロックモートンはハンカチの一方の端を歯に挟み、もう一方の端を右手にもち、頭を曲げて引っぱり、固く結び合わせた。

「早くしろ」と国王が不満げに呟いた。「さあ！　場所を空けるんだ」そう言うと、国王自ら結び目の一方を手に取り、激しく息をしながらぎゅっとハンカチを引っぱった。

「さあ、話せ」国王が言った。「不具者の手当がわしの本業ではないのだぞ」

スロックモートンは手袋を使って毛皮の袖から黒い血を払い落とした。

「陛下」とスロックモートンが言った。「痛みで膝が震えております。だいぶ血を失いましたので。もう寝床に赴きたい気分です。ですが、わたしも真っ当な男、国と国王に尽くそうと一所懸命働いている男です。不平は言いますまい」

「貴様」国王が言った。「もしこのご婦人の悪口を言う気なら、口を持たないのが一番だが」

「わたしにこのご婦人の支持者たる栄誉をお与えください」とスロックモートンが言った。「そしてさっそく話させてください。まもなく王璽尚書が参りますから。それにウィンチェスターの司教が」

「このバカ者め！」と国王が言った。「礼拝室から椅子をもってまいれ。一日中わしを立たせておくつもりか」

スロックモートンは折りたたみ戸のところに駆けて行った。

「――ウィンチェスターがやって来ます」とスロックモートンが戻って来ながら、急いで言った。

国王は三脚床机の上に注意深く腰を下ろし、両脚を大きく広げて体の釣合いをとった。浅黒い顔が折りたたみ戸から覗いた。聖職者の姿が戸口から出てきた。

「ウィンチェスター卿よ」と国王が大きな声で言った。「今いるところで待ちなさい」

国王はスパイの言うことになど聞く耳もたぬ人の風情だった。キャサリンには何と言おうか、すでに腹を決めていた。

「恐れながら」とスロックモートンが言った。「この娘は陛下を愛しております。また陛下のお嬢様をとりわけ愛しております。それ故にまた、王璽尚書をひどく憎んでおります。わたしはと言えば、陛下もご存知の通り、長く王璽尚書を敬愛してまいりました。今では他の者たちをさらに愛しておりますが――この英国と偉大にして慈悲深き国王陛下を。陛下に申し上げました通り、このキャサリン嬢は、ご息女メアリー様に陛下を愛する心を涵養しようと、熱心に努めてこられました。しかし、そうならない可能性もございました。陛下はこの国に永続的な平和をもたらそうと心を砕いておいででしたので、敵国に対し休戦に応じるようメアリー様に早急に手紙をしたためてもらえないかと熱望しておられました。邪悪な人間どもを追い出し、この国から誤った教義を一掃できるようにと」

恐怖に近い驚愕が、キャサリンのだらりと下げていた両手を大きく広げさせた。

「陛下が！」キャサリンが国王に向かって大きな声で言った。「陛下があの手紙を書かせようとしたのですか」

　国王はひどく驚いたようにキャサリンを見た。

「どうしていけないのかね」と国王が訊ねた。

「ああ、何てことなのでしょう」とキャサリンが言った。「わたしは苦しんできたのです」

　この果てしない陰謀に対する当初の恐怖はなかなか安堵に取って代わらなかった。自分は道具として使われた。そして役目を果たした。だが、結局、裏切られたのだ。

「そう、手紙を書いてもらえれば」と国王が言った。「それに越したことはなかったのだ。敵国がわが国に対して武装し続けるのをわしが望むわけはないだろう？」

「それでは、わたしは陛下の手紙を書いたのですね」とキャサリンは苦々しげに言った。「そのために牢獄行きになるのです」

　ひどい驚きの表情が国王から消えなかった。

「おまえに女伯爵の称号を授けよう」と国王が言った。「今回のことでは、おまえは娘に、わしも他の誰もできなかったことをしてくれたのだから」

「それならば、どうしてこの男はわたしを牢獄に入れようとするのですか」キャサリンが訊ねた。

　国王は厳しい視線をスロックモートンに向けた。大柄な男の目に快活ではあるがずるそうな微笑が浮かんだ。

「恐れながら」と国王に言った。「これはわたしの狡猾な考えなのです。わたしは狡猾な男ですので。仕事を与えられると、わたしは常に自分流のやり方でそれを行います。ここに仕事がありました…」

「どうか床に座らせてください」スロックモートンが懇願した。「脚が利かなくなってきました」

国王が手をわずかに動かし座るように合図した。大柄の男はアラス織りの壁掛けに手をついて腰を屈め、頭を後ろにもたせ、廊下に長い脚を投げ出した。

「十分すれば王璽尚書が手紙を持ってここに来るでしょう」とスロックモートンが言った。「頭がくらくらしていますが、手短に話します」

スロックモートンは目を閉じ、手で額をこすった。

「わたしは常に自分なりのやり方で仕事を行います」と再び話し始めた。「ここにわたしがおり、ここに王璽尚書がいます。陛下は王璽尚書の心中をお知りになりたいと望んでおいでした。わたしは王璽尚書の召使です。たとえその心中を探ることになりましても、王璽尚書によく仕えねばなりません。この点、大変よく仕えているように見えたことでしょう。お聞きください…」

スロックモートンは咳払いをして、再び話し出した。

「陛下はご息女のメアリー様にこの手紙を書いてもらいたいと願っておられました。この素晴らしいご婦人の助力があれば、それは至極簡単なことだったのです。しかしながら、手紙が渡る経路については、陛下もご存知なければ王璽尚書も知りませんでした。ですが、わたしがそれを見つけました。そこで一人で考えました。ここに王璽尚書が知りたいだろう秘密がある。このすごい秘密を告げることほど王璽尚書にうまく恩を売る方法があるだろうか、と」

「まあ、この悪魔！」キャサリン・ハワードが大声で叫んだ。「あなたはユダにも勝る裏切り者だわ」

スロックモートンが顔をあげ、上に向かってキャサリンに目配せした。

「見事な策略だったでしょう？」とスロックモートンが訊ねた。「いや、わたしは狡猾な人間なものでね…分かりませんか？　陛下は秘密を嗅ぎだせるようにと、わたしに王璽尚書の信頼を保っていてほしかったのです。あなたの秘密を暴露しているように見せかけること以上にその信頼を保つどんないい手があったでしょう？」

「確かに」とスロックモートンが付け加えた。「王璽尚書はあなたを牢獄に入れるため、逮捕状を突きつけたでしょう。ですが、陛下があなたを許すであろうことは、それ以上に確かでした。従って、たいしたことにはならないはずだったのです。わたし自身があなたを安全な場所に連れ出し、この喜劇についての趣向を知らせるつもりでした」

「まあ、この裏切り者、裏切り者！」

「わたしを信頼していてくれさえすれば」とスロックモートンが非難するように言った。「あなたはあんなに気が狂ったように走る必要もなかったわけですし、わたしも腕に大怪我をしないで済んだのです」

「大変なお手柄だった」国王が重々しく言った。「だが、おまえはこのご婦人に生意気な口を利きすぎておるぞ」

国王は相当に上機嫌だったが、頭を傾げ、自分が得たものを知ろうと、少しの間思案し続けた。

「手紙はしたためられた」と国王が言った。「だが、その手紙はクロムウェルが持っている。それでは、わしにどんな利益があるのだ?」

「はあ」とスロックモートンが言った、「王璽尚書がその手紙を陛下にお届けにまいります。陛下がそれをわたしに引き渡され、わたしはそれを料理人に、料理人は大使に、大使は諸王に渡すことになるのです。諸王は一目置くメアリー様から直接、陛下に非友好的な手段を講じないようお願いされるのです」

「狡猾な奴だ」と国王が言った。

「猛烈な痛みが頭を走っております」とスパイが答えた。「もしご褒美をいただけるのならば、立ち去らせていただきとうございます」

国王はしゃっちょこばって三脚から身を起こすと、しっかりと脚を踏ん張って、スパイに片手を差し延べた。背の高い男は身を震わせながら立ち上がった。

「どうです、お手柄でしたでしょう!」とスロックモートンが微笑みながら言った。「今や王璽尚書は、わたしのことを気心の知れた仲間だと思っております。陛下が永久的処分を下されるまでのことでしょうが」

スロックモートンはよろめき、壁掛けを肩でこすりながら廊下を去って行った。

キャサリンが国王の前に立った。

「わたしも去らせていただきます」と言った。「ここはわたしのような者のいる場所ではありません」

国王は三脚に座り、大きく広げた両脚の赤い衣におおわれた太ももの上に手を載せて、優しくキャサリンを見た。

「ああ、ここはひどく寒い」と国王が言った。「だが、少しの間我慢してくれ」

「わたくしは宮廷向きの人間ではございません」キャサリンが答えた。

「さあ、お祈りに行こう」と国王は言って、片手を差し伸べ、キャサリンを黙らせた。「だがその前に、黙想のための時間を少し与えておくれ。まだお祈りをする気分になれぬのだ」

キャサリンが懇願した。「去らせてくださいませ」

「何を言うのだ」と国王が上機嫌で言った。「今はお祈りの時だ。おまえは大きな危難から逃れたのだから。だが、わしは神の玉座の前に立つ前に、この世の煩悩をすべて追い払うことにしているのだ」

「陛下」とキャサリンはさらに執拗に懇願した、「夜が迫って来ております。夜が明ける前にカレーに向けて旅立たねばなりません」

国王は興味深げにキャサリンを見やり、断固たる声で詰問した。

「一体何の用でだ。おまえが旅に出るとは聞いておらぬぞ」

「わたくしは宮廷向きの人間ではございません」キャサリンが繰り返した。

国王が突然、納得いかんというような怒りの声で「何だと」と言ったので、キャサリンは怯んだ。

「カレーに行くのでございます」とキャサリンは発言した。「それから修道院へ。わたくしはこの世向きの人間ではございません」

国王が大声で「何を言うのだ」と言い、それを四度繰り返した。

国王は跳ねるように立ち上がり、突然大声をあげた。

「恩知らずな娘だ。恩知らずな！」それから、国王は言葉を失った。膨れた額がヒクヒクと動いた。キャサリンは怖くてそれ以上話せなかった。

そのとき突然、軽く敏活な歩調で、王璽尚書が二人のほうへ近づいて来た。機敏な視線を一方から他方へと投げかけ、唇を横方向に動かした。

「悪党め」国王が言葉を発した。「手紙を寄こして、声の聞こえぬところに立ち去るのだ」クロムウェルが深くお辞儀をしている間に、国王が言葉を継いだ。「わしはこの娘を許した。おまえたち二人には握手してもらいたい」

クロムウェルは少しの間、口をあんぐりと開けていた。

「陛下は手紙の中身をご存知でいらっしゃるのですか？」王璽尚書が訊ねた。それまでには、カレーでの白亜の値段について質問するときのような平静さを取り戻したようにみえた。

「王は知っているのだ！」とヘンリーが友好的に言った。国王は手のなかの手紙をくしゃくしゃに丸めたが、その利用価値を思い出し、考えを変えポケットに仕舞い込んだ。「この娘が権力の源泉たるわしに話して聞かせてくれた」

「声の聞こえぬところに立ち去るのだ」国王が繰り返した。「この娘に忠告したいことがある」

「陛下はご存知で…」王璽尚書が再び口を開き、それから廊下のはずれの礼拝室のドアのところにまだ留まっているウィンチェスターに目を止めた。そして両手を上に投げ出した。

「陛下」王璽尚書が言った。「陛下のもとへ裏切り者どもがやって来たのですね！」

実際、どんな分別をもってしても抑えがたい憎悪に引きずられて、ガードナーが彼らの方へ滑るように近づいて来た。

国王は頭部に深く刻まれた奸智にたけた目で二人を見つめた。

「裏切り者どもがわしのもとへやって来なかったのは確かだ」と国王は穏やかに言った。クロムウェルに「そなたは裏切りに鼻が利くようだな」と付け足した。

国王は寛容で、とても穏やかにみえた。

欲望で黒い目をぎらつかせているウィンチェスターは、暗がりで皆に襲いかからんばかりだった。

「もう口論は十分だ」ヘンリーが言った。王は瞑想にふけっているようにみえた。それからまた口を開いた。「ここでも他のどこでもだ」

「陛下」とガードナーが言った。「もし王璽尚書がわたしのことを誤り伝えるとしたら、わたしも王璽尚書に関して言うべきことがございます」

「ウィンチェスター卿よ」ヘンリーが答えた。「手を差し出すのだ。わしはおまえたちにこの場で争いを収めてもらいたいのだ」

蛇の冷淡さで言葉を発したウィンチェスターの声が、囁くように響いた。

「陛下は、王璽尚書にわたしへの償いをさせると、約束なさいました」

「もちろん、王璽尚書に償いをさせる」と国王が答えた。「おまえをののしったのは王璽尚書の部下だ。従って、王璽尚書をおまえとともに晩餐に招き、王璽尚書が皆の前でおまえに手を差し出すよう、とり計らおう」

「それでは、王璽尚書には正装して来るようにさせてください」司教は小さな事項にこだわった。

「ああ、正装させることとしよう」国王が答えた。「こうした争いには決着をつけよう」

国王は誠意をもって王璽尚書の肩に片手を載せた。「そなたには、今から議会が召集されるまでに、伯爵位[3]にどんな称号がよいか、考えておいてもらいたい」

クロムウェルは片膝をついて、ラテン語三語で謝辞を述べた。

「立派な男だ」国王が言った。「そなたはわしにとって大切な男だ」国王の目がちょっとの間キャサリンに止まった。「この二人はそれぞれ、わしを遺漏なく守ってくれているのだ」と国王が言葉を継いだ。「二人のそれぞれがこの娘の手紙をもってきてくれたわけだ」

キャサリンがガードナーに向かって大声で言った。

「あなたも、なの！」

ガードナーは視線を床に向け、それから挑戦するかのようにキャサリンの目を見据えた。「あなたがわたしを脅したからです！」とガードナーが執拗に言い立てた。「遅れをとりたくなかったのだ」

「さあ、すべてを終わらせよう。今ここで」国王が言った。「愚かな女がなかに入っての狂気の沙汰があったというまでのことだ」

「大逆罪があったのですぞ。わたしはそれを陛下にお示ししたい」と司教が執拗に述べ立てた。

「おまえたち」と国王は言って、帽子に触れた。「慈悲深き神はわしにたくさんの困難をお与えになるのが適当だと考えておられるようだ。だが、ここにある困難は終わらせることができるものだ。さあ、わしはそれらすべてに終止符を打った。もしこの娘が従兄に枢機卿を殺害させたくないと望むならば、それでいいではないか。その仕事をする代わりの者はいくらでもいるのだから」

国王は片手で王璽尚書の胸を押し、軽く後ろへ下がらせた。

「下がっておれ」と国王は言った。「声の聞こえぬところまで。おまえとは後で話すことにする——それにおまえもだ」国王はウィンチェスターにも付け加えた。

「何たることだ、何たることだ」国王は声を潜めて呟いた。「こいつらは近々追い払えよう」そして突然、大声で荒っぽくキャサリンに言った。

「わしがどんなに悩まされているか見ていて、去って行くとは言えぬだろう。至高神にかけて、去って行くとは言えまい」

キャサリンは跪いた。

「どちらの話を聞いても、新たな裏切りが見つかるばかりです」キャサリンが言った。「どうか行かせてください」

国王は片手でキャサリンを脅しつけた。

「娘よ」国王が言った。「この何年かの間に交わしたどの会話よりも楽しい会話をわしはおまえと交わしてきた。わしがおまえを手離すと思っているのか?」

キャサリンはすすり泣き始めた。

「どんな心の平安をわたしは持つことができるでしょう。どんな心の平安を」

国王がからかった。

「どんな心の平安をわしが持てようか。どんな心の平安を。夜ごと悪夢の連続だ! 神よ、助け給え! わしがおまえのことを悪く扱ったことがあるか? 情交を迫ったことがあるか?」

キャサリンが痛ましくも言った。

「陰謀者たちの間に置かれるよりは、そのほうがましでしたわ」

「おまえほど美しい女は見たことがない」と国王が答えた。

キャサリンは両手で顔を覆ったが、国王がその手を引き剥がし、キャサリンの顔をじっと見つめた。

「娘よ」国王が言った。「おまえを子羊のように慈しもう。クロムウェルの首をくれてやろう。おまえの望むどんな牢獄にでもウィンチェスターを叩き込んでやろう。奴らをお払い箱にした挙句には」

　キャサリンは指で耳を塞いだ。

「お願いです」とキャサリンは言った。「去らせてくださいませ」

「何故だ」と国王がキャサリンを諭した。「この議会を召集するまではクロムウェルを失脚させるわけにはいかん。屈従する議会を召集することにかけては、クロムウェルに優る者はない。だが、安心するがよい」と国王が厳粛に発言した。「おまえとわしの間に割り込もうとする者は今後死を免れないのだ、と」

「去らせてください」とキャサリンが疲れ果てた様子で言った。「去らせてください。これから起こることを目にするのが怖いのです」

「それなら何も見ないことだ」と国王が答えた。「わしの娘のそばにずっと留まっていてくれ。やがては娘の従順を勝ち得てくれよう。おまえが聖人たちの愛を勝ち得るならば、わしはおまえに大きな名誉を与え、この国の誰よりも高い地位を授けよう」

　キャサリンが言った。

「お願いです。お願いです。わたしの魂にとってはあまりにも大きな危険でございます」

「決して、決してそのようなことはない」と国王が答えた。「おまえにはひっそりとした生活を送らせよう。わし以外の男は誰もおまえと話せないようにしよう。修道院にいたときと同じ生活だ。

もしおまえが望むなら、大きな富をもたせよう。家の位も高めよう。おまえの父親が身罷りしときには、名誉となる立派な葬儀を出せるようにしよう。この国でおまえの前を歩む者が誰もいないように」

キャサリンが言った。「だめです、だめです」

「よいか」と国王が言った。「この世の中、わしにとっては、うんざりすることばかりだ。楽しくもない仕事ばかりだ。休息も音楽も隠れる場所さえもない。おまえとの会話とおまえの顔を拝むことを除いては」

国王は話すのをやめ、目を細めてキャサリンの顔を探った。

「今の王妃がわしの妻ではないことは、神の知るところだ」と国王はゆっくりと言った。「一定のときまでおまえが待っていてくれさえすれば…」

「だめです、だめです!」キャサリンの声にせっかちな鋭さがこもった。

キャサリンはまだ跪きながら、両手を大きく広げた。色白の顔に痙攣が走り、唇が動き、フードが頭から落ちて、金色にきらめく髪が現われ出た。

「お願いです、行かせてください」キャサリンが呻いた。「お願いです」

国王が答えた。

「わしが王国と命を捨てるときには!」

廊下の両端から、ウィンチェスターとクロムウェルが目を瞬きながら熱心に二人を見つめていた。

「さあ、お祈りに行こう」と国王が言った。「ようやくお祈りをする気分になった」

キャサリンは疲れ果てた様子で立ち上がり、少しの間、王の手に摑まって身を支えた。

訳者あとがき

本書はフォード・マドックス・フォード（Ford Madox Ford）の『五番目の王妃』（*The Fifth Queen*）三部作（出版は一九〇六―八年）の第一巻『五番目の王妃　いかにして宮廷に来りしか』（*The Fifth Queen and how she came to court*）の全訳である。底本としたペンギン版は三巻を一冊にまとめたものだが、第二巻『王璽尚書　最後の賭け』、第三巻『五番目の王妃　戴冠』は、もともと一九〇七年と〇八年に別個に出版されており、この一巻だけでも十分に独立した作品として味わうことができるであろう。

フォードの父親はドイツ出身の音楽学者フランシス・フーファー、母方の祖父は著名な画家フォード・マドックス・ブラウンである。名は、もともとはフォード・ハーマン・フーファー（Ford Hermann Hueffer）だったが、一九一九年にフォード・マドックス・フォードと改名した。

フォードは芸術一家の血を継ぎ、祖父ブラウンの主催する芸術サロンで育った。芸術家として早熟で、十代ですでに『茶色のフクロウ』や『空飛ぶお姫さま』のような子供向けのフェアリー・テイルを書いている。また、初期の作品には、マドックス・ブラウンの伝記、ロセッティ研究、ラファエロ前派に関する単行本、イングランドの肖像画家ホルバインに関する大部の研究といった数々の美術関連書がある。

『五番目の王妃』は、ある意味、このフェアリー・テイルと美術書とが交わる延長線上にある作品である。三巻で五七章からなるこの大作は、それぞれの章が情景と人物から出来た壮麗な絵巻物なのだ。だが、それは専門家がいうようにホルバインやマドックス・ブラウンの絵画を思い起こさせるばかりではなく、戯画といってもよい描写を含んでいる。例えば、宮廷内に入った粗暴な人物を「緑色の上着は染みだらけ、一方の袖が切れて、踵のあたりまでぶら下がっていた」と描く。別の男はその男に殴られたことを思い出して「激しい怒りに、まるで操り人形のように腕を震わせ」る。ある女は、仇敵の名を聞いた恐怖から「あとずさりしすぎて、危うくスカートに大きな炉の火が燃え移るところ」となる。石ノ森章太郎や池田理代子の描く良質な歴史漫画を読んだことのある読者なら、その漫画の一コマを思い出しそうだ。

絵なくして文字だけで情景と人物を浮かび上がらせる手腕はフォードが得意とするものだった。「可視化は私の専門―私だけの小さな専門部局だった。私は…見たことのあるもの、さらに良いことには、見たことのないものも、目に見えるかのように読者に見せることができた」と後年フォード自身語っている。

『五番目の王妃』は、六人の妻を娶り、そのうちの二人を自らの判断で斬首させたヘンリー八世と、その五番目の王妃キャサリン・ハワードの物語である。（因みに斬首されたのは、このキャサリン・ハワードと二番目の王妃アン・ブーリン。この二人は、ノーフォーク家に連なる従姉妹同士でもあった。）時代は十六世紀、ヨーロッパがローマ教皇を頂点としたカトリック信仰でまとまっていた中世の世界が崩壊し、フランス、スペイン、イングランドといった国家が台頭してきた時代である。フォードは近代の始まりとしてこの時代に大きな関心を寄せていた。

キャサリン・ハワードを中心とするこの作品群は、ウォルター・スコットが確立した「歴史ロマンス」という形式で書かれている。歴史上実在した人物を使い、史実に基づいてストーリーを展開するものだ。だが、ここに描かれるキャサリン・ハワードは、実在したキャサリン・ハワードではない。小柄で並みの美しさで、綴り方も同階級の娘たちと同程度にしかできなかったといわれる（アントーニア・フレイザー『ヘンリー八世の六人の妃』創元社）「実在の」キャサリンが、背は高く、色白の美人で、ラテン語に秀で、歌やダンスや鷹狩りもよくする理想の女性として描かれている。「実在」のキャサリンは、いわばフォードが自らの理想を注ぎ込む器として利用されているのだ。カトリックの大義を守ることに懸命で、原理原則のために周りの人々と妥協することを許さない作中人物のキャサリンは、最終的には、理想主義を奉じるが故に死刑を免れない悲劇のヒロインに変貌する。

第一巻『五番目の王妃　いかにして宮廷に来りしか』は、三部構成で、第一部は、イングランドの北部、リンカンシャー州で乱が起こり、暴徒に家を焼かれたキャサリンが、従兄のカルペパーと共に、グリニッジにある宮廷に出てくる次第を描いていく。キャサリンはここで王の目に留まり、メアリー王女の侍女として仕えることになる。第二部では、キャサリンと一緒に来た粗暴な性格のカルペパーをキャサリンから引き離すために、イングランドにとっての裏切り者、ポール枢機卿を討つ刺客としてパリに送る計画が練られる。この計画の首謀者トマス・クロムウェルは、王の側近中の側近、王璽尚書であり、ルター派信徒たちと結び王権強化に邁進する人物である。クレーヴズ公国から第四王妃アン・オブ・クレーヴズを迎えるのも彼の画策によるもので、頑なに旧教（ローマカトリック教）を信奉するキャサリンの宿敵である。三巻全体を通して言えば、ヘンリー八世を廻るキャサリン・ハワードとクロムウェルの戦いが一巻と二巻の主題であり、三巻ではクロムウェルの残党である世俗主義者たちの計略にキャサリンが嵌っていく姿が描かれることになる。

この第一巻では、手紙がプロットを進展させる小道具として使われる。（因みに、第三巻『五番目の王妃　戴冠』も、ヘンリー八世がローマ教皇に宛てる手紙を廻って展開する。）まず、第二部ではカルペパーを救おうとキャサリンがウィンチェスターの司教ガードナーに宛てた手紙である。クロムウェルのみならず、カトリック派のガードナーまでが、これを材料にキャサリンを強請り、自分の出世のために働かせようとたくらむのである。

一方、キャサリン・ハワードはクロムウェルの取り計らいでメアリー王女の侍女となるが、クロムウェルの真の目的はキャサリンにメアリー王女をスパイさせることである。王女は、母である第一王妃キャサリン・オブ・アラゴンを殺したのは父ヘンリーであるとして、ヘンリー八世を怨み、イングランドに敵対する神聖ローマ帝国皇帝カール五世やフランス王フランソワ一世と密かに書簡を交換し、国の内情さえ知らせているらしい。その経路を探るため、以前キャサリンがラテン語を教えてもらったことのあるニコラス・ユーダルがメアリー王女の教育係として送り込まれているが、当代一のラテン語学者ながら名うての女好きのユーダルは、この物語全体のコミック・リリーフ役でもある。そして、クロムウェルはキャサリンにもメアリー王女をスパイする役目を押し付けるのだ。

王の寵愛を得て、クロムウェルに対抗する力を持っていくキャサリンは、第三部では、クロムウェルを失脚させるまでイングランドに武力介入することのないよう乞う手紙をカール五世とフランソワ一世に宛てて書いてくれるようにと、メアリー王女に迫る。そうしなければ、イングランドとクレーヴズ公国との関係はより強固になり、クロムウェルはますます勢力を増すだろうからである。父のためには何もしないと宣誓するメアリーは、結局、自分で手紙を書くことは拒否するが、キャサリンが手紙を書くならば、それに署名することは拒まないと言って妥協する。

その手紙を奪うのがクロムウェルのスパイ、スロックモートンである。宮廷の権力構造を熟知するスロックモートンは、最後には王がキャサリンを救うことを見越して手紙を奪う。リンカンシャー州では泣く子も黙る悪党のスロックモートン。しかし、実はキャサリンに惹かれ、脅しをかける振りをしながらも、また同時にクロムウェルに忠実である振りをしながらも、陰で彼女を支える側に回っている。だが、そんなことはつゆ知らぬキャサリンはスロックモートンを恐れ、彼の前から逃亡、追い詰められて反撃に出る一連の騒動のあと、王が、スロックモートンの予知したように、この手紙は自分が娘に書いて欲しかったものだと明言して、事件は一件落着となる。

だが、こうしたプロットを追うことは、この作品を読む喜びの一部でしかない。その喜びが、さらに第二巻、第三巻と続けてプロットを追う喜びと反響し合い、さらに大きくなっていくことは確かであるが。（例えば、一巻で、手紙を奪われ逃げ惑う未熟なキャサリンと第三巻で泰然として死を受け入れるキャサリンとを比較してみるがいい。）場面場面で情景と多彩な人物描写を楽しんでこそ、歴史絵巻は濃厚に味わうことができると言うものであろう。

プロットに関して言えば、第一巻『五番目の王妃　いかにして宮廷に来りしか』の第三部ではフラッシュ・フォワードの手法が取られている。第二部の終わりと第三部の始めの間に数ヶ月の隔たりがあり、印刷工ジョン・バッジの家に集まったルター派信徒たちの視点から、その間に起こった事が総括される。そして第三部第二節以降で、時計を撒き戻して、その数ヶ月の間に何があったかがより詳しく描かれることとなる。時間の混乱もまた、キャサリンを初めとする人物たちの心の混乱や事態の紛糾を映し出しているかのように思われるが、読者にとっては、多少話の筋が追い難くなっていることは否めないだろう。

筋の混乱はこれだけに留まらない。例えば、第二部に、クロムウェルを失墜させるために、フランスや神聖ローマ帝国を争いに巻き込むことをノーフォーク公やウィンチェスターの司教に訴えるようにと、スロックモートンがキャサリンに要求する場面が出てくる。しかし、実際に書かれるキャサリンとメアリー王女の署名入りの手紙は、クロムウェルが失脚していく間、イングランドに手出ししないようにフランスや神聖ローマ帝国に依頼するものである。その間のつながりについては何の説明もない。

一方、手紙の伝達経路が明らかになるのは、キャサリンがメアリー王女のために食物調達の手助けをすることによってである。メアリー王女は食べるものに毒を盛られることを恐れ、摂食障害に陥っているのだ。神聖ローマ帝国の駐英大使シャピュイの邸に隣接する料理店が手紙の交換に関わっている。ポインズ青年が手紙の運び屋に選ばれ、誰に宛てる手紙か知らされないまま、王への手紙だろうと推測しながら、手紙を料理店へと運ぶ。第二巻では、料理店からパイの皮に隠した手紙が戻ってくることも明らかになる。一見関わりがないように見える食物調達と手紙のやり取りとが結びつき、個人の問題と国家の安全保障の問題とが同時並行に進んでいくところも、メアリー王女の身分を考えればなるほどと頷けるところはあるにしろ、話を分かりにくくしていると言えるかもしれない。

作者フォード・マドックス・フォードは、数年後に書かれる最大傑作『立派な軍人』（*The Good Soldier*）で、人物の内面をさらけ出す手法によって、こうした混乱を最大限に利用することになる。しかし、『五番目の王妃』三部作には、そうした内的独白の手法はまだ見られず、全体として、外面から状況の推移を見守る従来の歴史小説の形式が踏襲されている。とは言っても、歴史小説の端正さを保っている点は、それとして評価されるべきだろう。ジェイムズ・ジョイスは、『若い芸術家の肖像』で、芸術を、抒情的形式、叙事的形式、劇的形式に分けて考えたが、フォードのとる歴史小説の形式は、この分類で言えば、叙事的形式であり、そこにはまさにジョイスが叙事的形式に関して言う、芸術家の（この場合はフォードの）個性が「叙述そのものとなって、いろいろな個人と行為のまわりを、活気にあふれた海のように流れる」様を見ることができる。この三部作に限ってその理由を考えるならば、最初に触れたようなフォードの戯画的描写が、人物の心理を直接に描かない代償として、さらに踏み込んで人物の心理を伝える手段となり、人物の仕草が、驚き、落胆、喜び、さらに微妙な感情までも表していることに思い至るのである。二十世紀を代表する小説家ジョゼフ・コンラッドは、この作品群が「虚しい見かけと死すべき人間」への愛をもとに著作されたことを指摘し、この作品群を「歴史小説の白鳥の歌」と評した（一九〇八年二月二〇日フォード宛の手紙）が、これなどはまさに『五番目の王妃』三部作の歴史小説としての価値を言い当てた至言であると言えるだろう。

しかし、「戯」は戯画の「戯」であるとともに、戯曲の「戯」でもある。劇的形式は、作者の個性のもつ生命力が、没個性化されるのに伴い「あらゆる人物に活気を与え、その結果、彼ないし彼女が固有の、そして触知しがたい、審美的生命を身につけるようになった」洗練の極だとジョイスは説く。フォードの場合もまた然り、『五番目の王妃』三部作において、多彩な生きた人物たちが自らを主張し、どんな脇役たちもが己の存在を主張する世界が、所作と発言を通して見事に創造されている。グレアム・グリーンを始め、『五番目の王妃』三部作を、同期の歴史小説との類縁性にも増して「シェイクスピアの戯曲に近い」と述べた評者が多いのも宜《むべ》なるかな、である。

ところで、フォード研究の碩学、アーサー・マイズナーは、この世界を次のように秩序立てている。まずは、その世界の頂点にあって二重の性格を有しているのが、ヘンリー八世である。この人物のなかに、カトリックに傾斜し魂の救済を求める男と、王権と国家統治をこよなく愛する世俗の男とが、同居しているのだ。この力の源泉をまったく逆の立場から制御しようとするのが、キャサリン・ハワードとトマス・クロムウェルである。キャサリンは神と教会への愛にヘンリーを導こうとし、一方、クロムウェルは秩序ある社会、それを表す非宗教的、近代的主権国家へとヘンリーを導こうとする。ヘンリーの分裂した性格の両方の要素はさらに様々な脇役たちによって特化され明らかにされていく。メアリー王女、シセリー・エリオット、マーゴット・ポインズ、ユーダルが一方にいて、ノーフォーク公、第二巻以降で活躍するライオセスリーやラセルズが他方にいる。小説中、最も頭脳明晰な人物スロックモートンは、ヘンリー八世の二重性を分かち持っている点でもう一人のヘンリーであるが、自分自身のジレンマをよく理解し、それに甘んじ、自己犠牲的にそれとともに生きる道を見出していく。ヘンリーとスロックモートンに具現され、キャサリンとクロムウェルに分裂し、さらに二人の追従者たちの相対立する性格に分裂するヘンリー八世の宗教的・政治的心情は、究極的には、宗教的・政治的表現形式に置き換えられたフォード自らの性格のなかに存在する矛盾であり、『五番目の王妃』三部作はフォードが自らの性格から築き上げた複雑で鮮明なイメージであると結論づけることで、マイズナーはこの作品群の豊かな世界を見事に秩序立てている。だが、それはあくまでもこの豊かな世界の一断面を抉り出しているにすぎないのであり、その世界については様々な解釈が可能なことは言うまでもない。

『五番目の王妃』三部作では、人物ばかりではなく、実は言語もまた多様であって、英語の中に、ふんだんにラテン語が入り混じり、イタリア語、フランス語、ドイツ語なども加わっている。それを日本語という単一言語に置き換えてしまったのは、訳者の責任であるが、まずは分かりやすさを一番に考えた。罪滅ぼしに英語以外で書かれているものには注に原文を載せておいたので、参照していただきたいと思う。

この「あとがき」を書くにあたり、ジョイス『若い芸術家の肖像』の引用は丸谷才一氏の訳を使用させて頂いた。なお、第二巻『王璽尚書　最後の賭け』、第三巻『五番目の王妃　戴冠』も追って出版する予定でいますので、乞うご期待！　末筆ながら、校正をはじめ出版に向けてさまざまなご尽力をいただいた論創社の松永裕衣子さんに心より御礼申し上げます。

二〇一一年一月

訳　者

るが、下層階級の職業占い師であったようである。他に手相や鳥占いに関する著書があったらしいが、これは散逸して現存しない。

（3）アレクトリュオーン

ギリシャ神話に出てくる。アレースとアプロディーテーとが密通した時に、夜明けを知らす役目を帯ながら、眠りすごし、そのため二神の密通が発覚した。アレースは怒ってアレクトリュオーンを雄鶏に変えたという。

（4）マルス

ローマ神話のなかに登場する神の名。軍神としてギリシャ神話のアレースと同一視される。

（5）アラクネー

織物の名手でアテーナー女神にこの術で挑戦するも、神々と人間の女との恋愛を織り出して、アテーナー女神の怒りを買い、蜘蛛に変身させられた。

（6）パラス・アテーナー

ギリシャ神話に登場する知恵の女神。

Ⅳ章

（1）ルクレチウス

第二部 Ⅵ章（13）を参照。

（2）ほとんど未知ならざるものへ

原文はラテン語、Vix ignotum。

（3）伯爵位

クロムウェルは1540年4月18日、エセックス伯（Earl of Essex）に叙せられた。

Ⅱ章

（1）ハンプトン

英国ロンドン南西部の一地区で、旧王宮が今も観光名所となっている。このハンプトン・コート宮殿はヘンリー八世のお気に入りだった。

（2）アイルワース

ロンドン西郊ブレンフォードの南に位置する町。

（3）ポールズ・クロス

旧セント・ポール大聖堂の敷地内にあった戸外の説教壇。

（4）アルドル

カレー近郊の町。カレーの南南東に位置する。1540年当時、この町が要塞化されるとの噂がイングランドに流れた。

（5）ヘラクレスの柱

ジブラルタル海峡の東の入口両岸にある岬。ギリシャ神話では、ヘラクレスが近道をするためにかつて巨人だった大きな岩を砕いて海峡を作ったとされる。幸福の島々へ達するための入口とも考えられる。

（6）ウェスタン諸島

スコットランド西岸に広範囲に広がるヘブリディーズ諸島のこと。

（7）聖アントニウス

ラテン語名はAntonius（251年頃－356年）。紀元3世紀エジプトの生まれ。キリスト教の聖人で、修道士生活の創始者とされる。諸々の誘惑を象徴するかのような怪物に囲まれ、苦闘する聖アントニウスの姿は美術の題材として好まれ、『聖アントニウスの誘惑』として知られる。

（8）皇后様

神聖ローマ帝国皇后イザベラ・オブ・ポルトガルのこと。キャサリン・オブ・アラゴンの姉マリアの娘なので、メアリー王女にとっては従姉になる。

（9）シラクサの人ルキウス

不詳　サンタ・ルチアはシラクサの聖女。

Ⅲ章

（1）アントニウス・アングリカーヌス

英国のアントニウス（Ⅱ章（7）の注参照）の意。

（2）アルテミドロス

「夢判断の書」の著者。紀元後2世紀末頃の人物で、エーゲ海東岸のエペソスの出身であったらしい。ストア哲学の影響を受けた教養ある人物ではあ

(18) オクタウィアヌス

Gaius Julius Caesar Octavianus Augustus(ガイウス・ユリウス・カエサル・オクタウィアヌス・アウグストゥス)(紀元前 63－紀元 14)は、ローマ帝国の初代皇帝(在位:紀元前 27 年－紀元 14 年)。志半ばにして倒れた養父カエサルの後を継いで内乱を勝ち抜き、帝政(元首政)を創始、「ローマの平和」を実現した。

(19) コンスタンティノス

Konstantinos XI Palaiologos Dragases(1405－1453)。東ローマ帝国パレオロゴス王朝の皇帝(在位:1449 年－1453 年)。東ローマ帝国最後の皇帝、すなわちローマ帝国最後の皇帝である。

(20) 枢機卿

ヘンリー七世およびヘンリー八世に仕え、1515 年に枢機卿となったトマス・ウルジー Thomas Wolsey(1475 頃－1530)のこと。

(21) ごくわずかにしか影を投げない小さなもの

タワー・ヒルにある断頭台をさす。

第三部　王動く

I章

(1) ケント

第一部　II章(4)を参照。

(2) エセックス

イングランド南東部にある州。州庁所在地はチェルムズフォード。

(3) オーベルシュタイン伯爵

ドイツ南西部のフュルステンベルク城の所有者で、軍人。

(4) 信仰義認

人は善行ではなく信仰によってのみ義とされるというルターの説。

(5) タワー・ハムレッツ

現在、ロンドンの金融の中心地シティの東側に広がる、新旧が入り交じった混沌とした様相の街。かつてはロンドン・ドックで栄えた地域。

(6) バーンズ博士

Robert Barnes(1495 頃－1540)英国の宗教改革者で、ルター主義者。異端として火刑に処された。

(7) 槍兵

原文はドイツ語で、Lanzknecht。

マ建国の祖となったといわれる。

(12) ディードー

カルタゴの女王。ウェルギリウスの『アエネーイス』によれば、カルタゴ没落後、漂着したアエネアースと愛し合うようになり契りを結ぶ。ところが、神託の実行を迫られたアエネアースはイタリア行きを決意して出発してしまう。アエネアースに裏切られたディードーは悲嘆の余り、火葬の炎に身を焼かれて命を絶ったという(『アエネーイス』第4巻)。

(13) スッラ

Lucius Cornelius Sulla Felix(紀元前138年－紀元前78年)。共和政ローマ期の軍人・政治家。スッラは二度ローマへ自らの軍を率いて侵入し、最終的に独裁官(ディクタトル)に就任、領土を拡大したローマを治める寡頭政政府としての機能を失いかけていた元老院体制の改革を行った。しかしこの改革は強力な独裁官の権限をもって反対勢力を一網打尽に粛清するという方法も含んでいたために多くの血が流れる事となった。また彼の施した改革のほとんども彼の死後その効力を失うようになる。

(14) マリウス

Gaius Marius(紀元前157－紀元前86)。共和政ローマ末期の軍人、政治家。ガイウス・ユリウス・カエサルの叔父にあたる。平民出身の軍人として功を成し、民衆派の英雄として計7回の執政官選出を果たした。ローマにおいて元来、民衆の義務とされていた兵役(市民兵制)を志願兵制度に切り替えるなど大胆な軍制改革を行い、ポエニ戦争で没落していた無産階級の住民を雇用する事で職業軍人としての兵士からなる軍を構成した。

彼のポプラレス(民衆派)の指導者としての地位、及び新生ローマ軍はローマを帝政へと導く遠因の一つとなる。

(15) カエサル

Gaius Julius Caesar(紀元前100頃－紀元前44)。共和政ローマ期の政治家、軍人であり、文筆家。三頭政治と内乱を経て、ルキウス・コルネリウス・スッラに次ぐ終身独裁官(ディクタトル)となり、のちの帝政の基礎を築いた。

(16) ブルートゥス

第一部　Ⅵ章(1)を参照。

(17) アントニウス

Marcus Antonius(紀元前83－紀元前30)。共和政ローマの政治家・軍人。第二回三頭政治の一頭として権力を握ったが、その後初代ローマ皇帝アウグストゥスに敗北した。

（2）サー・トマス・ワイアット

Sir Thomas Wyatt（1503頃－42）イングランドの詩人・外交官。文学上は、ヘンリー・ハワード（Ⅰ章（1）の注参照）と共にイタリアのソネット形式を英国に輸入した功績がある。

（3）十字軍

中世に西ヨーロッパのキリスト教、主にカトリック教会の諸国が、聖地エルサレムをイスラム教諸国から奪還することを目的に派遣した遠征軍。

（4）ラケダイモン人

古代ギリシャの都市国家スパルタの人たちが自らをこう称した。ここの一節は、スパルタが圧倒的兵力をもって攻めてきたペルシャの大軍と対峙したペルシャ戦争を指している。この戦争は「自由」のための戦いと称され、戦後は、自由を謳う詩や祝祭に沸いた。

（5）丘の上のもっとひどい場所

タワー・ヒルの処刑場を指す。

（6）プルタルコス

第一部 Ⅵ章（3）を参照。

（7）カトー

Marcus Porcius Cato Censorius（紀元前234年－紀元前149年）。共和政ローマ期の政治家。清廉で弁舌に優れ、紀元前195年に執政官（コンスル）、紀元前184年にケンソル（高位の政務官職）を務めた。曾孫のマルクス・ポルキウス・カト・ウティケンシス（小カトー）と区別するため、大カトー（Cato maior）やカトー・ケンソリウス（Cato Censorius）と称される。

（8）カルタゴは滅ぶべきである

原文はラテン語。Delenda est Carthago. カトーは無関係の演説を行っているときでさえ、必ずこの言葉で演説を締めくくったと言われている。

（9）我が君主が栄えられんことを

原文はラテン語。Floreat rex meus.

（10）シノン

トロイア戦争において、わざとトロイア側の捕虜となり、言葉を飾り、表情をとりつくろい、プリアモスを信用させ、有名な木馬をトロイア城内に引き入れたギリシャ側のスパイ。

（11）アエネアース

ギリシャ神話およびローマ神話に登場する半神の英雄。トロイア戦争においては、トロイア側の武将で、トロイア滅亡後、イタリア半島に逃れてローム教の開祖、アッラーの預言者であり、軍事指導者、政治家でもあった。

(20) ブランセター

ポール枢機卿の仲間のウェールズ人。

(21) ボナー

Edmund Bonner (1500頃－1569) ロンドン司教で、メアリー王女が即位するとプロテスタント弾圧を行った。

(22) ユニウス・ブルートゥス

第一部 Ⅵ章（1）を参照。

Ⅷ章

（1）ホルバイン

Hans Holbein (1497－1543) 南ドイツのアウグスブルクに生まれ、後にイングランドで画家として活躍した。同名の画家である父に対し、小ハンスともよばれる。デューラーと並ぶドイツルネサンスの代表的画家で、肖像画を得意とした。

（2）何て不運な！

原文フランス語。'Quel malheur!'

（3）オウィディウス

Publius Ovidius Naso（紀元前43年－紀元17年）は古代ローマ、「アウグストゥスの世紀」に生きた詩人。『恋の技法』(*Ars amatoria*) や『変身物語』(*Metamorphoses*) の著者。

（4）アウルス・ゲッリウス

Aulus Gellius (117－180) ギリシャ・ラテンの文学・歴史・哲学・言語方面の本の挿話・感想・注釈を綴った『アッティカ夜話』*Noctes Atticae* 20巻を書いた。

（5）マルクス・クラッスス

Marcus Licinius Crassus（紀元前115年頃－紀元前53年）は、共和政ローマ時代の政治家、軍人。

Ⅸ章

（1）ウォリックシャー州

イングランド中部の州。現在はウェスト・ミッドランズ都市州の一部。ストラトフォード・アポン・エイヴォン、レミントン・スパ、ラグビー、ウォリックなどの町がある。

（8）プルートス

ギリシャ神話における富と収穫の神。豊穣の角を持っている。盲目であった。地下神としてハーデースの呼称プルートンと関連するので、前掲のプルートーと同じと考えてよいが、ここでは豊穣のイメージを優先させたかったのであろう。

（9）オリュンポス山

同名の山がギリシャ世界の方々にあるが、そのなかで名高いのがマケドニアとテッサリアの国境地帯に聳え立つギリシャの最高峰オリュンポス（2885メートル）である。神々はこの山頂に住んでいると考えられていた。

（10）キクラデス諸島

ギリシャ本土から見て南東に当たる、エーゲ海に浮かぶ島々。

（11）バミューダ

北大西洋にある諸島で、現在もイギリスの海外領土となっている。

（12）クロス・キーズ

二本の鍵が交差した「違い鍵」は聖ペトロの象徴であり、ローマ教皇の紋章であったから、宗教改革以前は旅籠に多い屋号だった。チープサイドのウッド・ストリートにロチェスターへの発着点として重要な旅籠があった。

（13）エリザベス王女

1533年に生まれ、後にイングランド女王エリザベス一世となる人物。

（14）イーリーの修道士たち

ケンブリッジシャー、イーリー司教区にある大聖堂（ウィリアム1世の治世、1083年に起工、1322年の塔崩壊以降、八角形の頂塔に変わった。ノルマン様式を残す）の修道士たち。

（15）ブレシア

イタリア北部ロンバルディア州の都市で、ブレシア県の県都。

（16）リミニ

イタリア共和国エミリア＝ロマーニャ州リミニ県の都市で、リミニ県の県都。

（17）パドヴァ

イタリア北東部ヴェネト州の都市で、パドヴァ県の県都。

（18）セネカ

第一部　I章（24）を参照。

（19）ムハンマド

ムハンマド・イブン＝アブドゥッラーフ（570年頃－632年）は、イスラ

(16) シケリアのディオドロス

ラテン語名 Diodorus Siculus。紀元前1世紀に生きたメガラ学派の弁証家。スティルポンの出した謎に即答することが出来なかったためにクロノス（老いぼれ）という不名誉なあだ名をつけられ、その恥辱のあまり死んだといわれる。

(17)『死んだ後どこへ行くか知りたいというのか。生まれなかった者たちの横たわるところだ』

原文はラテン語。'Quaeris quo jaceas post obitum loco? Quo non nata jacent.' モンテーニュ『随想録』第一巻第三章に取り上げられている、セネカ『トロイアの女たち』のなかの一節。

Ⅶ章

（1）ヴィッテルスバッハ家

ヴィッテルスバッハ家は、ドイツのバイエルン地方を発祥とするヨーロッパの有力な君主、諸侯の家系。

（2）シュマルカルデン同盟

1530年に神聖ローマ皇帝カール五世のもとで開かれたアウグスブルク帝国会議後の1531年に、シュマルカルデンにおいてプロテスタント諸侯と諸都市によって結成された反皇帝同盟。

（3）「我らが王の叡智」

原文はラテン語。'Regis Nostri Sapientia'

（4）マルチヌス博士

ドイツの宗教改革者マーティン・ルターのこと。

（5）ペルセポネー

ギリシャ・ローマ神話で、ゼウスとデーメーテールの娘。下界の神プルートーにかどわかされてその妻となり、下界の女王になる。のちゼウスの仲介により春から秋までは地上に戻り、残りの半年は地下で暮らすこととなったという。

（6）プルートー

ギリシャ神話の黄泉の国の王ハーデースがローマ神話に取り入れられたもの。

（7）ケレース

ローマ神話における穀物・みのりの女神。ギリシャ神話のデーメーテールに当たる。

バウムバッハはこの公国から来たイングランド大使。

（11）老道化師が言った予言

予言に出てくる一人目の赤帽を被った男はウルジー枢機卿、二人目の赤帽はⅣ章（4）の注にあるポール枢機卿を指す。

（12）アリストテレス

Aristoteles（紀元前384－紀元前322）古代ギリシャの哲学者。プラトンの弟子。アレクサンドロス大王の師。アテネ郊外に学園リュケイオンを創設。その学徒は逍遥（ペリパトス）学派と呼ばれる。プラトンのイデア論を批判し、形相（エイドス）は現実の個物において内在・実現されるとし、あらゆる存在を説明する古代で最大の学的体系を立てた。中世スコラ哲学をはじめ、後世の学問への影響は大きい。主な著作に、後世「オルガノン」と総称される論理学関係の諸著書、自然学関係の「動物誌」「自然学」、存在自体を問う「形而上学」、実践学に関する「ニコマコス倫理学」「政治学」、カタルシスを説く「詩学」などがある。

（13）ルクレチウス

ティトゥス・ルクレチウス・カルス（Titus Lucretius Carus, 紀元前99年頃－紀元前55年）は、ローマ共和政末期の詩人・哲学者。エピクロスの宇宙論を詩の形式で解説。説明のつかない自然現象を見て恐怖を感じ、そこに神々の干渉を見ることから人間の不幸が始まったと論じ、死によってすべては消滅するとの立場で、死後の罰への恐怖から人間を解き放とうとした。主著『事物の本性について』で唯物論的自然哲学と無神論を説いた。

（14）ルカヌス

マルクス・アンナエウス・ルカヌス（Marcus Annaeus Lucanus, 39年－65年）。カエサル方とポンペイウス方との間の壮絶な内乱を迫真の筆致で描いた叙事詩 *Pharsalia*（パルサーリアあるいはファルサーリア、全10巻）を残した天才的な詩人でありながら、不幸にして25歳の若さで、伯父のセネカ（Lucius Annaeus Seneca）と同様、ネロ帝に自害させられた。

（15）シリウス・イタリクス

Silius Italicus（26頃－101）古代ローマの詩人。ローマで政治家として出発し、68年にはネロ皇帝の最後の執政官（コンスル）となり、またアジアにおける行政でも名をあげたが、その後は引退し、芸術を愛好して余裕のある生活を送った。最後は不治の病にかかり、食を断って自ら餓死したという。カルタゴとローマの対決を扱った一万数千行に及ぶ叙事詩『ポエニ戦詩』（全17巻）を書いている。

た官吏。14 世紀のイングランド - スコットランド両国の紛争中にもうけられ、双方の国王がそれぞれに任命した。ネヴィル家（Neville Family)、パーシー家（Percy Family）をはじめ、多くは辺境地方付近の有力貴族が任命され、両国間の紛争の解決、辺境地方の行政と防衛、時には討伐軍を率いての治安紊乱者の処罰などにあたった。1603 年、ステュアート（Stuart）朝の成立により同君連合が実現したのを機に廃止された。

（4）国境地方監察院

Ⅳ章（2）を参照。スコットランドとの国境地方に置かれたものを指す。

（5）ディアーナ

第一部 Ⅱ章（6）を参照。

（6）ハイド修道院

ハンプシャー州ウィンチェスターにあったベネディクト派の修道院。1538 年に解散、廃止された。

（7）ユース法

十四世紀以来、イングランドではユース（のちの信託）が広く行われるようになった。理由の一つは、ユースを使えば、反逆罪や重罪による国王の財産没収を阻止することができたためである。ユースによって財産を七、八人の友人たちに譲渡しておけば、たとえ譲渡人（ユース設定者）が重罪を犯した場合でも国王の手はすでにコモンロー上他人の所有物になっているユース財産には及ばず、他方、譲受人全員が重罪を犯すことはまずありえないから、財産はほぼ確実に守られた。この他にも土地の財産遺贈や、封建制負担の潜脱など様々な利点をもっていたユースだが、1535 年ヘンリー八世が議会に制定させたユース法によって、大幅な制限を被った。

（8）アントワープ

現ベルギーのフランデレン地域、アントウェルペン州の州都でベルギー第二の都市。オランダ語読みだと、アントウェルペン。当時も、コスモポリタン的性格をもつ商業拠点として栄えていた。

（9）クレメンス七世

Clemens VII（1478－1534）はローマ教皇（在位 1523 年－1534 年)。メディチ家出身。政治家としては無能で，英国王ヘンリー８世の離反を招き，神聖ローマ皇帝カール５世とフランス国王フランソワ１世の対立に翻弄されたが，学芸を愛好し，ミケランジェロの庇護者として知られる。

（10）ザクセンの大使バウムバッハ

ザクセン公国は中世から近世にかけて北部ドイツ地方一帯を支配した領邦。

Ⅴ章

（1）エクセター侯爵の反乱

エクセター侯爵ヘンリー・コートネイは、エドワード四世の孫で、ヘンリー八世の従弟に当たる。国外にいるポール枢機卿や国内にいるその弟と結託し、王位を狙ったという咎めを受けて処刑される。

（2）プラウトゥス

第一部 Ⅰ章（11）を参照。

（3）ヘイルズの聖血

十三世紀に、コーンウォール伯爵リチャードがグロスターシャー州に設立したシトー派のヘイルズ修道院に、その息子エドマンドがドイツからもたらした、キリストの血が入ったとされる小瓶。

（4）わたしの従妹のアン

第二王妃だったアン・ブーリンのこと。

（5）『メナエクムス兄弟』

プラウトゥスの喜劇。双子兄弟の典型的な取り違え劇で、シェイクスピアの『間違いの喜劇』の主な材源と言われている。ここではこの劇の5幕7場30行の解釈を廻って、メアリー王女とキャサリンとの間で、やりとりが行われている。

Ⅵ章

（1）公文書館

ヘンリー三世が1233年頃、ユダヤ人をキリスト教に改宗させるために、チャンセリー・レイン（Chancery Lane）に「改宗者会館」ともいうべき建物を建てたのが始まり。改宗したユダヤ人には1ペニーか2ペンス与えられていたが、1291年にユダヤ人がイングランドから追放されると、建物自体が不用になった。そこで同地区にあった大法官裁判所の記録保管所として用いられるようになり、この名がついた。

（2）恩寵の巡礼の乱

ヘンリー八世治下のイングランド北部に起こった反乱（1536－7）。原因としては、北部ジェントリ（中小地主）の中央集権に対する不満、「囲い込み」と地代の上昇により惹起された農民の苦境、小修道院解散を頂点とする宗教的変革への抵抗などがあげられる。

（3）辺境警備長官

14－16世紀、イングランド-スコットランド国境地帯の治安維持に任じ

（3）ドリンダ

Dorinda 不詳

（4）ポール枢機卿

Reginald Pole（1500－1558）。イギリスの教会政治家。エドワード四世の姪の子に当たる。ヘンリー八世の寵を得たが、その離婚に反対して大陸に逃れ（1536）、ローマで枢機卿に任じられ（同）、トリエント宗教会議開催に重要な役割を演じた（45）、メアリー一世即位後教皇使節として帰国し（54）、クランマー処刑後カンタベリー大司教となった（56）。メアリーの旧教復帰、新教徒迫害政策を援助した。

（5）マクロビウス

Ambrosius Theodosius Macrobius 400年頃のローマの文法家、歴史家。アフリカの生れらしい。アフリカ総督などを勤めたようである。主著"Saturnalia"は、文法、歴史、神話の諸論から多くの雑論までを含む論集で、なかでもウェルギリウス論は興味深いとされる。

（6）ユピテル

ローマ神話の主神。

（7）キケロ

第一部　I章（10）参照

（8）賢明な…

原文ラテン語。'Est prudentis sustinere ut cursum...'『友情について』63章。

（9）フィリッポス王

フィリッポス二世（紀元前382－紀元前336）。古代マケドニアの王で、アレクサンドロス三世（大王）の父。

（10）ポネロポリス

本文にはPonceropolisとあるが、Poneropolisの誤りであろう。フィリッポス二世が無頼漢を隔離するために建設したとされる町。現ブルガリアのプロヴディフ。

（11）ソクラテスの『弁明』

プラトンが著した初期対話編の一つ。「国家の信じない神々を導入し、青少年を堕落させた」として告発されたソクラテスの対抗弁論。

ユーダルは門番が戻ってきたことに気づき、話を逸らすために、この書を取り上げて、空っとぼけているのである。

（4）ホルボーン
ロンドンの西中心部にある地区。
（5）ムアフィールズ
ロンドン・ウォールの城門ムアゲイト周辺の地域で、シティで最後まで開けた空き地として残っていたところ。今もいくつかの施設や通りにその名を留めている。
（6）サリー伯
Ⅰ章（1）を参照。
（7）エクセター
イングランド南西部、デヴォン州の都市。
（8）ベッドフォードシャー
第一部 Ⅰ章（30）を参照。
（9）コーンヒル
シティ・オブ・ロンドンの一地区。ロンドンの古くからある3つの丘のうちの一つである。他は、ロンドン塔の所在地タワー・ヒルとセント・ポール寺院を頂くラドゲイト・ヒル。
（10）ボズワース・ヘッジ
ボズワースは十五世紀イングランドの薔薇戦争を終結させる重要な戦闘が行われたところ。この戦いはヨーク派の国王リチャード三世の死による敗北とランカスター派のヘンリーがヘンリー七世として即位しチューダー朝を樹立するという結果で幕を閉じる。
（11）ラヴェンナ
イタリア北部エミリア＝ロマーニャ州ラヴェンナ県の県都。
（12）ラティスボン
現ドイツ連邦共和国バイエルン州に位置する都市。ドイツ名はレーゲンスブルク。

Ⅳ章

（1）フロッドンの戦い
第一部 Ⅳ章（2）を参照。
（2）北部監察院
近世、イングランド北部支配に大きな役割を果たした行政的裁判所。北部諸州において秩序の維持や中央政府の政策の実施などにあたった。

（4）麗しき青春

原文はイタリア語。'com' è bella giovinezza'

（5）月のように再生する

原文はイタリア語。Anzi rinuova come fa la luna.「唇はキスされようと新鮮さを失わない。いつでも月のように再生する」ボッカッチョの『デカメロン』に出てくる言葉。

（6）従って～というのも…

マキャヴェリ『君主論』前半は21章、「というのも」以下は17章からの引用。強引に二つを結び付けている感じがする。

（7）フローラ

ローマ神話に登場する花と春と豊穣を司る女神。

（8）わたしは敬意を表しに来たのです

原文はラテン語。'Venio honoris causa.'

（9）随分と遠くから

原文は 'from the Sheeres'。作者フォード・マドックス・フォードがイングランド南東部の歴史と文化を紹介した『サンク・ポート』（*The Cinque Ports*）で言うところによれば、Sheeresはイングランド南東部の人たちがサセックスとケント以外の他所の地を何処であれ言い表すのだそうである。

Ⅱ章

（1）タワー・ステップス

テムズ川の北岸、ロンドン塔のすぐ上流にある河岸船着場。

Ⅲ章

（1）ウェルギリウス占い

Sortes Vergilianae。一種の書物占いで、将来に対する忠告や予言がウェルギリウスの書『アエネーイス』の随意に開かれた頁の一節によって与えられる。帝政ローマ後期や中世に広く行われた。

（2）『アエネーイス』

古代ローマの詩人ウェルギリウス（Vergilius Malo Publius, 70～19B.C.）の書いた叙事詩。トロイ滅亡後の英雄アエネアースの遍歴を描く。

（3）クリップルゲイト

古代ローマ人が建設したロンドン城壁の北門。また、シティ・オブ・ロンドンの、この門の外にある地区。

『自然誌』37巻を残しているローマの著述家プリニウスによれば、ヒュペルボレオイは長寿を全うした後、岩から身を投げて死ぬことになっている。

（9）貴族の娘で…

1599年にウィリアム・ジャガード（William Jaggard）によって出版された詩集『情熱の巡礼』（*The Passionate Pilgrim*）のXVI番の詩の一節。この詩集はシェイクスピアの作だとしばしば言われてきたが、実際はRichard BarnfieldやChristopher Marloweなど何名かの作を集めたもののようである。

（10）タンタロス

ギリシャ神話に出てくるフリギアの王。神々の怒りを買って永劫の飢渇に苦しめられる。水中に首まで浸かりながら、その水を飲もうとすると一瞬にして川の水が干上がり、頭上に実った果実に手を伸ばすと枝が遠のいてしまう。

（11）ティブルス

Albius Tibullus（紀元前50頃－紀元前19）ローマのアウグストゥス帝時代の抒情詩人。恋人デリアらにあてた恋愛詩や，田園の生活への愛情を歌った詩を残している。

（12）コフェチュア王

女嫌いであったが乞食娘と結婚する伝説のアフリカの王。コフェチュア王と乞食娘の物語をもとに、ラファエロ前派の画家エドワード・バーン＝ジョーンズが一枚の水彩画を描いている。1884年の作。

第二部　監視の目光る館

Ⅰ章

（1）サリー伯

第三代ノーフォーク公トマス・ハワードと彼の二人目の妻エリザベス・スタフォードの長男、ヘンリー・ハワードHenry Howard（1517－1547）のこと。英国ルネサンス詩の創始者の一人としても知られる。

（2）ブレスト諸島

ギリシャ神話やケルト神話で、英雄や善人が死後神によって召される至福の楽園。大西洋の果てにあるとされる。

（3）ダラム大聖堂

イングランド北東部ダラム州ダラム市にある英国国教会の大聖堂。現存する大聖堂は1093年に建設が始まり、1133年に一応の完成をみた。

（14）サー・フェリス

ニック・アーダム同様、恩寵の巡礼の乱に加わった人物と見られるが、不詳。

（15）ドンカスター

イングランド北部、サウス・ヨークシャー州北東部の都市。ドーン川下流沿岸に位置する。

Ⅶ章

（1）ガラテイア

ギリシャ神話に出て来る海のニンフ。オウィディウスの『変身物語』によれば、シチリア島で青年アーキスと恋に落ちるが、嫉妬した一つ目の巨人ポリュペーモスが巨石を投げつけてアーキスは殺される。ガラテイアはポリュペーモスの子を産み、その息子たちは、それぞれケルト人、イリュリア人、ガラティア人の祖になったという。

（2）キャサリン・オブ・アラゴン

ヘンリー八世の第一王妃。メアリー王女の母親。

（3）「我は貧乏なり。我は告白す。我は忍ぶ。神々が與ふることを我は堪え忍ぶ」

Ⅰ章（4）を参照。

（4）キケロ

Ⅰ章（10）を参照。

（5）ユウェナリス

デキムス・ユニウス・ユウェナリス Decimus Junius Juvenalis（60－130）古代ローマ帝国時代の風刺詩人、弁護士。痛烈な表現の作品が多く、代表作は16篇からなる『風刺詩集』（*Saturae*）。

（6）そのラテン語の句

ユウェナリスの風刺詩中の一行、Nil habet infelix paupertas durius in se, quam quod ridiculos homines facit.（*Satires*, III. V. 152.）をいかに解釈するかを廻ってキャサリンとユーダルは議論を交わしている。

（7）北方浄土の住人

ギリシャ神話に出てくる、北風（ボレアス）の後方（ヒュペル）に住む民族ヒュペルボレオイのこと。この土地では、人類が病気や老死もなく長寿を楽しんでいたとされる。

（8）プリニウスの版でキャサリンの言葉を正した

涯を送った者を23組（46人）比較研究している他に、4人の単独伝記が加わったものとなっている。興味本位の英雄伝であるため近世に入って広く読まれた。

（4）プラトンの精神の共和国

プラトン（紀元前428頃－紀元前348頃）は古代ギリシャ、アテナイの哲学者。その著『共和国』（『国家』とも言われる）は、理想国家とはどういうものかについて論じたソクラテスの対話編。理想国家では、完全な形態の真・善・美が涵養され、それと一致しないあらゆるものが排除される。

（5）「予知された矢は当たりにくくなりますから」

原文ラテン語 ‘quia specula preavisa minus laedunt’

（6）「喜びがいや増します…」

原文ラテン語 ‘gaudia plus laeficant’

（7）教父たち

古代から中世初期、2世紀～8世紀頃までのキリスト教著述家のうち、特に正統信仰に基づいて誤りのない著述を行い、自らも聖なる生涯を送ったと歴史上認められてきた人々をいう。

（8）王侯の結婚は威厳の始まりなり

原文はラテン語 ‘Principis hymen, principium gravitates.’

（9）タキトゥスの話

Cornelius Tacitus（55?－115）ローマ第一の史家。暴君ネロの話は『年代記』に詳しく描かれている。ここでクロムウェルが話を捻じ曲げているとキャサリンが言っているのは、ネロを支持した兵士たちは国家大事のためにそうしたわけではないという意味。

（10）「大いなる喜びをあなたがたに告げましょう」

原文ラテン語 ‘Annuntio vobis gaudium magnum.’

（11）幼い息子

1537年に生まれた、ヘンリー八世とジェーン・シーモアの子、エドワード（のちのエドワード六世）のこと。

（12）「詮索好きな目で見張るスパイ」

ここでは英訳されているが、前に付いている原文ラテン語は、‘Circumspectatrix cum oculis emisitiis!’ プラウトゥス（Plautus）の喜劇 *Aulularia* の1幕1場2行。

（13）ニック・アーダム

恩寵の巡礼の乱に加わった人物と見られるが、不詳。

次第に反感を強め、オゥアイン・グリンドゥールと提携して反乱を起こすが、1403年、シュローズベリーで敗死した。シェイクスピアは『ヘンリー四世』(第一部) で、彼を陽気で、冗談好きで、勇猛果敢な兵士として描いている。

（4）シャピュイ

ウスタッシュ・シャピュイ　Eustache Chapuys　1529年から1545年まで在イングランド神聖ローマ帝国大使。

（5）マリヤック

シャルル・ド・マリヤック　Charles de Marillac　1538年から1543年まで在イングランドフランス大使。

（6）フランソワとその甥

フランス王フランソワ１世、及び彼と神聖ローマ皇帝の座を争い、その座を射止めたカール５世のこと。

Ⅴ章

（1）聖ネアン

４世紀末から５世紀初めにかけて、スコットランドにキリスト教を広めた司教で、聖人。

（2）ノリッジ

イングランド東部。ノーフォーク州の州都。

（3）「思い」

‘Y pense’。ガーター勲章に記されている ‘Honi soit qui mal y pense.’「思い邪なる者に災いあれ」の一部。

Ⅵ章

（1）ブルートゥス

Marcus Junius Brutus (紀元前85頃－紀元前42) ローマの政治家で、カエサル暗殺の首謀者の一人。

（2）セネカ

Ⅰ章 (24) を参照。

（3）プルタルコスの英雄たち

プルタルコスは、末期ギリシャの道徳家、史家。非常に多作家で227部の著があったと伝えられる。大別してエティカ・モラリアと呼ばれる倫理的内容の作品と伝記とに大別され、伝記は晩年の作である。対比列伝 (vitae parallerae)、俗に英雄伝と呼ばれる伝記は、ギリシャとローマの、類似の生

（3）ミサの「これはわたしの体である」をもじって「これは摩訶不思議」

引用符内の原文は共にラテン語。「これは摩訶不思議」の原文 'Hic hocus pocus' は、手品などをするときによく使われる。「これはわたしの体である」'Hoc corpus meum.' は、信徒の分け合うパンの実体がキリストの体に変化することを表す、聖餐式での常套文句。

（4）ドミニコ会

ドミニコ会は1206年に聖ドミニコ（ドミニクス・デ・グスマン）により立てられ1216年にローマ教皇ホノリウス3世によって認可されたカトリックの修道会。正式名称は「説教者修道会」(Ordo fratrum Praedicatorum) で、略号は OP である。

（5）ラター博士

Dr Latter 不詳。

（6）クレイズ

ロンドン郊外からケント州西部にまたがる4つの村（Foots Cray, North Cray, St Pauls Cray, St Marys Cray）から成る地域。

（7）クリストファー・アスク

Christopher Aske (1513 - 1560)。ヘンリー八世の修道院解散、その他の教会政策に反抗して行われた恩寵の巡礼の乱の指導者 Robert Aske の弟であるが、ノーフォーク公の下で、守備隊長を務めた。

Ⅳ章

（1）悪臭を放つ犬

前章では「猫」だったが…

（2）フロッドンの戦い

1513年9月9日、ノーサンバーランド州のフロッドンで、サリー伯トマス・ハワード、のちの第二代ノーフォーク公が率いるイングランド軍が、ジェームズ四世指揮下のスコットランド軍を破った戦い。ここに登場するノーフォークは上記トマス・ハワードの同名の息子で、フロッドンの戦いでは、老齢の父親を支えた。サリー伯を襲名し、1524年、父親の死によってノーフォーク公を継いだ。

（3）ホットスパー

第一代ノーサンバーランド伯の息子 Henry Percy の異名。彼は父とともにスコットランド軍と対戦し、ヘンリー四世の王位請求を支持し、同王の即位とランカスター朝の創始を実現させた。しかし、王の処遇に不満を抱いて

（3）ナイトン

ヘンリー八世からサマセット州のBayleyに修道院解散後の土地を下賜された Thomas Knighton という者がいるが、この人物を指すかどうかは不詳。

（4）ケント

ロンドンの南東にある州。カンタベリーとロチェスターはこの州の主要都市。

（5）マイリー博士

Dr Miley ルター派の説教師とあるが、不詳。

（6）ディアーナ

ローマ神話に登場する狩猟・純潔の女神。

（7）フランドル

旧フランドル伯領を中心とする、オランダ南部、ベルギー西部、フランス北部にかけての地域。中世に毛織物業を中心に商業、経済が発達し、ヨーロッパの先進的地域として繁栄した。

（8）ブランセター

ウェールズ人で、ローマ教皇派のポール枢機卿の盟友としてパリで活動した。

（9）スミスフィールド

シティ・オブ・ロンドンの北西部にある地域。公開処刑の実施場所として古くから利用されていた。

（10）ロレーヌ公

現在はフランスのロレーヌ地域圏となっているロレーヌ（独名：ロートリンゲン）地方に存在したロレーヌ（ロートリンゲン）公国の君主。アン・オブ・クレーヴズに結婚の先約があったというのは、ロレーヌ公フランソワ1世（1517－1545）とのことである。

Ⅲ章

（1）金曜日に魚を食べるのが合法的かどうか

キリスト教では、イエス・キリストが十字架にかけられた曜日である金曜日には肉を食べてはいけないことになっている。魚は許されるかどうかは微妙な問題。

（2）シッティングボーン

ケント州にある町。ロンドンの東南東36マイルにあり、カンタベリー巡礼をする旅の途上に当たった。

(27) 再洗礼派信徒

宗教改革時代、幼児洗礼を無効とし、成人後自覚的な信仰告白ののち受洗すべきことを説いたプロテスタント急進派の総称。

(28) おまえに幸あらんことを

原文はラテン語。'Benedicite'

(29) イートン校

正式名称はKing's College of Our Lady of Eton beside Windsor。1440年に創設された英国の男子全寮制パブリックスクール。ロンドン西郊に位置する。

(30) ベッドフォードシャー

イングランド東部の地域。ケンブリッジシャー州、ノーサンプトンシャー州、バッキンガムシャー州、ハートフォードシャー州に接している。

(31) マキャヴェリ氏

Nicollo di Bernardo dei Machiavelli（1469－1527）イタリアの政治学者、歴史家。政治を非宗教的実証的に考察して近代政治学の基礎を築くとともに、独自の国家観および史観に基づく歴史叙述を残した。国家目的の達成が支配者の任務であり、そのためには個人倫理に制約さるべきでないとする彼の政治思想は、マキャヴェリズムと呼ばれ早くから激しい論争をまき起こした。

(32) ノロイ上級紋章官

英国紋章院にはガーター（Garter)、クラレンスー（Clarenceux)、ノロイ（Norroy）の三長官がおり、そのひとり。ノロイ紋章官はトレント川以北のイングランド東部、西部、北部諸地方を管轄した。後に、ノロイ－アルスター（Norroy and Ulster）紋章官となり、北アイルランドも管轄するようになった。

Ⅱ章

（1）増収裁判所大法官

増収裁判所は1536年にトマス・クロムウェルの献策によって、新たな王領地からの収入を管理するために設置された裁判所。新王領地は修道院解散によって没収された修道院領が中心だった。その初代長官（大法官）がRichard Richである。ただし、この第一巻には、実名は出てこない。

（2）キャシリス卿

1517年頃－1557年。第三代キャシリス伯ギルバート・ケネディーのことと思われる。スコットランドのエアシャーの地主だった。

代、ロンドンの商人や宮廷人がこのあたりの川沿いに屋敷を構えるのが流行だった。

(17) コンポステーラ

スペイン北西部の町、サンティアゴ・デ・コンポステーラ。エルサレム、バチカンに並んで、キリスト教三大巡礼地のひとつ。

(18) 小さな家に大きな憩いあり

原文ラテン語　'Domus parva, quies magna.'

(19) ロチェスター

イングランド南東部、ケント州北西部の都市。ロンドン東南東45km、メドウェー川下流沿岸に位置する。

(20) カレー

現在は、ドーバー海峡の海底を英仏海峡トンネルが通り、イギリスのドーバーと結ばれているパ＝ド＝カレー県の北部に位置する港湾都市。当時はイングランド領だった。

(21) サンドイッチ

イングランド南部を代表する要塞港。

(22) 聖レオナルドゥス

14救難聖人のひとり。初代フランク国王クローヴィス（481－511）の妃クロティルドの難産を救ったことから、妊婦の守護聖人ともされる。

(23) アンという名のルター派信徒

ヘンリー八世の第二王妃アン・ブーリンのこと。

(24) セネカ

Lucius Annaeus Seneca（紀元前4 頃－紀元65）ローマの詩人、哲学者。皇帝ネロの教師、ついで執政官になる。ネロの暴政が昂ずるにつれ、身を引こうとしたが、ピソ（Gaius Galpurnius Piso）の反逆に加担した疑いで死を命じられて自殺した。彼の思想は、ストア哲学を和らげてエピクロス主義に近づけたものと言われるが、理論的・体系的であるよりも、むしろ宗教的・詩的であり、温かい人間愛にあふれていて、多くは処世哲学として後世愛読された。その他、悲劇十篇を書いた。

(25) フロリン

フロリンはもともとフロレンスで発行された金貨であるが、1344年エドワード三世が6シリング金貨としてイングランドに導入した。

(26) アウグスブルクのヴェルンケン博士

Doctor Wernken of Augusburg 不詳

（7）クラウン銀貨

英国の昔の5シリング銀貨。ヘンリー八世治下の一時期、金貨となった。

（8）新学問

十五〜十六世紀のヨーロッパで文芸復興に促されて興った古代ギリシャ文芸の研究、また聖書の新研究。

（9）紋章院総裁

1246年以来、ノーフォーク公爵家の世襲職で国家礼典をつかさどる。第三代ノーフォーク公トマス・ハワードはキャサリン・ハワードの伯父にあたる。

（10）キケロ

マルクス・トゥリウス・キケロ（Marcus Tullius Cicero, 紀元前106－紀元前43）誉れ高いローマの雄弁家、著述家、哲学者、政治家。

（11）プラウトゥス

Titus Maccius Plautus（紀元前254頃－紀元前184）痛快な喜劇をローマ人に供給した偉大な喜劇作家。

（12）チープサイド

セント・ポール大聖堂の北東角から東にPoultryまでの通り。Cheapは「安い」という意味ではなく、「売る、物々交換する、市場」を意味する古英語のceapに由来する。1666年のロンドン大火以前は、シティで最も賑やかな通りかつマーケットだった。

（13）オード

技巧的なまたは不規則な韻律型を有し高揚した感情を表現する叙情詩の一種。

（14）ウェストミンスター・ホール

懺悔王エドワードが建てた王宮ウェストミンスター・パレス（Palace of Westminster）の西側にウィリアム二世が1097年から1099年に建て増しした「大ホール」（Great Hall）が、現在にまでつづくウェストミンスター・ホールのはじまりである。当時ヨーロッパ一の広さを誇り、イングランド王国の典礼の中心となり、またここを中心に行政関係の諸機関が置かれるようになった。

（15）アミアン大聖堂

フランス北部の町アミアンにある、1288年に完成した大聖堂。シャルトル大聖堂、ランス大聖堂に並ぶ同国屈指のゴシック式の聖堂。

（16）パトニー

テムズ川の南岸、ワンズワースとバーンズの間の地区。ヘンリー八世の時

訳 注

第一部 到 来

Ⅰ章

（1）オースティン・フライアーズ

ロンドンのシティにある地区・街路の名前。1243年にエセックス伯爵がアウグスティノ修道会修道士のための修道院（Augustinian Friary）を建立し、そのAugustinianがAustinと短縮され、そこの修道士を表すAustin Friarsという言葉がそのまま街路名となった。

（2）王璽尚書

元来、君主の私的な印章を管理する役職で、イングランド政府の、1707年以降はイギリス政府の伝統的な官職。ここでは1536－1540に王璽尚書だったトマス・クロムウェルを指す。

（3）「充たされし杯」の六歩格の詩

原文ラテン語 'pocula plena'。六歩格は、一行6詩脚からなる詩行で、ギリシャ・ラテンの叙事詩では長短短と長長の詩脚が組み合わされた。

（4）グリニッジ

テムズ川南岸の大ロンドン南東部の町。語源は、古英語の「緑の草木で覆われた港町」、またはスカンジナヴィア語の「緑の河区」に由来するとされる。十七世紀までは王室があった。

（5）「我は貧乏なり。我は告白す。我は忍ぶ。神々が與ふることを我は堪え忍ぶ」

原文ラテン語 'Pauper sum, pateor, fateor, quod di dant fero.'

出典は、Plautus, *Aulularia*, I, 2, 10. 正しくは、'Pauper sum, fateor, patior, quod di dant fero.'

出典の「黄金の壷」（アウルラリア =*Aulularia*）は、ローマ時代の喜劇作家プラウトゥス（Plautus, 紀元前254頃－紀元前184 ）の代表作の一つとされる。

（6）従兄の皇帝

神聖ローマ帝国皇帝カール5世のこと。原文ではuncleとなっているが、カール5世はメアリー王女の叔父ではなく従兄。メアリー王女の母キャサリン・オブ・アラゴンはカール五世の母ファナの妹である。

†著者

フォード・マドックス・フォード（Ford Madox Ford）

1873年生まれ。父親はドイツ出身の音楽学者Francis Hueffer、母方の祖父は著名な画家Ford Madox Brown。名は、もともとはFord Hermann Huefferだったが、1919年にFord Madox Fordと改名。
多作家で、初期にはポーランド出身のJoseph Conradとも合作した。代表作に*The Good Soldier*（1915）、*Parade's End*として知られる第一次大戦とイギリスを取り扱った四部作（1924-8）、1929年の世界大恐慌を背景とした*The Rash Act*（1933）などがある。また、文芸雑誌English ReviewおよびTransatlantic Reviewの編集者として、D.H. LawrenceやJames Joyceを発掘し、モダニズムの中心的存在となった。晩年はフランスのプロヴァンス地方やアメリカ合衆国で暮らし、1939年フランスのDeauvilleで没した。

†訳者

高津　昌宏（たかつ・まさひろ）

1958年、千葉県生まれ。慶應義塾大学文学部卒業、早稲田大学大学院文学研究科前期課程修了、慶應義塾大学文学研究科博士課程満期退学。現在、北里大学一般教育部教授。訳書に、ジョン・ベイリー『愛のキャラクター』（監・訳、南雲堂フェニックス、2000）、ジョン・ベイリー『赤い帽子　フェルメールの絵をめぐるファンタジー』（南雲堂フェニックス、2007）、論文に「現代の吟遊詩人──フォード・マドックス・フォード『立派な軍人』の語りについて」（『二十世紀英文学再評価』、20世紀英文学研究会編、金星堂、2003）などがある。

五番目の王妃　いかにして宮廷に来りしか

2011年3月20日　初版第1刷印刷
2011年3月30日　初版第1刷発行

著　者　フォード・マドックス・フォード
訳　者　高津昌宏
発行者　森下紀夫
発行所　論創社
東京都千代田区神田神保町2-23　北井ビル
tel. 03（3264）5254　fax. 03（3264）5232
web. http://www.ronso.co.jp/
振替口座　00160-1-155266

装幀／宗利淳一＋田中奈緒子
組版／フレックスアート
印刷・製本／中央精版印刷
ISBN978-4-8460-1062-1　